JOST BONNER
Seepferdchen weinen nicht

AF235336

Jost Bonner

Seepferdchen weinen nicht

Erzählung

Bibliografische Information der Deutschen Bibliothek:
Die Deutsche Nationalbibliothek verzeichnet diese
Publikation in der Deutschen Nationalbibliografie;
detaillierte bibliografische Daten sind im Internet
über _dnb.dnb.de_ *abrufbar.*

© 2022 Jost Bonner

Herstellung und Verlag:
BoD – Books on Demand, Norderstedt

ISBN: 978-3-7543-0820-2

1

Es war gewissermaßen Liebe auf den ersten Blick. Andere mögen sagen, dass der Ausdruck Fetisch zutreffender ist, wenn leblose Gegenstände derart intensive Gefühle erregen. Mag sein.

Wie gebannt stand ich vor dem kleinen Schaufenster. Erst jetzt, da es ganz von diesem entzückenden Spielzeug eingenommen war, war mir überhaupt aufgefallen, dass sich hinter dem ansonsten unscheinbaren Wohnungsfenster ein Laden verbirgt, was umso merkwürdiger ist, als ich in der Vergangenheit unzählige Male an diesem Fenster vorbeigelaufen bin.

Um in den Laden sehen zu können, musste ich so nah an die Scheibe herantreten, bis die Nase das kalte Glas berührt. Den Blick mit beiden Händen beschirmt, beschaute ich den Innenraum, der einem Trödelladen noch am ähnlichsten war. Das meiste von dem, was ich sah, war Plunder. Die gegenüberliegende Wand schien ganz von Plüschtieren ausgefüllt, wie sie mittlerweile alle Zimmer unseres Nachwuchses überschwemmen.

Sofort erinnerte ich mich jenes Gespräches mit Evelin vor einigen Wochen, das sich zunehmend zum handfesten Streit entwickelt hatte, in dem letztendlich gar Prinzipielles zu Tage getreten und mit ungewohnter Verbissenheit verfochten worden war. Auslöser der Auseinandersetzung war eben eines dieser possierlichen wuschelweichen Tierchen gewesen, wie ich sie in tausenderlei Gestalt durch die unsaubere Scheibe betrachten konnte.

Mein Sohn hatte seinen dritten Geburtstag gefeiert. Nein, natürlich feierten w i r den Geburtstag, oder besser, Evelin, die die Feier wie immer mit - wenigstens aus meiner Sicht - vollkommen überzogenem Aufwand betrieb. Ja, 'betrieb' ist der richtige Ausdruck. Die Kaffeetafel war beinahe unter all den Köstlichkeiten gebrochen, die vom Geburtstagskind selbst natürlich kaum beachtet worden waren. Alle Verwandten und Freunde, die greifbar und bereit gewesen waren, das große Ereignis zu feiern, hatte Evelin genötigt zu erscheinen, um Karlchen mit Plüsch und Plunder zu beschenken.

Ich hatte wie stets gute Miene gemacht und allenthalben zur Uhr gestarrt, die an solchen Tagen besonders träge ihre Runden zog. Evelin kennt meine Pein, und mitunter hatte sie auch ein mitfühlendes Lächeln, das aber weniger meine Unbill mildern, als mir vielmehr helfen sollte, meine Selbstkontrolle zu bewahren, was denn auch leidlich gelungen war.

Als wirklich alle Fortschritte meines Sohnes von allen in allen gebührlichen Formen gewürdigt worden waren und alle völlig unerwartet auf einen Schlag das Haus verlassen hatten, um dem kleinen Kerl noch ein paar Augenblicke des Friedens zu gönnen, hatte ich mich erlöst mit einem unvorsichtigen Seufzer in den Sessel fallen lassen.

Daraufhin war Evelin herumgefahren, als hätte sie nur auf diesen Laut gelauert. „Ist es so schwer, sich wenigstens einmal im Jahr für ein paar Stunden zusammenzureißen?"

Nach dieser Eröffnung des Gespräches war mir sofort klar gewesen, dass es eine jener Auseinandersetzungen werden würde, die bis ins Mark deprimieren, ohne wirklich etwas oder jemanden wozu auch immer zu bewegen.

„Ich habe mich bemüht", hatte ich versucht, einzulenken.

„Ich weiß. Du hast es ja alle deutlich genug spüren lassen."

„Ich habe diesmal kein Wort über die Geschenke verloren."

„Das wäre auch noch schöner."

Ich hatte sie verständnislos angesehen, aber nicht einmal mit diesem Blick war es mir gelungen, ihre Angriffslust zu dämpfen.

„Darf ich fragen, welches Geschenk Karlchen von dir bekommen hat?"

„Reicht all das - nicht?" 'Zeug' hatte ich mir im letzten Moment verkniffen, wodurch eine umso beredtere Zäsur entstanden war. „Wenn diese Menge der Maßstab ist und bleibt, dann braucht Karlchen spätestens zur Schuleinführung ein zweites Zimmer."

„Siehst du nicht, dass all das Zeug, wie du es nennst, kleine Liebesgaben sind, die sie schenken, um ihm etwas Gutes zu tun?"

„Und um sich ins Herz zu schleichen."

„Spinnst du? Du bist doch wohl nicht eifersüchtig?"

„Das hat doch nichts mit mir zu tun. Sage bitte nicht, dass du die alberne Konkurrenz nicht siehst. Sie giepern doch schon dem Augenblick entgegen, in dem sie den Lerncomputer und den ferngesteuerten Hubschrauber schenken können."

„Es sind auch Bücher dabei", hatte sie schnippisch erwidert. Und sie weiß, dass sie mich mit solcherart Spitzfindigkeiten zur Raserei treibt.

„Bücher. Hast du sie dir mal angesehen? Vor allem teuer müssen sie sein."

Ich weiß natürlich, dass ich in einem verbalen Schlagabtausch prinzipieller Positionen das Wesentliche bisweilen solcherart herausarbeite, dass am Ende die Wahrheit auf der Strecke bleibt. Dieses Dilemma macht mich in Momenten derartiger Auseinandersetzungen alles andere als sympathisch, was aber nichts darüber sagt, ob ich recht habe oder nicht. Und hier hatte ich recht, verdammt!

„Wenn du dir mal die Mühe gemacht hättest, nach Geschenken Ausschau zu halten, dann wäre dir aufgefallen, dass es sehr schwer ist, vernünftiges Spielzeug zu finden."

„Bingo! - Da ich mir die Mühe durchaus gemacht habe und mit deiner Einsicht ganz und gar übereinstimme, lass ich den Plunder dort, wo er ist, und bezahle für die Phantasielosigkeit des Gewerbes nicht auch noch einen Haufen Geld."

Daraufhin hatte mich Evelin mit gespitztem Mund angesehen und unmissverständlich zum Ausdruck gebracht, dass ich in diesem kleinlichen Geiz unerträglich bin. So sehr ich ihren gespitzten Mund auch mag, in Momenten der Positionsbestimmung ist er mir verhasst.

Dieser Streit lag Wochen zurück, und wir haben sogar schon wieder miteinander geschlafen.

Wieder und wieder glitt mein Blick über das grün schillernde Schaukelpferd. Die Idee, es einem Seepferdchen nachzuformen, ist schlicht genial. Der runde Bauch macht diesen kleinen, exotisch geformten Fisch besonders tauglich, denn er erspart den unbefriedigenden Kompromiss der einem Pferd untergeschobenen artfremden Kufen, durch die dieses Spielzeug erst seinen Zweck erfüllen kann. Das Seepferdchen war ein Kleinod, so liebevoll und kindgerecht gearbeitet, dass es noch das Kind im ältesten Knaben anlachen muss, und wenn er neunzig wäre.

Die Oberfläche des merkwürdigen Fisches war phantasievoll strukturiert. Die typischen vertieften Trapeze des Hautknochen-Panzers, deren Ecken in der Realität in hornige Stacheln auslaufen, spannten sich aus fingerdicken Seilen. Den Rücken, der sich unter dem Sitzbrett krümmte, begrenzte ein starkes Tau. Im geringelten Schwanz hing die Miniatur einer Schiffsglocke. Netz,

Tau und Glocke waren dem Alltag der Fischer entliehen, eine wunderbare Zusammenstellung. Der Kopf war nicht weniger liebevoll gestaltet. Die beiden Halbkugeln der Augen dominierten das Gesicht. Die großen schwarzen Pupillen in makellosem Weiß ließen die Augen auf liebenswerte Weise staunen. Darunter, die ebenso großen, hellbraunen Kiemen, sahen aus wie runde Bäckchen. Das lange Schnäuzchen endete in einer Schnute mit aufgeworfenen Lippen, die man hätte knutschen mögen. Handgriffe, Fußstützen und Steigbügel setzten sich aus dunkel gebeizten, wallnussgroßen Holzkugeln und Zwischenringen aus Seil zusammen. Bis auf das Braun der Holzkugeln, der Kiemen und der breiten Striche, die dem Gesicht Kontur verliehen, und das Weiß und Schwarz der großen Augen und das Gelb der gerundeten Stirndornen gab es nur Grüntöne. Allein die Sitzfläche war farblos lackiert, also in ihrer hölzernen Natur belassen, was sie auf einfache Weise als Fremdkörper abhob, also gewissermaßen als Bestandteil des Geschirrs auswies, zu dem auch das grobe Netz und der aus gleichem Seil gearbeitete Zügel gehörten. Schaukelwangen, Sitz, Kopf und Schwanz - aus daumenstarkem Sperrholz gesägt oder gefräst - gaben dem Spielzeug seinen rustikalen, unverwüstlichen Charakter.

Ich schätzte den Preis, der - was ich an mir bisher nur selten beobachten konnte - nicht nur sofort mit meiner Zahlungsbereitschaft übereinstimmte, sondern mit der Dauer der Betrachtung auch wie selbstverständlich stieg.

Mir wurde warm, und eine Beklemmung erfasste mich, wie sie wohl sehr reiche Leute empfinden, wenn sie bei exklusiven Kunstauktionen über die Hundertmillionengrenze bieten. Es geht hier nicht um Millionen, aber ich verfüge auch nur über ein bescheidenes Einkommen. Zudem kann man nicht vorsichtig genug sein, wenn man nicht stoisch oder abgebrüht genug ist, die Meinung lieber Freunde und mehr noch die verhasster Kollegen und Nachbarn zu ignorieren. Wenn man - wie ich - erst mit Vierzig in den Stand der Vaterschaft gerät, und das vor allem, weil man sich den Luxus einer zehn Jahre jüngeren Frau glaubt leisten zu können, muss man sich erst recht in Acht nehmen. Evelin wird den Preis schwerlich für sich behalten. Eben als meine Wertschätzung Hand in Hand mit der Zahlungsbereitschaft die Zweihundert-Euro-Hürde nahm, sah ich ihren gespitzten Mund, der umso spitzer wurde, als mir einleuchtete, dass das Seepferdchen für sie auch eine Anfechtung sein wird. Ich gebe zu, dass gerade der Gedanke an meinen Triumph darüber, ihr unterm Weihnachtsbaum das sinnvollste, köstlichste, entzückendste, kindgerechteste Spielzeug der Welt präsentieren zu können, den Preis oder meine Zahlungsbereitschaft - beide sind nun untrennbar miteinander verschmolzen - in die Höhe trieb. Kein Wunder also, dass mir der gespitzte Mund meiner Holden einheizte. Ich sah sie vor mir, wie sie - nachdem alle Ohs und Ahs verhallt sein würden - ironisch lächelnd verkündet: „Er hat es gebraucht gekauft. Und mit dreihundert Euro ist es auch gar nicht teuer bezahlt." Ich sah, wie sich die Mienen der Bewunderung in Masken aus Distanz und Abscheu verwandeln, wie sie Snobs und Angebern zu Recht begegnen. Als Außenstehender hätte ich vermutlich sogar energisch mit dem Finger an die Stirn getippt.

Ich fand mich in einem Gewissenskonflikt und fasste eben den wohlüberlegten Vorsatz, den Preis für mich zu behalten und bei zu erwartender Nachfrage nur großmütig lächelnd die Schultern zu heben. Damit würde ich Evelin auch noch die Verdächtigung heimzahlen, meine Prinzipien könnten auf Geiz gegründet sein. Sollte sie zu arg in mich dringen, werde ich die Verschwiegenheit mit meiner Angst vor der Gefahr erklären, der Preis könne ihren Verdacht bestätigen. Das konnte mich mit dem Nimbus des Geheimnisvollen veredeln.

Der feine Nieselregen kühlte meine Stirn. Als ich - den Kragen aufschlagend - zur Seite schaute, sah ich, kaum zehn Schritte von mir entfernt, das Gesicht eines Verrückten. So jedenfalls war mein erster Eindruck, der sich auch mit eingehender Betrachtung nicht veränderte. Der Fremde, der etwas jünger als ich sein mochte, starrte mich unverblümt an. Die Haare, die die fortgeschrittene Glatze säumten, hingen in langen Strähnen nass ins kantige Gesicht. Die weichen, sinnlichen Lippen erhoben sich aus einem düsteren Areal welker Haut mit einem auch von der gründlichsten Rasur nicht zu bezähmenden Bartansatz, wie man ihn von steckbrieflichen Darstellungen kennt. Die grauen, wässrigen Augen über den feingeäderten, bläulichen Tränensäcken blinzelten nicht, ließen aber auch nicht ab von mir. Wie lange starrte er mich schon an?

Ich wendete den Kopf zur anderen Seite, um mich zu vergewissern, tatsächlich der Adressat dieses wie versteinerten, irren Blickes zu sein. Als ich mich zurückdrehte, war der Mann verschwunden. Ich löste mich rasch ein paar Schritte von der Hauswand. Der Unbekannte war auch nicht hinter einen Vorsprung geschlüpft. Es war geradeso, als hätte er sich aufgelöst.

2

Der Laden war größer, als sich von außen erahnen ließ. Dabei waren nicht alle Räume einsehbar. Wahrscheinlich ist der Ausdruck 'Laden' irreführend. Es war eine mit nur wenigen Handgriffen zum Laden umgestaltete Wohnung. Der Laden war mir ja deshalb nicht aufgefallen, weil es keine Schaufenster gab, sondern nur gewöhnliche Fenster in der Fassade eines unscheinbaren Wohnhauses. Ich hatte einen Hausflur passieren müssen, um durch eine Wohnungstür in den Korridor und ein Stück weiter in den Laden zu gelangen, der - anders als erwartet - warm und trocken war. Man hatte zwei Türen ausgehängt, um weiteren Raum für die Ausstellung der dargebotenen Waren zu gewinnen, die sich in primitiven Kellerregalen drängten. Fast alles war eingestaubt. Einige Böden der Regale bogen sich unter der Last der Exponate. Unübersehbar wurden in diesem Laden allein Waren aus zweiter Hand verkauft. Vieles war Plunder, ja, nach etwas strengerer Auslegung sogar Müll. Manches mochten aber auch Antiquitäten sein, für die Liebhaber ein Vermögen bezahlen. Selbst mein Großvater - lebte er noch - hätte wohl eine stattliche Zahl von Spielzeugen ausmachen können, die geeignet waren, ihn in die Kinderzeit zurückzuzaubern und Bilder von dereinst auferstehen zu lassen.

Während ich allein mit Blicken in den Regalen stöberte, hörte ich Wortfetzen aus dem Nebenraum. Nicht so sehr die Angst, mich in der Betrachtung all der ausgestellten Dinge zu verlieren, sondern die Furcht, dass mir ein anderer zuvorkommen könnte, trieb mich zur Eile.

Der eigentliche Verkaufsraum war um einiges größer als die beiden anderen Zimmer. Hinter einer die ganze Breite des Zimmers zerschneidenden Theke stand ein stattlicher Mann. Fast hätte ich geschrieben: 'Alter', aber wenn man selbst die Vierzig überschritten hat, wird man vorsichtiger im Gebrauch dieses Wortes. Der Mann hinter der Theke war bestimmt in den Sechzigern; alt war er aber nicht, im Gegenteil, die stattliche Erscheinung schien von unverwüstlicher Lebenskraft. Er trug das Kostüm eines Schäfers; eine Lammfellweste über einem rötlich gehaltenen, karierten Hemd und eine speckig glänzende Lederhose, die eine derbe Schnur unterm kaum auffälligen Bauchansatz zusammenhielt. Am auffälligsten war die Kopfbedeckung, eine aus grünen und ockerfarbenen Lederflicken zusammengesetzte Kappe mit einem Nackenschutz, der aber nur halb heruntergeklappt war und so - wenigstens von vorn - aussah wie Schlappohren eines traurigen Hundes. Dennoch hielt sich der Eindruck des Schrulligen nur kurz. Der Mann passte in den Laden. Die Kappe passte auf den Mann, der im Übrigen kein bisschen affektiert oder verrückt wirkte. Klare Augen schauten gütig, gemütlich, aber wach unter angegrauten, buschigen Brauen.

Mit verschmitztem Lächeln knetete er den weichen Balg einer alten, kopflosen Puppe. Schließlich schaute er - ohne den Kopf zu heben - über den Brillenrand. „Habt ihr eine Katze oder einen Hund?"

„Eine Katze", gab das Mädchen kleinlaut zurück.

„Dann sag doch einfach, dass sie es war."

Das Mädchen starrte ihn fassungslos an.

„Manchmal muss man ein bisschen schwindeln."

„Aber dann kriegt Cäsar den ganzen Ärger ab. Er hat es so schon schwer genug."

„Ach ja", sagte nun der Schäfer betreten. „Dann geht es natürlich nicht." Verlegen oder ratlos knetete er wieder den Rumpf der Puppe.

„Können Sie es nicht kleben?"

Der Schäfer besah sich lange die Scherben in der kleinen Tüte. „Schon. - Aber man wird es sehen. Da kann ich noch so behutsam arbeiten. Ein Sprung bleibt immer ein Sprung, weißt du?"

Das Mädchen nickte. „Meine Mutter erschlägt mich."

„Na, hör mal. Wegen so einer Puppe ist noch keiner erschlagen worden", sagte er lachend mit einem tiefen Blick über den Brillenrand.

„Sie kennen meine Mutter nicht. Die Puppe ist von ihrer Großmutter. Die wird mal ganz wertvoll, sagt sie immer."

Der Schäfer nickte. Dann verschwand er mit der Scherbentüte hinter dem schweren Vorhang, der den Laden von der Werkstatt, vielleicht auch von seiner Wohnung trennte.

Ich sah mich um. Die Fenster waren mit Gardinen verhangen; nur eines nicht. Hier war das Fensterbrett sehr rustikal verbreitert worden. Ein grobes Brett, mit einem nicht weniger groben Pfosten gestützt, lag auf der schmalen Fensterbank. Im Licht des Ladens wirkte das Schaukelpferd noch imposanter. Es war wie neu. Auch bei penibler Betrachtung fand sich kein Makel. Beinahe zärtlich fuhr ich mit der Hand über die liebevoll gerundeten Kanten.

„Wenn wir ihr die Kleider der alten anziehen, sieht sie der doch zum Verwechseln ähnlich, oder?"

Das Mädchen zog einen Flunsch. Zögerlich nahm sie die Ersatzpuppe mit dem glänzenden Porzellankopf. Der Flunsch wölbte sich an den Rändern ein bisschen nach oben. Lächelnd schüttelte sie den Kopf. „Die sieht ja viel lieber aus. Und sie ist auch nicht so furchtbar blass. Das fällt sogar Cäsar auf."

„Ach was. Wir ziehn den Hut ein bisschen ins Gesicht." Schnell nahm er dem Mädchen die Puppe aus der Hand, um sie mit geschickten Griffen anzuziehen. „Und wer sagt denn, dass Puppen nicht auch mal anders gucken können, nachdem sie doch hundert Jahre ein und denselben dussligen Ausdruck haben mussten. Wenigstens kann sie dir nicht vorwerfen, du hättest sie kaputt gemacht, denn sie ist ja ganz. Und dass du sie umgetauscht hast, darauf wird sie gar nicht kommen. Wo kann man denn so schnell einen Ersatz auftreiben? - Da." Er schaute zufrieden über den Brillenrand und reichte dem Mädchen lächelnd die verwandelte Puppe, die für eine Porzellanpuppe tatsächlich sehr anziehend war.

Das Mädchen besah sich lange die Puppe. Vorsichtig legte sie das Kleinod auf die Ladentafel zurück. „Die kann ich ja nicht bezahlen", sagte sie nüchtern.

„Ach, die ist nicht teuer, so alt wie die ist. Hat ja nur immer da hinten rumgelegen. Und dann haben wir doch gewissermaßen nur getauscht. Wenn ich den Kopf klebe, zahlen mir Verrückte immer noch genug dafür. Gib mir fünf Euro, und wir sind quitt."

Das Mädchen entfaltete einen Zehn-Euro-Schein und strich ihn - als wenn sie ihn dort ankleben wollte - mit flachen Händen auf die Theke.

Der Schäfer kramte in der alten Kasse.

„Nein, das müssen Sie schon nehmen. Ich bin nämlich nicht doof."

Der Schäfer nickte.

An der Tür drehte sie sich noch einmal um. „Vielen Dank! - Eigentlich ist sie zu schade." Ihre Augen sprangen zwischen dem niedlichen Gesicht der Puppe und dem gütigen Gesicht des Schäfers hin und her. Dann huschte sie aus den Laden.

Ich hatte mir Mühe gegeben, so diskret wie möglich am Fenster zu verharren. Zögerlich näherte ich mich der Ladentafel. „Guten Tag."

„Guten Tag", sagte er, ohne mich anzusehen. „Wie viel wollen Sie denn dafür bezahlen?", zielte er ohne Umschweife auf mein nicht schwer zu erratendes Begehren.

„Was es kostet", sagte ich freundlich.

„Oh." Es war ein leiser, verhalten wie erschreckt wirkender Laut. „Das werden Sie nicht bezahlen wollen."

Mir wurde wärmer, als mir lieb war. War er eine Art Robin Hood; ein Räuber, der den Reichen nahm, um damit die Armen zu beglücken? Sollte ich nun auch noch die Puppe bezahlen, die sicher nicht billig war?

„Es ist fast hundertzwanzig Jahre alt; mein liebstes Stück." Der Alte wusste, wie man Besessenen das Geld aus der Tasche zieht.

Mir rann der Schweiß die Wirbelsäule entlang. „Vierhundert Euro?", stammelte ich stimmlos.

Der Schäfer nickte mit hintergründigem Lächeln. Nachdem er die Brille auf die Nasenwurzel geschoben hatte, sah er mich zum ersten Mal an. „Rekord", sagte er bestimmt. „Das ist absoluter Rekord. - Wie alt ist das Kind, das sich freuen darf?" Er legte die Hände ineinander; ruhige, starke, saubere, schöne Hände.

„Karl ist vor einem Vierteljahr drei geworden."

„Das beste Alter."

„Mit Karte kann man bei Ihnen wohl nicht …"

„Leider nicht", sagte er wie nebenbei.

„Ich hab nicht so viel Bargeld bei mir. Wenn Sie so freundlich wären, mir das Pferdchen zehn Minuten zurückzustellen."

„Selbstverständlich."

Als ich den Flur betrat, hörte ich ihn rufen: „Wollen Sie das Seepferdchen nicht mitnehmen?"

Irritiert kehrte ich in den Laden zurück.

Der Schäfer war eben dabei, einen flauschigen, gelben Bezug über das Schaukelpferd zu stülpen. „Es war nur ein Spiel. - Ich verkaufe es nicht."

Ich fühlte eine Explosion in der Magengrube.

Der Alte lachte. Ich hätte den Kerl erschlagen mögen. Genüsslich zog er den Reißverschluss zu, den letzten Zipfel meines Herzenswunsches bedeckend. „Sie können es so mitnehmen. Wenn Karlchen keine Verwendung mehr dafür hat, bringen Sie es wieder. Die Kinder sind ja heuer schnell fertig mit so einem primitiven Gerät."

Ich schluckte. „Darf ich Ihnen nicht wenigstens …"

„Nein, das dürfen Sie nicht", sagte er bestimmt, ohne das Lächeln zu beschädigen.

Behutsam drückte ich den Schatz an die Brust. „So können Sie unmöglich reich werden."

„Liegt etwas daran?", nuschelte er leise. Geradeso, als sei die Kraft verbraucht, die nötig war, das Lächeln aufrechtzuerhalten, verlor sich jede Spannung aus dem Gesicht. Nun sah er müde aus und alt.

„Ich bring es bestimmt zurück", sagte ich verlegen. „Haben Sie vielen Dank!"

Als ich mich erneut anschickte, in den Flur zu tauchen, rief mir der Schäfer nach: „Unterm Sitz finden Sie ein Büchlein. Vergessen Sie nicht, Karlchen einzutragen."

3

Der gelbe Überzug war nicht weniger liebevoll gearbeitet, als das, was er schützen sollte. Er passte hauteng, und er gab vor, etwas sehr Wertvolles zu bemänteln. Vorm Haus drehte ich mich noch einmal um. Allein ein kleines Schild an der Tür machte auf den Laden aufmerksam. Ich hätte noch Jahrzehnte hier leben können, ohne auch nur zu ahnen, dass es diesen Laden gibt. Das Fenster war ohne das kostbare Exponat nun wieder ein Fenster wie unzählige andere geworden. Wäre mir vor nur zehn Minuten jemand zuvorgekommen, so hätten meine Augen nichts gehabt, woran sie sich hätten heften können, und ich wäre nun nicht stolzer Besitzer eines Kleinods.

Der Niesel war heftiger geworden. Mit eiligen Schritten lief ich heim, um den Bezug nicht allzu nass werden zu lassen. Mein Herz, nein, alles in mir frohlockte. Weihnachten, eben noch scheußlich nahe, war in grausame Ferne gerückt. Fortan würde ich die Stunden zählen. Ich hatte einen Schatz erworben und vierhundert Euro gespart. Gerade, da mir diese Einsicht ins Bewusstsein sprang, passierte ich einen Juwelier. Mit dem Rücken stieß ich die Tür auf, um nur zehn Minuten später mit einer wundervollen Silberkette durch eine freundlich aufgehaltene Tür den Laden wieder zu verlassen. Das Leben war ein Fest! Natürlich hatte der Juwelier wissen wollen, was ich da so behutsam an meine Brust drücke, und natürlich war er von dem Spielzeug nicht weniger entzückt gewesen als ich.

Je näher ich der Wohnung kam, je öfter sah ich mich besorgt um, um nicht etwa meiner Frau oder einem der lieben Anverwandten in die Arme zu laufen. Erleichtert schob ich den Schlüssel in die Haustür.

Ich sah ihn im Augenwinkel. Natürlich kann ich nicht mit Sicherheit sagen, dass er es war. Ich sah ihn nur den Bruchteil einer Sekunde. Dennoch glaubte ich damals, dass er es ist, der Verrückte mit dem starren Blick. War er mir gefolgt? - Warum? Oder hatte ich mich doch getäuscht? Machte mich der Besitz des Schatzes so misstrauisch, dass ich allenthalben Strolche ausmachte, die seiner habhaft werden wollen? Auch das war möglich.

Ich hatte Mühe, die beiden Kostbarkeiten so zu verstauen, dass sie bis zur Bescherung unentdeckt bleiben würden. Für das Silberkettchen war leicht ein Versteck gefunden. Das Schaukelpferd verwahrte ich auf dem Dachboden. Hier stand es, unter Kleidersäcken begraben, die seit dem Umzug vor zehn Jahren keiner auch nur angefasst hatte. Trotzdem verließ ich den Boden mit unsicherem Gefühl.

Schwerer als die Geschenke war meine Stimmung zu verbergen, die Evelin zu mancher Spekulation verleitete.

„Bist du verliebt?"

Verborgene Leidenschaft macht attraktiv. Ich schwieg mit unentschiedenem Lächeln. Solch eine Steilvorlage bekommt man nicht oft; wenigstens ich nicht. Entsprechend genoss ich den Nimbus des auch außerhalb dieser Wände Begehrten.

Nun glühte auch Evelin, was sie nicht minder begehrenswert machte. „Du lügst!", rief sie ziemlich ernst.

„Wenn dein Zorn nicht nur Ausdruck der verletzten Eitelkeit ist, sondern deiner Liebe zu mir entspringt, dann sollte ich mein Glück nicht außerhalb des ehelichen Heimes suchen", sagte ich unernst.

„Du weichst aus. - Wir sind nicht verheiratet."

„Die Ehe wird nicht durch Gott oder den Standesbeamten geschlossen. Allein durch den Akt der Begattung werden die Gatten, was sie sind. Und dieser Akt muss so oft wie möglich vollzogen werden", deklarierte ich in pastoralem Ton, die Widerborstige kraftvoll an mich ziehend.

„Das könnte dir so gefallen. In einer halben Stunde muss ich Karlchen abholen."

„Sollte eine halbe Stunden nicht ausreichen?" Ich nahm ihren Kopf in beide Hände und neigte mich nieder, sie zu küssen.

„Du sollst mich nicht nötigen!"

„Prüderie ist eine besondere Art von Geiz, und zwar die schlimmste, die es geben kann.", sagte ich in zornigem Ton.

Sie funkelte mich gefährlich an.

„Das sagte Mark Twain, glaube ich zumindest."

„Es war Stendhal. - Was ist los mit dir?"

„Nichts."

„Eine Gehaltserhöhung?"

Ich war versucht, „Ja" zu sagen. Aber diese Ankündigung hätte gerade jetzt, in der Adventszeit, dramatische Auswirkungen auf Evelins Kaufverhalten und damit auch auf unseren Haushaltsetat gehabt. Die Folgen würden sich auch mit allen Tricks nur schwer ausgleichen lassen. Die letzte Gehaltserhöhung lag etliche Jahre zurück. Sie wäre also, wenn sie denn den Regeln der Gerechtigkeit folgen würde, längst fällig gewesen.

Ich kam nicht weiter in meinen menschlichen Betrachtungen, da mich Evelin sehr resolut aus dem Anzug stieß, und mir durch die Auferstehung anderer Regionen jedwedes Konzentrationsvermögen abhandenkam.

So bescherte mir das süße Seepferdchen - noch bevor es selbst optisch in Erscheinung getreten war - einen der so wunderbaren, weil immer seltener werdenden spontanen Augenblicke der Leidenschaft. Ja, auch noch nach zehn Jahren überraschte mich Evelin mit unbekannten Seiten ihres Wesens. Dieses Feuer hätte ich nicht für möglich gehalten. Entsprang es wirklich der Eifersucht? Oder hatte mich der Besitz des sorgsam versteckten Gegenstandes so verwandelt?

Ich hatte den Kopf frei. Mich bedrückte nicht die Last der Tradition, die das Leben besonders im Dezember zu einer Farce verkommen lässt, weil man von jedermann und auf jedem Schritt zu irgendwelchen Handlungen gezwungen wird; und nicht nur zu Handlungen, sondern - was weitaus bedrückender ist - auch zu Stimmungen. Dieser Dauerdruck von außen macht es gerade allen Individualisten schwer, ehrlich zu sein, ohne als Muffel oder Prinzipienreiter verdächtigt zu werden.

Meine erste Liebe ist wahrhaftig an meiner Verweigerung gescheitert, alle traditionellen Albernheiten mitzuspielen. Am ersten Dezember hatte ich an meinem Schreibtisch einen mit unsäglichem Aufwand gefertigten Adventskalender gefunden, der zudem mit ausgewählten Leckereien und neckischen Geschenken und Nippes gefüllt war. Es war mir keine Freude, sondern eine Anfechtung gewesen. Jeder Morgen hatte nun mit einem verkrampften Magen begonnen, denn ich wusste sicher, dass meine Angebetete gern auch so einen Liebesbeweis gehabt hätte. In der Nacht zum sechsten Dezember war ich in den Flur geschlichen, um die sorgsam geputzten Stiefel meiner Geliebten zu füllen. Was fand ich wohl? Meine Stiefel - wenn auch nicht von mir, so doch nicht weniger sorgsam geputzt - quollen über. Um all die phantasievollen Aufmerksamkeiten fassen zu können, waren sie mit einem Trichter aus kostbarem Weihnachtspapier ausgeschlagen worden. Ich resignierte. Meine Gaben fielen gegen die ihren geradezu kümmerlich aus. Bis zum Morgen hatte ich keinen Schlaf gefunden, und also war ich vollkommen übermüdet in die Auseinandersetzung geschlittert, in der es - wie erwartet

- um Prinzipielles ging. Mein Versuch, das Defizit in den Stiefeln durch den besonderen Einsatz im Bett auszugleichen, war ganz besonders zu meinen Ungunsten ausgefallen. An diesem Morgen, da meine Liebe unter abstrusesten Vorwürfen begraben wurde, lernte ich auch die Namen der Hersteller für Leckereien, mit denen man in der Minne bestehen kann. Freilich war es Zufall gewesen, aber nicht eine meiner Gaben wies ein solches Firmensiegel auf.

Heute ist die Angebetete von einst mit meinem besten Freund von einst verheiratet. Sie hat ihm bereits drei Kinder geschenkt. Meine Erfahrungen und mehr noch meine selbstlose Art, andere an ihnen teilhaben zu lassen, haben keinen geringen Anteil am beständigen Glück der beiden. Freilich ist Werner, der beste Freund von einst, im November der Welt für zwei Wochen verloren, in denen er mit dem Entwurf und der Herstellung von mittlerweile vier Adventskalendern in Anspruch genommen ist.

Auch wenn ich weiß, welch katastrophale Folgen die Missachtung traditioneller Erwartungen haben kann, wird mir nicht leichter ums Herz, im Gegenteil. Sich dabei zu ertappen - der Nötigung nachgebend - gegen alle Vernunft im Strom der Masse zu schwimmen, ist entwürdigend und nur bei Menschen überdurchschnittlicher Selbstachtung nicht mit einer Beschädigung derselben verbunden. Zudem ist es wahnsinnig schwer, wenn nicht unmöglich, bei der missmutigen Teilnahme an diesem Spiel nicht bemüht zu wirken, was die Sache noch alberner macht.

Eingedenk dieser alljährlich empfundenen Bedrückungen ist es verständlich, wie befreit ich mich fühlte. Ich hatte für meine beiden Liebsten Geschenke für den großen Abend. Meine Seele war von einer Leichtigkeit, dass sie hätte zum Himmel fliegen mögen.

Evelin hatte aber auch keinen Grund, an meiner körperlichen Verfassung zu mäkeln. Von meiner Hochstimmung angesteckt, machte sie sich auf den Weg in den Kindergarten.

4

In den folgenden Tagen hörte ich noch oft die Frage, was mit mir los sei, und sie führte mir wieder und wieder vor Augen, dass ich mich ganz offensichtlich optisch und auch im Wesen auffällig verändert hatte.

Selbst Kollegen machten Andeutungen. Einige Kolleginnen sahen mich an, als ob sie mir zum ersten Mal begegnete, mit dieser Verklärung im Blick, die man am besten übersieht oder sofort wieder vergisst, was nicht immer hilft, da einen diese kühle Unnahbarkeit oft noch anziehender macht und also dem gefährlichen Spiel zusätzliche Energie zuführt.

Glücklicherweise ermüden Rezeptoren unter fortwährendem Reiz, und irgendwann hatten sich alle an meine neue Aura gewöhnt; alle, außer Evelin. Sie sah mich immer mal wieder so an, als wenn ich ausgetauscht worden wäre oder Zeus in meine Hülle geschlüpft sei, mein Weib zu verführen. Das tat unglaublich gut.

Hatte mich Evelin in den vergangenen Jahren aus Angst, ich könnte den Einkauf der Geschenke vergessen, durch alle möglichen Andeutungen oft vergeblich gedrängt, auszugehen, so erschrak sie nun beinahe, als ich mich an einem verkaufsoffenen Sonntag anschickte, die Wohnung ohne sie zu verlassen. Dabei hatte ich nur den Baum kaufen wollen, ein Akt, den ich trotz Hochstimmung lieber allein vollzog. Ich muss wohl kaum noch erwähnen, dass ich bei meiner Rückkehr mit forschenden Blicken empfangen wurde.

Höhepunkt der Irritation meiner nicht amtlich Angetrauten war ein Gespräch, das sich ganz zwanglos in einer besinnlichen Stunde bei Kerzenlicht und heißem Kaffee ergab. Karlchen saß in seiner Bude, die wir mit Decken aus seinem Ställchen gebaut hatten, und spielte recht ausdauernd mit den Holzklammern der Großmutter. Wahrscheinlich war es einfach nur dieser Anblick, der mir die Frage auf die Lippen brachte. „Für wann hast du eigentlich die Eltern eingeladen?"

„Noch gar nicht", sagte Evelin, halb erstaunt, halb zurückhaltend.

„Willst du sie dieses Jahr nicht …"

„Siegfried."

Irgendwann musste der Name ja fallen. Ja, ich heiße Siegfried. Weiß der Teufel, wer oder was meine Alten geritten hat, mich so zu nennen. Ich kann nicht sagen, ob sie den Nimbus des Helden, meine Manneskraft oder meinen frühen Tod durch weibliche Intrige vor Augen hatten oder nur einer dümmlichen Neigung zum Deutschtum gefolgt waren.

Evelin hatte nun den Ausdruck der Verzweiflung angenommen. Ich wusste, warum, aber ich war gar nicht in Stimmung, darauf einzugehen. Was wogen Befindlichkeiten vergangener Jahre? War ich nicht ein anderer geworden?

„Ich hatte dieses Jahr ein ganz ruhiges Fest haben wollen. - Für dich."

Ich erinnerte mich der Auseinandersetzung vor einem Jahr. Mir schoss die Schamröte ins Gesicht. Wie kleinlich ich sein kann; wie egoistisch. Dabei ist es doch nicht so schwer, sich mit ein wenig Phantasie in die Gemüter der Alten zu versetzen. „Du musst mir nicht nachgeben, wenn ich egoistisch bin", sagte ich verhalten.

Evelin zog die Knie an und hielt sie mit den Armen fest. Wie reizend sie auch in dieser kindlichen, hilflosen

Haltung aussah, ich war gut beraten, mich von diesem Eindruck nicht täuschen zu lassen. Evelin konnte sich mühelos in ein kleines Mädchen verwandeln, ohne dabei ihren Biss zu verlieren. In unserer Anfangszeit bin ich oft in diese Falle getappt, weil ich dem kleinen Mädchen hilflos ausgeliefert war. Wann immer ich mich dieser Erscheinung beugte, übernahm der Fürsorgeinstinkt die Herrschaft über alle anderen Hirnareale. Später habe ich gerade diese Zwielichtigkeit an ihr lieben gelernt.

Mit ihren großen, braunen Augen sah sie mich an, als wenn sie sich jeden Augenblick in ein scheues Reh verwandeln wollte. Das kastanienbraune Haar umwallte das etwas spitznasige Gesicht wie die Kapuze mittelalterlicher Gewänder. Wie ihre Mutter, gehört sie zu den Frauen, die ihre körperlichen Reize lange und scheinbar mühelos bewahren. Auch nach zehn Jahren war bei meiner Begierde noch keine Ermüdung eingetreten. Wie gern hätte ich sie jetzt … Von den kostbaren, weil seltenen spontanen Ausbrüchen der Leidenschaft nach zehnjähriger Bekanntschaft sprach ich schon.

Es verunsicherte mich, Evelin so lange wortlos zu sehen. Sie war keine Freundin der Verschwiegenheit. In der Regel machte sie viel mehr Worte als nötig waren. Da, wo ich ein Ja oder Nein als vollkommen hinreichend empfinde, kommt sonst meist erst einmal eine Mutmaßung, eine Verdächtigung, ein Vorwurf, eine Verteidigung, ein guter Rat oder ein Gegenvorschlag.

„Hast du Angst, das Fest allein mit mir und Karlchen zu verbringen?", fragte sie körperlos.

Ihre Ängstlichkeit war unerträglich. „Wie kommst Du denn darauf? - Evelin, das ist … Wieso spielst du meinen Part?"

„Weil es unheimlich ist, wie du dich verändert hast!", rief sie gereizt.

„Das bildest du dir ein. - Was ist Schlimmes daran, wenn man hier und da ein bisschen einsichtiger wird?"

„Das sagt gerade einer, der nicht daran glaubt, dass sich Menschen ändern können."

„Jetzt machst du mich dogmatischer, als ich es je war." Das war nicht kokett; das war - genaugenommen - gelogen; faustdick gelogen. Ich bin mitunter absolut dogmatisch, namentlich dann, wenn ich glaube, im Recht zu sein. Das konnte ich ihr natürlich so nicht sagen, weil es so immer nur falsch zu verstehen ist. Was meine Zweifel an der Veränderbarkeit der Menschen betrifft, habe ich leider ernüchternde Erfahrungen machen müssen. Meine erste Frau hatte in mir den Wahn erregt, sich in vielerlei Hinsicht zum Guten, zum Vernünftigen zu wandeln, was meist nichts anderes hieß, als meinen Grundsätzen zu folgen. Nach unserer Trennung hatte ich dann aber mit Bestürzung erleben müssen, wie sie in alle, ausnahmslos alle früheren Gewohnheiten zurückfiel und sich ausnahmslos alle Wünsche erfüllte, von deren Unsinnigkeit ich sie glaubte überzeugt zu haben. Sogar einen Hund hatte sie sich zugelegt.

Evelin war anders. Sie änderte sich erst gar nicht. Nicht einmal die Unart, das Klo als Lesekabinett zu missbrauchen, hatte ich ihr abgewöhnen können; ein Laster, das in einer Wohnung mit nur einem Klo für alle anderen sehr bedrückend sein kann, und das nicht etwa nur v o r der Tür. In der engen Kammer selbst stapeln sich mitunter solche Mengen von Zeitschriften, Büchern und Katalogen, dass man sich bei jedem Abtritt der Gefahr aussetzt, zu stolpern und sich am Beckenrand oder an der Tür die Stirn blutig zu schlagen. Seit einigen Tagen zum Beispiel lag eine dünne Broschüre über den *Vogel des Jahres 2003* obenauf, die mir nun Gelegenheit bot, mich bei jedem Besuch der Örtlichkeit über den Mauersegler zu belesen.

Evelin spitzte ihren Mund. „Ich hatte mir beim letzten Mal deine Worte zu Herzen genommen. Du hast ja wirklich ein Recht darauf, das Fest einmal so zu erleben, wie es dir angenehm ist."

Ich lächelte einseitig. Natürlich ist es angenehm, des zarten Grüns ansichtig zu werden, das die Saat der eigenen Worte in fruchtbarem Boden hat aufgehen lassen. Hier war es beschämend. „Recht", sagte ich betreten. „Und wenn schon. Es ist kleinlich."

„Siegfried! - Ist das wieder so eine blöde Tour, die sie euch in einer dieser idiotischen Schulungen beibringen?", rief sie unbeherrscht. Sie hatte die Hände von den Beinen gelöst und war so schnell aufgesprungen, dass ich befürchtete, Opfer des nächsten Sprunges zu werden. „Für wann, bitte schön, soll ich sie einladen?"

Augenblicklich wurde mir der Fehler bewusst. Evelin war zu klug, um meinen plötzlichen Sinneswandel nicht mit dem Geschenk in Verbindung zu bringen, das heißt, mit der Absicht, zu beschämen. Das war zwar nicht wahr, aber es war zu logisch, als dass es sich würde bestreiten lassen. Also versuchte ich, zurückzurudern. „Aber wenn d u auch mal ein ruhiges Fest …"

„Um mich geht es nicht. Du weißt, dass ich Weihnachten am schönsten finde, wenn ganz viele beisammen sind", rief sie aufgebracht.

„Dann mach es wie immer so, wie du es willst. Ich will mich schon dreinschicken."

Evelin war durch nichts stärker reizbar als durch den Gebrauch veralteter Redewendungen. Das 'dreinschicken' war mir auch nur so rausgerutscht, was umso undiplomatischer war, als dieses Thema in der Vergangenheit mit großer Verbissenheit ausgefochten wurde.

„Da soll einer schlau aus euch werden. Erst willst du deine Ruhe, dann willst du sie nicht. Erst soll ich einladen, dann wirfst du mir vor, immer zu tun, was ich will."

„Das habe ich dir bestimmt nicht vorgeworfen."

„Nicht direkt vielleicht. Aber so gut kenne ich dich."

Hier hatte sie - unvoreingenommen betrachtet - recht. Bei aller Liebenswürdigkeit dieser Frau gab es ein paar Schrullen, die ich nur schwer oder gar nicht ertragen konnte. Das heißt, unerträglich war allein die Unart, dass sie ihre Eltern über Weihnachten ohne Unterbrechung bei sich haben musste. Ist dieser Wunsch für sich genommen schon einigermaßen grenzwertig, so wird er durch die Tatsache geradezu blödsinnig oder infantil, dass die Eltern keine halbe Stunde zu Fuß entfernt wohnen, mit dem Auto also kaum fünf Minuten unterwegs sind. Es war Tradition, und das leider schon lange, bevor ich in ihr Leben getreten bin und wir beide beschlossen haben, ein gemeinsames Leben zu führen. Dabei nervt mich nicht so sehr die Anwesenheit der beiden - sie schlafen im Gästezimmer - sondern die Unumstößlichkeit der Tradition und meine Ohnmacht, gegen sie anzukommen.

Ja, das Thema war vergiftet. Gelang es mir, alle Argumente zu entkräften, spielte sie mit absoluter Verlässlichkeit den letzten Trumpf: Du kannst das nicht verstehen, weil du keine Eltern hast.

„Evelin, nein, hör auf. Ich will einfach, dass du glücklich bist." Ich kann doch nichts dafür, dass diese Sätze so dämlich klingen. Aber das war ganz ehrlich gemeint.

Evelin prustete los. Karlchen fiel in ihr helles Lachen ein, was sie noch mehr aus der Fassung brachte. „Da muss selbst Karlchen lachen."

„Warum kränkst du mich?" Es muss mir gelungen sein, eine bekümmerte Miene zu machen.

Evelin sprang mir auf den Schoß und legte meine Hände auf den Rücken. „Die bleiben, wo sie sind!" Sie küsste mich, wie sie es schon lange nicht mehr außerhalb des Bettes getan hatte.

„Und jetzt quälst du mich sogar."

Karlchen bemühte sich energisch, Mittelpunkt unserer Beziehung zu werden. Ja, manchmal kann ich verstehen, dass die Männchen bestimmter Tierarten ihren Nachwuchs totbeißen. Wenigstens hatte ich das Gefühl, das Rudermanöver ganz gut zu Ende gebracht zu haben.

5

Ich war aufgeregt, keine Frage. Evelin hatte nicht nur ihre Eltern eingeladen, sondern auch noch Juliane, eine Freundin, die sich die beiden Kinder mit ihrem geschiedenen Mann teilte, und dieses Weihnachten ganz allein verbracht hätte, weil die Kinder bei ihm und der neuen Familie waren. Auf Julianes Bitte hin hatte ich Steffen, einen Freund, geladen, der ein rechtes Einsiedlerleben führte und damit - ausgenommen bestimmte Zeiten im Jahr - ganz gut zurechtkam. Meine Alten hatten schon ein Weilchen das Räumliche oder Zeitliche gesegnet, wenn man das so salopp sagen kann. Eigentlich sollten auch noch Evelins Schwester mit Mann und den beiden Töchtern die Runde bereichern, aber die hatten es vorgezogen, bis in den Januar hinein nach Teneriffa zu fliegen, was mir nicht unrecht war, denn sowohl die Mutter als auch die Mädchen sind sehr anstrengend, und noch anstrengender ist es, den Mann und Vater in all seinen Bedrückungen erleben zu müssen.

So saßen denn fünf Erwachsene in der Runde und unser Karlchen, der sich über den riesigen, von Evelin wundervoll geschmückten Baum nicht genug wundern konnte. Allenthalben formte er den Mund zu einer ganz süßen Schnute, um die erreichbaren Kerzen auszublasen. So niedlich das auch war, es hatte etwas von einem Nervenbelastbarkeitstest, und je nach Status der Testanten wurde bald diese, bald jene Belehrung laut, und jede dieser Bemerkungen drohte in eine Debatte über Prinzipielles zu münden. Evelin hielt sich großartig.

Noch konnte ich alles nur vom Balkon aus beobachten, wo ich - in ein tadelloses Kostüm gezwängt - auf meinen Auftritt wartete. Es war zwar recht zugig, aber nicht allzu kalt. Auch der Niesel war mehr belebend als unangenehm.

Endlich entzündete Evelin die Wunderkerzen, mein Zeichen. Ich hämmerte an die Balkontür. Alle fuhren zusammen, selbst Evelin, die sich doch gut auf meinen Auftritt hatte einstellen können. Karlchen erstarrte, als ich in feucht glitzernder Soutane mit derbem Sack und imposanter Rute ins Zimmer trat. Steffen und Juliane wendeten sich grinsend zueinander. Evelin starrte auf den nach ihren Schätzungen viel zu großen Sack. Frank und Irene spielten züchtig mit.

Als die Wunderkerzen heruntergebrannt waren, blendete Evelin mit zarter Hand einfühlsam die Musik aus. Karlchen starrte mich an. Ich ließ ihn - bei allem, was ich tat - nicht aus den Augen. Ich wusste, dass mein Spiel eine Gradwanderung war, denn ich hatte nicht nur eine Bescherung erlebt, die vom sirenenhaften, unstillbaren Geschrei eines Kindes überschattet, nein, besser, überlärmt gewesen war. Noch hielt sich Karlchen wacker. In den letzten Wochen hatte er sich bisweilen recht respektlos über den Alten mit dem weißen Bart geäußert. Jetzt schien es so, als wenn er die Folgen dieser Respektlosigkeit abwägen würde. Der Alte, der vor ihm stand, wirkte gemeingefährlich, denn ich kostete meinen Spielraum aus.

Die Geschenke hatte ich in wohldurchdachter Reihenfolge geschichtet. Evelin kam als erste an die Reihe, um Karlchens Ehrfurcht ein bisschen aufzuweichen. Sie spielte wundervoll. Für das weiche Geschenk ihrer Eltern sang sie *Schneeflöckchen, Weißröckchen*. Auf meine strenge Frage, ob sie denn auch manchmal böse gewesen wäre und also die Rute verdient hätte, rief Frank bestimmt „Ja!" Irene setzte den Ellbogen ein und schüttelte den Kopf, in dem zu allem Überfluss auch noch zwei giftige Augen blitzten. Karlchen hatte leider für all das gar keinen Sinn. Auch er schüttelte stumm den Kopf, aber mit ganz flehentlichen Augen, also bekam Evelin nicht mit der Rute, worauf sie sich mit einem ganz zärtlichen Kuss bei mir, also dem Weihnachtsmann, bedankte.

Auch der widerlichste Kerl verliert seine abstoßende Wirkung, wenn er von einem so zauberhaften Wesen geküsst wird. Karlchen sprach und sang ein halbes Dutzend Gedichte und Lieder, und er bekam ausnahmslos pädagogisch vertretbare Geschenke; alles aus Holz, und alles sehr teuer. Auch Karlchen zuliebe, oder, besser, um unliebsamen Quengeleien zu entgehen, hatten wir es zur Regel gemacht, die Geschenke sofort auszupacken. Evelin spannte eben ein weißes, langärmeliges Nachthemd vor die Brust, das sie von mir aus gleich hätte anziehen und mit mir ausprobieren können. Frank hielt nach missratenem Gedicht und einigen nicht gedämpften Schlägen mit der imposanten Rute eine weinrote Schleife und einen ebensolchen Kummerbund in Händen. Das brachte mir den ersten sehr verliebten Blick von Evelin ein, die geglaubt hatte, ihren Vater mit einer Unterwäschekollektion beglücken zu können.

Ein Geschenk pro Mann oder Frau war ungeschriebenes Gesetz, um dem Weihnachtsmann einen Rest der Stimme zu bewahren und die Adventszeit nicht ausschließlich mit dem Auswendiglernen von Gedichten zubringen zu müssen. Da Frank bereits das zweite Geschenk enthüllte, machte sich Unruhe breit. Irene hatte schon einen neuen Band von Mankell ausgepackt. Nun stand sie stammelnd vor mir, um sich mit einem künstlerischen Beitrag das zweite Geschenk zu verdienen. Sie haspelte ein paar Zeilen vom *Handschuh* und errötete.

Ich stellte sie vor die Wahl, entweder Schläge zu ertragen oder das Geschenk sofort anzuziehen und den ganzen Abend lang zu tragen.

Wer das Glück hatte, meine Schwiegermutter kennenzulernen, wird nie mehr behaupten, dass eine Frau nach einem halben Jahrhundert keine Reize mehr hat. Da ich sie in wenig betuchtem Zustand gesehen habe, kann ich versichern, dass sie sogar noch sehr anziehend war. Ja, sie war schlank und dennoch an den nötigen Stellen rund. Der lange, blonde, nur wenig angegraute Zopf gab ihr etwas Mädchenhaftes, das sich auch noch in ihrem Gesicht fortsetzte, das - nach meinem Empfinden - immer neugierig und lebenshungrig dreinschaute.

Sie wurde erst sehr blass, dann rot, dann suchte sie Hilfe bei Evelin, die Mühe hatte, ihren giftigen Blick so rasch in einen ermutigenden zu verwandeln. Ja, was traute sie mir denn zu? Dachte sie, ich zwinge die Mutter, einen Abend lang mit Strapsen um den Lichterbaum zu hopsen? Auch Franks Gesicht leuchtete in dunklem Rot.

„Ich kann eure Ängste zerstreuen, obwohl sie Irene kränken müssen. Es sind keine Strapse oder anderen Dessous. - Also: Rute oder …"

„Dann zieh ich es an", sagte Irene, die mir schon ihr - wie gesagt, nicht reizloses - Hinterteil dargeboten hatte. Karlchen war wohl ein bisschen enttäuscht. Die Stille im Raum zeigte ihm jedoch an, dass etwas Unerhörtes vor sich gehen musste. Irene verschwand mit dem Päckchen im Flur. Ich schwätzte mit den Zurückbleibenden, um ihr Zeit für die Verwandlung zu geben.

„Evelin!" Das war kein Hilferuf. Dennoch lief die Angesprochene Richtung Tür. „Du bist ja verrückt!"

Ich war gerettet. Meine Pein, die den roten Mantel in Schweiß getränkt hatte, war zu Ende. Der zweite Ausruf war ganz zweifellos ein Schrei des Entzückens. Ich kramte im Sack, um die Szene weiter unauffällig über den Brillenrand beobachten zu können. Irene betrat mit einem olivgrün schillernden Strechkleid die Stube. Die Verkäuferin hatte es für mich angezogen und mir nachher versichert, dass es bei schlanken Frauen immer gleich gut aussieht. Sie hatte gelogen. Bei Irene sah es viel besser aus.

„Du siehst aus wie eine Prinzessin", stammelte Karlchen.

Frank starrte die Angetraute mit offenem Mund an. Deutlicher konnte er nicht zeigen, dass er nicht der Absender des Geschenkes war.

Steffen und Juliane unterbrachen ihr Geturtel.

Evelin bedachte mich mit einem in mehrere Richtungen deutbaren Blick, der sie unwiderstehlich machte, obwohl ich nicht wusste, in welche Richtung er zu deuten war, oder vielleicht gerade deshalb. Sah ich da etwa Neid? - Nein, ich will keine Vermutungen anstellen.

„Toll", sagte Steffen endlich.

„Super", ergänzte Juliane.

Evelin war noch immer sprachlos.

Irene drehte sich entzückt hin und her. „Da muss ich mich aber mit den Kerzen in Acht nehmen", wisperte sie kokett.

Ich zog den nächsten Trumpf. Karlchen lauschte auf, als er den Namen der Mutter vernahm. Evelin starrte auf das kleine Päckchen. Ohne sich lange drängen zu lassen, sang sie mein Lieblingslied *Ach bittrer Winter, wie bist du kalt*. Es klang allerliebst mit dieser seltsam belegten Stimme. Sie küsste mich viel zu lange. Ich meine, so küsst man keinen Weihnachtsmann. Ich fühlte die Träne und erschrak.

„Das Lied macht mich immer so traurig", sagte sie zu Karlchen gewandt.

Den beiden Einsamen hatten wir offenbar mit der Einladung des jeweils anderen das schönste Geschenk gemacht. Sie hatten kaum Sinn für die Bescherung, was nicht heißen soll, dass sie sich um das künstlerische Opfer mogelten.

Ich erkundigte mich indessen nach dem Verbleib des Vaters, für den auch ein Geschenk von den Heinzelmännern mitgegeben worden war, obwohl er vor allem kräftige Schläge auf den Allerwertesten verdient hatte.

Hier widersprach keiner, nicht einmal Karlchen. Er sah mich lange an und sagte dann: „Der Papa sucht dich. Er hatte Angst, dass du uns vergessen hast."

Ich empörte mich ob dieser Unverschämtheit und riet dem Unverschämten, mir bis zum nächsten Jahr nicht mehr über den Weg zu laufen.

Wenigstens bot sich Karlchen an, das Geschenk des Vaters singend auszulösen. Ich war gerührt.

Evelin betrachtete mit noch immer feuchten Augen die matt glänzende Kette. Ich kramte indessen ungeduldig im Sack, um endlich die Katze aus demselben zu lassen. Irene half Evelin dabei, die Kette umzulegen. Frank hatte unauffällig den Binder gelöst, um ihn durch die weinrote Fliege zu ersetzen. Steffen und Juliane tuschelten sich wohl ihr bisheriges Leben zu. Mein Herz frohlockte.

Ich ließ den Sacksaum fallen, ein gelbes Futteral freilegend, das augenblicklich alle Blicke auf sich vereinte. Selbst die beiden Turteltauben verstummten.

„Das ist für mich", sagte Karlchen bestimmt.

Ich lehnte mich - den Dingen ihren Lauf lassend - zurück.

Karlchen zog den Reißverschluss auf und enthüllte das Schaukelpferd. Das Glöckchen am Schwanz klingelte schüchtern.

„Ba!", fand Steffen auch diesmal als erster die Sprache wieder. Er stand auf, lief eilig auf den Schnittpunkt der Blicke zu und kniete sich vor das Spielzeug.

Karlchen wiegte es sacht, mit großen Augen das schaukelnde Glöckchen bestaunend.

„Das hast du ja absolut toll gebaut, Alter", vergaß sich Steffen.

„Meine Heinzelmännchen bauen alles toll", raunzte ich zurück, die Worte mit einem Tritt vors Schienbein unterstreichend.

Nun kamen auch die anderen näher, um das Kunstwerk zu bestaunen. In den Gesichtern stand vor allem die Frage nach dem Ursprung; gekauft oder selbstgebaut. Ich konnte mich nicht erklären, ohne das Inkognito des Weihnachtsmannes zu gefährden. Ein 'selbstgebaut' wäre Evelin eh nicht zuzumuten gewesen; nicht von mir, der ich mich bei allen Gelegenheiten über die Heimwerker lustig machte, die ihre Nutzlosigkeit im Großen Ganzen kaschieren, in dem sie die Welt mit ihren infantilen oder dilettantischen Ergüssen beglücken. Eine solche Verwandlung meiner Person hätte sie überfordert. Abgesehen davon hätten Heimwerker dieses Kleinod nie im Leben zustande gebracht.

Karlchen nahm den Zügel, zog das Pferdchen aus Sack und Futteral auf eine noch nicht von zerrissenem Geschenkpapier belegte Stelle des Teppichs, schwang sich auf, als wenn er auf dem Rücken eines Pferdes geboren worden wäre, und schaukelte mit den vergnüglichsten Lauten, so dass er eins schien mit dem erst vor wenigen Augenblicken enthüllten Geschenk.

Ich nahm den leeren Sack und verabschiedete mich unter guten Ratschlägen fürs nächste Jahr und rauen Grüßen für den Vater und verließ die Wohnung. Im Keller hatte ich meine Feiertagsgarderobe zurechtgelegt und vorsorglich auch ein Handtuch, mit dem ich mich leidlich trockenrieb.

Als ich das rote Kostüm im Sack verstaute, hörte ich Schritte im düsteren Kellergang. Da lief jemand, ohne sich Licht zu machen. Das leise Knirschen auf dem

Betonfußboden war kaum vernehmbar. Jetzt hielten die Schritte inne.

Ich griff nach einem schweren Kantholz.

Oben öffnete jemand die Tür, die zu den Kellern führt. Das Licht ging an. Die leichtfüßigen Schritte auf der Treppe waren andere als die von vorhin.

Ich verhielt den Atem, um besser hören zu können.

Die Schritte näherten sich. Quietschend ging die Kellertür.

„Evelin!"

„Hat du jemand anderes erwartet?"

Mein neuer Anzug war nicht weniger schweißgetränkt als der alte.

Evelin nahm mir das Kantholz aus der Hand und küsste mich unvermittelt.

Ich lauschte auf Schritte, den Blick unablässig an die offene Tür geheftet. Alles blieb still; unheimlich still.

„Du warst großartig", flüsterte sie. „Ich hoffe, du hast für den Abend nicht dein Seelenheil verpfändet."

Woher haben Frauen diesen Instinkt?

Das Fest nahm indes seinen heiteren Lauf. Karlchen empfing mich mit der Präsentation des schönsten Geschenkes der Welt. Verschwörerisch erzählte er von den Drohungen des Weihnachtsmannes, von seiner Heldentat des für mich ausgelösten Geschenkes und von unkeuschen Küssen der Mutter. Irene drang wieder und wieder in die Tochter, um ihr das Geheimnis zu entlocken, wie sie auf das Geschenk gekommen sei. Evelins Verweis auf mich hielt sie für die ungeschickteste aller Ausreden. Was hätte mir mehr schmeicheln können? Frank hatte nun auch den eleganten Kummerbund angelegt, um nicht gar zu sehr neben seiner Frau abzufallen. Steffen und Juliane küssten sich bereits, wenn auch noch nach dem Ritual geschlossener Brüderschaft. Aber da war ganz offensichtlich etwas im Entstehen. Ich beneidete sie nicht um die so emsig rasselnden Hormone, denn mit Evelin war mir dieser Tage eine sehr aufgefrischte Geliebte beschert worden.

Karlchen hatte die anderen Geschenke vergessen. Alle Versuche, ihn zum Spiel mit einem solchen zu verlocken, blieben erfolglos. Nachdem er das Seepferdchen neben sein Bett gezogen hatte, leistete er nicht den geringsten Widerstand, schlafen zu gehen.

Steffen schlug vor, zu tanzen. So drehte ich mich in warmer Zweisamkeit selig in den kommenden Tag.

6

Die nächsten Tage mit Evelin waren sehr harmonisch, und das, obwohl sie sich im Beisein der Eltern immer auf merkwürdige Weise veränderte. Frank und Irene waren noch bis zum Silvester-Vortag unsere Gäste. Diesmal rutschte Evelin nicht von meiner Seite in den elterlichen Schoß, wie ich die früher beobachtete Veränderung an ihr bisher salopp umschrieben hatte. Wir blieben eine eingeschworene Gemeinschaft, und überall, wo sie angefochten oder bedroht wurde, kämpften wir gemeinsam und also mit dem nötigen und wohltuenden Humor, wie ich ihn bei früheren Gelegenheiten dieser Art so schmerzlich vermisst hatte.

Auch in Karlchen ging eine wohltuende Veränderung vor sich. Er entdeckte den Fürsorginstinkt, der sich freilich vorerst allein auf das Seepferdchen erstreckte, was aber selbstredend dennoch auch für uns von Vorteil war. Seine Ärztin und alle Kindergärtnerinnen hatten ihm schon nach seinem zweiten Geburtstag eine überdurchschnittliche Sprachentwicklung bescheinigt. Dass das nicht nur Vorteile hat, muss nicht näher beschrieben werden. Nun schwätzte er unentwegt mit dem hölzernen Freund, und es vergingen nur selten Augenblicke, in denen man ihn nicht entweder auf dem Schaukelpferd oder dasselbe am Zügel durch die Wohnung führen sah.

„Es ist wirklich allerliebst", sagte Evelin immer wieder.

Nach dem Festschmaus - Karlchen hatte eben den Raum verlassen, um sich der Fütterung seines neuen Freundes zuzuwenden - kam Frank endlich mit der lang gefürchteten Frage heraus. „Was hat das famose Ding denn gekostet?"

Evelin hielt das Weinglas schützend an die Lippen. Jetzt konnte ich nicht einmal sehen, ob und wann sich ihr Mund und mit ihm die Situation zuspitzte.

„Knapp zweihundert", sagte ich nüchtern und prompt, um keinen Zweifel aufkommen zu lassen.

Die Reaktionen waren geschlechtsspezifisch. Evelin und Irene sahen mich entsetzt an. Frank schien seine Schätzung bestätigt zu finden.

„Zweihundert?", fragte Irene nach.

„Hast du es dir mal genau angesehen?", übernahm Frank die Verteidigung. „Es ist mit zweihundert lausig bezahlt. Nicht ein Detail, dessen Chic oder Stabilität man der Rationalität in der Herstellung geopfert hätte. Das Ding hält hundert Jahre."

„Hundertzwanzig."

Evelin nahm das Glas vom Mund. Zwei unheimlich spitze Lippen kamen zum Vorschein.

„Ich meine, es ist hundertzwanzig Jahre alt."

„Du hast dir doch wohl nicht diesen Bären aufbinden lassen?", fragte Irene spitz. Selten trat Evelins Erbteil so offensichtlich zutage wie in diesen Augenblicken, da die beiden mit fast identischem Gesichtsausdruck nebeneinandersaßen. Selbst die Modulation der Stimme war unglaublich ähnlich.

Nun lächelte auch Frank mitleidig.

„Ein Reißverschluss vor hundertzwanzig Jahren. Das kann man nur einem Mann erzählen", legte Irene nach.

Ich erinnerte mich des Büchleins, von dem der Schäfer gesprochen hatte. Also lief ich ins Kinderzimmer, um Karlchen bei der Fütterung zu unterbrechen. Das Büchlein mit dem goldseidenen Einband war mit einer alten Messingschraube gesichert, die sich mit etwas Mühe ohne Schraubenzieher herausdrehen ließ. Karlchen war fasziniert und folgte mir auf dem Fuß.

„Meine liebe Irene, ich hatte nicht behauptet, dass das Futteral alt ist, sondern das Schaukelpferd." Nachdem ich die Schraube aus dem Büchlein gezogen hatte, blätterte ich zwischen den ersten Seiten, die sich nur widerborstig umschlagen ließen. Das starke Pergament knisterte trotz des kleinen Formates laut. Die säuberlichen Eintragungen auf den vergilbten Seiten waren in deutscher Kurrentschrift, später speziell in Sütterlin geschrieben, das ich nur schlecht lesen konnte. So konzentrierte ich mich auf die Zahlen. Der erste Eintrag stammte aus dem Jahr 1889. Ich reichte das Büchlein lächelnd an Irene weiter. Die anderen scharten sich hinter ihrem Rücken.

„Sütterlin", sagte sie leise. „Der erste Besitzer des Spielzeuges ist ein Karl Gustav Schellenberger aus Breslau gewesen. Der junge Vater stellt sich als Tischlergeselle und Schöpfer des Pferdchens vor."

„Er hieß auch Karl, wie du", sagte Evelin, die Karlchen auf den Arm genommen hatte, um ihn an der Schau des geheimnisvollen Dinges teilhaben zu lassen.

„Er beschreibt, wie und woraus es gebaut ist."

Irene sah auf und fixierte mich wie einen Verbrecher. „Wie viel willst du bezahlt haben?"

Evelin sah mich erschrocken an, als wenn ich für das Spielzeug den Bankrott der Familie riskiert hätte.

Frank zog die Stirn in Falten.

Ich zog es vor, zu schweigen. Dann sah ich Karlchens fragenden Blick und polterte: „Was schwätzt ihr denn ohne Sinn und Verstand? Das Buch gehört zum Schau-kelpferd. Und das hat der Weihnachtsmann gebracht."

„Richtig", sagte Irene mit verhaltenem Triumph. „Es ist nicht verkäuflich, so die ausdrückliche Weisung des - Erfinders."

„Wir wollen es ja auch nicht verkaufen", sagte Karlchen bestimmt.

Ich grinste einseitig. „Ich hatte Angst, dass ihr mir diese Geschichte erst recht nicht abnehmt."

Evelin lächelte nachsichtig wie über den harmlosen Spitzbubenstreich des kleinen Bruders.

Irene hatte sich schon wieder in das Büchlein vertieft. „Es ist lange in der Familie und in Breslau geblieben. Mitunter wird es an ein halbes Dutzend Geschwister weitergereicht. 1919 ist es noch mit einem Schellenber-ger nach Amerika ausgewandert, nach Milwaukee." Sie legte ehrfurchtsvoll die Seiten um. „Hier gelangt es in eine Familie Wolf. Nun wechseln die Namen und Orte oft. Aber immer scheinen es deutsche Aussiedler gewe-sen zu sein. 1934 kommt das Pferdchen nach Deutsch-land zurück, nach Hamburg. Eine Familie Albrecht bringt es mit. Ab hier kannst du selbst lesen."

Ich nahm das Büchlein und steckte es in die Tasche, um dem unvorsichtigen Gespräch ein Ende zu machen.

Karlchen protestierte.

„Ich muss nun auch deinen Namen in das alte Büch-lein schreiben, mein Schatz, damit der Weihnachtsmann lesen kann, dass du darauf geritten bist."

„Ich behalte es doch jetzt", sagte Karlchen bestimmt. „Es bleibt doch ab jetzt immer bei mir!"

Alle folgten lächelnd seiner Rückkehr zum Objekt der Begierde. Keiner hielt es wohl in diesem Augenblick für möglich, dass sich die beiden auf irgendeine Weise von-einander würden trennen lassen.

7

Buchstäblich bis zur letzten Minute hatte sich Irene geweigert, mich als den Urheber des Kleides anzuerkennen. Bei der Abschiedsumarmung dankte sie mir für den Mankell.

„Der Mankell ist von Evelin. - Schön, dass dir das Kleid gefällt", sagte ich beiläufig, ihr einen Fussel vom Mantelkragen zupfend.

„Nein!" Es war das erste Mal, dass ich sie erröten sah wie ein Schulmädchen. Es war auch das erste Mal, dass sie mich auf den Mund küsste. Und es war das erste Mal, dass ich die Tür mit einem Anflug von Wehmut hinter den beiden schloss.

Nun wurde es still. Nachdem wir die Wohnung von den Spuren des Festes beräumt hatten, nahmen wir drei gemeinsam ein Bad. Wir aßen nur eine Kleinigkeit, um die Verfehlungen der letzten Tage wenigstens ein wenig auszugleichen, und gingen dann gemeinsam ins Bett; Karlchen in seines, wir in unseres; Karlchen schlief gleich, wir, nachdem wir die Sinne fast vollendet beruhigt hatten. Hernach hörten wir Rachmaninows 2. *Klavierkonzert* in der unvergleichlichen Aufnahme mit Rösel am Klavier und Janowski am Pult der Dresdner Staatskapelle. Evelin lag wie ein kleines Reh in meinen Armen. Es war ein so beglückender Frieden in mir, und ich glaube, auch in Evelin.

Am Abend spielten wir mit Karlchen. Später, als er sich wieder seinem neuen Freund zuwandte, blätterten wir in dem gerade einmal fünf mal acht Zentimeter kleinen Büchlein.

1944 war zum ersten Mal ein Mädchen stolze Besitzerin des Pferdchens geworden. Ab hier teilten sich die beiden Geschlechter in den Genuss. Die Eltern hatten die Daten durchweg mit größter Gewissenhaftigkeit in die vorgeschriebenen Zeilen eingetragen; eine Doppelseite pro Kind; rechts der Text - Name, Geburtsdatum, Anschrift, Tag und Anlass der Schenkung - links das Foto. Gerade die ersten in ihren warmen Brauntönen waren von bestechender Schärfe und kunstvollem Arrangement. Auf manchen Seiten hatten die Besitzer ganz unten noch ein Kreuz und ein Datum eingefügt, dessen Bedeutung unschwer zu erraten war.

Evelin wurde still, wann immer so ein Nachtrag erschien. Dann flüsterte sie Zahlen; Jahre und Monate der Spanne dieser viel zu kurzen Biographien. 1936 bebilderte erstmals eine farbige Fotografie den Besitzer. Zwanzig Jahre später gab es leider gar keine Schwarz-Weiß-Aufnahme mehr.

Knapp die Hälfte der vielleicht hundert Pergamentseiten wartete noch darauf, beschrieben zu werden. Beim zweiten Durchlauf zählten wir die Besitzer. Karlchen war der achtundfünfzigste. Also hatte das Spielzeug im Schnitt alle zwei Jahre den Besitzer gewechselt.

Evelin schrieb mit ihrem wohlbehüteten Füller und einer bewunderungswürdig ruhigen Hand die Daten auf die neue Seite. Ich holte derweil eines der im Kindergarten hergestellten Passbilder und legte es nebst Klebestift wortlos auf den Tisch. Der Besitz war besiegelt. Der Eintrag in die Papiere eines limitierten Luxuswagens konnte nicht weihevoller vollzogen werden.

Nur wenige Stunden später wäre dieser Akt nicht mehr denkbar gewesen.

Die letzten Stunden vorm Jahreswechsel vertrieben wir uns mit Spielen, in denen Karlchen chancengleich oder überlegen war, letzteres zu meiner wiederholten Verblüffung in Memory. Hatten wir ihn hier anfangs mit Tricks bei der Stange halten müssen, so war es nun selbst mit aller Konzentration und penibler Anwendung der Regeln schwer, gegen ihn zu gewinnen.

Da es Evelin leichter fiel zu verlieren, hatte sie auch mehr Spaß am Spiel und meinem erfolglosen Ehrgeiz im

Besonderen. Natürlich hatte Karlchen das Pferdchen an den Tisch gezogen, und es war ihm ein besonderes Vergnügen, den vernunftlosen Gegenstand zu befragen, wo sich die bildgleiche Karte befindet, um mir hernach zu versichern, dass selbst hölzerne Seepferdchen ein besseres Gedächtnis haben als ich, worauf ich das Biest aus dem Zimmer verbannte, weil ich es unfair fand, gegen jemanden zu spielen, der mit Beistand agiert. Mit hellem Gelächter trug Evelin das unschuldige Ding ins Kinderzimmer. Natürlich gewann Karlchen jetzt erst recht. Irgendwann verließ auch er das Zimmer. „Immer zu gewinnen, ist langweilig", meinte er im Gehen.

Ich hasse diesen latenten Hang zur Arroganz, wahrscheinlich, weil er mich so sehr an meine eigene Kindheit und Jugend erinnert. Und ich hasse nicht minder die Schadenfreude von Leuten, die sich an meinen Niederlagen weiden.

Evelin hatte es nicht schwer, mich wieder freundlich zu stimmen. Sie kannte alle unwiderstehlichen Kniffe und Griffe. Nachdem wir Karlchen ins Bett gebracht hatten, fand sich auch noch Gelegenheit, die Restspannung zu lösen, die in Rücksicht auf Karlchens plötzliches Erscheinen nach dem Nachmittagsvergnügen geblieben war.

Erst kurz vor Mitternacht holten wir den kleinen Kerl - bettwarm in eine Decke gewickelt - zu uns auf den Balkon. Evelin und ich hatten einen kleinen Schwips, und keinem gelang es, die Gläser zu füllen, ohne den Sekt überschäumen zu lassen. Karlchen hatte seinen Spaß an diesem Spiel und noch mehr an unserer Albernheit.

Die Raketen der Ungeduldigen stiegen bereits in den Himmel, als sich Karlchen seines Freundes erinnerte, der den großen Augenblick natürlich nicht versäumen durfte.

Evelin machte sich auf, ihn zu holen. Karlchen, noch ganz schlaftrunken, staunte immer mehr über den zunehmend beängstigenden Lärm und die allenthalben auseinanderfliegenden Perlen aus buntem Licht. Wenige Augenblicke später war der Himmel über und über mit farbigem Feuer durchtränkt. Mitternacht. Evelin kam nicht zurück. Ich stellte Karlchen auf einen umgekippten leeren Pflanzkübel und ging - den staunenden kleinen Kerl ermahnend - ins Kinderzimmer.

8

Evelin stand im Finstern und sah, nein, starrte auf das Schaukelpferd.

„Was ist? - Warum kommst du nicht?"

„Das Ding muss hier raus", sagte sie mit belegter Stimme. So hatte ich sie noch nie gesehen und gehört.

„Was ist mit dem - Ding?"

„Es bewegt sich; es schaukelt", flüsterte sie, als wenn uns jemand hören könnte.

„Evelin!" Ich lachte, aber es war kein freies Lachen, sondern eher eines, das befreien will. Mir war der Schreck in die Glieder gefahren, nicht so sehr der Worte wegen, sondern durch die Art, wie sie sprach; wie sie dastand und auf das Ding stierte. „Schaukelpferde schaukeln nun mal. Dafür sind sie da." Augenblicklich erinnerte ich mich, diese Worte unlängst schon einmal gesprochen zu haben, zu Karlchen. Am Morgen des zweiten Feiertages hatte er aufgeregt erzählt, wie famos das Schaukelpferdchen sei, da es lachen und schaukeln kann. Die Phantasie des kleinen Kerls hatte uns amüsiert.

„Aber nicht von allein, zum Teufel!", schrie Evelin laut durch den Lärm, der von außen durch das geschlossene Fenster drang.

„Du wirst es angestoßen haben."

„Nein."

„Oder etwas anderes, das dann seinerseits das Pferdchen angestoßen hat."

„Nein, Siegfried! - Es hat auch nicht geschaukelt, wie etwas, das man angestoßen hat."

„Wie dann?" Wieder sträubten sich mir die Nackenhaare.

„Gerade umgekehrt." Evelin starrte widerwillig auf das Schaukelpferd. „Es ist aus dem Stand langsam aufgeschaukelt, um dann - so weit, wie es nur geht - weiterzuschaukeln und …" Sie sah mich an. Ihre Stimme wurde immer brüchiger und versagte ganz.

„Was und?"

„Nichts. - Nichts."

Mein Gesicht hatte sich zu einer Maske der Ungläubigkeit und Skepsis verkrampft. Ich merkte es erst jetzt, da Evelin schwieg und sich das Gesicht entspannte. „Komm. - Karlchen wartet auf dem Balkon." Ich nahm das Pferdchen in die eine, Evelin an die andere Hand. Sie war eiskalt und erwiderte nicht meinen Druck.

Karlchen stand wie angewurzelt auf dem Pflanzkübel und bestaunte den Himmel. Wir nahmen die Gläser und prosteten uns Glück zu. Karlchen stieß mit seinem Becher erst an unsere Gläser, dann an die Schnauze seines Freundes. Ich tat es ihm nach. Evelin begegnete meinem Lächeln mit eisiger Miene und feuchtem Blick. Auch ihre Lippen waren kalt.

Eine furchtbare Ahnung durchfuhr mich bei diesem Kuss. Aber noch schlimmer war, dass diese Ahnung mit der Gewissheit einer kam, dass sie sich erfüllen wird.

Karlchen wollte wieder auf meinen Arm, um die Leute auf der Straße beim Zünden der Knaller und Raketen und all den spannenden Albernheiten besser beobachten zu können. Ich tauschte ihn gegen das Schaukelpferd. Evelin wich zurück, als ich es auf den Boden stellte.

War schon die gewaltsame Ausnüchterung im Kinderzimmer meinem Kopf schlecht bekommen, so peinigten ihn nun skurrile Gedanken. Was war so plötzlich in Evelin gefahren? Was hatte sie im Kinderzimmer gesehen? Warum verschwieg sie den Rest? Hatte sie nur zuviel getrunken? Hatte die Lektüre des Büchleins ihre Phantasie allzu sehr erregt?

Auch Karlchen bedrängte mich mit Fragen. So viel Unerhörtes und Ungesehenes stürzte auf ihn ein. Zudem zischten bisweilen Raketen in beängstigender Nähe an unserem Balkon vorbei. Evelin drängte uns, in die Stube zurückzukehren.

Als ich mich - mit allen möglichen Erklärungen auf Karlchen einredend - umwandte, sah ich ihn wieder. Diesmal war ich ganz sicher. Er stand - an die Hauswand gelehnt - neben einem Vorsprung und schaute zu uns herauf. Die Hände tief in den Manteltaschen vergraben, den Kragen weit aufgeschlagen, unterschied er sich kaum vom Schatten des Vorsprunges. Nur das Weiß der Augen stach bei jeder pyrotechnischen Illumination aus dem Dunkel. Als er sah, dass ich ihn entdeckt hatte, wandte er seinen Blick ab, nichts weiter. Ich folgte Evelin in die Stube. Sie schloss die Tür.

„Mein Pferdchen ist doch noch draußen!", protestierte Karlchen.

„Wir holen es dann, mein Schatz. Es will noch ein bisschen gucken", sagte Evelin nüchtern.

„Wenn eine Rakete kommt, dann verbrennt es. Es muss doch mit in mein Zimmer."

„Es wird hierbleiben", sagte Evelin bestimmt.

„Nein!" Weinend lief Karlchen zur Balkontür. Da er sie nicht allein öffnen konnte, hämmerte er mit den kleinen Fäusten an die Scheibe.

Evelin nahm ihn an der Hand und zog ihn ungerührt hinter sich her. Karlchen warf sich auf den Boden und schrie, wie ich es bisher noch nicht erlebt hatte.

„Evelin, ist das wirklich nötig?"

„Ja", sagte sie, „das Ding kommt nicht mehr in sein Zimmer. Es kommt überhaupt …"

„Evelin! - Lass uns das morgen besprechen, wenn wir wieder ganz nüchtern sind."

Sie ließ Karlchen los und trat auf mich zu. „Was willst du damit sagen? - Willst du behaupten, dass ich besoffen … dass ich nicht ganz richtig im Kopf bin?"

Auch Karlchen hatte sich erschreckt. So furienhaft hatte er die Mutter noch nicht gesehen. „Was ist denn mit ihm?", fragte er gequält.

Evelin rang nach Luft, bis sie sich etwas beruhigt hatte. „Es schaukelt", sagte sie so ruhig wie möglich.

„Aber dafür ist es doch da, Mama. Papa hat doch gesagt …"

Jetzt schien sich auch Evelin der Szene zu erinnern. Sie hockte sich zu Karlchen und fasste seine Schultern. Ihre zuvor hoffnungslose Miene hatte sich aufgehellt. Suggestiv drang sie in den kleinen Kerl: „Du hast es doch auch gesehen, mein Schatz."

„Was denn?"

„Wie es schaukelt und - lacht."

Karlchen zögerte einen Moment, dann schüttelte er heftig den Kopf.

Evelin rüttelte an seinen Schultern. „Du hast doch erzählt, dass es schaukelt und lacht!", schrie sie ihn ungehalten an.

„Nein. - Nein!" Karlchen wimmerte leise vor sich hin.

Ich ging energisch dazwischen. „Evelin! - Bitte lass ihn!"

Sie sprang auf und lief ins Bad. Als ich mit Karlchen auf dem Arm an der Tür vorbeikam, hörten wir sie schluchzen.

Noch im Bett sah mich Karlchen verstört an. Ich trocknete seine Augen und war doch nicht weniger ratlos als er. „Papa, bitte lass es nicht auf dem Balkon. Es ist doch zu kalt da. Oder zieh ihm wenigstens den kuscheligen Sack an."

Ich streichelte ihn über den Kopf. „Nein, ich hole es rein. Ich stell es neben den Weihnachtsbaum, da hat es die ganze Nacht etwas, worüber es sich freuen kann."

„Und morgen kann ich wieder zu ihm?"

Ich atmete schwer. „Wir müssen versuchen, Mama umzustimmen."

„Was hat sie denn?", fragte er leise.

„Weißt du", begann ich stockend, nach einer brauchbaren Antwort suchend, „wenn Kinder etwas ganz sehr lieb haben, dann haben Eltern manchmal Angst, dass man sie nicht mehr richtig lieb hat", war das Beste, was mir einfiel. Ich merkte selbst, dass es nicht besonders geschickt war.

Karlchen schlang die Arme um meinen Hals. „Ich hab euch doch viel lieber, Papa."

Ich küsste ihn eilig, um mich schnell aus seinen Armen winden und abwenden zu können. Meine Tränen wollte ich ihm nicht auch noch zumuten.

Ich musste allein sein. Im Kopf war ein Tumult.

Der Mauersegler gehört zur Familie der Segler. Er ähnelt den Schwalben, ist aber mit diesen nicht näher verwandt. Ähnlichkeiten beruhen auf konvergenter Evolution.

Der Name „Mauersegler" ist auf das Verhalten der Vögel zurückzuführen, entlang oder in der Nähe von Mauern zu segeln.

Die durch Carl von Linné für die Gattung und Art eingeführte wissenschaftliche Bezeichnung Apus leitet sich aus dem Griechischen her und bedeutet „ohne Füße". Tatsächlich sind die Beine sehr kurz und während des Fluges tief im Gefieder verborgen.

Obwohl Mauersegler in Städten und kleinen Ortschaften schon lange Zeit zu Hause sind, wurde ihnen kaum besondere Auf-

merksamkeit entgegengebracht. Es gibt vergleichsweise wenige Hinweise auf mythologische Wertschätzung dieser Vögel. In einigen Gegenden Englands standen die Mauersegler im Ruf, „Teufelsvögel" zu sein. Ihr plötzliches Auftreten zu Beginn des Sommers, ihr schwarzes Gefieder und ihr lautes Geschrei waren den Menschen unheimlich. Von Plinius ist die Nutzanwendung aus der Volksmedizin überliefert, Bauchgrimmen mit in Wein eingelegten Mauerseglern zu behandeln.

Der Mauersegler ist ein Langstreckenzieher. Er hält sich hauptsächlich zur Brutzeit, Anfang Mai bis Anfang August, in Mitteleuropa auf. Seine Winterquartiere liegen in Afrika, vor allem südlich des Äquators.

Mauersegler sind extrem an ein Leben in der Luft angepasst. Außerhalb der Brutzeit halten sie sich über mehrere Monate höchstwahrscheinlich ohne Unterbrechung in der Luft auf. Im Hochsommer sind die geselligen Vögel im Luftraum über den Städten mit ihren schrillen Rufen sehr auffällig. Bei ihren Flugmanövern können sie im Sturzflug Geschwindigkeiten von mehr als zweihundert Kilometer pro Stunde erreichen.

Mir war, als ob sich gleich ein paar von diesen Viechern in meinem Kopf verflogen hätten.

9

Kann ein Jahr trübsinniger beginnen? Wir hatten wohl beide kaum geschlafen in dieser ersten Nacht. Als Karlchen in unser Bett gekrochen kam, war mir, als sei ich eben erst eingeschlafen. Da es hoffnungslos schien, Evelins Schlaf zu behüten, wollte ich sie wenigstens behutsam wecken. Also drehte ich mich zu ihr. Ich fuhr zusammen. Sie schien um Jahre gealtert zu sein. Ihr Gesicht war fahl und schlaff. Die rotgeheulten Augen starrten aus tiefen, dunklen Höhlen zur Decke. Die Bewegung, mit der sie meinem Kuss auswich, wirkte so kraftlos, als wenn es ihre letzte Regung werden sollte. Karlchen sah mich ängstlich an.

„Wir lassen die Mama noch ein Weilchen schlafen." Ich weiß nicht, woher ich die Kraft nahm. Wie gerädert schälte ich mich aus dem warmen Bett. In der Küche war es kalt. Karlchen half mir wortlos beim Tischdecken. Auch das Frühstück selbst war sehr wortkarg. Es schien so, als wenn wir beide auf etwas warteten; etwas Unberechenbares, Furchtbares.

Irgendwann wird Evelin aufstehen. Dann wird sie verändert sein und Dinge tun, die sich nicht vorhersehen lassen. Daraus ergab sich unsere Hilflosigkeit. Wir schienen ihr ausgeliefert zu sein. Ich sah, dass Karlchen ähnlich fühlte, obwohl er es natürlich so nicht hätte erklären können.

Die am Vortag geputzte Wohnung empfing uns aufgeräumt und in seltener Sauberkeit. In der Stube war es warm. Karlchen ging vorsichtig zu seinem Freund, der so, wie ich ihn hingestellt hatte, neben dem Weihnachtsbaum stand. Ich nickte ihm zu, aber er schwang sich nicht auf. Er wiegte das Pferdchen mit sanftem Druck auf die Schnauze, und er schien darauf zu achten, dass das Glöckchen nicht bimmelte. Obwohl sich rein gar nichts verändert hatte, sah das Seepferdchen jetzt irgendwie traurig aus. Ich kann nicht sagen, warum, aber es sah nicht mehr aus wie ein Spielzeug. Empfand das Karlchen ebenso? Er streichelte es vorsichtig, als ahnte er, was kommen sollte.

Als Evelin zu uns stieß, saßen wir nebeneinander auf dem Sofa. Ich las im *Chronist der Winde*. Karlchen blätterte in einem Buch mit wundervollen Esel-Fotografien.

Evelin sah weniger horribel aus als noch vor wenigen Stunden, da wir sie verlassen hatten. Sie gab sich alle Mühe, recht ungezwungen und heiter zu wirken, aber nicht einmal Karlchen schien sie überzeugen zu können.

Wir mieden das leidige Thema in der Hoffnung, dass es sich von selbst erledigen wird.

Auch der lange Neujahrsspaziergang durch die schnee-bepuderte Heide löste die tiefliegende Spannung nicht. Die frühe Dämmerung und die friedliche Stille luden eh zum Schweigen ein. Jeder hing wohl seinen Gedanken nach. Karlchen stob bald nach vorn, bald seitlich in die Büsche, um erspähte Wunder von Nahem zu betrachten oder als Kostbarkeiten nach Hause zu tragen. Gern hätte ich Evelins Hand genommen, aber sie blieb sehr ablehnend. Ich spürte das Minenfeld zwischen uns, und ich hatte schon jetzt das Gefühl, dass es wächst.

Am Abend schien sich Evelin wieder ganz gefangen zu haben. Mir wäre es natürlich lieber gewesen, sie hätte sich für ihr seltsames Verhalten entschuldigt oder we-nigstens versucht, es zu erklären. Aber gemessen an den Ängsten, die ich in den letzten Stunden ausgestanden hatte, war ich zufrieden, wenigstens kein Anzeichen einer Verschlimmerung ihres Zustandes ausmachen zu können. Beim Abendbrot scherzten wir sogar wieder, wenn auch schüchtern.

Als wenn er die Rückkehr zur Normalität hätte testen wollen, schwang sich Karlchen - die Mutter nicht aus den Augen lassend - auf sein Schaukelpferd. Evelins Mund zuckte einen Moment, dann nickte sie lächelnd. Ich kannte dieses Lächeln, das sich aus einer Mischung von Trotz und Verlegenheit speiste. Karlchen begnügte sich mit der Zustimmung der Mutter und schaukelte bimmelnd, bis er müde genug war, den Freund ohne Kummer verlassen zu können. Ich wunderte mich über das Feingefühl des kleinen Kerls. Evelin hatte die Stube längst verlassen. Und vielleicht wäre es auch möglich gewesen, das Pferdchen ins Kinderzimmer zu ziehen. Bevor er in die Wanne stieg, verabschiedete er sich lan-ge von seinem Freund. Ich erinnerte mich an die von mir unterbrochene Ankündigung Evelins, das Ding ganz aus dem Haus zu schaffen. Offensichtlich hatte auch Karlchen diese Drohung nicht vergessen. War er froh, dass die Dinge an diesem Tag einen so erfreulichen Lauf genommen hatten? Wollte er das Schicksal nicht durch allzu forsches Handeln herausfordern? Kann ein Dreijähriger so fühlen?

Wir gingen - so müde, wie wir waren - nicht lange nach Karlchen ins Bett. Evelin ließ immerhin schon wieder den Gute-Nacht-Kuss zu. Zu mehr waren wir beide weder in Stimmung noch munter genug. Ich muss auch beinahe sofort eingeschlafen sein.

Geradeso, als wenn alle Organe, vor allem das Gehirn, von einer höheren Instanz erweckt worden wären, schreckte ich - augenblicklich hellwach - aus dem Schlaf. Evelins Bett war leer. Ich richtete mich hektisch auf, schlüpfte in die Pantoffeln und lief in den Flur. Da die Türen Glaseinsätze haben, sah ich, dass alle Räume dunkel waren. Ein Blick zum Schlüsselbrett verriet mir, dass Evelin die Wohnung ohne Schlüssel verlassen hatte. Wohin, verdammt? Ich ging in die Stube, um mich anzuziehen.

Evelin saß - in eine Decke gehüllt - mit hochgezogenen Beinen auf dem Sofa. Noch bevor ich sie fragen konnte, sagte sie: „Ich kann nicht schlafen."

Ich sah zur Uhr. Es war kurz vor Mitternacht. Mir war natürlich sofort klar, warum sie hier hockte. „So, wie du dort sitzt, wirst du erst recht nicht schlafen können."

„Aber vielleicht werde ich müde", log sie.

Ich drehte den Sessel ein wenig zum Weihnachtsbaum und setzte mich, den Kopf in die Hand gestützt das Schaukelpferd betrachtend. Ich hätte viel darum gegeben, zu erfahren, was sie denkt.

Evelin war eine absolut realistische Frau, jedenfalls die Evelin, die ich glaubte, bisher gekannt zu haben. Ich hatte bei ihr - anders, als bei den meisten meiner Kolleginnen - keinerlei Neigung zum Mystischen oder gar

Okkultistischen oder Astrologischen ausmachen können. Sie spottete über jedes Sternbildgefasel ebenso, wie
über alle Versuche, aus der Anordnung irgendwelcher
Gegenstände auf das Schicksal schließen zu wollen. Wir
teilten die von Entsetzen begleitete Entdeckung, wie
viele ansonsten vernünftig scheinende Menschen ernsthaft all diese Spiele betreiben und auch noch gegen
Kritik verteidigen. Evelin lehrte am Gymnasium
Deutsch und Geschichte. Vor nicht langer Zeit war sie
aufgeregt nach Hause gekommen, um empört zu berichten, dass die allgemein geschätzte wie beliebte Chemielehrerin Tarotkarten legt. Wir waren beide bekennende,
ja streitbare Atheisten. In Diskussionen überflügelte
mich Evelin oft mit ihrer Kompromisslosigkeit. Was
hatte sie auf einmal geritten, zu glauben, ein altes, hölzernes Schaukelpferd könne sich einfach so bewegen?

Wort- und bewegungslos saßen wir so bis Viertel nach
zwölf. Natürlich geschah nichts; kein Geräusch, kein
Wackeln, gar nichts.

„Wollen wir nicht doch lieber im Bett versuchen, einzuschlafen?", fragte ich, bemüht, den Worten nichts
Anzügliches zu geben. Schweigend ging Evelin voran.
Ich nahm noch einen kleinen Umweg.

Erwachsene Mauersegler wiegen im Mittel etwa vierzig Gramm.
Die Rumpflänge beträgt durchschnittlich siebzehn Zentimeter.
Beim Anlegen der Flügel kreuzen sich diese und überragen den
Schwanz um etwa vier Zentimeter. Die Flügelspannweite liegt
zwischen vierzig und vierundvierzig Zentimetern. Dabei sind die
Handschwingen im Vergleich zu anderen Vogelarten stark ver
längert, Ober- und Unterarm sind kurz und kompakt.

Der Körperbau des Mauerseglers ermöglicht einen schnellen,
wendigen Gleitflug, bei dem die Flügel fast horizontal gestreckt
werden und nur leicht abwärts gebogen sind. Bei starker Thermik
können Mauersegler auch segeln, normalerweise wechseln aber
Schlag- mit Gleitphasen jeweils unterschiedlicher Länge. Charak-

teristisch ist zudem ein häufiges Kippen um die Längsachse, das in Gleitphasen stellenweise eingestreut wird. In Verbindung mit den ebenfalls typischen Wendungen kann das den Eindruck vermitteln, der Flügelschlag erfolge asynchron. Auch bei engen Flugkurven halten Mauersegler ihren Kopf horizontal, so dass sie ihre Umgebung in gleichbleibender Orientierung wahrnehmen können.

10

Den Tagen war die Veränderung kaum anzumerken. Alles lief bald wieder im gewohnten, beruhigenden Trott. Evelin ging in die Schule, ich in den Verlag. Zu Hause saß Evelin bald wieder vor Diktaten, Aufsätzen und Lehrbüchern, ich vor diesem verfluchten Aufsatz, den ich mir durch eine vorlaute Kritik eingebrockt hatte.

Krause, mein rühriger Chef, hatte - wahrscheinlich durch das Frömmigkeitsgeklingel der Vorweihnachtszeit angeregt - die Idee, eine Sammlung religionskritischer Aufsätze herauszugeben. Mit Evelins Hilfe hatte ich ihm gute Dienste bei der Auswahl geleistet. Bei der ersten Durchsicht der zusammengestellten Texte war mir dann aber aufgefallen, dass die Essays entweder zu seicht oder zu scharf waren; dass kein Autor versucht hatte, die Kritik sachlich, also weder ironisch, sarkastisch, zynisch oder anklagend zu formulieren. Alle Autoren bemühten Beispiele aus der Praxis des religiösen Lebens, verließen also schnell die sachliche philosophische Ebene in Richtung Polemik.

Es ist eigentlich nicht Krauses Art, nach unserer Meinung zu fragen. Vielleicht war ihm das Thema dann doch zu heikel; vielleicht war er nicht ganz sattelfest. Wahrscheinlich war ich so leichtsinnig, weil mich Krauses Unsicherheit so überrascht hatte. Seine Einsichtigkeit war noch unheimlicher gewesen. „Sie haben vollkommen recht, Meissner, man kann es nicht besser ausdrücken. Schreiben Sie den versöhnenden Aufsatz. Wir fügen ihn hinten an. Aber nicht mehr als fünfzehn Seiten." Mit einem Schlag seiner behaarten Pranke hatte er den Pakt besiegelt, ohne meine Zustimmung abzuwarten. Ich war eh keines Wortes fähig gewesen, weil mich der Schock über die eigene Blödheit gefesselt hielt.

Natürlich hätte ich auch noch später die Arbeit abwimmeln können, aber da hatte mich bereits der Ehrgeiz fest im Griff. Krause mochte viele Fehler haben, gegen eines seiner Prinzipien aber war nicht gut anzukommen: „Kritisieren Sie nur Dinge, die Sie glauben besser machen zu können, sonst überlassen Sie es gefälligst denen, die zumindest vorgeben, mehr davon zu verstehen." Auch wenn er mit letzterem vor allem auf sich selbst zielte und noch jeder Trottel irgendwann begreift, dass diese Regel in der Welt nur ganz ausnahmsweise zur Anwendung kommt, gegen das Prinzip selbst war nichts einzuwenden.

Krause hatte, wie jeder Chef, manch unangenehme Eigenschaft, aber fies war er nicht. Er wollte mich nicht vorführen. Nein, er traute mir wahrhaftig zu, so einen Aufsatz schreiben zu können. Als ich unter der Last der eben erworbenen Verantwortung die Namen all der Koryphäen noch einmal las, die sich nach zum Teil zerrenden Verhandlungen bereit erklärt hatten, unserem Verlag ihre geistigen Ergüsse zur Verfügung zu stellen, wurde ich von grausamen Hitzewellen heimgesucht, die mich überkamen, wann immer ich daran dachte. Und das geschah nun oft.

Evelin und ich, wir teilten uns ein Arbeitszimmer. Nein, das war kein Problem, jedenfalls so lange, wie man arbeitete. Wenn man aber stundenlang am Rechner sitzt, ohne eine Taste zu drücken, dann darf man sich über besorgte Fragen nicht wundern. Ich hatte es mir daher zur Gewohnheit gemacht, in unkreativen Momenten mit geschlossenen Augen in einem der Bücher zu blättern, die mich stets in wenigstens für Außenstehende wüst wirkenden Arrangements umgaben.

Wege auf Gott sollte der Aufsatz heißen. Über die Wege hatte ich mir früher gelegentlich Gedanken gemacht. Jetzt galt es, all den Wust zu ordnen. Eine Art Einleitung hatte ich nach schwerer Geburt zur Welt gebracht.

Was führt auf Gott? - Eine Frage, die viele, wenn auch von unterschiedlichen Positionen aus, bewegt.

Welche sind die Wege, die den menschlichen Geist willentlich oder zwanghaft auf Gott führen?

Ich möchte versuchen, diese gedanklichen Wege zu beschreiben und die mir dabei begegnenden Widersprüche deutlich zu machen.

Als ich die vor Wochen geschriebene Einleitung las, überkam mich das Gefühl, ein Hochstapler zu sein. Krause hatte schon unverbindlich nachgefragt. Beim nächsten Mal würde er drängeln. Obwohl diese Aussicht nicht gerade geeignet war, geistige Kräfte zu entwickeln, schrieben meine Finger nun wie von selbst:

Der erste Weg entspringt wohl dem für das menschliche Denken charakteristischen Kausalzwang; der Ursachenforschung; kurz, der einfachen Frage nach dem 'Davor'. Diese Frage zwingt uns - scheinbar - nach einem absoluten Anfang zu suchen, obgleich doch jeder absolute Anfang das Ende der Kausalität bedeutet. Es brauchte lange, ehe wir einen Ausweg aus dieser Antinomie fanden: den Kreislauf; ...

Antinomie werden viele nachschlagen müssen. Es sind genau jene Worte, die wissenschaftlichen Texten die rechte Würze verleihen. Hier trifft es zudem besser als jedes herkömmliche Wort. Es steht für den Widerspruch zwischen dem, was wir glauben und wünschen, und dem, worauf uns kompromisslos unser Denken führt.

Wo war ich stehengeblieben? - Beim Kreislauf.

... kein Werden und Vergehen im gemeinen Sinn, sondern ein fortwährender, in bestimmten Zeitspannen wiederkehrender Wech-

sel von Erscheinungsformen und Bewegungsweisen im Spannungsfeld innerer und äußerer Kräfte.

Spekulieren wir hier für Gott und die Materie g l e i c h , indem
wir das Gottprivileg der zeitlichen als auch räumlichen Unendlichkeit, aus der zwingend immer die Vollkommenheit hervorgeht,
auch der sich im Kausalkreislauf befindlichen Materie zugestehen,
so verliert Gott seine Rolle als S c h ö p f e r , also seinen Sinn,
weil er doch immer als Anfang zu denken ist, über dessen Ur-
sprung man sich freilich keine Rechenschaft mehr geben muss,
denn d a v o r ist ja der G l a u b e , also die ungeprüfte Gewissheit.

Vorsicht, Siegfried, der Zynismus sitzt im Nacken!

Vergleichen wir weiter den unendlichen Kausal k r e i s l a u f
der Materie mit der zum Anfang hin endlichen Kausal k e t t e ,
in der Gott als Ur-Sprung, Ur-Sache, Ur-Teil, kurz, als Schöpfer wirkt, hinsichtlich ihrer Notwendigkeit, so müssen wir Gott
logisch alle kausale Notwendigkeit für seine Entstehung und
damit auch für seine Existenz absprechen, da er ja i m m e r war.
Erst durch den kreativen Akt der Schöpfung, also im Nachhin-
ein, erhält er einen Sinn, wenngleich noch immer keine Notwendigkeit seines Seins. Denn was macht die Existenz Gottes zwingend? - Eine Frage - ich weiß - die jenseits der Sperrlinie des
Glaubens liegt. Und nebenbei bemerkt, wird unter diesem Gesichtspunkt die Schöpfung zum reinen Selbstzweck, da Gott durch
sie oder, besser, erst i n ihr seinen Sinn erhält, also auch seine
Existenzberechtigung.

Soviel Ironie muss erlaubt sein.

Wenn wir Gott - im Kausalzwang unseres Denkens - der Materie als Ur-Sprung oder Ur-Sache vorlagern, verschieben wir nur
die Frage nach dem Anfang über die Sperrlinie des Glaubens ins
Traumland der Gewissheit. Wenn uns hier die Frage nicht mehr
bewegt oder beunruhigt, so nicht, weil wir sie gelöst, sondern weil
wir unseren Gedanken Zaumzeug angelegt und sie zur Friedfer-
tigkeit abgerichtet haben, ein unwürdiges Vorgehen gegen uns
selbst.

Jetzt will mir auch noch der Moralist ins Zeug reden. Ich löschte den letzten Satzteil.

Wollen wir nun Gott am Kausalkreislauf beteiligen, so müssen wir ihn seines Zeugungsamtes entheben. Der Vorgang der Zeugung des Materiellen aus dem Immateriellen ist ohnehin, selbst oberflächlich gedacht, undenkbar. Dennoch verdienen alle Bemühung, das Undenkbare denkbar zu machen, unseren Respekt. Ja, schon auf der Suche nach einem diesen Vorgang umschreibenden Begriff hat man viel Kraft verbraucht. Aber weder Schelling mit seiner 'Emanation' (Ausfluss) noch Leibnitz mit seinem 'Wetterleuchten' finden einen tauglichen Begriff. Und diese brauchen wir schon zum Denken.

Das ist nüchtern.

Das sei vor allem jenen ans Herz gelegt, die uns glauben machen wollen, alles, was sich denken oder träumen lässt, müsse allein schon deshalb existieren, denn wie sonst ließe es sich denken und träumen. Gott lässt sich nur sehr oberflächlich denken. Versuchen wir, ihn in der notwendigen Komplexität widerspruchsfrei in unser Denken, besser, Weltbild einzubauen, erweist sich dies als unmöglich.

Wer hier argumentiert, dass die Undenkbarkeit ja eben Gott wesenseigen ist, der macht sich selbst zum Grabredner jeder Theologie und Religion. Denn wenn Gott in seinem Wesen undenkbar ist, dann ist er es logisch erst recht in seinem Wollen und Tun.

Sehen wir in Gott nun allein den O r d n e r des universellen Chaos', so stellt sich uns eine neue Antinomie. Ist er der Ordner, so müssen wir ihm alle Freiheit im Wollen und Handeln absprechen, da er ja zum einen nur die Potenzen auszuschöpfen vermag, die er im Universum vorfindet, und zum anderen, weil kontinuierliche Ordnung und Vollkommenheit um ihrer selbst Willen generell alle Willkür ausschließen. Gott m u s s das R e c h t e tun, also kann er nicht tun, was er will. Manch einer meint, die Antinomie mit dem Schluss umgehen zu können: Da Gott stets das R e c h t e tun w i l l, ist er halt f r e i in seinem W i l l e n. - Soll dieser Satz logisch sauber sein, bedarf der W i l l e einer neuen Begriffsbestimmung. Notwendigkeit schließt den Zufall aus.

Und der Freie Wille gehört zur Kategorie Zufall, weil er m e h - r e r e Wege gehen k a n n und nicht, wie in unserem Fall Gott, e i n e n - namentlich den besten im Sinne der Stabilität, Ordnung und Harmonie - gehen m u s s. Da können wir die Sätze stellen, wie wir wollen.

Der letzte Satz ist unnötig. Ja, ich muss aufpassen, dass nicht der Rhetoriker mit mir durchgeht. Es gibt einen Punkt, an dem Dichtheit zur Unverständlichkeit führt. Das kann zwar alle Kritiker auf Abstand halten, die lieber nicken als für dumm gehalten zu werden, aber Krause ist damit nicht zu beeindrucken. Der fragt nach, bis er es verstanden hat, und verlangt dann, es genauso zu schreiben. Weiter:

Ich habe auch keine Angst, für immer von unserem so egoistisch gehätschelten F r e i e n W i l l e n Abschied zu nehmen, zumal wir heute keine Wissenschaft kennen, die in finaler Erkenntnis das Wirken des Zufalls in den universellen Kausalkreisläufen zwingend beweisen kann. Oder ist dieser F r e i e W i l l e, für sich in Anspruch genommen, dem vermeintlich modern denkenden Menschen ein letztes Rudiment Gottes?

Daran wird Krause zu knaupeln haben.

Die Zufallsdefinition fußt auch innerhalb der materialistischen Philosophie auf einer sehr anfechtbaren Dreifaltigkeit. Sie ist subjektivistisch und anthropozentrisch und lässt sich etwa so beschreiben: Der Zufall ist überall da Ursache von Wirkungen, wo das b e s c h r ä n k t e Hirn des Menschen nicht in der Lage ist, die u n e n d l i c h e Vielfalt des Universums zu fassen, also deren Prozesse zu verfolgen oder gar vorherzubestimmen. Auch wenn die Möglichkeiten der Intelligenz einmal unendlich wären, wäre uns eine Prognose, selbst eine so einfache wie das Fallen einer Roulettkugel, durch ein physikalisches Gesetz verwehrt. Das von Heisenberg auch experimentell bestätigte Gesetz der Unschärferelation besagt, dass es o b j e k t i v, also auch bei vollkommenen Messmöglichkeiten unmöglich ist, die Bewegung eines Elementarteilchens zu prognostizieren, da entweder die Bewegungsrichtung o d e r der Ausgangspunkt der Bewegung, der ja nie ein statischer ist, erfasst werden kann; sich also mit der Genauigkeit der einen Messgröße die Ungenauigkeit der anderen erhöht. (Wir dürfen nicht vergessen, dass wir auch im Elementarteilchenbereich nur beobachten können, wenn wir uns dazu elektromagnetischer Wellen bedienen, die selbst aus Teilchen bestehen und beim Auftreffen auf ähnlich kleine Beobachtungsgegenstände diese in ihrer Position als auch Bewegungsrichtung verändern.) Selbst Götter verlieren durch diese Immensurabilität die Fähigkeit, Ereignisse vorauszusehen. Das Gesetz der Unschärferelation entlarvt also jede Prophetie als reine Spekulation oder Nachdichtung. Aber es schränkt nicht das universelle Gesetz ein, wonach alle Prozesse - auch jene, auf die einzelne Elementarteilchen Einfluss nehmen - kausal, also nicht willkürlich verlaufen und somit auch nicht anders verlaufen können, als sie es tun.

Der Begriff Zufall beschreibt also allein die objektive Unmöglichkeit einer Prognose. Aber Prognostizierbarkeit bzw. Prädestination und Notwendigkeit sind verschiedene Dinge!

Bah. Das klingt doch schon mal gut. *Immensurabilität* ließe sich durch *Unmessbarkeit* ersetzen, aber es ist eine zu reizvolle Vorstellung, Krause schon phonetisch über dieses Wort stolpern zu sehen. Ich darf nicht abschweifen, auch wenn sich hier mit dem *Freien Willen* eines meiner Lieblingsthemen auftut.

Kehren wir zurück.

Soll sich der W e l t o r d n e r Gott einen Rest Selbstständigkeit erhalten, muss er n e b e n dem Kausalkreislauf gedacht werden, also als Gott u n d die Welt oder umgekehrt. Aber auch dieser Gedanke ist absurd. Denn trennen wir wirklich den Ordner vom vermeintlichen Chaos, den Wirkenden vom Zubewirkenden, so nehmen wir ihm allen Einfluss und somit die Möglichkeit, unseren Forderungen und Wünschen gerecht zu werden. In ernsthafter, also ergebnisoffener Betrachtung ist eine im universellen Sinn von a u ß e n wirkende Kraft undenkbar, müsste sich doch eine so gedachte Kraft ständig auf alle materiellen Ursachen-, also Ereignisträger verteilen. Spätestens bei der Übertragung dieser Erkenntnis auf die mikrokosmischen Vorgänge der Quantenphysik

59

*müssten wir diese Kraft aber als eine i m m a n e n t e , also mit
der Materie verbundene bzw. gesetzmäßig aus ihr herauswirkende
Kraft bestimmen; eine Determination freilich, die den Gottesbegriff
nicht sublimiert, sondern sinnlos macht.*

„Ja!" Es war eine Art Brunftschrei.

Evelin schaute auf.

„Vier Seiten. - Vier Seiten!" Ich hatte Angst, weiterzu-
schreiben. Man soll die Muse nicht versuchen. Drucken.
„Wenn du gelegentlich einen Blick darauf werfen würdest, wäre ich dir sehr dankbar."

Evelin nickte. Sie mochte es, wenn ich mich geradezu
kindlich über einen Fortschritt in der Arbeit freute. Und
sie hatte nicht weniger Spaß daran, mir hernach zu beweisen, dass meine Freude voreilig oder unbegründet
gewesen war. Also fieberte ich meist mit flatterndem
Magen ihrem Urteil entgegen.

Evelin hatte annähernd die alte Frische wiedererlangt.
Mit Brille sah sie unwiderstehlich aus. Ich hätte sie mögen … Aber so weit waren wir noch nicht wieder.

11

Ich hatte keine Ahnung, was Evelin umtrieb. Ich traute
der Ruhe nicht. Evelin meisterte den Alltag wie eh. Sie
war ruhiger geworden, sprach nur noch, wenn es sich
nicht umgehen ließ, und auch dann mit einer mit-
schwingenden Demut, die man leicht als Unsicherheit
hätte missdeuten können. Bei oberflächlicher Betrachtung war kaum ein Unterschied in ihrem Verhalten aus-
zumachen.

Ihr merkwürdiges Erlebnis wäre wahrscheinlich bald
in Vergessenheit geraten, wenn die nächtlichen Sitzungen nicht gewesen wären. Ja, jede Nacht saßen wir zwischen Viertel vor und Viertel nach zwölf in der düsteren

Stube, auf ein Schaukelpferd starrend, das sich nicht bewegen wollte.

Hatte ich anfangs gehofft, dass sich Evelins Zustand mit der Zahl der ereignislosen nächtlichen Sitzungen bessern wird, so musste ich bald einsehen, dass das eine Illusion war, denn das Gegenteil traf ein. Gerade weil ihr klar werden musste, wie ihr Erlebnis in der Silvesternacht auf mich und alle, die davon erfahren würden, wirkt, wenn es sich nicht unter Zeugen wiederholte, sah sie sich in einer zunehmend bedrückenden Situation.

In den ersten Tagen richtete ich es so ein, dass ich bis Mitternacht zu arbeiten hatte. Weil ich aber nach Mitternacht immer länger wach lag, war ich gezwungen, meinen Schlaf vorzuziehen. Ich stellte mir also den Wecker, um den entscheidenden Augenblick nicht zu verpassen. Damit meine ich durchaus nicht die Schaukelei des Seepferdchens, sondern Evelins mit Sturheit fortgesetzten Sitzungen. Hatte ich mir ursprünglich eine Frist von vierzehn Tagen gesetzt, so erweiterte ich sie nach Ablauf auf zwanzig Tage, besser, Nächte, weil ich Angst vor dem fälligen Gespräch hatte, in dem über Grundsätzliches zu sprechen sein würde. Leerzeiten verbrachte ich nicht selten auf dem Klo.

Vor allem in Gesellschaft und bei Kämpfen sind Mauersegler außerordentlich ruffreudig. Am auffallendsten ist das hohe, schrille, oft gereiht vorgetragene „srieh srieh", mit dem die Vögel auch den Verkehrslärm in Städten übertönen können. Daneben äußern Mauersegler einige weitere ein- oder zweisilbige Rufe wie „sprieh" oder „sriiü". Die Rufe werden verschieden gedehnt, manchmal höher oder zweisilbig vorgetragen. Einander jagende Vögel geben ein individuelles und nach Höhe und Länge unterschiedliches „sirrr" oder ein stakkatoartiges „sisisisi" von sich. Die Frequenz ihrer Rufe liegt zwischen viertausend und siebentausend Hertz in einem hohen, für das menschliche Gehör aber gut wahrnehmbaren Frequenzbereich.

Eine besondere Bedeutung hat auch das sogenannte Duettieren am Brutplatz. Ein Mauerseglerpaar ruft dort gemeinschaftlich „swii-rii"; dabei stammt das hellere „swii" vom Weibchen und das etwas tiefere „rii" vom Männchen. Dieses Verhalten stellt die beste Möglichkeit zur Unterscheidung der Geschlechter dar. Daneben hat dieses Duett für die Vögel selbst eine noch bedeutendere Funktion, denn es dient einem effizienten Verfahren zur Aufteilung der oft knappen geeigneten Brutnischen. Schon lange kennt man in diesem Zusammenhang das sogenannte „Banging", bei dem einzelne Vögel kurz die Eingänge möglicher Nistplätze touchieren und sich so bemerkbar machen. Oft verharren die Vögel dabei nur kurz, um ohne ein Inspizieren der Bruthöhle weiterzufliegen. Falls ein einzelner Vogel bereits die im Inneren meist dunkle Bruthöhle besetzt hält, macht sich dieser durch seinen geschlechtsspezifischen Ruf bemerkbar. Der anfliegende Vogel erfährt so schnell, ob er ein potentieller Kandidat zur Gründung einer Familie sein kann.

In der einundzwanzigsten Nacht stellte ich den Wecker auf acht Uhr, entschlossen, Evelin am Morgen zur Rede zu stellen. In der einundzwanzigsten Nacht wurde ich durch Evelins Schrei geweckt. Ich lief in die Stube, machte Licht. Evelin saß, wie sie alle Nächte zuvor gesessen hatte. Auch alles andere im Raum war vollkommen bewegungslos. Ich stürzte zum Schaukelpferd.

„Es hat sich wieder bewegt?", fragte ich müde.

Evelin nickte.

„Aber warum bewegt es sich jetzt nicht mehr?"

„Weil ich gerufen habe. - Es blieb stehen, weil ich gerufen habe."

„Evelin, meinst du nicht …"

„Es hat sich bewegt!", schrie sie unbeherrscht.

Ich zwang mich zur Ruhe. „Ist das nicht merkwürdig: Drei Wochen steht es still, und ausgerechnet in der ersten Nacht, in der ich nicht hier bin, bewegt es sich wieder?"

„Ja", sagte sie mit verhaltener Stimme.

„Komm ins Bett. Lass uns morgen darüber reden."

„Worüber willst du mit mir reden? - Du hast es nicht gesehen." Sie schluchzte herzzerreißend und sprach unter krampfhaften Stößen. „Es schaukelt und lacht, lacht mit einer so reinen Kinderstimme. Die Augen leuchten. Der Mund nebelt."

„Evelin!" Ich verlor jede Fassung. „Vor drei Wochen hast du erzählt, dass es schaukelt. Warum denkst du dir immer neues Zeug aus, verdammt? Warum tust du das? - Es nebelt nicht!"

„Nicht mehr. Weil ich dich gerufen habe. Sonst nebelt es. Es dreht sich langsam zu mir. Das Lachen verstummt ganz plötzlich. Das klingt so grauenhaft. Dann fällt das Ding nach vorn und …"

„Was und? Nun erzähl schon alles!" Schauer fluteten über die Gänsehaut. Die Bauchdecke flatterte. Ich musste die Zähne zusammenbeißen, damit sie nicht klapperten.

Was ist mit dieser Frau? Ist sie noch zurechnungsfähig? Warum - zum Teufel - tut sie das?

Sie weinte nur noch stumm. „Es weint", sagte sie stimmlos. „Es weint blutige Tränen."

Ich riss die Decke vom Couchtisch, dass die Nüsse aus der hölzernen Schale in alle Richtungen stoben, und hob das Schaukelpferd auf den Tisch. Evelin kroch wie ein verängstigtes Tier in die Sofaecke.

Ich erläuterte laut und schulmeisterlich: „Dieses Ding, Evelin, ist aus Holz, ganz und gar aus Holz." Zur Unterstützung meiner Worte klopfte ich auf jedes der fünf Teile. „Die Augen sind aus massivem Holz und können nicht leuchten. Es gibt keine noch so kleine Öffnung, aus der das Ding nebeln kann. Und …" Ich kippte das Schaukelpferd nach vorn. „… es kann nicht auf die Schnauze fallen, weil es auf der Schnauze gar nicht stehen kann, siehst du?" Im Moment, da ich es losließ, kippte es nach hinten. Ich wiederholte die Vorführung. „Siehst du?!" Meine Worte perlten wirkungslos an ihr ab. Ich suchte nach stärkeren Argumenten. „Die Augen sind trocken und haben nicht den geringsten rötlichen Schimmer. Es ist auch absurd. Wozu - in aller Welt - soll es gut sein, dass ein Seepferdchen weint. Seepferdchen sind Fische. Sie schwimmen im Meer. Tränen im Meer sind wie ... wie ... Das ist doch idiotisch!" Meine Beweisführung musste zunehmend bemüht und hilflos wirken. Zudem flüsterte die zweite Stimme, der Nörgler in mir, nüchtern, dass b l u t i g e Tränen ihre Wirkung im Wasser nicht verfehlen würden und daher schon einen Sinn haben könnten.

Evelin hörte gar nicht zu. „Tu es weg", wimmerte sie. „Schaff es dorthin, wo du es hergeholt hast."

„Meinst du, dass das dein Problem löst?"

Evelin sah mich lange entsetzt an. Dann ging sie ins Bett.

Mir war klar, dass ich nach diesem gewaltigen Adrenalinstoß für Stunden keinen Schlaf würde finden können, auch wenn ich todmüde war. Ich ließ mich in den Sessel fallen und betrachtete das Schaukelpferd.

Wenn Evelin nicht verrückt war, dann spielte sie ein erbärmliches Spiel. Zu welchem Zweck? War sie wirklich eifersüchtig auf das Ding? Das war nicht nur unwahrscheinlich, es war zu schwach für ein Motiv für dieses Spiel. Einerlei, ob sie nun ein Spiel spielte oder verrückt war, es war mir plötzlich unheimlich, ihr so nahe zu sein, ja, sie in der Wohnung zu haben. Konnte sie in ihrem Zustand Karlchen etwas antun? Die Gedanken jagten sich wie in einem Strudel.

Ich hatte Angst. Ja. Ich hatte Angst, wie ich sie seit Kindertagen nicht mehr gelitten hatte.

Ich nahm die Decke und die Polster vom Sofa und legte mich in Karlchens Zimmer. Erst als es hell wurde, schlief ich ein.

12

Karlchen weckte mich. Ich fühlte mich wie zerschlagen. Beim Frühstück mit Karlchen kam ich langsam zu mir.

„Warum schläfst du nicht bei Mama?", fragte er.

Nun war ich hellwach. Die Frage war zu naheliegend, als dass ich mich darauf herausreden könnte, nicht daran gedacht zu haben. Aber es war so. Die Antwort war ohne Lüge nicht machbar. „Du hast so unruhig geschlafen. Da wollte ich gleich da sein, falls du aufwachst."

Karlchen zeigte seinen Zweifel wie immer durch einen tiefen Blick seiner großen, üppig bewimperten Augen.

Ich brachte ihn in den Kindergarten und lief gleich weiter in den Verlag.

Krause war aufgeräumt. Als ich ihm erzählte, die ersten Seiten zu Papier gebracht zu haben, wurde er anhänglich und ließ nicht eher los, als bis ich ihm den ersten der *Wege auf Gott* ausgedruckt hatte.

Das war ein Fehler. Nun hatte ich zwar Ruhe, konnte sie aber nicht nutzen, weil meine Gedanken immer wieder zu Krause schlichen. Selbstkritisch durchforstete ich das schon Geschriebene. Bei Worten wie *Kausalzwang* oder Formulierungen wie *weil kontinuierliche Ordnung und Vollkommenheit um ihrer selbst Willen generell alle Willkür ausschließen* war ich mit den Gedanken bei Evelin. Das gerahmte Foto mit ihr und Karlchen, das sie mir zu Weihnachten geschenkt hatte, stand ja direkt vor mir. Hier lachte sie noch ein ganz freies Lachen, wie ich es schon ein Weilchen nicht mehr gesehen hatte. Ich versenkte mich in die großen, braunen Augen …

Nachdem ich mich lange gegen den Gedanken gesträubt hatte, suchte ich im Internet nach Beschreibungen des Begriffes *Halluzination*. Ich las mich durch etliche Artikel, bis ich ganz sicher war, dass es sich in Evelins Fall nicht um eine solche handelt, weil Halluzinationen Trugwahrnehmungen sind, also Wahrnehmungen von Erscheinungen, die es in Wirklichkeit nicht gibt. Die Alternative war noch niederschmetternder. Sie hieß *Wahn*. Wikipedia wusste hierüber zu berichten:

Der Begriff Wahn repräsentiert eine Überzeugung, die logisch inkonsistent ist oder wohlbestätigtem Wissen über die reale Welt widerspricht und trotz gegenteiliger Belege aufrechterhalten wird, weil die persönliche Gewissheit der Betroffenen so stark ist, dass sie rational nicht mehr zugänglich sind.

Wahn gilt als Zeichen einer psychischen Störung. In der Psychiatrie werden Wahngedanken auch als i n h a l t l i c h e D e n k - s t ö r u n g e n bezeichnet, die unter anderem bei schizophrenen Psychosen, bei (endogenen) Depressionen, bei Manie, bei Demenzen und weiteren psychischen Erkrankungen mit oder ohne diagnostizierbarer organischer Ursache auftreten. Wahn ist also zunächst ein Erkrankungszeichen, dem verschiedene Erkrankungen und Ursachen zugrunde liegen können.

Ich stützte mein Gesicht in die Hände. Als ich bereit war, weiterzulesen, sah ich, dass die Handflächen von Schweiß trieften.

Nach Karl Jaspers ist der Wahn an drei Kriterien festzumachen: unvergleichliche subjektive Gewissheit; Unkorrigierbarkeit (Unbeeinflussbarkeit durch Erfahrungen und zwingende Schlüsse) und Unmöglichkeit des Inhalts.

Dreimal ins Schwarze getroffen. Es folgten Beispiele für Wahnsymptome bei Depression, Manie, Demenz und Suchterkrankung, die alle nicht zutrafen. Ich suchte weiter in den Wahnformen.

Verfolgungswahn, Schädigungswahn, Verarmungswahn, Größenwahn, Schuldwahn, Krankheitswahn, Nichtigkeitswahn, Devitalisierungswahn (der Patient leugnet seine eigene Existenz), Erfinderwahn, Eifersuchtswahn ...

Ich stutzte. Die Erklärung traf nicht zu, da sich dieser Wahn nicht auf Gegenstände bezieht.

Beim induzierten Wahn übernimmt ein enger Angehöriger, der viel Zeit mit einem unter einer Wahnsymptomatik leidenden Menschen verbringt - meist also der Lebenspartner - die Wahn-

ideen des Betroffenen. Durch soziale Isolierung und eine zuneh-
mend als feindlich oder bedrohlich empfundene Umwelt wird das
gemeinsame Wahnerleben verstärkt; der Wahn schafft Gemein-
samkeit und Kommunikation.

So weit sind wir noch nicht. Ich las weiter:

Da Kinder bis zum älteren Schulalter in der Regel ihre Ein-
schätzungen der Realität von den Eltern übernehmen, sind sie
besonders gefährdet, in den Wahn von Eltern einbezogen zu wer-
den und daran teilzuhaben (konformer Wahn). Ein dem Wahn-
inhalt entsprechendes Verhalten des Kindes wirkt dann als Bestä-
tigung für den Wahn der Eltern. Für Kinder kann eine solche
Konstellation schwerwiegende Folgen haben.

Na prima. Ich schwitzte wie nach einer straffen Tages-
tour mit dem Fahrrad. Noch hatte ich aber keine Form
gefunden, die auf Evelin zutraf.

Abstammungswahn, Bedrohungswahn, Dermatozoenwahn (die
Betroffenen glauben, dass sich Kleinstlebewesen in die Haut einnis-
ten), Fremdbeeinflussungswahn, Liebeswahn, Querulantenwahn,
Reichtumswahn, Unschuldswahn, Untergangswahn, Verdam-
mungswahn, religiöser Wahn, esoterischer Wahn, der Wahn,
bestohlen zu werden.

Auch diese Erklärungen halfen nicht weiter. Das trifft
ja alles nicht zu. Wieso gibt es keinen Wahn für sich
bewegende Gegenstände, die nebeln, lachen und blutige
Tränen vergießen?

Außenstehende nehmen Wahnüberzeugungen teilweise als ausge-
feilte und umfassende W a h n g e b ä u d e wahr, in die Betroffene
ihr alltägliches Erleben einbeziehen und umdeuten („Das parken-
de Auto da draußen dient nur dazu, eine Abhöranlage zu tar-
nen"). Psychiater sprechen dann auch von systematisiertem Wahn.
Manchmal beschränkt sich die Wahnsymptomatik aber auch auf
ein einziges und scharf umgrenztes Gebiet („Frau X ist ein böser
Schlangendämon"), und Außenstehende empfinden die Betroffenen
von diesem einen Punkt abgesehen als durchaus realitätsbezogen.

Für Schizophrenien …

Mein Herz stolperte schmerzhaft, als der Begriff zum zweiten Mal fiel.

... sind im Allgemeinen solche Wahninhalte typisch, die von anderen als besonders bizarr und unlogisch empfunden werden. Man spricht bei Schizophrenien auch von einem E r k l ä - r u n g s w a h n , also einer wahnhaften Überzeugung, welche andere belastende Symptome der Schizophrenie (wie akustische Halluzinationen) für den Betroffenen erklärbar machen soll. Typisch und differentialdiagnostisch relevant ist der sogenannte Z e i g e r d e r S c h u l d , der beim Schizophrenen von sich nach außen, beim Depressiven zu sich selbst, also nach innen zeigt.

Evelins Zeiger weist nach außen; aber nur auf einen einzigen Punkt, verdammt. Wenn sie nicht depressiv ist, bleibt nur noch ...

Bei einer anhaltenden wahnhaften Störung treten in der Regel Wahninhalte auf, die Außenstehende als in sich relativ schlüssig und nicht bizarr empfinden. Reale Ereignisse werden dabei in den Wahninhalt einbezogen. Eine anhaltende wahnhafte Störung gilt als chronisch und kaum behandelbar.

Ich las laut, um mich von der eigenen Stimme überzeugen zu lassen: „Reale Ereignisse werden ... einbezogen ... kaum behandelbar."

Komplexe, in sich geschlossene W a h n s y s t e m e nennt man auch Paranoia. In diesem Fall wird nicht von einer schizophrenen Psychose gesprochen, da bei den Betroffenen keine sonst für die Schizophrenie typischen Symptome (Ich-Störungen, formale Denk- störungen, Halluzinationen usw.) festgestellt werden. Als P a - r a n o i k e r werden Menschen bezeichnet, die Psychiater als geordnet, logisch und bis auf den Wahn psychisch völlig unauffällig wahrnehmen.

Völlig unauffällig ... Also das gibt es. Mir fiel ein Stein vom Herzen. Evelin ist nur Paranoiker.

Als typisch paranoisch gilt zum Beispiel die Überzeugung, dass andere Menschen sich gegen die betroffene Person verschwören, hinterm Rücken über sie reden und Komplotte schmieden. Dies alles wird mit Argumenten ausgebaut, denen Psychiater einen logischen und realistischen Gehalt zusprechen.

Mein Gott, was ist denn so schlimm daran? Sind wir nicht alle ein bisschen paranoid? Krause, zum Beispiel.

13

Krause trat ins Zimmer.

Die Viecher im Kopf machten eine Vollbremsung. Andernfalls wären sie an der Stirn zerschellt.

„Meissner, wo haben Sie das her?", fragte er, wie einer, der Wertvolles in Händen hält.

Ich brachte es mit meinen zitternden Fingern nicht zuwege, mich schnell genug aus dem Internet zu klicken.

Krause sah mir über die Schulter. „Ich hoffe, Sie holen es nicht aus den unendlichen Weiten elektronischer Beliebigkeit." Krause war kein Freund des Mediums, vorsichtig gesprochen; ich im Grunde auch nicht.

„Nein", sagte ich lachend. „Ich habe nur eben mal nachgelesen, welche Formen religiöser Wahn annehmen kann. - Interessant."

„Fünfzehn Seiten", mahnte Krause. „Ufern Sie nicht aus. Prägnant und sachlich. So wie das hier." Er schwenkte die Blätter, die ich ihm am Morgen gegeben hatte. „Hätte ich Ihnen nicht zugetraut, Meissner. Ich meine, nicht so", fügte er schnell hinzu. Er legte die Seiten auf den Schreibtisch und wandte sich zum Gehen. In der Tür blieb er noch einmal stehen. „Wäre schön, wenn es die Woche noch fertig wird."

Ich nickte, als wenn der Aufsatz im Grunde schon in der Schublade läge. Kaum dass Krause die Tür hinter sich geschlossen hatte, tauchte ich wieder in eine vollkommen andere Welt.

Ich suchte nun auf spezielleren Seiten nach dem zutreffenden Wahn. Nirgends fand ich Befriedigendes. Auf der Seite *Psychosoziale Gesundheit - von Angst bis Zwang - Seelische Störungen erkennen, verstehen, verhindern, behandeln* las ich auch nichts über meinen oder, besser, Evelins konkreten Fall. Immerhin wurde ich über die unterschiedlichen Formen des Wahnerlebens aufgeklärt.

W a h n s t i m m u n g wird als Alarmstimmung erlebt. (Alles ist so unheimlich, bedrohlich, sonderbar. Es liegt etwas in der Luft. Aber was?) Folge sind Angst, Argwohn, Misstrauen, Verunsicherung, Ratlosigkeit, Schreck, Bedrohungsgefühle usw., vielleicht aber auch Gehobenheit, Beseligung, Zuversicht, kurz, es ist etwas los. Wahnstimmungen treten meist im Vorfeld wahnhaften Erlebens auf.

War Evelins Hochgefühl, das ich mir zugute gehalten habe, nur eine Wahnstimmung?

W a h n e i n f a l l bezeichnet eine plötzlich auftauchende wahnhafte Überzeugung, Eingebung oder Erleuchtung, wie Verfolgung, Beeinträchtigung, aber auch Berufung, Erhöhung usw.

W a h n g e d a n k e n sind nur mit dem Wahn befasst, also wahnhaftes Grübeln, Verknüpfen, Erklären usw.

W a h n w a h r n e h m u n g e n sind reale Wahrnehmungen aus alltäglichen Vorkommnissen, die eine andere, für den Betroffenen wirklichkeitsgerecht erscheinende, für den gesunden Beobachter krankhafte Bedeutung erhalten. Beispielsweise hat eine Bemerkung, ein Gespräch, eine Geste, ein Artikel, eine Radio- oder Fernsehsendung plötzlich eine spezifische Bedeutung für den Patienten, sie kann als Zeichen, Hinweis, Warnung oder Aufforderung erlebt werden.

Eine krankhafte Bedeutung, also keinen unrealistischen Verlauf.

In der W a h n a r b e i t wird der Wahn durch weitere Symptome bewiesen, begründet, abgeleitet, ausgestaltet, kurz, bearbeitet.

In W a h n e r i n n e r u n g e n wird die Vergangenheit rückwirkend wahnhaft umgedeutet.

Ein Wahnsystem entsteht durch den systematischen Ausbau des Wahns.

Die Wahndynamik beschreibt die gemütsmäßigen Aspekte des Wahngeschehens, von innerlich leer bis starke Gemütswallung.

Je mehr ich las, desto ratloser wurde ich. Waren Halluzinationen eingebildete Sinneseindrücke, so gründete sich der Wahn auf reale Eindrücke. Das trifft es auch nicht. Es muss doch noch etwas dazwischen geben.

Verzweifelt las ich weiter.

Kein Wunder, dass man beim Umgang mit Wahn-Kranken viele Fehler machen kann, handelt es sich hier doch um eine schier unfassbare Situation mit der Möglichkeit überraschender Reaktionen seitens des Kranken, bis hin zum abrupten Abbruch des Kontaktes. Hier gilt es vor allem, eines zu berücksichtigen:

Aufmerksam zuhören, nicht werten, kein Befremden erkennen lassen oder gar schroffe Ablehnung signalisieren. Vor allem nicht lächerlich machen (auch nicht in Form eines abwertenden Schmunzelns). Für den Betroffenen ist sein Wahn Realität, gegebenenfalls belastende, ängstigende, schreckliche Realität, aber eben seine Wirklichkeit.

Die beste Einstellung ist deshalb das interessierte, neutrale Zuhören, das weder bestätigt noch in Abrede stellt. Ernstnehmen heißt noch lange nicht zustimmen. Doch wer den anderen - in welcher Form auch immer - unmöglich macht, indem er seine subjektive Realität in Frage stellt, kann auch nicht helfen.

Fühlt sich der Betroffene aber verstanden und damit gut aufgehoben, kann man ihn durchaus führen und vor allem für eine medikamentöse Therapie gewinnen, die zwar von vielen abgelehnt wird, jedoch einen entscheidenden, wahrscheinlich den entscheidenden antipsychotischen Behandlungsbeitrag leistet und damit das möglichst rasche Wiederauftauchen aus der irrealen Welt des subjektiven Wahns in die allgemein gültige Wirklichkeit ermöglicht, die den Betroffenen dann auch (hoffentlich) wieder rasch zwischenmenschlich, vor allem gesellschaftlich und beruflich integriert.

Fein. Dann hätte ich also alles falsch gemacht. Resigniert schlug ich das Notebook zu. Scheiß Internet! Natürlich wusste ich augenblicklich, dass dieser Vorwurf ungerecht war, wenigstens in diesem Fall.

Ich trocknete die Haut an den erreichbaren Stellen. Um die Gedanken auf etwas anderes zu lenken, drehte ich das Foto mit den lachenden Gesichtern um und griff nach den Seiten, die Krause zurückgebracht hatte.

Der nüchterne, abstrakte Text beruhigte mich einigermaßen. Ich schlug das Notebook wieder auf. Von Krauses Zustimmung beflügelt, schrieb ich:

Nähern wir uns Gott also auf einem anderen Weg, dem Weg der empirisch-geistigen Wirklichkeitsauseinandersetzung.

Was ist darunter zu verstehen?

Die Erscheinungsvielfalt unserer Umwelt - empirisch aufgenommen und geistig reflektiert - muss geordnet werden, wollen wir nicht im Wust der Eindrücke und Gedanken untergehen. Alle uns begegnenden, aus der jeweiligen intellektuellen Impotenz heraus unerklärlichen Phänomene, alle Paradoxien oder vermeintlichen Wunder verlangen - so sie unser Denken in unerträglicher Weise kompromittieren - nach einer Erklärung. Jede Sinneswahrnehmung, die sich unserem Weltbild nicht zuordnen lässt, hinterlässt Unsicherheit und Angst. Hieraus ergibt sich der Wert von Eigenschaften wie geistige Ordnung; Universalität des Weltbildes; Objektivität des Weltsichtsprinzips. Von diesen Eigenschaften hängt noch immer und mehr denn je maßgeblich unsere Lebens-, besser, Überlebensfähigkeit, also das Anpassungsvermögen der Spezies Mensch ab, wenn es auch nicht mehr in erster Linie die n a t ü r - l i c h e Umwelt ist, die unser Weltsichtsprinzip selektiv herausfordert.

Da das beschränkte, also e n d l i c h e Hirn - selbst bei optimaler Nutzung - nie in der Lage sein wird, die Welt in ihrer u n - e n d l i c h e n Komplexität zu fassen, bleiben uns nur zwei Möglichkeiten, um die Unsicherheit und Angst aus der stets gegenwärtigen Unwissenheit zu kompensieren: Die E r k e n n t n i s z u - v e r s i c h t, also die Hoffnung, dass sich alles irgendwann ein-

*mal rational erklären lässt - das wäre die atheistische Variante -
oder der G l a u b e an ein vollkommenes, intelligentes Wesen, bei
dem alle Antworten sind. So wie die heidnischen Urvölker Na-
turgottheiten zu Waltern aller Rätsel der Welt und des Lebens
machten, glauben wir die letzten Antworten in einem universellen
Gott zu finden, wenn er denn den Zeitpunkt für gekommen hält,
uns an ihnen teilhaben zu lassen.*

Den letzten Absatz schreibend und nachlesend, war
ich wieder mit allen Gedanken bei Evelin. Alle unerklärlichen Phänomene verlangen nach einer Erklärung.

*Solche unser Denken kompromittierenden Widersprüche sind
heute vor allem: die vermeintliche Unerklärbarkeit der Entstehung und Entwicklung des Lebens und die evolutionäre Notwendigkeit der in seinen Fähigkeiten einzigartigen Erscheinung des
Menschen, konkreter, des menschlichen Gehirns.*

… und das Schaukeln, Nebeln, Lachen und Weinen
eines hölzernen Schaukelpferdes. Ich las wieder und
wieder den Text, um bei der Sache zu bleiben.

*Wie stellt sich uns aber dieser Vorgang bei aller Nüchternheit
dar? - Wir verlegen den inneren Konflikt, der beim Versuch
entsteht, die Wirklichkeit bewusst zu machen und zu ordnen,
nach außen; wir entschärfen alles Unerklärbare, indem wir es
einem Gott zuschieben, den wir nun, konfliktlos, mit allen Ge-
heimnissen, Rätseln und Wundern belasten können, ohne uns -
genau wie im zuvor skizzierten ersten Weg - darüber Rechenschaft
geben zu müssen, welche Bewandtnis es nun aber mit dem g r ö ß -
t e n aller Geheimnisse, Rätsel und Wunder auf sich hat, welches
wir uns eben in Gott geschaffen haben. Auch hier wird der Konflikt nicht gelöst, sondern einfach verlagert, noch dazu auf eine weit
weniger d e n k b a r e Ebene. Und wenn wir uns umschauen,
erkennen wir die uns bereits bekannte Silhouette des Traumlandes
der Gewissheit, in dem wir die innere Ruhe meinen wiedergefunden
zu haben, jenseits der festen Mauern des Glaubens.*

Innere Ruhe schrieb sich wunderbar. Bei Gott ist nichts
unmöglich, heißt es. Wohl dem, der daran glauben
kann. Aber warum sollte Gott ein Schaukelpferd …

Ich las das Geschriebene und war es zufrieden. Annähernd zwei Seiten. Ich hätte nicht für möglich gehalten, an einem solchen Tag auch nur eine vernünftige Zeile zustande zu bringen. Mein Kopf schien ähnlicher Ansicht und wehrte sich gegen die Vergewaltigung mit hämmernden Schmerzen und einem unablässigen Schwirren. Ich war müde und vollkommen ausgebrannt und doch nicht viel klüger als heut Morgen.

14

Die Wohnung machte einen unsäglich oden Eindruck. Ich ahnte sofort, was vorgefallen war. Nachdem ich meiner Ahnung Gewissheit verschafft hatte, warf ich mich niedergeschlagen aufs Sofa. Evelins Schränke waren leer. In Karlchens Zimmer stand nicht einmal mehr ein Schrank. Auch sein Bett hatte sie mitgenommen. Es war kaum denkbar, dass es sich bei diesem Auszug um einen unvorbereiteten, spontanen Vorgang handelte. Auf der anderen Seite konnte Evelin ja gar nicht wissen, wie lange ich im Verlag bleiben würde.

Mein Kopf hatte genug Stoff, um in verschiedene Richtungen und in unterschiedlichen Tiefen zu grübeln. Noch immer hielt meine feuchte Hand den Zettel, den ich auf dem Küchentisch gefunden hatte. Endlich fand ich den Mut, ihn zu lesen.

Lieber Siegfried, was hier geschieht, mag Dir unverhältnismäßig, vielleicht gar albern, ja verrückt erscheinen. Seit Silvester ist alles anders geworden, zumindest in meinem Leben. Dabei ist nicht das Beobachtete entscheidend. Das Ding ist nur der Anlass. Für Dich mögen die letzten Wochen nervend gewesen sein, für mich waren sie katastrophal. Für Dich mag mein Verhalten irrational gewesen sein, zum Glück hast Du nicht gemerkt, welche Kraft es mich gekostet hat, weiter zu funktionieren, obwohl da ein Mensch in der Nähe ist, der jeden Handgriff, jede Geste, jedes

Wort beäugt; der mich durch die Art der Beobachtung zum Ge-
genstand herabwürdigt, nein, schlimmer. Ich weiß nicht, was mit
mir oder mit uns geschehen ist. Ich verstehe nicht, wie eine einzige
Beobachtung, die Dir skurril erscheint, das in zehn Jahren ge-
wachsene Vertrauen zerstören kann. Diese Enttäuschung ist so
bitter und tut so weh, gerade weil es so schön war mit uns in den
letzten Wochen. Das schlimmste an der Situation ist, dass ich
nicht die geringste Hoffnung habe, dass die entstandene Wunde je
wieder heilen kann. Schreibe mir bitte, wie Du Dir die Auftei-
lung der gemeinsam von uns erworbenen Dinge vorstellen kannst.
Ich wohne, bis etwas Passendes gefunden ist, bei den Eltern. Leb
wohl. Evelin

Mir schossen die Tränen in die Augen. Der Text ent-
sprach ganz und gar meiner Ahnung. Dennoch traf er
mich wie ein Faustschlag. Vor allem die angedeutete
Endgültigkeit der Trennung nahm mir den Atem. Ich
dachte auch an Karlchen, ja, aber nur ganz nebenbei.
Evelin war auf einmal so wichtig für mich, dass alles,
auch der kleine, süße Kerl, daneben verblasste. Die Luft
um mich herum atmete sich so schwer, als wenn sich
die Atmosphäre verändert hätte. Alles, ausnahmslos
alles verlor seinen Sinn.

Ich spürte, wie ich hinabglitt ins Bodenlose. Mir war
klar, dass ich mich jetzt zusammenreißen musste, wollte
ich mich nicht ganz verlieren. Ich stand auf, um etwas
zu tun, um einfach nur tätig zu werden. Dabei hatte ich
nicht die geringste Ahnung, was ich tun sollte. Am
liebsten wäre ich zu Evelin gefahren, hätte sie an mich
gerissen, sie angefleht, die letzten Wochen zu vergessen;
alles zu lassen, wie es ist. Vermutlich hätte ich es auch
getan, wenn das andere nicht gewesen wäre.

Im Bad wusch ich mir die Tränen und gröbsten Spuren der Verzweiflung aus dem Gesicht. Der, der mir im
Spiegel entgegenblickte, gefiel mir nicht. Das ist nicht
ironisch gemeint. Ich sah das Gesicht eines Menschen,

der zu allem fähig zu sein schien. Ich klammerte mich an das Heft.

Gegenüber unbekannten Artgenossen verhalten sich Mauersegler in der Bruthöhle sehr aggressiv. Der Höhlenbesitzer bewegt sich drohend mit gestreckten und angehobenen Flügeln au den Eindringling zu und stellt zudem durch Anheben des zugewandten Flügels und Seitwärtskippen des Körpers seine Füße als Waffen zur Schau. Reagiert der eindringende Vogel mit dem gleichen Verhalten, kämpfen die Vögel - ineinander verkrallt - mit Flügelschlägen und Schnabelhieben. Solche heftigen, von lauten Rufen begleiteten Auseinandersetzungen dauern inklusive gelegentlicher Unterbrechungen häufig über zwanzig Minuten, manchmal sogar zwei bis fünf Stunden. Die Auseinandersetzungen mit artfremden Nistplatzkonkurrenten wie Star oder Haussperling ähneln intraspezifischen Auseinandersetzungen, nur wird der Gegner in diesem Fall nicht selten verletzt oder getötet.

Bei Erscheinen eines Baumfalken und anderer größerer Greifvögel bilden Mauersegler einen Schwarm, oft auch gemeinsam mit Schwalben. Sie kreisen dann gemeinschaftlich über und hinter dem Angreifer und schrauben sich wie dieser in die Höhe. Gelegentlich erfolgen vermutlich auch Scheinangriffe. Entfernt sich der Feind, wird er noch eine Weile verfolgt. Unter normalen Bedingungen gelingt es Greifvögeln wohl nur in Ausnahmefällen, einen Mauersegler aus dem Schwarm zu erbeuten.

In die Stube zurückgekehrt, wählte ich Julianes Nummer.

„Ja?", tönte es heiter aus dem Hörer.

„Jule, ich bin's, Siggi. Hast du vielleicht ein paar Minuten Zeit für mich?" Ich wunderte mich über den nüchternen, gesammelten Klang meiner Stimme.

„Natürlich", gurrte sie noch immer. „Ich stehe doch tief in deiner Schuld."

Ich wusste, was sie meint, wollte aber nicht darauf eingehen. Man soll seine Stimme nicht versuchen. „Jule, ich habe mich in der Vergangenheit ziemlich wenig für das interessiert, was du machst. Darum ist es mir jetzt fast peinlich …"

„Es muss dir nicht peinlich sein. Der Mensch hat eine natürliche Aversion gegen alles Abartige. Vielleicht hat er auch gute Gründe, sich von allem fernzuhalten, was mit der Klapper zu tun hat, einschließlich denen, die da arbeiten." Ihr Ton war - trotz der Ironie - wohltuend erdständig geworden.

„Du arbeitest auch mit Schizophrenen?"

„Vor allem. - Sie stellen die größte Gruppe psychisch Kranker, denen wir wirkungsvoll helfen können. Leider weicht das Krankheitsbild meist weit von dem ab, was sich die Leute gemeinhin darunter vorstellen."

„Ich gehöre seit ein paar Stunden nicht mehr zu diesen Leuten. - Dann hast du auch viel mit Halluzinationen und Wahnvorstellungen zu tun?", tastete ich mich langsam weiter.

„Sicher. Um wen geht es?"

So schnell war ich auf diese Frage nicht gefasst. Ich überlegte zu lange, obwohl ich mir die Antwort zurechtgelegt hatte. „Eine Kollegin hat sich mir anvertraut. Sie ist ziemlich verzweifelt, weil sie …"

„Siegfried, auch wenn ich den ganzen Tag mit Verrückten arbeite, kann ich noch eins und eins zusammenzählen. Du bist weder der Typ, der sich um psychische Probleme fremder Leute kümmert, noch der, dem sich verzweifelte Frauen anvertrauen. Wer ist es? Irene? Kannst du noch immer nicht verschmerzen, dass sie dir nicht zutraut, das Kleid gekauft zu haben? - Nebenbei bemerkt, hätte ich dir das auch nicht zugetraut." Das Letzte hatte sie natürlich nicht ernst gemeint. Wahrscheinlich hatte sie es nur angehängt, um mir Zeit für die Antwort zu geben. Sie wartete geduldig. Zuhören war wohl ein besonderes Unterrichtsfach in ihrer Ausbildung gewesen.

„Kann ich dir nicht erstmal schildern, worum es geht?", fragte ich, erschreckt über den weinerlichen Ton, den meine Stimme angenommen hatte.

„Ist Evelin ausgezogen?", fragte sie bestürzt.

Ich war augenblicklich keines Wortes fähig.

Nach einer Pause, deren Grund unschwer zu erraten war, meldete sich Juliane mit fester Stimme. „Findest du nicht, dass es eine ziemlich billige Nummer ist, Evelin für wahnsinnig zu halten, nur weil sie dich verlassen hat? Dafür kann es immer auch durchaus vernünftige Gründe geben."

Die Empörung gab meiner Stimme ihren Kern zurück. „Jule, ich weiß, dass du mich nie sonderlich gemocht hast, und wahrscheinlich bin ich daran nicht schuldlos, aber du solltest keinen Grund haben, solchermaßen auf meiner Seele rumzutrampeln."

Sie schwieg. Als sie wieder sprach, hatte sich ihre Stimme verändert. „Auch wenn das vielleicht nicht der richtige Augenblick ist, aber ich mag dich. Du hast da wahrscheinlich etwas verwechselt. Offenheit ist mitunter schmerzhaft. Besonders offen bin ich allein bei Leuten, die mir wichtig sind. - Nur weiß ich nicht nur aus meiner Arbeit, dass Selbstmitleid in jeder Situation ein völlig untaugliches Mittel ist. - Nun erzähl schon, was du angestellt hast."

Ich hatte mich wieder leidlich im Griff. Ihre harsche Art tat mir seltsamerweise gut. „Ich weigere mich, etwas zu glauben, das - unmöglich ist."

„Aber nicht etwa, dass sie dich verlassen hat."

„Nein", sagte ich gequält. „Das ich mich weigere, etwas zu glauben, ist ja der Grund, dass sie gegangen ist."

„Was glaubst du nicht?"

„Dass sich ein Gegenstand bewegt, der sich nicht bewegen kann."

Die Pause tat mir gut. „Kannst du das etwas genauer beschreiben?", fragte sie leicht gespitzt.

„Jule, du musst mir schwören, mit keinem darüber zu reden, nicht einmal mit Steffen. Wahrscheinlich ist es schon ganz falsch, es dir zu erzählen, aber mit jemandem muss ich reden. - Bist du allein?"

„Ja, im Moment jedenfalls. - Ich behalte es für mich."

Ich brauchte dennoch lange, um Anlauf zu nehmen. „Es geht um das Schaukelpferd", brachte ich endlich heraus.

„Das kleine, süße Ding mit dem Stammbaum unterm Sitz?"

„Evelin hat Silvester punkt Mitternacht gesehen, wie es sich von selbst bewegt hat."

„Wie es sich wie bewegt hat?"

„Wie es geschaukelt hat."

„War sie betrunken?"

„Nein."

„Hat sie irgendwas anderes genommen?"

„Was soll sie denn genommen haben, verdammt?"

„Andere Dinge sieht oder hört sie nicht?"

„Nein. - Das heißt, sie hat nicht nur gesehen, wie es schaukelt."

„Sondern?"

Wieder atmete ich mehrmals tief ein und aus. „Es lacht dabei ein fröhliches Kinderlachen. Die Augen leuchten. Es nebelt aus der Schnauze. Das Lachen verstummt. Es fällt nach vorn. Und … Und es weint blutige Tränen."

Ich hörte sie atmen. Nun ließ ich ihr Zeit. „Hat sich das wiederholt?"

„Gestern Nacht." Um Jules Vorwurf zuvorzukommen, hänge ich noch schnell an: „Es war die erste Nacht nach Silvester, in der ich nicht mit ihr um Mitternacht vor dem Schaukelpferd ausgeharrt habe. Ich dachte, zwanzig Nächte sind genug, um sie davon zu überzeugen …"

„Und es war genau wie Silvester?"

„Ja. - Nein. Angeblich blieb es stehen in dem Moment, als sie mich rief. Aber auch Silvester sah ich weder Nebel noch Blut. Es kann auch gar nicht nach vorn fallen, weil es der Schwerpunkt nicht zulässt."

Wieder entstand eine lange Pause. „Und Evelin hat es dir genau so erzählt?"

„Ja, natürlich. Nur erregter. Ich hatte Angst. Ich hab die Nacht bei Karlchen geschlafen, weil ich dachte … Ich habe heute eine Menge darüber gelesen, auch, wie viel man im Umgang mit Wahnsinn… mit Kranken falsch machen kann."

„Hat sie dir Gründe für ihren Auszug genannt?"

„Sie hat einen Brief geschrieben", sagte ich stimmlos.

„Lies ihn vor."

„Nein, Jule, ich kann nicht einmal daran denken. Ich muss sofort heulen." Die Tränen liefen wie von selbst.

„Das macht nichts. Dann heul ein bisschen. Heulende Männer machen mir nichts aus. Ich erlebe sie oft."

Gern hätte ich sie darauf aufmerksam gemacht, dass es mir vielleicht etwas ausmacht, aber dann hätte ich nicht mehr reden können. Also stammelte ich mit vielen Unterbrechungen die Zeilen, die Evelin zurückgelassen hatte. Schon der Anblick der Schrift war schwer zu ertragen.

Jules Schweigen war angenehm. Es konnte Rührung oder Ratlosigkeit bedeuten. Auf jeden Fall dachte sie nach. „Jule?", fragte ich, als mir die Pause doch zu lang wurde.

„Ja. - Warte. - Ich krieg es nicht zusammen. Du musst schon alles erzählen."

„Ich habe alles erzählt, verdammt. Wenn Evelin noch etwas anderes hätte, dann hätte sie es doch geschrieben. Mehr war nicht. Es war sogar besonders schön, bevor

…" Ich hatte meinen Gefühlswallungen nichts entge-genzusetzen. Der Kopf dröhnte, als wenn er bersten wollte. „Ich hatte gehofft, es sei nur eine Art Paranoia."

„Paranoia ist ganz und gar nicht harmlos! Wenigstens, wenn du den in der Psychiatrie benutzten Begriff meinst", sagte sie eigenartig befangen. „Evelin hat mit Sicherheit kein paranoides Syndrom."

„Ist das beruhigend?", fragte ich behutsam.

„Das kommt darauf an, ob man sie lieber krank oder bösartig will."

„Jule …"

„So, wie du es erzählst, passt es für keine Krankheit. Solche Geschichten gibt es nur im Kino oder Roman. Unsere Sinne funktionieren zuverlässiger, als viele Leute denken. Es gibt Halluzinationen und Wahnvorstellun-gen. Bei den einen wird erlebt, was nicht existiert, bei den anderen werden korrekte Eindrücke falsch gedeu-tet."

„Ich weiß", bremste ich sie ungehalten. „Ich habe das ganze Zeug gelesen und nichts gefunden. Darum rufe ich dich ja an."

Jule atmete schwer. „Es gibt Fälle innerhalb dissozia-tiver Störungen, wo die Betroffenen starre Gegenstände bewegt empfinden, aber niemals in dieser Komplexität. Und außerdem …"

„Was außerdem?", fragte ich ungeduldig.

„Außerdem handelt es sich dabei um das Symptom einer schweren Erkrankung, die sich nicht eben mal durch eine optische Täuschung bemerkbar macht."

„Das heißt?", drängte ich weiter.

„Soll ich jetzt reden wie zu jemandem, den ich mag?", fragte sie ohne jede Ironie.

„Bitte." Ich stellte das Telefon laut und legte es - in Erwartung einer Hiobsbotschaft - auf den Tisch. Der Kopf fiel wie abgeschlagen auf die Sofalehne.

„Natürlich kann es immer Krankheitsformen geben, die ich nicht kenne, die mir also weder in meinem Job noch in den Lehrbüchern begegnet sind. Bei allem, was ich weiß, würde ich krankhaftes Verhalten ausschließen."

„Aber es ist absurd! Sie kann nicht gesehen haben …"

„Dann bleibt nur, dass sie mit dieser Geschichte eine bestimmte Absicht verfolgt. Ich will nicht sagen, dass ich ihr das zutraue. Aber gerade in meinem Job lernt man schnell, dass man keinen Menschen gut genug kennt, um …"

„Jule, verdammt, welche Absicht soll sie denn verfolgen?" Ganz langsam tröpfelte eine eklige Erkenntnis ins Bewusstsein, und noch ehe sie sich ganz manifestiert hatte, sagte Jule:

„Vielleicht hat sie genau das bezweckt, was eingetreten ist."

„Das traust du ihr zu? - Das traust du ihr zu?!", schrie ich ungehalten. Ich drückte sie aus der Leitung und warf das Telefon auf den Tisch zurück. Ich war fertig, mit allem. Sind denn alle wahnsinnig geworden?

Nachdem ich wie ein Idiot in der Wohnung herumgetigert war, nahm ich Evelins Zettel. Mit chirurgischer Präzision schnitt ich in und hinter alle Wörter und Sätze.

Nein. Eine Frau mag in bestimmten Situationen gerissen und falsch sein, aber das, das schlägt doch jeden Wahnsinn! Wenn das möglich ist, dann sollte der Mensch für sich allein in einer Erdhöhle hausen und es den paar unverbesserlichen Blödeiern überlassen, diese wahnsinnige Art fortzupflanzen.

Unter der heißen Dusche versiegten die Tränen. Mit leerem Magen und vollem Kopf und einer Broschüre, von der ich mir Linderung erhoffte, legte ich mich ins Bett. Evelin hatte sogar noch die Decken aufgeschlagen. Wer einen so kranken Plan ausheckt, schlägt doch kein

Bett mehr auf, verdammt! Ich suchte Trost in der geordneten, regelrechten Welt eines kleinen Vogels.

Um größere Höhenverluste zu vermeiden, werden während des Gleitflugs Schlagphasen eingestreut, die von einer halben bis zweiundzwanzig Sekunden andauern können, die mittlere Dauer beträgt ungefähr vier Sekunden. Die Schlagfrequenz liegt meist zwischen sieben und acht Schlägen pro Sekunde. Im Gleitflug werden gewöhnlich Geschwindigkeiten von zwanzig bis fünfzig Kilometer pro Stunde erreicht, im Kraftflug vierzig bis hundert. Bei Flugspielen sind Geschwindigkeiten von über zweihundert Kilometer pro Stunde möglich. In der Luft übernachtende Tiere fliegen durchschnittlich dreiundzwanzig Kilometer pro Stunde. Das beste Verhältnis zwischen Energieaufwand und zurückgelegter Strecke liegt für ziehende Vögel bei einer Durchschnittsgeschwindigkeit von ungefähr zweiunddreißig Kilometer pro Stunde.

Mauersegler passen die Form der Flügel den Flugbedingungen an. Voll ausgestreckte Flügel ermöglichen dabei den besten langsamen Gleitflug und um bis zu sechzig Prozent mehr Distanz als Flügel in der Grundstellung. Zurückgezogene Flügel dienen dem Flug bei hohem Tempo und schnellen Kehren, bei anderer Stellung der Flügel würden diese sonst dem Winddruck nicht standhalten.

15

Wie viele Stunden es gewesen sind, kann ich nicht sagen, aber es waren Stunden, da ich so dalag und die Zimmerdecke anstierte. Vielleicht wäre ich eher eingeschlafen, wenn ich mir den gröbsten Frust wegmassiert hätte. Aber selbst daran war mir die Lust vergangen. Während sich die Späne der Raufasertapete zu Fratzen formierten und die Kälte langsam von den Füßen über die Knie vordrang und eben dabei war, die Schenkel zu vereisen, jagten meine Gedanken strahlenförmig von einem Punkt in alle Richtungen, ohne den Punkt selbst auch nur einen Deut von der Stelle zu bewegen. Ich wusste, dass das bis zur Ohnmacht so weitergehen wird. Kurz dachte ich daran, mich mit allem, was die Bar zu bieten hatte, zuzuziehen. Dann entschied ich doch, mich anzuziehen und zu arbeiten.

Unser ... das Arbeitszimmer war unverändert. Auf meinem Schreibtisch fand ich die Blätter, die ich Evelin vor Wochen gegeben hatte. Unterm Text stand ihr Kommentar. *Die Prägnanz kann den Leser überfordern. Sonst ist es gut.*

Schreibt eine Frau, die imstande ist, einen derart teuflischen Plan auszuhecken, kurz bevor sie auszieht diese Zeile?

Ich brachte das Notebook in Stellung und schrieb:

Der dritte und - wie ich denke - meistbegangene Weg auf Gott entspringt der ethischen Auseinandersetzung mit uns selbst.

Aus der einzigartigen Fähigkeit des Menschen, die Erscheinungen der Welt bewusst widerspiegeln zu können, resultiert auch seine Diskomposibilität oder Unverträglichkeit mit derselben im Sinne der Stabilität und Harmonie. Das ethische Wertungsbewusstsein lässt ein Spannungsfeld zwischen Gut und Böse entstehen. Der Mensch - und nur der Mensch - ist gezwungen, sich in diesem Feld zurechtzufinden und zu bewegen. Was ihm dabei am meisten Not tut, ist der objektive, gültige, verbindliche Maßstab. Da sich dieser Maßstab nicht im menschlichen Bewusstsein findet, das ja immer von subjektiven, also unvollkommenen und veränderlichen Potenzen, Erfahrungen, Gedanken und Gefühlen getragen wird, so suchen viele diesen Maßstab außerhalb des Menschen in einer unfehlbaren Instanz, die nicht nur Verwalter, sondern auch Verkünder und Überwacher der ethischen Prämissen sein kann, um ihnen die erforderliche Kraft und Macht und Nachdrücklichkeit zu geben. Um diesem Amt jedoch gerecht zu werden, müssen ihn neben Eigenschaften wie Vollkommenheit und Unfehlbarkeit auch Freiheit und Macht auszeichnen. Wir beschweren Gott also mit Attributen, ohne zu prüfen, ob sie ihm - in dieser Zusammensetzung - auch erträglich sind.

Aus der Einzigartigkeit der menschlichen Art glauben wir einen ebenso einzigartigen Sinn oder Gehalt des Lebens ableiten zu müssen, der den bisherigen Rahmen der Sinngebung und Sinnhaftigkeit des Lebens, 'Die Existenz um seiner selbst willen', zu sprengen vermag. Denn es fällt nicht leicht, das Leben, mehr noch das des Menschen und erst recht Geschichte, Politik und Gesellschaft als Sublimate des 'Dranges nach Stabilität' zu denken, der schon alle u n b e l e b t e Materie in Mikro- und Makrokosmos bewegt und gestaltet.

Der auf diesem Weg geformte Gott ist ein aus ethischer Not oder Verantwortung heraus geschaffenes H i l f s mittel, um die Willkürlichkeit menschlichen Denkens und Handels einzuengen und ihnen einheitlichere Richtungen zu geben, damit das Gehirn, jene erfolgreichste Waffe der Selektion und Evolution, nicht zu einem Instrument intraspezifischer Selbstvernichtung werde.

Wie früh dem Menschen dieser Zusammenhang bewusst war, zeigt die biblische Allegorie des Sündenfalls: Der Mensch, kaum dass er sich selbst erkannt hat, sprich, sich seiner selbst b e - w u s s t geworden ist, beginnt all seine Handlungen mit der Übertretung des einzigen Verbotes Gottes; er isst die Frucht vom Baum der Erkenntnis des G u t e n und B ö s e n . In reziproker Lesart ist hier die Erschaffung Gottes erzählt. Denn erst in unserer - ja in keiner Weise wirklichen, also nur vermeintlichen - moralischen Erkenntnisfähigkeit wird Gott erfindbar und wichtig und der Mensch zu dem, was er ist.

Unter der Herrschaft seines Gehirns verlor der Mensch nach und nach seinen instinktiven Halt und damit seine selbstverständliche Verbindung mit der in sich stabilen und harmonischen Struktur der Natur, die in der Allegorie im 'Paradies' versinnbildlicht ist. Durch die einzigartige Gabe der Erkenntnisfähigkeit, besser, durch seinen Erkenntnis z w a n g , verlor der Mensch seine 'Unschuld'. Das ist das Verbrechen, das er mit der 'Vertreibung aus dem Paradies' zu büßen hatte. Über seine k ö r - p e r l i c h e Nacktheit dürfte er dabei am wenigsten erschrocken sein.

In einem sehr wesentlichen und daher verhängnisvollen Punkt irrt die Allegorie: Der Mensch kann sich mit Hilfe seines Gehirns die Welt nicht u n t e r t a n machen, im Gegenteil: Überheblichkeit und Herrschermentalität auf der einen und Gleichgültigkeit auf der anderen Seite werden die Welt nur so weit verändern, dass wir schließlich selbst nicht mehr kulturvoll in ihr leben können. Und wenn der Mensch nicht lernt, dass eine Rückkehr ins 'Paradies' nur über eine vernünftige Eingliederung in die Natur möglich ist, in dem er sich selbst für ein Zusammenleben mit und in ihr emanzipiert, so wird er - wie bisher - hilflos und klein an ihrem Tor um Eintritt betteln wie ein von den Eltern verstoßenes, unmündiges Kind.

Um diese Sonderstellung, diese vermeintliche Abseitsposition ertragen zu können, bedürfen viele Menschen einer Autorität, die in der Lage ist, den unvollkommenen Menschen wieder mit der Harmonie des Universums zu ver s ö h n e n .

Aber auch hier bleibt uns die Antinomie nicht erspart: Ist Gott in ethischer Hinsicht richtunggebend und -weisend, also Schöpfer, Erhalter und Wiederbringer allein des Guten, der Stabilität oder Harmonie, so muss ihm ein Antipode zur Seite oder gegenübergestellt werden, der zwar Gottes Geschöpf, aber Träger des Bösen ist. Wir erfinden ihn in Satan, und das dualistische Spannungsfeld entsteht von neuem. Aber hatte uns nicht genau dieses Spannungsfeld auf Gott geführt?

Wieder haben wir den Konflikt allein nach außen verlagert, anstatt ihn zu lösen. Dabei wird er von einer Problematik ausgelöst, die nur scheinbar existiert, denn das Böse an sich existiert ja gar nicht, da es immer nur im fehlerhaften Ringen um das Gute entsteht, also der verfehlten Suche eines verirrten oder kranken Geistes entspringt. Wie weit sich unsere subjektive Vorstellung vom Wesen des Guten, also der Stabilität und Harmonie, mit dem objektiven Wesen der universellen Harmonie deckt bzw. sich diesem nähert, hängt allein vom Grad sowohl unserer körperlichen, geistigen als auch ethischen Vervollkommnung ab, die - in ihrer Universalität - den Wert des einzelnen Menschen bestimmt, eben weil sie ihn zum Guten b e f ä h i g t !

Vielleicht sollte ich mich um die Stelle des neuen Heilands bewerben. Ich darf jetzt nicht weiter über den Sinn solcher Aufsätze nachdenken. Zumindest vermag er es, die Gedanken für einen Augenblick an sich zu binden, auch wenn es im Moment nur die eigenen sind.

Je weiter wir in die Geheimnisse des Universums eindringen, je besser wir unsere Welt verstehen lernen, umso objektiver, also weltverträglicher wird die Determination des G u t e n ausfallen, umso selbstbewusster werden wir uns freimachen können von allen subjektiven, vermeintlich richtigen Harmonievorstellungen, die ja eben - gepaart mit Macht und Anmaßung - die Wurzel des s o g e n a n n t e n Bösen sind.

Unter diesem Gesichtspunkt ist der antagonistische Widerspruch von Religion - genauer, unserem religiösen Bedürfnis - und Kirche verständlich, da auch die Kirche eine menschliche, also fehlbare und irrende Institution ist, die unserem Streben nach Harmonie nur bedingt gerecht werden kann. Zwar haben wir die individuell-subjektive Willkür in der ethischen Normierung und Zielsetzung durch Gott - besser, durch unseren Gottbezug, also unsere Religiosität - überwunden, aber am Ende nur durch eine aristokratisch-subjektive Normierung des ethischen Verhaltens ersetzt; sie also aus der Hand der moralisch-anarchischen Menge in die der Religionsgründer und Priester gegeben, ein Fortschritt, zugegeben, aber um den Preis der unheilvolleren Wirkung jeglichen Irrtums und Missbrauchs, von denen die Geschichte dann auch genügend zu berichten weiß. Denn jede Idee, erst recht jede autorisierte Norm, wird umso gefährlicher, je mächtiger sie wird. Und da heute jede Dezentralisation der Macht illusorisch scheint, so bleibt uns keine andere Möglichkeit, als die Ideen und Vorhaben der Mächtigen auf ihre Objektivität, also Weltverträglichkeit, hin zu prüfen und, wo immer es Not tut, um sie zu ringen, auch oder gerade weil dieses Unterfangen hoffnungslos erscheint und mit ziemlicher Sicherheit unter jedem politischen Pragmatismus erstickt wird, bis uns die 'apokalyptischen' Umstände z w i n g e n werden, den Pragmatismus durch die Vernunft zu ersetzen. Die Zähigkeit des Menschen in der bisherigen Evolution gibt Anlass zur Hoffnung, dass er bis dahin alle denkbaren Katastrophen überstehen wird, zu welchem Preis auch immer ...

Ich sehe schon Krauses Randbemerkung: 'Es muss ein wunderbares Gefühl sein, das düstere Schicksal der ganzen Menschheit zu skizzieren.' - Wie recht er hat!

Gott bringt - unter ethischem Blickwinkel - noch eine andere Erleichterung in unser Leben: Ist er doch in seiner Zeitlosigkeit und Unendlichkeit ein sicherer, dankbarer, nie wankender oder gar abtrünniger Empfänger unserer Liebe und Zuneigung, ja unseres Wirkens schlechthin. Je enttäuschender unser Umgang mit Menschen ist, je härter die Schläge sind, mit denen uns das Schicksal an unsere Ohnmacht und Bedeutungslosigkeit und lächerliche Machtlosigkeit gemahnt, je mehr sind wir versucht, uns auf diesem Weg Gott zu nähern. - Schade. Denn alle Energie und Liebe, die wir Gott zu Gefallen geben, geht den Menschen verloren, da sie nicht um ihrer selbst willen gegeben wird. Allein das tut Not!

Warum steigst du nicht gleich selbst auf die Kanzel?

Ich entfernte die letzten drei Sätze.

Viele glauben auch, in jener inneren Stimme, die zeitlebens im unermüdlichen Dialog mit uns steht und zuletzt doch immer die Oberhand behält, einen Teil des göttlichen Geistes und der göttlichen Kraft zu erkennen. Aber warum göttlich? - aus traditioneller Rücksicht oder Bescheidenheit? - aus Angst vor uns selbst? Sollte der Mensch auch noch zu schwach oder zu schüchtern sein, diese Kraft m e n s c h l i c h zu heißen? - gerade jene Gegenkraft, die den Dialog in und mit uns ermöglicht und damit das oft schmerzhafte, kräftezehrende, aber ebenso seligmachende Ringen um und mit uns selbst erst in Gang bringt, das uns so sehr von allen anderen Wesen unterscheidet und eben alle menschliche E r h a b e n - h e i t kennzeichnet, aber auch alle F e h l b a r k e i t ?

Diese bessere Stimme, unser d e n k e n d e s Ich oder gedachtes Ideal, schlicht unser Wille zur Stabilität oder Harmonie, ist nichts anderes als unser G e w i s s e n, und sie hat, wie schon der Name sagt, etwas mit unserem Wissen zu tun. Daher b e f ä - h i g t Weisheit zum Guten, ohne allein schon gut zu machen,

weil sie halt noch den Konflikt auszutragen hat mit dem h a n -
d e l n d e n Ich, das wir als unser ureigenes Ich betrachten.

Diese Stimme oder Kraft g ö t t l i c h zu heißen, hieße zu
verkennen, dass von ihr auch ebenso alles T e u f l i s c h e ausgeht.
Die gleiche Herkunft beider - des Göttlichen und des Teuflischen -
zu begreifen, haben wir nur einen Begriff: das M e n s c h l i c h e!

Und wer da glaubt, das I m m e r A n d e r e in sich nur in
seiner göttlichen Erscheinung zu kennen, der war bisher nur noch
nicht in der entsprechenden Situation, was beinahe immer heißt, in
einer Machtposition, die ihm Gelegenheit bietet, dieses I m m e r
A n d e r e in sich als teuflisch wiederzuerkennen.

Und wer da meint, das Wirken von Dämonen für das Teufli-
sche in sich verantwortlich machen zu können, dem ist sein Ver-
hältnis zu Gott keine Hilfe in der Wirklichkeitsauseinanderset-
zung, sondern bestenfalls eine wurmstichige Krücke, die ihm nur
hilft, immer weiter von der Wirklichkeit wegzulaufen.

Von der Wirklichkeit wegzulaufen. Meine Kraft, die
Gedanken von Evelin abzulenken, war verbraucht. Es
war schwer genug gewesen, jene Gedanken, die sich
beim Schreiben in die Büsche schlugen, bei der Stange
zu halten. Fast fünf Seiten sind es geworden; bleiben
mir noch reichlich drei.

Schwerer, als die geistige, war die körperliche Einsamkeit zu ertragen.

16

Ich hatte mich noch einmal hingelegt und war tief eingeschlafen. Da mir jeder Traum willkommener war als
die Wirklichkeit, schob ich das Erwachen immer wieder
hinaus, bis sich der Schmerz zwischen Kopf und Steiß
recht fett gemacht hatte und jede Ablenkung von der
Grübelei willkommen war.

Ältere, befiederte Nestlinge können durch Schlechtwetterperioden und Wetterflucht der Altvögel verursachten Nahrungsmangel überstehen, indem sie torpide werden. Dabei werden alle Körperfunktionen auf ein Minimum heruntergefahren, Herzschlag und Atmung verlangsamen sich. Die Körpertemperatur sinkt vom ungefähr bei 39 °C liegenden Normalwert nach einer Weile nachts bis knapp über die Umgebungstemperatur ab. Zunächst werden die Fettreserven verbraucht, zuletzt wird auch Körpergewebe angegriffen, vor allem die Muskulatur oder die Leber. Auf diese Art können die Nestlinge ein bis zwei Wochen ohne Nahrung überdauern. Wenn die Körpertemperatur 20 °C unterschreitet, tritt in der Regel der Tod ein.

Auch Altvögel können in beschränktem Maße torpide werden, aber dabei nur drei bis vier Tage ohne Nahrung überstehen. Wenn die Tiere bei einer Wetterflucht nicht in Gegenden mit besseren Bedingungen gelangen, sammeln sie sich dicht gedrängt und bewegungslos an Mauern und Felswänden. Beobachten kann man die Mauersegler in diesem Zustand kaum, da sie sich in geschützte Nischen zurückziehen, weil sie aufgrund stark reduzierter Reflexe sonst Feinden hilflos ausgeliefert wären.

Warum können Menschen nicht torpide werden, wenn sie schon nicht fliegen können?

Schnee war gefallen; das Thermometer auch. Winzige Kristalle wirbelten in der Luft. Alles bewegte sich beinahe geräuschlos im Schnee. Noch immer im Morgenmantel stand ich am Stubenfenster. Die Sonne quälte sich durch einen dichten Schleier, gerade so, dass sich ihre Position erahnen ließ.

Ich öffnete die Balkontür. Die frostige Luft traf mich sehr stofflich. Sie tat mir gut, wenigstens dem Kopf, oder, besser, der grauen Masse, die sich in ihm verbirgt. Schnell biss die Kälte in die nackte Haut; nicht lange, und auch der Morgenmantel hatte ihr nichts mehr entgegenzusetzen.

Die graue Masse verbot dem frierenden Körper, etwas gegen den zunehmenden Schmerz zu tun. Ich stand da und fror und überlegte, ob es der grauen Masse wohl gelingen kann, den Körper so lange zu beherrschen, ihn so lange untätig sein zu lassen, bis er nicht mehr in der Lage sein würde, etwas zu tun.

Man fände mich dann irgendwann erfroren vor der offenen Balkontür. Wahrscheinlich würde Krause der erste sein, der mein Ausbleiben bemerkt. Es war angenehm zu wissen, dass es wenigstens noch einen Menschen gibt, dem ich wichtig bin, auch wenn ich nicht gerade begeistert war, dass ausgerechnet Krause diese Rolle spielte.

Als ich an allen Gliedern schlotterte, drückten die steifen Hände die Tür ins Schloss.

Ich zog mich an, um dem Verlag wenigstens noch einen kurzen Besuch abzustatten. Dösend verließ ich das Haus. Es war so kalt, dass die Nasenflügel beim Einatmen aneinanderklebten. Ich zog den Kopf ein und vergrub die geballten Hände in den Manteltaschen. Wann, zum Teufel, war all der Schnee gefallen? Noch immer wirbelten die feinen Kristalle.

Zuerst fiel mir auf, dass die Gestalt vollkommen unzweckmäßig gekleidet war. Nur mit Turnschuhen stand sie im knocheltiefen Schnee, der dünne Pullover weißbestäubt, die Arme schützend vor der Brust gekreuzt. Das Rot der knochigen Hände zeigte bereits einen bläulichen Schimmer, nicht anders der mützenlose, spärlich behaarte Kopf.

Ich spürte einen gewaltigen Impuls und lief los. Der andere hatte keine Chance, steifgefroren, wie er war. Dennoch hielt er sich gut. Mit jedem Schritt wuchs meine Erregung. Atemlos packte ich ihn schließlich bei den Schultern. Ich hätte nicht geglaubt, dass ein so dünner Körper so zäh sein kann. Erst nach einigen Fehlversuchen gelang es mir, ihn festzuhalten.

Panisch verschränkte er die Arme vorm Gesicht.

„Was wollen Sie von mir?", schrie ich atemlos und ungehalten.

Er starrte mich an. Passanten blieben in einigem Abstand stehen. Ein Auto hielt. Das Fenster auf der Beifahrerseite öffnete sich. Ich wandte mich um und sah in verstörte, erschreckte und neugierige Gesichter.

„Ich habe Ihnen doch nichts getan. Lassen Sie mich los!" Er hatte die Stimme wiedergefunden. Er konnte sprechen, und er sprach sogar unerwartet gut. Dennoch hielt sich der erste Eindruck. Er muss verrückt sein. Kein normaler Mensch geht bei klirrendem Frost so auf die Straße. Einige der Umstehenden kamen näher.

Eine junge Frau fragte couragiert: „Was hat er denn gemacht?"

Die Frage konnte einfacher nicht sein. Im Moment wurde mir klar, was ich tat. Ich ließ den Verrückten los. Er hatte tatsächlich nicht mehr getan, als sich drei, vier Mal in meiner Nähe aufzuhalten. Das war weder strafbar noch moralisch verwerflich. Mich muss der Teufel geritten haben, ihn tätlich anzugreifen. So schnell ließ sich aber die Empörung in mir nicht niederringen. „Warum spionieren Sie mir nach?", schrie ich auch laut genug für die Umstehenden.

Starre Augen aus tiefen Höhlen sahen mich an. „Ich habe Ihnen doch nichts getan", wiederholte er leise.

„Das ist keine Antwort!"

„Lassen Sie ihn. Das ist doch 'n armes Schwein", meldete sich ein hinzugekommener Passant, der nicht viel besser gekleidet war als der Verrückte. Mich fröstelte schon beim Anblick der Bierflasche in seiner Hand.

„Hat er geklaut?", fragte eine alte Dame.

Ich schüttelte den Kopf. „Wollen Sie behaupten, dass Sie nur ganz zufällig ständig meinen Weg kreuzen?", fragte ich leise aber bestimmt.

„Was geschieht zufällig?", stammelte er kaum hörbar.

„Soll ich die Polizei rufen?", klang es beflissen aus dem Auto.

Der Mann vor mir schüttelte hektisch den Kopf.

„Nein", rief ich ungehalten über die Schulter.

Die Passanten liefen zögerlich weiter.

Der Mann vor mir schwieg.

Er ist verrückt! - Ganz sicher. Ich war froh, so glimpflich davongekommen zu sein. Es hätte auch anders ausgehen können, wenn der Kerl vor mir nicht so zurückhaltend geblieben wäre. „Entschuldigen Sie", sagte ich kleinlaut. Ich war keine zehn Schritte gelaufen, als ich ihn sagen hörte:

„Ihre Frau ist ausgezogen, mit dem Jungen, darum sind Sie so verstimmt."

Ich drehte mich um. Ich spürte meine Nackenhaare.

Er stand da, wie ich ihn zurückgelassen hatte. Der Hauch seines Atems umnebelte den Kopf. „Warum ist sie weggegangen?" Ich hätte nicht für möglich gehalten, dass sich der irre Ausdruck noch verstärken kann. Der Blick hatte etwas so Stechendes, als gelte es, die Antwort aus meinem Hirn herauszuschneiden. Die Mimik war so gnadenlos, als hinge ein Leben daran.

„Was geht Sie das an?"

Er stand da wie aus Eis gehauen.

„Was geht Sie das an, verdammt!"

Sein Gesicht glitt in den ursprünglichen Zustand zurück. Jetzt wirkte sein Blick fast warm. „Sie sind noch nicht so weit", sagte er gerade so laut, dass ich es noch hören konnte. Ohne mir Zeit für eine Erwiderung zu lassen, lief er mit eiligen Schritten davon.

Es wurde hell. Einen so schnellen Lichtwechsel in freier Natur hatte ich noch nie wahrgenommen. Ich wusste, dass Schneeflocken bis zu drei Tagen unterwegs sein können, ehe sie den Boden erreichen, dass also oft Schnee aus blauem Himmel fällt, den man aber meist vor lauter Schnee nicht sehen kann. Nun war der letzte

Schleier gefallen oder vom Wind beiseite geweht worden, und die Sonne schien und zerbrach an der Schneedecke zu unzähligen Lichtsplittern, die in den Augen schmerzten.

„'n armes Schwein." Keine zwei Schritte von mir entfernt - an einen Baum gelehnt - stand noch immer der Kerl mit der Flasche.

„Sie kennen ihn?", fragte ich barsch.

„Das wäre zuviel gesagt. Ich weiß 'n bisschen was aus seinem früheren Leben."

„Sagen Sie nicht, er hätte bessere Tage erlebt."

„Aber ja! Er war verheiratet, hatte zwei Kinder. Hat sie seit 'ner Ewigkeit nicht mehr gesehen. Na, wenn Sie mich fragen, er gehört nicht gerade zu den Leuten, denen man gern Kinder anvertraut, nicht mal die eignen."

„Können Sie auch laufen, wenn Sie reden?", fragte ich noch immer nicht freundlicher.

Er grinste. „Aber ja! Ich vergesse immer, dass es noch Leute gibt, die nicht den ganzen Tag Zeit haben, soziale Kontakte zu pflegen."

Ich gab die Richtung an. „Woher kennen Sie ihn?"

„Er taucht manchmal bei uns auf und hält Moralpredigten von wegen Saufen und so." Mit erhobener Bierflasche und zuckenden Schultern bestätigte er die Notwendigkeit dieser Fürsorge. „Ich bin aber noch nicht so weit. - Ist sein Lieblingssatz. Würde mich interessieren, ob er schon einem begegnet ist, der so weit ist, und was genau er damit meint."

„Hatte er mal einen Job?"

„Aber ja! Er hat Orgel gespielt und solches Zeug, in der Kirche da." Er zeigte lachend auf den Turm der verdeckten Backsteinkirche, der sich glitzernd in den blauen Himmel reckte.

„Er war Kantor?" Meine Skepsis war abgrundtief. „Bis wann?"

„Keine Ahnung. Ich kenne das doch nur vom Hörensagen. Bei uns wird viel und über alles gelabert. Sie sagen, er ist noch keine fünf Jahre so. Erst ist ihm die Frau abgehauen, dann ging es schnell abwärts mit ihm."

„Predigt er oft?"

„Nee. Eigentlich nie, jedenfalls von sich aus. Die Kerle fangen an, weil es ihnen Spaß macht, ihn wettern zu hören. Kann einem doch leid tun. Ist ein armes Schwein. Macht sich Sorgen um alle und alles. Um ihn kümmert sich keiner. Würde mich nicht wundern, wenn sie ihn eines Tages erfroren aus irgend 'ner Bruchbude ziehen. - Scheiße, jetzt ist es alle." Er hob langsam die Flasche und sah mich vielsagend an.

Ich griff nach dem Portemonnaie.

„Nee, lassen Sie mal. Man soll 'ne neue Bekanntschaft nicht gleich finanziell belasten."

Ich steckte ihm zwei Euro in die Brusttasche des wattierten Hemds. Manche Dienste können einen teuer zu stehen kommen, wenn man sie nicht gleich bezahlt. „Wissen Sie, wo er wohnt?"

„Keine Ahnung. Ich kann ja mal meine Fühler ausstrecken. Danke für die Unterstützung." Mit einem Grinsen, das sich Mühe gab, wie ein Lächeln zu wirken, zog er ab.

17

Ich bog in den Uferweg. Hier traf mich das Licht mit aller Gewalt. Die Elbwiesen erstreckten sich in jungfräulichem Weiß. Der Schnee funkelte in der Sonne wie ein prächtiger, edler Stoff. Die Bäume waren weiß betupft, und nur ab und zu gelang es dem Wind, eines der Häubchen herunterzupusten, das dann - noch ehe es den Boden erreichte - als ein dichtes Wölkchen zerstob. Im Fluss selbst rieben sich Eisschollen, die durch unzählige Zusammenstöße an den Rändern aufgetrieben waren. Das Schaben des Eises gab der Stille erst ihren Reiz und Zauber. Schien alles unter der eisigen Decke zur Leblosigkeit verdammt, so bewegte sich der Fluss doch weiter. Und selbst wenn es den treibenden Schollen gelingen sollte, sich zu einer dicken Kruste zusammenzuschieben und zu erstarren, sie würden das Wasser nicht aufhalten können.

Ich blieb stehen und schaute und versuchte, an der Stille teilzuhaben. Im Windschatten vermochte die Sonne, die blutrot durch die geschlossenen Lider schien, sogar schon zu wärmen. Kann man ein Teil der Stille werden? Wer schaute in die Hirne jener, die vorgeben, es zu können? Äußerlich gelang es mir recht gut. In mir war Aufruhr. Mein großer Ordner versuchte, das einbrechende Chaos auf Abstand zu halten. Über allem thronte die Angst; die Angst, Evelin für immer verloren zu haben. Wenn die abstruse Geschichte des weinenden Seepferdchens Teil einer Strategie war, dann war Evelin für mich schon verloren gewesen, als sie noch in meinen Armen gelegen hatte.

Im Verlag dümpelte alles vor sich hin. Krause nahm den Fortgang des Aufsatzes freundlich nickend, aber wortlos entgegen. Mein Zimmer war warm. Ich fühlte mich müde und hilflos und zerschlagen. Ohne den Mantel auszuziehen, setzte ich mich an den Schreibtisch. Ich konnte der Versuchung nicht widerstehen, das verglaste Foto wieder aufzustellen. Ein Druck vom Bauch aus schob sich über Lunge und Luftröhre bis zum Kehlkopf hinauf. Diese Frau ist nicht perfid!

Ich zog das Notebook aus dem Futteral, klappte es auf und begann zu schreiben:

Auch die ästhetische Wirklichkeitsauseinandersetzung kann uns - wenngleich auf einem ungleich schmaleren Weg - auf Gott führen.

Was resoniert in uns das Schöne? Warum suchen wir es, und woran können wir es erkennen? Warum erfüllt es uns mit Wohlbehagen? Wer oder was fördert in uns die Begabung, Schönheit zu empfinden? Warum meinen wir mit dem Genuss des Schönen einer Kraft teilhaftig zu werden, die in uns wächst oder von außen einströmt?

Worüber schreibst du eigentlich? - Was ist denn Schönheit?

Was ist Schönheit?

Die Schönheit, wohl nur dem Menschen erlebbar, entsteht im Kraftfeld von Aufwand und Wirkung, kurz, der Zweckmäßigkeit in universeller Bedeutung. Schönheit ist der konkrete Ausdruck der Stabilität und Harmonie. So gesehen ist es auch wenig sinnvoll, von der Schönheit in der Natur zu sprechen, weil die Natur die Zweckmäßigkeit in höchster Vollkommenheit vorstellt, also die Schönheit an sich.

Wenn es Hässliches oder Abstufungen des Schönen gibt, dann allein in Folge menschlichen Wirkens. Es ist hier nicht der Raum, ein umfassendes ästhetisches System zu entwickeln, an einem Beispiel soll jedoch der Kern dieser Aussage skizziert werden: Die grauenhafteste Darstellung eines Schlachtfeldes nach dem Gemetzel ist im ästhetischen Sinn schön, wenn sie den Menschen zur Erkenntnis verhilft, dass Kriege aberwitzig und töricht sind, jedenfalls solange, wie diese Erkenntnis auch einer universellen Betrachtung und Wertung standhält.

Unser ästhetisches Empfinden ist Ausdruck für den Austritt des Menschen aus der universellen Harmonie. Und für alle Freunde der Resignation sei noch einmal gesagt, dass die Fähigkeit, Schönes zu empfinden, neben allen anderen kognitiven Leistungen Voraussetzung und Folge dieses Austrittes war. Wenn wir über das eine klagen, dann bitte ebenso über das andere.

Die Kraft, die bei der Wahrnehmung oder auch nur Empfindung des Schönen in uns wirkt, speist sich aus einer ureigenen S e h n s u c h t, die so alt wie der Mensch selbst ist; der Sehnsucht, wieder einmal - und wenn nur für Augenblicke - teilzuhaben an der universellen Harmonie und alle Wonnen zu fühlen dieser Teilhaftigkeit; zu Lebzeiten Ruhe zu finden, nach der es uns so sehr drängt, und die nur im Tode ist, also immer zu spät.

Ich starrte auf das Bild der beiden Lachenden, während die Finger schrieben:

Die Reflexion des Schönen lässt uns still und andächtig und bescheiden und wehmütig werden, weil uns das Schöne an unser E l e n d gemahnt, aber auch an unsere H e r r l i c h k e i t.

Mir graute davor, heimzugehen. Ich schlug den Mantel zurück, den ich bis jetzt anbehalten hatte. Alles schien unsinnig zu sein. Das, was ich zu Papier brachte, ödete mich nicht weniger an, als dieses ganze Geschwätz der sich auf Gott oder worauf auch immer berufenden Tugendwächter.

Warum ertragen wir diese einfache Formel nicht: Es geht darum, dass wir unser Erbgut möglichst großflächig und vielfältig verteilen und hernach das, was geboren wird, so aufpäppeln, dass es wenigstens so viel Lust am Leben entwickelt, wie nötig ist, sich fortzupflanzen. Zeugungsakt und Elternschaft; alles andere ist mehr oder weniger sinnvolles Beiwerkt, je nachdem, ob es die Lust am Leben befördert oder nicht.

Zum Zeugungsakt hatte mich Evelin gedrängt. Von der Elternschaft hatte sie mich nun handstreichartig ausgeschlossen. Genaugenommen war ich auch nicht wirklich nötig.

Ich hatte die Vierzig überschritten. Ich sollte mich sterben legen, um nicht weiter zu stören oder Schaden anzurichten. Von individuellen Interessen einmal abgesehen, ist es ganz und gar blödsinnig, die Lebenserwartung des Menschen übers vierzigste Jahr hinaus zu erhöhen. Alles, was die Alten Sinnvolles beitragen können, können die Jüngeren besser.

Was gewinnt die Menschheit durch meinen Aufsatz? Gibt es auch nur einen einzigen Menschen, der durch diesen Essay animiert wird, sich gefälligst fortzupflanzen und Kinder großzuziehen? oder - falls er dazu nicht bereit sein sollte - schnell und unauffällig zu sterben?

Ich war drauf und dran, Krause an meiner neuen Einsicht teilhaben zu lassen. Krause ging auf die Sechzig zu … Manche Leute haben kein Schamgefühl. Darüber sollte ich schreiben.

Nach schüchternem Klopfen ging die Tür. Krause. Seit wann klopft er an? „Herr Doktor Meissner …"

Ich fiel aus allen Wolken. „Um Gottes Willen, lassen Sie die Titel weg", flehte ich gequält.

Er erstaunte sich über meinen Mantel. „Heizen sie nicht ordentlich?"

„Doch, doch. Ich war gerade in Gedanken, da …"

„Meissner, Sie verblüffen mich. - Verstehen Sie mich nicht falsch, aber ist das alles auf Ihrem Mist gewachsen?" Krause - ganz der Alte - schwenkte die Blätter.

„Sie treffen es wie immer genau", sagte ich im lakonischen Ton der Bitternis. „Auf meinem Mist. Es gibt nur wenige Dinge, die aus unserem Samen wachsen, alles andere wächst auf und aus unserem Mist."

Krause stutzte. Wie bei fast allen stutzenden Menschen, kam ein dümmlicher Zug in sein Gesicht. „Wie ich sehe, sind Sie schon überm nächsten Weg."

„Er ist fertig", sagte ich müde.

„Der Aufsatz?"

„Nein, zwei Wege fehlen noch." Bedächig setzte ich den Drucker in Gang.

„Ich bin richtiggehend gespannt", surrte Krause sonor. „Ich hätte nicht geglaubt, dass dieses Zeug auch fesseln kann."

„Tut es das?" Ich beneidete Krause um seine Lebendigkeit. Mein Blut fühlte sich an wie kalter Honig.

„Das ist …" Hier stockte er, wahrscheinlich, weil seine Sprechmuskeln nicht gewöhnt waren, dieses Wort zu bilden. „… brillant", schloss er endlich.

„Ja. - Ich bin der Mann, in dem Milch und Honig fließen", erwiderte ich.

„Meissner, nun werden Sie mir über dem Zeug nicht wunderlich", hallte es von weither.

18

Es war der Geruch von Kaffee, der meinen wüsten Träumen erträgliche Konturen gab. Ich erwachte in einem düsteren Raum. Jemand hatte mir eine Decke umgelegt. Auf dem Schreibtisch stand ein großer Napf Kaffe und ein Teller mit belegten Brötchen. Ich lehnte mich vor, um Licht zu machen, und schreckte zurück. „Marion!" Das aus dem Stand galoppierende Herz half mir, munter zu werden.

Sie sah betörend aus. Sie lag vollkommen im Schema meiner Schlüsselreize. Daher gehörte sie zu den Frauen, um die ich einen großen Bogen machte, um nicht versucht zu werden. Nun saß sie - die Beine übergeschlagen - direkt vor mir. Ihre großen Augen stachen aus der Dämmerung. Das dunkelblonde Haar mit der Pagenfrisur hing ihr frech in die Stirn. Ich sah die kleine Nase und die sinnlich aufgeworfenen Lippen, die den Mund immer ein bisschen wehmütig erscheinen ließen. Ja, sie schaute mit einem Ausdruck drein, als wenn sie vom Schicksal vernachlässigt würde oder der Fluch auf ihr lastete, ungeliebt durchs Leben gehen zu müssen. Dabei hatte sie die Natur mit allen nur denkbaren Reizen bedacht. Die karierte Bluse straffte sich über einer kleinen, festen Brust. Unterm Gürtel wölbte sich ein barockes Bäuchlein. Auch hatte sie keinen Grund, wegen des Wuchses ihrer Beine, die ich jetzt leider kaum sehen konnte, der Natur gram zu sein.

„Krause bat mich, ein wenig auf dich aufzupassen."

„Krause?" Ich war verblüfft. Ich stellte mir vor, wie der alte Bärbeißer ins Korrektorat stapfte, um der charmantesten Kollegin den Auftrag zu geben, sich um mich zu kümmern. Beinahe hätte mich die Rührung überwältigt. „Warum?"

„Du hast den Alten schwer beeindruckt." Ihr Geruch wehte über den Kaffee hinweg. Warum müssen bezaubernde Frauen auch noch so riechen?

„Mit dieser Klugscheißerei?", fragte ich, auf die verstreuten Seiten deutend.

„Nein. Ihm ist noch nicht untergekommen, dass jemand bei seinen lobenden Worten eingeschlafen ist. Das hat ihm Angst gemacht. - Hat der Herr noch einen Wunsch?"

Den hatte ich schon. Aber das süße Ding wird ihn mir nicht erfüllen wollen. Also log ich. „Danke. Lieb von dir. Ihr müsst euch keine Sorgen machen."

An der Tür drehte sie sich noch einmal um. „Das hat der Alte aus seiner Tasche bezahlt", flüsterte sie, als wenn wir gerade Zeugen einer neuen Weihnachtsgeschichte geworden wären. Dann lächelte sie, dass …

Ich hatte Krause unterschätzt, und darum schämte ich mich ein bisschen. Der Schlaf hatte mir gutgetan. Das verspätete Frühstück erweckte auch die geistigen Kräfte.

Nachdem ich die Decke zusammengelegt und den Mantel in den Schrank gehängt hatte, versuchte ich mich am nächsten der *Wege auf Gott.*

Zwang uns das kausale Denken zur Frage nach dem D a v o r im universellen Sinn, so zwingen uns Todesgewissheit und Unsterblichkeitswille zur Frage nach dem D a n a c h im individuellen Sinn. Genaugenommen handelt er sich hierbei um keinen eigenständigen Weg auf Gott, sondern nur um eine dünne, wenn auch vielbegangene Abkürzung vom ethischen Weg.

Was ist nach dem Tod? - nichts? - ungeachtet dessen, wie man gelebt hat? Am Ende soll eine fade Leere sein, unabhängig von der erlebten Pein und Qual und allen Entbehrungen im Diesseits?

Dann eben hätte ja Epikur recht gehabt, wenn er die Lust über alles stellt. Dann eben lautete ja die erste Lebensmaxime: Lust um jeden Preis! Aller Kampf um Vollkommenheit wäre ein Kampf für Toren!

Noch immer lag der Duft der Verführung im Raum.

Aber dies ist der Trugschluss, den schon Epikur aufzulösen vermochte. Der Lust schadet ja nichts so sehr wie die D a u e r des Zustandes. Lust ist nur d a u e r h a f t in einem P r o z e s s erlebbar, vorzüglich im Ringen um körperliche, geistige und auch - oder vor allem - ethische Vervollkommnung.

Wenn das H i m m e l r e i c h nicht als Ausdruck eines Zustandes innerer Harmonie zu denken ist, dann ist es überhaupt nicht denkbar, und schon gar nicht als ein post mortem unsere Seelen aufnehmendes R e i c h e w i g e r L u s t. Denn Lust bedarf der Spannungsfelder von Gut und Böse; Weisheit und Torheit; Schönheit und Hässlichkeit; Gesundheit und Krankheit; Triebbefriedigung und Triebstau ...

Wie soll man abstrakte Texte verfassen, wenn sich alle Gedanken zu einem pornografischen Kabinett formieren? - Hätte ich vorhin etwas forscher sein sollen?

... Ohne ihren Gegenpol lösen sich die Felder auf, und zurück bleibt - bestenfalls - ein recht stabiles Feld von Apathie und Langeweile.

Es gibt nur die beiden Möglichkeiten: Die L u s t - mit der zeitweiligen Inkaufnahme bzw. ständigen Gefahr von Unlust und Leid - oder aber die A p a t h i e im strengen Wortsinn. Es ist töricht zu glauben, die Ursachen allein des Leidens abbauen zu können. Wir können nur das Spannungsfeld erweitern oder einengen. Solange wir uns im Feld bewegen, sind wir den Extremen beider Pole ausgesetzt. Haben wir einen der Pole erreicht, löst sich das Feld auf, und es wäre für unsere weitere Existenz ohne Bedeutung, ob wir mit dem lustfreundlichen oder lustfeindlichen Pol verschmolzen und e r s t a r r t sind.

Aber letztlich ist es auch nicht so sehr die A r t u n d W e i - s e der Existenz nach dem Tod, die unsere Phantasie erregt und uns auf diese Abkürzung auf Gott führt, sondern der Gedanke oder die Sehnsucht der U n s t e r b l i c h k e i t schlechthin, die - der Erkenntnisfähigkeit geschuldet - ebenfalls eine ausschließlich menschliche Eigenschaft ist. Nur der Mensch w e i ß um die Endlichkeit des Lebens. Und dieses Wissen wäre ihm erträglicher, wenn es nicht alles Ringen um eine höhere Sinngebung des Lebens sinnlos machte.

Aber auch das ist ein Trugschluss. Der Sinn auch des menschlichen Lebens liegt im Erhalt der Spezies; und auf das Individuum übertragen, im Dasein um seiner selbst willen. Und wo wird den Lebenden das Dasein erlebbar, wenn nicht im Spannungsfeld von Lust und Leid, das sich dem Menschen immerhin um einen intellektuellen, ethischen, ästhetischen und utilitären Bereich erweitert hat. Wem diese Sinngebung nicht ausreicht, der möge sich eine andere e r f i n d e n .

Ohne das Wissen um den Tod hätten wir keine Wertvorstellung vom Leben, erst recht keine Wertschätzung desselben. Unsterblichkeit ist ein Z u s t a n d , an dem die Starre des Todes klebt. Das Leben hingegen ist ein V o r g a n g , der der Spannungsfelder bedarf, um in Fluss zu bleiben. Und je breiter die Spannungsfelder sind, desto farbiger das Leben und stärker der Lebenswille. Leider zwingen uns die drohenden Folgen des Machtkampfes immer wieder dazu, gerade jenes Spannungsfeld einzuengen und zu reglementieren, das soviel Farbigkeit und Intensität in unser Leben bringen kann.

Konsequent zu Ende gedacht, gibt erst der Tod dem Leben einen Sinn. Denn erst der Tod, also die Begrenztheit des Lebens, erzwingt die Fortpflanzung als Mittel, die Fackel des Lebens des Individuums und damit auch der jeweiligen Spezies weiterzutragen. Beim Menschen geht es neben dieser arterhaltenden Aufgabe immerhin auch noch um das Weiterreichen kultureller Werte.

Die fade Unsterblichkeit im Reich Gottes kann für den Menschen kaum nützlich sein, eher noch ein Platz im Gedächtnis der Zurückbleibenden, in dem wir umso länger fortleben, je stärker oder erfolgreicher wir zu Lebzeiten mit unserem W i l l e n z u r H a r m o n i e , also um ethische Vollkommenheit, sprich, Wahrhaftigkeit, gerungen haben. Und, um Missverständnissen vorzubeugen, gemeint ist hier nicht das Fortwirken von I d e e n und W e r k e n, die allein den Namen über den Tod hin bewahren. Gemeint ist das Fortleben individuell g e l e b t e r Wahrhaftigkeit, deren Forderungen wir allzu oft vor uns herschieben, um Zeit zu gewinnen für größere Aufgaben und höhere Ziele, unter deren Regiment wir dann nicht selten die einzige Möglichkeit verspielen, im Humanisierungsprozess w i r k l i c h wirksam zu werden.

Wenn wir nicht das Leben selbst, aber unsere W i r k u n g s - s p a n n e durch die T e i l n a h m e a m u n i v e r s a l e n K a u s a l k r e i s l a u f definieren und begrenzen, dann beginnt diese Spanne v o r der Geburt (denn schon mit der Wirkung auf die Schwangere, im Grunde schon mit dem Gefühl der Zeugenden beginnt unsere Teilnahme), und sie endet nicht mit dem Tod, sondern in der Regel später, nämlich dann, wenn uns die Nachgeborenen aus ihrem Gedächtnis verlieren; wenn unsere Wirkung auf die, die nach uns kommen, erlischt. Unsterblich können wir auch so nicht werden, aber immerhin kennen wir Menschen, die über den Tod hinaus noch Jahrtausende gewirkt haben.

Eine solche Betrachtung ist mehr als ein schönes Konstrukt. W i r k lichkeit und W i r k ung haben nicht von ungefähr einen Wortstamm …

Das sind in allem sechzehn Seiten, und einen Weg habe ich noch. Vielleicht lässt Krause mit sich reden.

Nach wenigen Augenblicken war die innere Sammlung dahin, und ich strebte erneut einer Stimmung zu, die mit nihilistisch nicht ganz korrekt wiedergegeben ist, denn der von mir gedachte Kosmos blieb bestehen, ins Wanken gerieten alle Maßstäbe, die mit den Beziehungen der Menschen untereinander zu tun haben. Wie kann eine Frau mit einem Mann schlafen, als wäre es der Inniggeliebte, und anderntags ein solches Spiel treiben? Wie kann ein Mensch, zumal eine Frau, einen anderen Menschen als beste Freundin bezeichnen und ihm gleichzeitig ein so perfides Verhalten zutrauen? Wie kann diese Frau mit meinem besten Freund in eine -

wenigstens bis hierher - harmonische Beziehung treten? Und wenn Evelin kein Spiel treibt, wie kann sie meiner Skepsis über eine unsinnige Beobachtung einen solchen Wert beimessen, dass sie eine über zehnjährige Gemeinschaft einfach so beendet?

Der letzte Gedanke war der abstruseste von allen. Ich sah Evelin mit einem anderen tuscheln und lachen und kuscheln und … Warum konnte sie nicht mit offenen Karten spielen, verdammt? Wollte sie vor den anderen als moralisch unanfechtbar bestehen? Wollte sie keinen Zweifel aufkommen lassen, dass Karlchen nach der Trennung nur bei ihr in rechten Verhältnissen aufwachsen kann? Das hätte sich doch alles auch gütlich regeln lassen. Was musste ich in ihren Augen für ein Monster sein, damit sie dieses Spiel vor sich selbst rechtfertigen konnte?

Die Wohnung empfing mich so, wie ich sie verlassen hatte. Es gab keine Überraschung. Evelin hatte meinen Ausflug nicht genutzt, um den Rest ihrer Habe nachzuholen. In mir rangelten sofort Für und Wider, ob dies ein gutes Zeichen sei. Die Wohnung war kalt, thermisch und in noch frostigerer Weise menschlich. Wenn ich sie verändert vorgefunden hätte, hätte ich mir einbilden können, etwas von Evelin zu spüren, ihren Duft, ihren Atem, ihren Zorn, wenigstens einen Gedanken an mich. Wenn man über zehn Jahre beisammen ist, spielt man in den Geschichten aller Gegenstände eine Rolle, einerlei, ob erfreulich oder unerfreulich. Ich schlich durch die Räume und lauschte den Gegenständen ihre Geschichten ab. Nebenbei, nein, nicht nebenbei erwog ich, auf welche Gegenstände Evelin Anspruch erheben wird.

Ich spürte deutlich, dass nicht die Veränderung des Schlafzimmers besonders bedrückend werden würde, wie ich befürchtet hatte, sondern die des Arbeitszimmers. Es war nicht schwer, das Rätsel zu lösen: Im Schlafzimmer hatten wir zweifellos die schönsten, die

erfüllendsten und beglückendsten Stunden der Zweisamkeit erlebt, aber im Arbeitszimmer die authentischs-
ten. Hier waren wir dem Wesen des anderen immer
näher gekommen; hier hatten wir die empfindsamsten
und empfindlichsten Regionen kennengelernt, nicht nur
die des anderen, sondern mehr noch die eigenen. Im
Schlafzimmer waren sich die kreatürlichen Welten begegnet; im Arbeitszimmer die kreativen. Für das Bett
würde sich schneller ein Ersatz finden. Welche meiner
Welten hatte Evelin nicht genügt? Diesmal beäugten
sich das Für und das Wider nur misstrauisch. Der Gedanke, Evelin könnte fürs Bett eine erfüllendere Welt
gefunden haben, ging mit einer schmerzhaften Serie von
Herzschlägen einher; der andere Gedanke war nicht viel
angenehmer. Beide fühlten sich sehr nackt an; auf eine
beklemmende Weise nackt, gerade so, wie wir uns in
Träumen fühlen, in denen wir - entkleidet und ohne
Hoffnung, die Blöße bedecken zu können - auf beleb-
ten Straßen herumirren.

Es hatte keinen Sinn, dem letzten der *Wege auf Gott*
nachspüren zu wollen. Alle Gedanken zogen aus, das
Unbegreifliche zu begreifen. Evelins Auszug war noch
schwerer zu erklären als das ungewöhnliche Verhalten
eines Schaukelpferdes.

Das kleine Badezimmer war bereits in seinem Endzu-
stand. Hieraus konnte Evelin nichts mehr gebrauchen.
Ohne ihre Kosmetik, ohne all die vielen großen und
kleinen Gerätschaften, die der Verschönerung dienen
oder der wenigstens optischen Verzögerung des Alterns,
wirkte es öde.

Unter der Dusche besah ich meinen Körper. Er wich
in manchen Bereichen vom Ideal ab, wohlgemerkt, von
meinem Ideal, das schon ein ganzes Stück unters Ideal
antiker Bildhauer abgerutscht war. Evelin hatte ihn angenommen, wie er war. Jetzt würde ich wieder an ihm
arbeiten müssen. Die überzähligen Pfunde waren kein

Problem, die würde der Kummer verbrennen, so weit kannte ich das Spiel aus früheren Katastrophen. Beim Einseifen meiner Mitte wurde ich von animalischen Bedürfnissen bedrängt, die ich mir bis zum Bett aufsparte, um mit dieser Einschlafhilfe eine minimale Chance auf ein paar Stunden Schlaf zu wahren.

Als auch danach nicht an Schlaf zu denken war, griff ich zum geflügelten Seelentröster.

Die Flugbalz beginnt bei gutem Wetter unmittelbar nach Ankunft im Brutgebiet, kann aber auch bereits im Winterquartier ab Anfang November beginnen. Beim Balzflug verfolgen sich zwei Segler im Abstand von einem bis zehn Meter. Vermutlich handelt es sich beim Verfolger um das Männchen, das mit einer typischen v-Stellung der Flügel überfallartig versucht, das Weibchen zu erreichen. Dieses Balzfliegen wirkt animierend, so dass weitere Vögel sich anschließen oder die Jagd auf einen anderen Vogel eröffnen. Häufig geht eine solche kollektive Flugbalz recht unvermittelt in die Nahrungssuche über.

Kopulationen erfolgen sowohl in der Bruthöhle als auch in der Luft. Die evolutionäre Bedeutung solcher Begattungen in der Luft ist schwer zu erklären, da es nachgewiesenermaßen auch zu Kopulationen in der Bruthöhle kommt und sich die Frage stellt, welchen Grund es haben kann, dass sich die Vögel einem solchen Risiko aussetzen. Aber die Flugkopulationen sind durch zahlreiche wissenschaftliche Quellen belegt, auch bei anderen Seglerarten. Die Vermutung, dass Flugkopulationen für das Weibchen eine Möglichkeit der sexuellen Selektion darstellen könnten, ist nicht haltbar, da die Häufigkeit einer außerpartnerschaftlichen Vaterschaft bei Mauerseglern selbst für einen „normalen" Koloniebrüter ausgesprochen niedrig zu sein scheint.

Bei der Vereinigung am Nistplatz hält sich das Männchen mit dem Schnabel im Genick und mit den Füßen im Gefieder der ruhig liegenden Partnerin fest. Während das Weibchen den Schwanz hebt, windet das Männchen seinen Hinterleib abwärts. Gewöhnlich folgen drei bis vier Begattungen aufeinander.

Die offenbar nur bei gutem Wetter vollzogenen Flugkopulatio-
nen beginnen in einer Höhe von etwa achtzig Metern und erinnern
an die Flugbalz. Das zunächst ruhig geradeaus fliegende Weib-
chen beginnt mit den Flügeln zu vibrieren und verliert an Fahrt.
Das folgende Männchen steigert sein Tempo, schwebt schräg von
oben auf die Partnerin und verkrallt sich im Rückengefieder.
Während der Begattung bleiben die Flügel ruhig. Bei der Kopula-
tion verliert das Paar an Höhe und Geschwindigkeit und trennt
sich im Normalfall nach zwei bis vier Sekunden wieder.

19

Selbst diese Einschlafhilfe verfing nicht mehr. Zwei
Stunden nach Mitternacht stand ich auf. All mein erbärmliches Leben schien sich im Kopf zu drängen, und
es fühlte sich an wie ein verdichteter, stofflich geworde-
ner Schmerz.

Auf der Straße war es still. Die kalte Luft schmiegte
sich an die glühende Stirn, ohne der Masse dahinter
Linderung zu verschaffen. Ich lief ziellos. Einzige
Orientierungshilfe bei der Wahl der Straßen war die
Stille. Die lange Friedhofsmauer war nicht hoch genug,
um alle Sicht auf das Gräberfeld zu verdecken. Hier und
da flackerte ein rotes Grablicht mit ängstlicher Flamme.
Der Friedhof selbst war über Nacht geschlossen, aber
die an einer Stelle durch ein verirrtes Fahrzeug jüngst
eingebrochene, noch nicht wiederhergestellte Mauer bot
einen Spalt zwischen Mauerrand und Maschenzaun. Es
zog mich zur Stille hin, also zwängte ich mich durch den
Spalt.

Obwohl der Friedhof keinen halben Kilometer von
meiner Wohnung entfernt lag, hatte ich ihn noch nie
besucht. Das lag nicht etwa daran, dass mich eine gene-
relle Scheu vor Friedhöfen daran gehindert hätte; vielmehr war es die fehlende Zeit, oder, genauer, die feh-

lende Bereitschaft, sich die Zeit zu nehmen, die nötig war. Die Scheu vor Friedhöfen war mir schon lange abhanden gekommen. Kein Ort konnte ungefährlicher sein. Kannte die Kriminalstatistik überhaupt ein Verbrechen, das sich zwischen Gräbern zugetragen hat?

Langsam schlich ich die Wege an den Totenmalen entlang. Nur bei wenigen ließ sich bei dieser Dunkelheit die Inschrift entziffern. Aber der Informationsgehalt moderner Grabmale ist eh auf ein nichtiges Maß geschrumpft. Oft lässt sich nicht einmal mehr die Lebensspanne errechnen. Wozu dann überhaupt der Aufwand? Wenn der Ort eh nur für einen ganz kleinen intimen Kreis erkennbar ist, warum kann er dann nicht für den Rest der Welt gleich ganz und gar anonym bleiben?

Die Anlage des Friedhofes war ungewöhnlich. Den Platz hinterm Eingangstor säumten drei gleichgroße Gebäude; rechts ein Wohnhaus, links die Leichenhalle, geradeaus die Kapelle. Dahinter öffnete sich ein baumreicher Park mit verstreuten, keiner Ordnung folgenden Gräbern. Es schlossen sich Felder an, die der unterschiedlichen Nutzung entsprechend gestaltet waren. Urnenfelder dominierten. Es gab Wiesen, die mit gleichen Platten belegt waren, aber auch Doppelreihen aus quadratischen, mit ungeschliffenem Granit eingefassten Grabstellen. Die seltsamste Anordnung boten mannshohe Heckenreihen aus dichtem Lebensbaum oder lichten, knorzelig verschlungenen alten Hainbuchen. Erst wenn man sich in die schmalen Schluchten begab, konnte man die Gräber erkennen. Die auch seitlich von der Hecke geschützten Grabmale wurden sogar erst sichtbar, wenn man unmittelbar vor ihnen stand. Hier war es natürlich vollkommen hoffnungslos, die Inschriften erkennen zu wollen. Dennoch zog es mich in die engen Gassen. Der Raum zwischen den Hecken wurde so weit von den sich gegenüberliegenden kleinen Gräbern beansprucht, dass kaum mehr als ein halber Meter

Platz zum Laufen blieb. Anders als bei den umliegenden Urnenfeldern gab es hier kein strenges Reglement für die Form und das Material der Grabmale. Folglich fand sich eine beeindruckende Vielfalt, die auch noch im Dunkeln erkennbar war.

Ich mochte ein Dutzend Reihen abgeschritten sein, als ein Grabstein meine Aufmerksamkeit auf sich zog, der am Ende der Hecke stand, da, wo der Hang zum Bahndamm beginnt, der den kleinen Friedhof nach Westen hin begrenzt.

Den schwarzen, nach oben und seitlich abgerundeten, makellos polierten Stein zierte keine Inschrift, kein Zeichen. Ich kannte Steine, die mit nur einem Wort beschrieben waren, und Doppelgrabmale, auf denen die Seite des Überlebenden leer geblieben war und - wie die Daten der oder des Verstorbenen auswiesen - auch für alle Zukunft leer bleiben würde, da derjenige, der das Grab hatte anlegen lassen, lange gestorben sein musste, und ich kannte Gräber ganz ohne Grabmal. Aber ein Einzelgrab mit Stein ohne Inschrift … Gibt es Leute, die so penibel und zeitig für die letzten Dinge Sorge tragen? die einen Stein setzen lassen, bevor sie bereit sind, Namen und Zahlen einhauen zu lassen? Man sollte denken, dass Leute, die solchermaßen Vorsorge treffen, auch die Schrift - bis auf das Sterbedatum - besorgen.

Ich hatte auf einmal das ganz sichere Gefühl, nicht allein zu sein. Es war dieser Sinn, über den viel gestritten und spekuliert und zuletzt auch gelächelt wird. Ich wendete mich wie zum Gehen. Keine zehn Schritte von mir entfernt saß jemand auf einer Bank. Die Gestalt bewegte sich auch jetzt nicht, da sie bemerkt haben musste, dass ich sie sah. Da die Bank am Fuß einer weit ausladenden Blaufichte stand, war weder Gesicht noch Geschlecht der Gestalt zu erkennen. Man konnte noch nicht einmal sehen, ob sie die Augen geöffnet hatte oder schlief oder …

Ich hatte keine Lust auf einen Toten. „Guten - Abend", rief ich mit schläfriger Stimme, obwohl ein „Gute Nacht", ja selbst ein „Guten Morgen" der Tageszeit besser entsprochen hätte.

Die Gestalt regte sich nicht.

Die Temperatur lag, wenn überhaupt, nicht weit über dem Gefrierpunkt. Selbst mir, der ich mich bewegte, kroch die Kälte empfindlich in die Glieder. „Ist es nicht ein bisschen kalt, um auf einer Bank Andacht zu halten?"

Die Gestalt blieb reglos sitzen. Es hätte eine Skulptur sein können. Ich fand noch Zeit für den Gedanken, wie originell der Einfall wäre, solch ein Ensemble auf Friedhöfen aufzustellen. Dann allerdings manifestierte sich schnell die Überlegung, dass sich hinter der Gestalt entweder ein Toter verbirgt oder ein Typ, der nur mit Vorsicht zu genießen ist. Der Sinn stand mir weder nach dem einen noch dem anderen. Dennoch tat ich einen Schritt auf die ignorante Erscheinung zu.

Ganz plötzlich und mit einer Lebendigkeit, die ich nicht erwartet hatte, stand der nächtliche Besucher auf. Er schlug den Kragen hoch und enteilte mit ausladenden Schritten Richtung Haupttor. Kleidung und Bewegung sprachen dafür, dass es ein Mann war.

Verblüffung und Angst hatten mich zwei Schritte rückwärts gehen lassen, so dass ich mich inmitten des Grabes mit dem glatten, namenlosen Stein befand. Auch die Platte, auf der ich nun stand, war penibel sauber und trocken. Selbst im kümmerlichen Licht dieser Tages- und Jahreszeit war die Makellosigkeit zu erkennen, die ich mit meinem unbedachten Schritt beschädigt hatte. Vorsichtig trat ich auf den schmalen Weg zurück.

Der überraschte nächtliche Besucher verschwand in der Dunkelheit. War es am Ende nur der Verwalter gewesen, der - wie ich - nicht schlafen konnte und darum den Platz aufgesucht hatte, um zu rauchen oder müde zu werden?

In düsteren Gedanken und kaum ruhiger als zuvor floh ich den Friedhof, wie ich ihn betreten hatte.

20

Auch in den folgenden Tagen verließen mich die quälenden Gedanken nicht. Ich hatte Gelegenheit, alle möglichen Mittel auszuprobieren, sie loszuwerden. Keines half wirklich. Ich habe weder einen großen Bekannten- noch Freundeskreis. Im Verlag gelte ich wohl eher als zurückgezogen. Aber auch noch so viele Freunde hätten nicht wirklich helfen können. Steffen war ein guter Freund, der einzige, wenn ich es recht bedenke, und nicht einmal ihm hätte ich diese Geschichte zugemutet, gerade jetzt, da er im siebten Himmel zu schweben schien. Nach all den Jahren unsteter Beziehungen war es ihm zu gönnen. Ich bin nicht der Typ, der ständiger Impulse von außen bedarf, um sich lebendig oder bestätigt zu fühlen. Aber ein Anruf hätte mir schon gut getan.

Keiner rief an. Ich dümpelte dahin wie unter einer Glasglocke; kein Laut, kein Zeichen drang zu mir; keines verließ meinen verwirrten Kopf. Ich hatte mein Auskommen, und dennoch beschlich mich die Angst, unter dieser Glocke zu verhungern oder zu verdursten, auszutrocknen oder verrückt zu werden. Mein nicht eben unterentwickeltes Selbstbewusstsein und Selbstvertrauen weichte auf, ohne dass ich etwas hätte entgegensetzen können. Die Nächte waren zunehmend bestimmt von Panikattacken. Spielten alle nur ihr Spiel mit mir?

Ich ließ mich gehen. Ich rutschte allmählich und unbemerkt durch die selbstgewebten Netze vertrauter Sicherheit. Mit ein paar herumliegenden Kleidungstücken fing es an. Dann häuften sich die Kaffeefilter. Warum hätte ich die leeren Bierflaschen wegräumen sollen? Für wen?

Abends spazierte ich manchmal zur Wohnung der Schwiegereltern, die in einem Wohnensemble der zwanziger Jahre lag. Die dreigeschossigen Bauten im Grünen hatten einen ländlichen, fast verträumten Charakter. Hier stand ich mitunter stundenlang im tiefen Schatten der hausnahen Hecke und betrachtete die Fenster in der Hoffnung, einen Schatten von Evelin oder Karlchen zu erhaschen. Nicht oft war mir ein Erfolg beschieden. Und wenn, dann ging es mir auch nicht besser.

Nach diesen aufwühlenden Ausflügen blieb ich meistens in der Eckkneipe hängen, die ich früher kaum wahrgenommen hatte, keine hundert Meter von unserer ... von meiner Wohnung entfernt. Früher hatte ich mir beim Anblick solcher Lokale immer nur die Frage gestellt, wer diese engen Spelunken, in denen man ohne Mühe von einer Wand zur anderen spucken kann, aufsucht. Wie konnte jemand von nur vier Tischen leben? Kein Wunder, dass der Wirt ein Gesicht zog, dessen Ausdruck meiner inneren Stimmung sehr entgegen kam. Das war mir die rechte Umgebung. Die Kneipe mochte früher ein Laden gewesen sein, jedenfalls saß man an allen vier Tischen wie auf dem Präsentierteller. Ich setzte mich immer mit dem Rücken zum Schaufenster, um den Wirt und die Theke im Auge zu haben, an der noch das meiste Leben zu beobachten war.

Allmählich trauten sich auch Leute an meinen Tisch. Den meisten ging es nur darum, reden zu können. Sie waren nicht wirklich auf ein Gespräch aus. Also tat ich, als ob ich zuhöre, nickte bisweilen. Ich hatte genug damit zu tun, die Vermonsterung der eigenen Gedanken zu verhindern, was kümmerten mich also die der anderen? Trotz oder vielleicht auch wegen meiner Verschwiegenheit wurde ich zu einem beliebten Gesprächspartner und Zechkumpan. Es dauerte nicht lange, da hieß man mich an allen Tischen als einen der ihren willkommen.

Irgendwann schreckte ich aus Träumen, in denen es unspektakulär, aber sehr blutig zuging. Ich tötete im Namen des Guten, also in guter Absicht. Es spielte keine Rolle, wie viele starben und auf welch grausame Weise. Das heißt, offensichtlich spielte es wohl doch eine Rolle. Warum sonst webte der Traum Geschichten, in denen immer mehr auf immer brutalere Art starben? Erwachte ich aus solch einem Traum, drehte ich mich auf die andere Seite, um traumlos weiterzuschlafen. Wahrscheinlich hätte ich gar nicht bemerkt, dass sich die Träume in eine bestimmte Richtung entwickelten. Das wurde mir erst klar, als ich begann, ähnliche Geschichten im Wachzustand zu erfinden, besser durchdacht und pointiert, als es ein Traum vermag. Fortan lag ich schlaflos im Bett, um mich in den Schlaf zu morden. Dabei war es gleich, ob die Geschichten in der Vergangenheit, Gegenwart oder Zukunft spielten. Ich tötete überlegt und nüchtern kriminelle Banden, ging - schallgedämpft schießend - von Zimmer zu Zimmer in Polizeipräsidien, in denen ich verhört werden sollte, oder in Behörden, deren korrupter Filz nur mit radikalen Mitteln aufzulösen war. Ich rang mit einer Handvoll Gleichgesinnter das Nazideutschland zu Boden; ersann Flugzeugentführungen, gegen die jene am elften September zu dilettantischen Episoden herabsanken; ich steuerte Öltanker - randvoll mit Dynamit beladen - in Großstadthäfen, um die Ungerechtigkeit der Welt zu sühnen.

Mein Herz beruhigte sich beim Gedanken, Hunderttausende, ja Millionen Menschen zu opfern, um endlich einen dauerhaften Frieden in einer gerechten Ordnung zu schaffen, in denen sich für alle dauerhaft glücklich leben lässt. Natürlich kamen diese platten Gedanken in

114

den Geschichten nicht vor, wohl aber bildeten sie die unausgesprochene Essenz all meiner Motive. Auch die sexuellen Phantasien wurden immer abstruser.

Im Verlag funktionierte ich halbwegs. Zwar fiel es mir immer schwerer, das erwartete Pensum zu bewältigen, aber Krause hielt schützend seine Hand über mich, und zuletzt konnte ich auch noch den Trumpf ziehen, mich auf den Aufsatz konzentrieren zu müssen, mit dem ich Krause bisher so schwer beeindruckt hatte.

Da mir Sammlung und Mut für den Abschluss des Essays fehlten, feilte und schliff ich am schon vorhandenen Text, den ich - je nach Stimmung - mal hervorragend, mal abscheulich fand.

Mitte Februar erschien Krause, ohne anzuklopfen. Ich saß - wie die längste Zeit - tatenlos vorm Rechner und starrte auf einen Text, dessen Sinn sich mir nicht erschloss, da die Zeichen tanzten oder die Sätze - wenn es mir doch einmal gelang, die Worte zu einem sinnvollen Ganzen zusammenzuschieben - die Gedanken in eine völlig andere Richtung trieben, was mir immer erst auffiel, wenn die Augen doch einmal mit ihren Informationen zum Hirn vordrangen, das heißt, wenn ich Worte im weiteren Text wahrnahm, die mit denen im Kopf gar nichts zu tun hatten. Dieses Kräftespiel zwischen Wirklichkeit und Phantasie war über alle Maßen ermüdend, ohne hier oder dort zu irgendeinem Fortschritt zu führen.

„Na, Meissner, haben wir einen letzten Punkt gefunden?", zielte Krause wie immer auf den Kern der Sache.

Mit geschlossenen Augen schüttelte ich den Kopf. Nur so war der Schmerz der schwingenden Hirnmasse erträglich.

„Ich bitte Sie inständig, Meissner. Der Text, den wir haben, ist doch exzellent. Eine schwungvolle Schlussbemerkung, und fertig."

„Ich fürchte, selbst dazu bin ich nicht mehr in der Lage", nuschelte ich.

„Was ist los mit Ihnen? - Hat das mit dem Text zu tun? - Haben Sie ihn doch irgendwo abgeschrieben?"

„Nein", bremste ich gequält. „Geht es nicht auch ohne diesen vermaledeiten Aufsatz?"

„Meissner, um Gottes Willen, jetzt machen Sie keine Vollbremsung. Das Buch ist längst fertig. Wir warten nur noch auf Ihren letzten Satz. Wir können nicht zurück. Die Werbung läuft bereits auf Hochtouren. Die Rezensenten hecheln mit tropfender Zunge."

„Dann lassen Sie drucken - ohne diese abschließende Klugscheißerei."

Krause druckste, dann lief er nervös vorm Schreibtisch auf und ab, was nicht seine Art war. Ich verfolgte ihn wie einen zahmen Tiger, dem nicht zu trauen ist. Seine Unsicherheit verhieß nichts Gutes. „Die Sammlung trägt den Titel der Klugscheißerei", sagt er schließlich trocken.

„Wege auf Gott?", fragte ich, um dem Wahnwitz eine letzte Chance zu geben, sich als Irrtum zu erweisen.

„Es ist auch nicht der Schlusstext, sondern die Einleitung."

Ich sprang auf. „Das können Sie nicht machen. Das hätten Sie mit mir abstimmen müssen!"

Krause, der vermutlich nicht damit gerechnet hatte, dass noch so viel Leben in mir steckt, starrte mich entgeistert an. „Ich dachte, damit werde ich der Qualität Ihrer Arbeit gerecht", sagte er kleinlaut.

Ich fiel in den Stuhl zurück, als hätte ich eben leichtsinnig den Rest Leben vergeudet, der noch in mir war.

„Meissner, ich wollte Sie nicht überrumpeln. Das müssen Sie mir glauben. Ich bin davon ausgegangen, dass Sie selbstverständlich damit einverstanden sind."

Ich hatte Krause noch nie so unsicher gesehen. „Gehen Sie. Lassen Sie mich arbeiten", sagte ich müde.

Krause ging zögerlich zur Tür. Die Klinke in der Hand, drehte er sich noch einmal um. So kannte ich ihn. „Wenn Sie etwas bedrückt. Ich meine, ich mache vielleicht nicht den Eindruck, aber ich kann auch zuhören."

Krauses Besorgnis war mir peinlich. War mir der innere Verfall schon äußerlich anzusehen? „Warum glauben Sie, dass mich etwas bedrückt?", fragte ich vorsichtig.

„Sie haben schon die zweite Woche das gleiche Hemd an", sagte er, um hernach beinahe geräuschlos zu verschwinden.

Ich öffnete den vom Ende zum Anfang gesetzten Text. Ein woher auch immer kommender Wind blies mir das Hirn frei. Mag sein, dass dieser Wind nichts anderes war als die Scham. Den ersten Satz hatte ich schon Tage mit mir herumgetragen.

Der endlich 'letzte' sehr moderne und leider immer breiter werdende Weg führt uns aus unserem p o l i t i s c h e n Weltverständnis oder, richtiger, -unverständnis auf Gott. Natürlich ist auch dieser Weg nur eine Variante der empirisch-geistigen als auch ethischen Annäherung. Er soll hier nur besonders behandelt werden, weil ihn viele Menschen zu gehen scheinen, die sonst kein Anlass zu den Wegen auf Gott drängt.

Die politische Wirklichkeit ist noch am schwersten zu durchschauen. Komplexität und historische Veränderlichkeit einerseits und die vielfältigen Spielarten offener und verdeckter Konfrontation der unterschiedlichen ökonomischen, politischen und kulturellen Interessen andererseits machen die Übersicht, machen ein Ordnen und Begreifen oft genug unmöglich. Entsprechend oft sind wir der Gefahr ausgesetzt, resigniert und hilflos in den Wirrnissen der politischen Wirklichkeit zu versinken.

Der Mensch ist jedoch zu sehr ein soziales Wesen, das heißt, unser Wirkungsbewusstsein ist in seinem Befriedigungsdrang zu stark auf die soziale, also auch politische Umwelt angewiesen, als dass wir uns ihr leicht entziehen können. Dieses Dilemma zu lösen, haben wir, so wir kein eigenes System geistiger Ordnung erstellen können, zwei Möglichkeiten: Die Flucht in den ideologi-

schen Dogmatismus, das heißt, die Identifikation mit einer Staatsform oder Ideologie und das unkritische Wirken für ihre Ziele, o d e r den Glauben an eine überpolitische Kraft, unter deren Einfluss alle politische Auseinandersetzung zur lächerlichen, kleinlichen und wichtigtuerischen Zänkerei herabsinkt, die die Welt zwar in Unruhe hält und mitunter schmerzhaft in unser Leben eingreift, aber vom eigentlich Wesentlichen wegführt, je weiter, je mehr sich die Positionen der politisch-antagonistischen Kräfte verhärten.

Der Glaube an Gott kann uns das politische Wirkungsfeld zugänglich oder erträglich machen, doch droht er hier am stärksten, unsere Wirklichkeitsauseinandersetzung zu be-, wenn nicht gar zu verhindern.

Wenn uns die Unerträglichkeit der Vorstellung, dass der Mensch heute in der Lage ist, den gesamten Lebensraum zu zerstören, einschließlich aller Kultur, um die Tausende Generationen gerungen haben, und der Natur, die die Evolution in Jahrmillionen hat entstehen lassen; wenn uns die Unerträglichkeit der Vorstellung, dass das Schicksal unserer Erde der Willkür, dem Machtfanatismus, kurz, den Unzulänglichkeiten menschlicher Verständigkeit ausgeliefert sein soll; wenn uns diese Vorstellung auf Gott führt, um uns vor Wahnsinn und Selbstvernichtung zu bewahren, die hinter jedem konsequent gedachten und gelebten Skeptizismus oder gar Nihilismus lauern, so sei diesem Weg auf Gott die gleiche Toleranz entgegengebracht wie den bisher genannten.

Überall dort jedoch, wo dieser Glaube den Menschen in eine schicksalergebene, passiv-abwartende, von fehlmotiviertem Zukunftsoptimismus oder -pessimismus getragene Position bringt und Gott allein das Schicksal der Welt überlassen wird, während man sich selbst dem 'antipolitischen' Zynismus oder der Opposition zur Wirklichkeit hingibt, überall dort müssen wir uns zur Wehr setzen. Hier lohnt der Streit, die Konfrontation.

Gott mag als Imagination zu den größten und bis heute - leider - unersetzbaren Quellen innerer Kraft, Besinnung, Ordnung und Hoffnung gehören; er mag uns Wege eröffnen, auf denen wir uns *leichter durch das dickichte 'Wirrwarr' der Wirklichkeit bewegen können. Und mögen es auch allesamt Irrwege sein, wir nehmen es in Kauf, denn wer weiß schon vor der Verirrung, ob er Kraft und Sicherheit genug aus der e i g e n e n individuellen geistigen Ordnung erbringen kann, um allen Gefahren der Irrungen und des Irrsinns zu entgehen? Solange der Mensch nicht vermag, sich g o t t l o s der Wirklichkeit zu stellen, solange mögen wir die Wege auf Gott pflegen und begehen. Denn hier steht nicht mehr die Frage, ob die religiösen Inhalte wahr oder falsch, sinnvoll oder sinnlos sind, ob Gott existiert oder nicht, sondern allein, ob wir ohne den Glauben an ihn leben können.*

Eines vermag die Imagination Gott aber mit Sicherheit nicht: den Menschen auf diesem Planeten noch ein zweites Mal zu schaffen. Sollte also das große Experiment der Natur, das menschliche Gehirn mit seinen phänomenalen Eigenschaften, wirklich negativ verlaufen, so wird auch die uralte Symbiose zwischen Mensch und Gott erlöschen.

Da ist nicht Gott davor, leider - oder zum Glück - allein der Mensch.

Ich überlas die beiden Seiten, die über das von Krause gesetzte Maß hinausgingen, und wunderte mich über den aufgeräumten Ton, der so gar nichts mit meiner inneren Verfassung gemein hatte.

Um den Raum nicht unnötigerweise mit meinen strengen Gerüchen zu belasten, druckte ich aus und schrieb mit Hand unter den letzten Satz: *Mehr kommt nicht!*

Nun mochte Krause damit anfangen, was er will.

21

Ich hatte keine Lust, heimzugehen. Nach Krauses Zurechtweisung war die Wohnung zu einer Anfechtung geworden, der ich im Moment nicht gewachsen war. Die Eckkneipe lockte mit vertrauter Kundschaft. Hier störte sich keiner an der überschrittenen Tragezeit eines Hemdes.

Noch war es zu früh, auch wenn die Dämmerung weit fortgeschritten war. Ich erlegte mir auf, vor dem ersten Bier das Wohnkarree dreimal gemächlichen Schrittes zu umkreisen. Die Luft war frostig und roch nach Schnee. Als ich mich der Haustür näherte, befiel mich Scham. Die Wohnung in der zweiten Etage hatte alles Heimische verloren. Sie war eine Absteige geworden, gerade gut genug, um die Nächte darin zuzubringen. Ich zog das Tempo an und entschuldigte es mit der Kälte, die über die Füße hoch zu den Knien zog.

Ein Weilchen verharrte ich vorm Schaufenster des Friseursalons. Der kurze, straffe Rock einer nicht mehr ganz jungen Friseuse zog meine Blicke an. Sie glitten weiter über die in schillerndem Nylon glänzenden Beine; sprangen aufwärts zum natürlich oder mit Hilfsmitteln makellos geformten Busen und weiter zu den unbehaarten Achselhöhlen, die sichtbar wurden, wann immer sich die Arme mit Kamm, Schere oder Fön hoben. Zuletzt starrte ich auf den zur Seite geneigten Kopf mit den sich unentwegt bewegenden Lippen. Phantasien drängten sich mir auf.

Die Friseuse entdeckte mich. Also lief ich weiter, hoffend, dass sie mich bei den beiden folgenden Runden nicht sehen wird.

Die Kneipe war gut besucht, mein Stammplatz besetzt. Noch ehe ich mich für einen anderen entscheiden konnte, wurde der junge Mann, der arglos meinen Patz eingenommen hatte, von den drei anderen Tischgenossen an die Bar geschickt. Kaum dass er aufgestanden war, winkten sie mir zu.

Sie waren zufrieden, dass ich bei ihnen Platz nahm. Da ich nie viel über mich sprach, zierte mich der Ruf des Rätselhaften. Und jeder schien darauf erpicht, mich in seiner Nähe zu haben. Die drei unterhielten sich, als wenn ich nicht anwesend wäre. Nur ab und an sahen sie mich - Zustimmung erheischend - an. Dann hob ich die Schultern oder ich nickte oder schüttelte den Kopf. Diese stummen Zeichen hatten mehr Bedeutung und Gewicht als die leidenschaftlichsten Erklärungen der Tischgenossen.

Das Bier schmeckte nicht so gut wie an den vergangenen Tagen. Irgendwie mischte sich ein Geschmack dazwischen, der nicht zu erklären war. Ich bemühte mich dennoch redlich, den Wirt nicht verhungern zu lassen. Den Grad der Trunkenheit erkenne ich zumindest bei mir selbst an der immer unkritischeren Betrachtung von Frauen. Wenn ich Vogelscheuchen anziehend finde, sollte ich ins Bett, möglichst, bevor ich die Scheuche auffordere, mir dahin zu folgen. Am Nachbartisch saß so eine Versuchung, an der sich der Alkoholspiegel ausgezeichnet testen ließ. Ihr kollerndes Lachen klang immer erregender in mich hinein. Meine Blicke glitten immer öfter über sie hin, um mich davon zu überzeugen, dass sie doch durchaus ihre Reize hat.

Die drei Tischgenossen verstummten und stierten an mir vorbei auf die Straße. Auch an den anderen Tischen wurde es still. Alle Augen wiesen auf einen Punkt, der unweit hinter mir jenseits der Scheibe liegen musste.

„Jochen", gurrte die Scheuche am Nebentisch, mit beiden Händen lockend. Die anderen lachten oder schauten verlegen. Manche erhoben einladend das Glas. Die Scheuche schürzte ihren Rock, um mit stärkeren Reizen zu locken. Die Tischgenossen brüllten über den witzigen Einfall.

Ich wusste, wer hinter mir stand, und ich wusste ebenso sicher, dass er mich anschaute, nur mich. Ich sah das Gesicht deutlich vor mir, schärfer noch, als es vermutlich durch die Scheibe hindurch zu erkennen war. Die Blicke der Umsitzenden glitten nun vom imaginären Punkt in meinem Rücken zu mir. Ich demonstrierte ein stoisches Gemüt. Ohne Reaktion auf das, was sich in meiner Umgebung vollzog, trank ich das Glas aus. Dann stand ich auf, um am Tresen die Zeche zu bezahlen. Könnten sich Blicke in Pfeile verwandeln, dann hätte ich das Lokal verlassen wie ein Stachelschwein.

Vor der Tür atmete ich mit geschlossenen Augen tief ein und aus, in der Hoffnung, nüchtern zu werden und beim Öffnen der Augen ein stehendes Gesichtsfeld vorzufinden.

„Was wollen Sie?", fragte ich angestrengt.

„Sie gehen unter." Seine Stimme war warm und ruhig.

„Mag sein", gab ich schwerfällig zurück. „Ich tauche auch wieder auf."

„Sind Sie sicher?"

„Was kümmert Sie das?"

„Vielleicht war ich vor Ihnen in genau dem Schlamm, in den Sie jetzt hinabsinken."

„Weil ich ein paar Bierchen zuviel getrunken habe?"

„Nicht das Bier ist es, das Sie als einen Ertrinkenden kenntlich macht, sondern Ihr vergebliches Strampeln, um nicht unterzugehen."

Ich sah ihn gequält an. Das Gesichtsfeld war noch immer in Bewegung.

„Wenn man drei Runden um eine Kneipe schleicht, ehe man sie betritt, dann hat man bereits eine Hand breit Wasser oder Schlamm überm Scheitel." Er sprach makellos. Es konnte widersinniger nicht sein. Er sah aus wie ein Verrückter und sprach wie ein Heiliger.

Ich hätte gern über meinen ganzen Verstand verfügt, um das Missverständnis aufzuklären. „Sie meinen, ich bin so weit?", fragte ich zynisch, um es ihm nicht allzu leicht zu machen.

„Haben S i e es gesehen oder Ihre Frau?"

Ich war einigermaßen nüchtern. Obwohl ich wusste, was er meint, fragte ich mit zusammengekniffenen Augen: „Was meinen Sie mit 'es'?"

„Manchmal ist es eine Taube mit einem Palmzweig im Schnabel, manchmal ein Regenbogen, ein brennender Dornbusch, ein kämpfender Engel oder ein weinendes Schaukelpferd."

„Sie sind verrückt", hauchte ich tonlos.

„Dann hat es Ihre Frau gesehen."

„Warum gehen Sie dann nicht zu meiner Frau, verdammt?!", rief ich ungehalten.

„Ich war bei ihr."

„Sie ist auch noch nicht so weit?", fragte ich kleinlaut. Der Gedanke, dass dieser Verrückte in Evelins Nähe herumschleicht, war bedrückend.

„Nein", sagte er, ohne die Wärme aus der Stimme zu verlieren, die sich in einem kaum steigerungsfähigen Gegensatz zum skalpellscharfen Blick der Augen befand. Er drängte mich nicht. Er war auch nicht bemüht, die entstehende Stille mit Worten zu füllen.

Etwas lähmte die Gedanken. Es war nicht der Alkohol. Ich hatte die Gedanken parat. Warum scheute ich mich, sie auszusprechen? - Er hatte es gesehen. Das war es! Taube, Dornbusch, Regenbogen waren mir gleichgültig. Aber er hatte das Schaukelpferd weinen gesehen!

Entweder hatte Evelin erlebt, was sie geschildert hat, oder dieser fanatische Spinner steckte mit ihr unter einer Decke. Hatten sie gemeinsam dieses Spiel ausgeheckt, um mich fertig zu machen? Der Kerl, der vor mir stand, mochte so alt sein wie ich, vielleicht ein wenig jünger. Er war nicht uninteressant, wirkte zumindest kultiviert, und körperlich … Eine Verbindung Evelins mit diesem Typen lag weit außerhalb meines Vorstellungsvermögens, aber was wusste ich schon von den Begehrlichkeiten einer Frau, auch wenn ich über zehn Jahre mit ihr in einem Bett geschlafen hatte? Der Gedanke eines Komplotts ließ sich nicht leicht beiseite schieben, denn die Alternative hieß, dass beide etwas gesehen hatten, was unmöglich war. Ich lachte in mich hinein. Bei Gott ist nichts …

„Bei Gott ist nichts unmöglich", sagte er lächelnd. „Sie können sich natürlich weiter gegen diese Erkenntnis sperren und ganz untergehen. Das wird vielleicht von einigen bedauert werden, aber ansonsten bleibt Ihr Untergang ohne die geringste Wirkung. Selbst der Tod von Fünfzigmillionen in einem Krieg hat die Nachgeborenen kaum beeindruckt. - Ich habe alles verlieren müssen, ehe sich der Starrsinn vor der Realität gebeugt hat."

„Sie waren Kantor. Da kann der Starrsinn so groß nicht gewesen sein." Die Stimme gehorchte mir besser.

„Ich habe Kirchenmusik studiert, weil es für mich der einzige Weg war, die Leidenschaft zum Beruf zu machen. Diese Heuchelei habe ich teuer bezahlen müssen."

„Ein Schaukelpferd schaukelt nicht einfach so!" Es gelang mir nicht, ruhig zu bleiben.

„'Einfach so' nicht", sagte er gelassen, wie jemand, den nichts mehr zur Eile drängt.

„Warum spionieren Sie mir nach? - Was kümmert Sie mein Schicksal, wenn mein Untergang keinerlei Bedeutung hat?"

„Vielleicht, weil Sie so sind, wie ich einst war, und derzeit das Gleiche erleben. Vielleicht, weil ich mir damals jemanden gewünscht hätte, der mich hält, bevor alles verloren ist. Für andere mag Ihr Untergang ohne Belang sein, nicht aber für Sie."

Ich schüttelte den Kopf.

„Wir Ungläubigen machen einen großen Fehler, wenn wir Gott verspotten, weil er uns kein Zeichen sendet, und dann lieber vor die Hunde gehen, als das Zeichen wahrhaben zu wollen."

„Ein nebelndes Schaukelpferd?", prustete ich entrüstet.

„Weltweit gibt es unzählige solcher Zeichen. Ein jedes für sich genommen ist natürlich belanglos, bisweilen albern." Er drehte sich um und ging fort.

Ich zitterte nicht nur vor Kälte. Vor der Haustür schlotterte ich solchermaßen, dass es mir kaum gelang, den Schlüssel ins Schloss zu stecken. In der warmen Wohnung beruhigte sich der Körper langsam, zuletzt auch der flatternde Bauch.

Die Viecher, die sich vor Wochen im Kopf verflogen hatten, kamen wieder auf Fahrt. Man hatte ihnen neues Futter vorgeworfen, also fraßen und würgten und kotzten sie munter vor sich hin, ohne ihren atemberaubenden Kreiselflug auch nur zu bremsen.

Mauersegler ernähren sich als Luftjäger ausschließlich von Insekten und Spinnen. Die regionale Häufigkeit bestimmter Beute im Luftraum und das Nahrungsspektrum der dortigen Vögel stimmen weitestgehend überein, so dass davon auszugehen ist, dass Mauersegler nicht wählerisch sind und alle erreichbaren Objekte geeigneter Größe verwerten. In Europa sind über fünfhundert Arten als Beute nachgewiesen, wobei von einer wesentlich höheren Zahl auszugehen ist, da die bisherigen diesbezüglichen Untersuchungen sich nur auf recht wenige Standorte beschränken. Hauptbeute sind wohl Blattläuse, Hautflügler, Käfer und Zweiflügler, häufig spielen auch fliegende Ameisenstadien und in Afrika zudem Termiten eine wichtige Rolle. Bei Wahlmöglichkeit werden Beutetiere mit einer Körperlänge von mehr als fünf Millimetern bevorzugt. Zu den größten als Beutetier nachgewiesenen Tieren zählt die Hausmutter, ein Eulenfalter mit einer Körperlänge von sechsundzwanzig bis neunundzwanzig Millimetern.

Der Nahrungserwerb erfolgt praktisch ausschließlich in der Luft, ein Ablesen von Nahrung an Dachrinnen, Vordächern oder Ähnlichem ist selten. Je nach Wetter und Verteilung des Angebots jagen Mauersegler in wechselnden Gebieten und Höhen, bei niedrigen Temperaturen oft in geringem Abstand zur Vegetation. Normalerweise liegt die Flughöhe zwischen sechs und fünfzig Metern, an warmen Tagen oft aber auch über hundert Meter überm Boden. Bei der Nahrungssuche halten voneinander entfernt fliegende Vögel optisch Kontakt, so dass sich beim Aufsteigen schwärmender Ameisen oft binnen weniger Minuten Hunderte von Mauerseglern einfinden. Der vermutlich größte Jagderfolg ergibt sich bei windstiller und warmer Witterung. Die Nahrungssuche erfolgt im Wechsel zwischen Schlag- und Gleitflug mit raschen Richtungsänderungen, dabei wird der Schnabel erst beim Zuschnappen geöffnet. Mauersegler erreichen allerdings nicht die extreme Wendigkeit der Schwalben.

Da ich am Morgen vergessen hatte, die Heizung herunterzudrehen, herrschten in der Stube geradezu tropische Temperaturen. Ich setzte mich im Schneidersitz vor das Schaukelpferd und stützte den Kopf mit beiden Händen.

22

Es war so heiß, dass der kalte, klebrige Schweiß bald den ganzen Körper bedeckte. Das Atmen fiel schwer, aber ich war nicht in der Lage, aufzustehen. Das Schaukelpferd verschwamm vor meinen Augen. Bewegte es sich? - Nein. Die Luft war grausam schwül. Ich wäre so gern aufgestanden, um ein Fenster zu öffnen. Es war nicht möglich. Ich war gebannt. Immer wieder zog es meine Lider zu. Ich zwang mich, das Schaukelpferd nicht aus den Augen zu lassen; wach zu bleiben. Wenn es ein Zeichen war, warum ließ ER es mich nicht sehen?

Ich saß noch immer im Schneidersitz und hatte das Gefühl, vor und zurück zu wiegen, wie man es von geistig Behinderten kennt. Dann sah ich, dass ich still saß, sich aber das Schaukelpferd blähte und schrumpfte. Bald wuchs es nur noch. Ich starrte auf das knarrende Monster. Von Zeit zu Zeit riss unter der zunehmenden

Spannung eines der Seile, die in die Holzteile geflochten waren. Es knallte wie Peitschenhiebe. Da die Schaukelwangen unterschiedlich schnell wuchsen, wackelte das Seepferdchen hin und her wie eine trunkene Ente. Ich konnte nicht aufstehen. Als sich das Schaukelpferd wankend zu mir drehte, sah ich die schwach leuchtenden von roten Äderchen durchnetzten Augen. Ich legte mich flach auf den Rücken, um unentdeckt zu bleiben. Aber es hatte mich schon gesehen. Langsam schaukelte es auf mich zu. Die sich nach vorn verjüngende Schnauze lief in einer polierten Klinge aus. Aus den Seiten des Mauls fauchte heißer Dampf. Ich vermochte nicht einmal, mich zur Seite zu drehen. Ich schrie, panisch vor Angst. Die Klinge berührte meine Brust. Als sie sich hob, sah ich das Blut. Wieder und wieder drang sie in meinen Leib. Ich fühlte keinen Schmerz. Der Dampf blubberte beim Eintauchen der Schnauze in meinen Eingeweiden. Ich hatte das Gefühl, nur Zuschauer, nicht aber Beteiligter, Bedrängter, Gepeinigter zu sein. Das Monster drehte sich unglaublich schnell und kam mir nun mit dem Schwanz entgegen, in dem die riesige Glocke hing. Noch berührte der schwingende Klöppel nicht die Wand der Glocke. Ich wusste, dass ich den Ton nicht würde ertragen können. Immer näher kam der Klöppel. Ich konnte die Hände nicht zu den Ohren führen. Die Glocke schwang nun direkt über mir. Ich schloss die Augen und erwartete den tödlichen Schall. Aber nur ein Schnarren war zu hören, ein Schnarren, wie ich es von irgendwoher kannte. Es wiederholte sich in grausamer Hartnäckigkeit.

Ich öffnete die Augen.

Über mir war eine weiße Zimmerdecke. Mich widerwillig und unter Schmerzen zur Seite drehend, sah ich das Schaukelpferd. Es stand unverändert am alten Platz. Dennoch hatte es etwas Monströses. Noch immer schnarrte es. Nein, nicht das Schaukelpferd, es war die

Wohnungsklingel. Ich fand mich - inmitten der Stube liegend - so, wie ich die Kneipe verlassen hatte. Beim Versuch, aufzustehen, schmerzte jeder Knochen. Es war um Neun. Schlaftrunken torkelte ich zur Tür. Ich habe keine Ahnung, wem ich glaubte, zu öffnen. Ich konnte ja gar keinen klaren Gedanken fassen. Da das Großhirn offensichtlich noch schlief, handelte ich instinktiv oder mechanisch, damit das Schnarren der Klingel endlich ein Ende hat.

Kaum dass ich die Klinke gedrückt hatte, schob mich die Tür wie ein Gespenst beiseite. Als sie offen war, wurde ich von Irenes ausgestreckten Armen zurückgedrängt. Immerhin blieb sie - die Tür hinter sich schließend - vor derselben stehen. Ihre Blicke huschten blitzschnell in alle Winkel. Sie hatte genug gesehen. Ich musste mir keine Mühe geben, irgendetwas vor ihr zu verbergen.

„Du bist nicht allein?"

„Doch", stammelte ich. „Warum denkst du …" Ich sah mich um.

„Du hast geschrien, dass man es fast bis auf die Straße gehört hat." Sie lief los und schritt wie bei einer Inspektion die Zimmer ab.

„Ich hab geschlafen und irgendwelches Zeug …"

„Zumindest ersparst du mir die Frage, ob ich ungelegen komme. Wenn du dich waschen willst, lass dich nicht aufhalten. - Ich mach uns derweil einen Kaffee."

Ohne Widerrede trabte ich ins Bad, dem einzigen Raum, für dessen Zustand ich mich nicht hätte schämen müssen. Leider konnte ich Irene schlecht ein heißes Bad anbieten. Eine Minute lang stand ich unter der eiskalten Dusche, ehe ich ganz im Hier und Jetzt angekommen war, was meine Situation kaum verbesserte. Durch die Tür drangen wenig ermutigende Laute. Es klang wie das Gewusel einer ganzen Reinigungskolonne. Ich ließ mir Zeit, um Irene nicht bei der Arbeit zu unterbrechen, das heißt, sie nicht um den Lohn meiner Verblüffung zu prellen.

Irgendwann trat sie ins Bad. Als wenn sie von jeher dafür angestellt wäre, legte sie einen Stapel frischer Wäsche aufs Waschbecken. „Es muss ja sehr nötig gewesen sein", sagte sie ohne Vorwurf wie zu einem Köhler. Sie klaubte die herumliegende Wäsche auf und verschwand.

Ich hatte keine Eile, ihr unter die Augen zu treten, andererseits war ich neugierig zu erfahren, was sie zu mir trieb; was sie über, vielleicht sogar von Evelin zu sagen hatte.

Als ich den Flur betrat, wehte mir ein frischer Wind entgegen. Alle Türen und Fenster standen offen, bis auf die Wohnungstür natürlich. Neben ihr lehnten drei gefüllte Müllsäcke an der Wand. Noch bevor ich die Küche betrat, hörte ich das Rumpeln der Waschmaschine. Irene saß mit dem Rücken zu mir vor einer dampfenden Tasse Kaffe. Ihr sonst makelloser Zopf war zerzaust, was sie aber eher jünger erscheinen ließ.

„Danke", sagte ich kleinlaut.

Irene stand auf, um Tür und Fenster zu schließen. „Soll ich dir zeigen, wie die Waschmaschine funktioniert?"

„Nein, ich weiß, wie es geht. Ich war in letzter Zeit nur ziemlich - unmotiviert." Es war erstaunlich, wie schnell sie wieder Grund in die gammlige Bude gebracht hatte.

Sie setzte sich. Beide schlürften wir den Kaffee. Die Maschine rumpelte.

„Ich hätte auch was zu essen hingestellt. Aber da war nichts, was …"

„Kein Problem. - Danke."

„Du lässt dir jetzt einen Bart stehen?"

„Für wen sollte ich mich rasieren?"

Den Mund am Tassenrand, fragte sie: „Was ist passiert?"

Ich war auf manches gefasst, aber nicht auf diese Frage. „Hat dir Evelin nicht erzählt, was los ist?"

„Nicht so genau."

Natürlich, wie hätte sie den Eltern die Geschichte erzählen können, ohne bei ihnen in einen ähnlichen Verdacht zu geraten. „Wie genau hat sie es erzählt?"

„Sie hat mich gefragt, welche Dinge für mich für ein Zusammenleben unverzichtbar sind."

Ich sah sie gespannt an.

„Achtung, Vertrauen und Liebe, - meinte ich."

„In dieser Reihenfolge? - Sollte die Liebe nicht am Anfang stehen? - 'Hättest du das alles, aber die Liebe nicht …'" Das letzte rutschte ein wenig ins Zynische.

Irene überhörte es. „Man kann sehr gut ohne Liebe zusammenleben. Ohne Achtung und Vertrauen geht es nicht." Ihr Gesicht überwallte ein rötlicher Schleier. War das ein Geständnis?

„Und was hat Evelin gesagt?"

„Dass sie genauso denkt."

„Und?"

„Weiter nichts."

„Weiter nichts?" Die Frage war überflüssig. „Sie wird ihre Gründe haben, nicht mehr zu erzählen."

„Hast du eine Affäre?"

„Nein."

„Sie?"

„Keine Ahnung."

„Siegfried, das könnt ihr nicht machen!", rief sie unbeherrscht. „Ich bin ihre Mutter. Ich kann nicht zusehen, wie sie vor die Hunde geht." Sie sprang auf und floh zur Spüle. Wasser rauschte. Teller klapperten. Die Waschmaschine rumpelte im Hintergrund.

Irene war nicht die Frau, die sich ohne Weiteres emotional offenbart. Umso bedrückender waren ihre Worte. Dennoch taten sie mir gut. „Es geht ihr schlecht?", fragte ich so sachlich wie möglich.

„Sie versucht, es niemanden merken zu lassen. Das macht es nur schlimmer. Warum kann sie nicht mit mir darüber reden? - Hast du sie geschlagen?"

„Irene."

„Hat es mit Karlchen zu tun?"

„Hör auf."

„Verlangst du von ihr Sachen im Bett, die …" Verlegen wickelte sie das Ende ihres Zopfes um den Zeigefinger.

Die Frage erschreckte mich. Wie quälend musste sie sich überwinden, um diese Mutmaßung über die Lippen zu bringen? „Irene, ich bin weder sadistisch noch pädophil noch pervers noch kriminell. Wir haben über zehn Jahre zusammengelebt."

Sie nickte mit zusammengekniffenen Lippen. „Bist du schwul?"

Die Frage war so naheliegend, dass ich lachen musste. „Nein. Hör auf zu fragen. Du errätst es nicht."

„Warum darf ich es nicht wissen?! - Ist sie krank?"

Ich sah sie entgeistert an. Eine Tasse fiel zu Boden. Die Waschmaschine begann zu schleudern.

„Also das", hauchte sie tonlos.

„Nein."

„Du musst mir sagen, was sie hat!"

Ich sprang auf, um ihre Hände festzuhalten, die sich gegen mich geballt hatten. Es kostete mich alle Kraft. Sie heulte ganz erbärmlich. „Irene, bitte, wenn du mir versprichst, vernünftig zu sein und keine Fragen mehr zu stellen, sage ich dir, was ich sagen kann."

Sie beruhigte sich langsam.

„Lass uns in die Stube gehen. Die Maschine macht mich wahnsinnig." Ich hatte das Gefühl, der ganze Raum sei von balzenden Vögeln erfüllt.

In der Stube herrschte beinahe Frost. Mir kam die Kälte gerade recht. Irene wickelte sich in die Sofadecke.

In ihrer Angst und Verzweiflung sah sie aus wie ein kleines Mädchen.

„Es tut mir leid, dass du dir solche Sorgen machst. Was ich sage, wird dich kaum zufriedenstellen. Am Ende wird es dich noch mehr verwirren. - Ich liebe Evelin mehr denn je. Wir drei sind gesund. Wenn ich dir den im Grunde simplen Grund nenne, laufe ich Gefahr, meine letzte Chance zu zerstören, wenn ich denn eine Chance habe. Und wenn du den Grund erfährst, läufst du Gefahr, auch von Evelin verlassen zu werden."

Irene hatte zu tun, das Gesagte zu verstehen. Ich habe keine Ahnung, ob es überhaupt zu verstehen war. „Das soll einen simplen Grund haben?"

„Du hast versprochen, keine Fragen mehr zu stellen."

Sie sah mich entgeistert an. „War das alles?"

„Ja."

Sie nickte lange. „Und wie soll es weitergehen?", fragte sie bemüht nüchtern.

„Ich denke, wir sollten ihr etwas Zeit lassen", sagte ich hilflos.

„Und der Junge? - Denkt ihr auch mal an den Jungen?", fragte sie vorwurfsvoll.

„Ich versuche, so wenig wie möglich an ihn zu denken." Mir schossen die Tränen schneller in die Augen, als ich mich abwenden konnte. Ich hätte meiner Schwiegermutter und erst recht mir selbst gern diese Szene erspart.

Irene schwieg, bis ich mich wieder gefasst hatte. „Er spricht fast nur von dir, von dir und dem Pferdchen da. Ich hab ihm versprochen, es mitzubringen. Das ist doch kein Problem, oder?"

Ich schluckte. „Das ist keine so gute Idee. Evelin mag es nicht."

„Es ist s e i n Geschenk", sagte sie empört. „Sie muss es nicht mögen."

„Es ist das einzige, das mich hier an ihn erinnert", versuchte ich eine andere Variante.

„Na, wenigstens, was den Egoismus angeht, passt ihr ausgezeichnet zusammen. Der kleine Kerl wird da in eine für ihn ganz und gar katastrophale Sache hineingezogen, und ihr feilscht um sein Lieblingsspielzeug. - Wir kommen dich besuchen, da brauchst du kein Andenken." Sie stand auf, nahm den gelben Überzug vom Sitz und machte Anstalten, das Schaukelpferd zu beziehen.

„Irene, bitte, lass es hier. Er kann doch schaukeln, wenn ihr mich besucht." Ich griff das Schaukelpferd so, dass es unmöglich war, den Reißverschluss zu schließen.

Irene sah mich feindselig an. „Was ist mit dem Schaukelpferd?"

„Nichts."

„Nichts? - Warum kann ich es dann nicht mitnehmen? Und woher wusste Karlchen, dass ich es nicht mitnehmen kann? - Woher wusste er, dass es nicht geht?"

„Irene, hör auf. Hör auf zu fragen, verdammt! Du hast versprochen ..."

Sie sah auf das halbverstaute Schaukelpferd, dann sah sie mir lange in die Augen. Ich hätte zu gern gewusst, was sie denkt. Wortlos ging sie hinaus. Wortlos zog sie sich an. Aus der Küche jaulte die Waschmaschine. An der Wohnungstür drehte sie sich noch einmal um.

„Irene, bitte geh nicht zornig. Du bist die erste, die mich in diesem Loch besucht hat. Ich wünsche nichts sehnlicher, als dass alles so wäre wie im alten Jahr."

Sie lächelte. „Jetzt willst du mich sicher noch bitten, Evelin nicht unbedingt zu erzählen, wie es hier ausgesehen hat."

„Wenn du ihr bitte noch sagen würdest, dass ich sie furchtbar vermisse."

„Einen Teufel werd ich tun. Auch wenn ich keinen Piep von all dem Zeug, das du erzählt hast, verstanden habe, immerhin kenne ich meine Tochter so gut, um zu wissen, dass wir ihr keine Zeit lassen müssen. Kauf ein bisschen Grünzeug und sag ihr selber, dass du genau so leidest wie sie. Sie wünscht sich wohl nichts so sehr, wie so schnell wie möglich wieder in diese Wohnung zu kommen. Vielleicht solltest du sie für ihren ersten Besuch etwas feinsinniger arrangieren."

Ich drückte sie ohne Erwiderung recht herzlich an meine Brust. Sie roch beinahe wie Evelin.

23

Wenn sich durch Irenes Besuch auch nichts an der Verwirrtheit der Gedanken geändert hatte, so hatte ich Nachricht von Evelin. Natürlich war es möglich, dass auch das von ihr gespielte Leid zum worauf auch immer abzielenden Szenarium gehörte. Aber die Besorgnis einer Mutter ließ den Gedanken nicht mehr ganz und gar unvernünftig erscheinen, dass Evelins Kummer echten Gefühlen entsprang, will sagen, dass ich noch nicht gänzlich aus ihrem Sinn und Sehnen war. Und ich würde Karlchen wiedersehen. Irene hatte es versprochen.

Es war Hoffnung, und also hatte ich ein Ziel. Der vage Impuls, den Krause am Vortag in mir erregt hatte, war nach Irenes Besuch zu einer ehernen Entschlusskraft gewachsen. Ich machte mich daran, die Wohnung wieder herzustellen, aber nicht nur das, ich gestaltete sie derart um, dass sie auch dem Besuch einer Königin gewachsen war.

Diese Arbeit war unglaublich beglückend. Zuerst entsorgte ich den nadellosen Weihnachtsbaum, der, seines Schmucks beraubt, einen jämmerlichen Anblick bot. Ich bezog die Betten und formte sie so, dass es eine Freude war, sich zu zweit in sie zu werfen. Ich stellte Vasen mit Blumen auf und sorgte ständig für eine Auffrischung der Sträuße. Wenn mich der Teufel ritt, arrangierte ich auch schon mal den Tisch für drei. Es war mir bald zur Manie geworden, das Essen nur in Gegenwart zweier weiterer Gedecke einzunehmen. Dann lauerte ich beim Kauen auf das Schnarren der Klingel. Wenn Evelin auch fernblieb, Irene hatte versprochen, mich mit Karlchen zu besuchen. Ich war jeden Augenblick darauf vorbereitet. Diesmal würde ich es sein, der verblüfft.

So sehr ich auch von der Ungeduld umgetrieben wurde, zu einem Besuch Evelins konnte ich mich nicht durchringen. Das war durchaus nicht feige oder stolz oder selbstsicher. Ich war nur ganz und gar im Zweifel, mit diesem Besuch etwas zum Guten hin bewirken zu können. Es hatte sich ja nichts geändert. Hätte der Verrückte, der sich inzwischen zum Missionar gemausert hatte, bei Evelin mehr Erfolg gehabt als bei mir, hätten wir uns auf göttliche Intervention einigen und die Episode begraben können, in der Hoffnung, dass aus dem Gräber- nicht irgendwann ein Minenfeld werden wird. Aber auch Evelin war noch nicht soweit.

Ich konnte nicht allzu lange in diese Richtung denken. Denn da war noch immer das Rätsel der gemeinsamen Beobachtung und der bittere Geschmack, der bei jedem Versuch auf die Zunge kam, es zu lösen. Wie - um alles in der Welt - konnte der verrückte Missionar den gleichen unmöglichen Blödsinn gesehen haben, wenn die beiden kein gemeinsames Spiel trieben?

Im Verlag wurde meine Verwandlung wohlwollend aufgenommen. Krause ließ sich sogar zu einem angedeuteten Pfiff hinreißen. „Meissner, kaum ist die Arbeit fertig, sind Sie wieder ein Mensch. Ich hoffe, das ist nicht kausaler Natur. Andernfalls werde ich das Honorar für den Aufsatz schwerlich bezahlen können."

Es geschieht nicht oft, den Chef in solch aufgeräumter, geradezu sonniger Verfassung zu erleben. „Eine

prinzipielle Gehaltsaufbesserung würde ich vorziehen",
sagte ich geradeheraus.

„Meissner, wer hat Sie gelehrt, ihre Haut so teuer wie
möglich zu verkaufen? - Ein bisschen weltfremd waren
Sie mir sympathischer."

„Ich wünschte, ich könnte das Gleiche sagen."

Krause stutzte und verfiel wieder in den leicht dümmlichen Ausdruck. „Schlagfertig werden Sie auch noch",
maulte er, ohne im Hinausgehen zurückzuschlagen.

Von Krause abgesehen, reagierte nur Marion verbal
auf meine nicht nur hygienische Rückbesinnung. „Ist
Evelin zurückgekehrt, oder haben wir uns in die Hoheit
einer neuen Sonne begeben?"

Jetzt war es an mir, dümmliche Miene zu machen.
„Falsch", sagte ich entschieden.

„Aber nicht beides."

„Ist das Verlagsgespräch?", fragte ich gequält.

„Na, hör mal. Wir sind auch nicht doof."

Ich stolperte über das 'auch'.

Noch bevor ich nachfragen konnte, sagte sie: „Die
von Krause als 'geniale Klugscheißerei' angekündigte
Arbeit war ein rechtes Vergnügen. Wenn ich etwas
mehr verstanden hätte, wäre das Vergnügen geradezu
unerträglich gewesen."

„Krause gibt meine Arbeit ins Korrektorat?", rief ich
einigermaßen empört. „Ja, was hält er denn von mir?"

„Na, etwas bescheidener der Herr. Kleine Korrektu-
ren haben wir schon vornehmen müssen."

„Ach ja?"

„Auf meinen Vorschlag hin hat Krause sogar die letzten drei Worte streichen lassen."

Sogleich sprang meiner Empörung die goldene Regel
zur Seite: *Des Autors felsenfester Schatz: Der erste und der
letzte Satz.* Bei keinem Fremden hätte es Krause gewagt,
diese Regel zu verletzen.

„Da hat wohl das Pathos ein bisschen die Oberhand gewonnen", setzte Marion entschuldigend hinzu.

Pathos ist neben dem erhobenen Zeigefinger das letzte, was sich ein Autor gern vorwerfen lässt. In mir wallte es mächtig. Zum Glück kannte ich all die albernen Rechtfertigungstiraden beschnittener Autoren und noch besser den Spott, den sie hinter verschlossenen Türen dafür kassieren. „Lieb von dir, dass du meiner Arbeit den letzten Schliff gegeben hast, obwohl du dich so hast schinden müssen", sagte ich also nur.

„Bitte", quittierte sie kess meine ironische Anspielung.

Ich musste raus hier, damit sie schnell aus meinem Blickfeld und ich schnell aus ihrem Dunstkreis kam. Andernfalls hätte ich mich doch noch wie ein Gymnasiast benommen. Ach, wenn man nicht so zivilisiert wäre …

Irene besuchte mich tatsächlich mit Karlchen. Leider blieb sie vor der Tür stehen. „Ist es recht?" Mit langem Hals spähte sie demonstrativ in den Flur.

Karlchen war mir so heftig gegen die Brust gesprungen, dass ich aus der Hocke lang hinfiel. „Willst du nicht einen Augenblick reinkommen?"

„Nein. Ich denke, dass ihr zwischen Männern viel zu besprechen habt. Ist es in Ordnung, wenn ich ihn nach dem Abendbrot wieder abhole?"

„Mir wäre es lieber, wenn du ihn nach fünfzehn Jahren wieder abholen würdest", sagte ich bestimmt. Der kleine Kerl sah mich entsetzt an. „Natürlich nur, wenn Du die Mama auch noch vorbeibringen würdest."

Karlchen lachte und winkte der Großmutter zu.

„Die hole mal selbst", sagte sie ernst.

Wie genoss ich diesen Nachmittag. Es war gerade so, als ließe ich erst jetzt zu, mir darüber klar zu werden, wie sehr mir der kleine Kerl fehlt. In den zurückliegenden Wochen hatte Karlchen einen so gewaltigen Sprung gemacht. Er konnte sich ganz rückhaltlos freuen, und er konnte ganz ernst zuhören und antworten, und manchmal schien es, als könne er Gedanken lesen, aus dem Klang der Stimme, der Länge des Schweigens, dem Mienenspiel, einer Geste. Es gab keinen Augenblick, da die Zeit lang wurde, weil ich nichts rechtes mehr mit ihm anzufangen wusste. Man konnte mit ihm fast schon so gut flachsen wie mit einem Erwachsenen. Wir erzählten uns Alltagsgeschichten und sprachen am Rande doch immer von der Trennung, der wir ähnlich ratlos gegenüberstanden. Ich erzählte ihm Märchen, die - am Rande - immer etwas mit Trennungen zu tun hatten, und später hatten wir die Idee, eine Fotoserie per Selbstauslöser zu knipsen, die - am Rande - keinen anderen Sinn hatte, als einer Trennung zu trotzen.

Auf mein Schweigen, das nötig geworden war, um die unliebsamen Zeugen des Selbstmitleids niederzuringen, sagte er: „Ich weiß, wie traurig du bist, weil Mama weg ist. Ich bin ja auch so traurig, weil ich mein Pferdchen nicht mehr habe."

Noch ehe ich mich entrüsten konnte, von einem Schaukelpferd deklassiert zu werden, besann ich mich auf den Trost, dass er eine Trennung von mir gar nicht erwog.

Während ich ein leckeres, ganz auf Karlchen zugeschnittenes Abendbrot zurechtbrutzelte, schaukelte sich der kleine Kerl in einen Wonnerausch. Von der Küche aus hörte ich den rhythmischen Singsang mit den immer beängstigenderen Pausen. Karlchen kostete die Schwingungen aus. Er wiegte das Pferdchen bis kurz vor den kritischen Punkt. Alle Augenblicke darauf gefasst, das harte Aufstauchen von Schwanz oder Schnauze zu hören, vernahm ich auch nach der längsten Pause den weichen Klang abrollender Kufen.

Beim Abendbrot ertüftelten wir kühne, bisweilen den gesetzlichen Rahmen verletzende Pläne, um Evelin wieder zurückzuholen. „Wir geben ihr ein Gift, das sie aber nicht ganz tot macht, wie bei Dornröschen. Dann tragen wir sie her. Und wenn sie aufwacht, hältst du sie ganz fest. Dann kann sie nicht mehr fort." Er glühte vor Eifer.

„Das ist eine gute Idee. Wir geben ihr ein Betäubungsmittel. Ich muss mal sehen, wo ich so was herkriege."

Karlchen lächelte einseitig. An der Tür, noch bevor es Irene hören konnte, sagte er sicherheitshalber aber doch noch: „Papa, mit dem Betäubigungsmittel, das war nur Quatsch von mir."

Ja, es ist gut, wenigstens einen Menschen zu kennen, der einen immer wieder auf den Boden der Realität zurückbringt.

Bereits im achtzehnten Jahrhundert war von Lazzaro Spallanzani vermutet worden, dass Mauersegler in der Luft nächtigen. Heute ist unumstritten, dass insbesondere die nicht brütenden Vögel häufig fliegend übernachten. Der Mauersegler ist derzeit die einzige Seglerart, von der sicher bekannt ist, dass sie die Nacht auf diese Weise verbringt.

Vorwiegend bei schönem Wetter erfolgt das abendliche, gesellige Aufsteigen unter Ausnutzung von Aufwinden über den wärmeren Luftschichten. Die Nacht verbringen die Segler in Höhen zwischen vierhundert und dreitausendsechshundert Metern, einzeln oder in Schwärmen, meist stumm. Dabei schlagen sie gelegentlich in langsamerer Frequenz als tagsüber mit den Flügeln. Offenbar bestrebt, möglichst stationär zu bleiben, fliegen die Vögel vergleichsweise langsam gegen den Wind, so dass sie bei stärkeren Winden sogar rückwärtig abgetrieben werden und morgens zurückfliegen müssen, um wieder zum Ausgangspunkt zu gelangen. Unklar ist, wie sich die Mauersegler nachts erholen. Man vermutet einen Halbschlaf ähnlich dem bei Walen oder Delfinen.

Über die evolutionären Vorteile des Nächtigens in der Luft wird viel spekuliert und diskutiert. Selbst für einen so gut an das Leben in der Luft angepassten Vogel erfordert die Übernachtung im Flug einen beträchtlichen energetischen Mehraufwand. Sicher ist, dass die Vögel nicht zur nächtlichen Insektenjagd in der Luft verbleiben, da sie hierfür nicht ausreichend sehen können. Ein Erklärungsversuch unterstellt als Ausgangspunkt einen Mangel an geeigneten Schlafgelegenheiten, insbesondere im afrikanischen Winterquartier, wo geeignete Nist- und Schlafplätze bereits durch zwanzig andere dort brütende einheimische Seglerarten beansprucht werden. Dieser Theorie zufolge hat der Mauersegler im übertragenen Sinn aus der Not eine Tugend gemacht, denn mit dem Verzicht auf eine bodengebundene Schlafmöglichkeit ist es ihm möglich, dem sich verlagernden größten Nahrungsangebot in der innertropischen Konvergenzzone konsequent zu folgen.

24

Rosenmontagmorgen klingelte das Telefon. Irenes Stimme war seltsam gefasst. „Dem Klang der Stimme nach zu urteilen, liegst du noch im Bett."

„Ja", räusperte ich mich.

„Du Glücklicher. - Im eigenen?"

„Ja." Im Hintergrund vernahm ich exotische, vor allem gutturale Geräusche.

„Allein?"

„Ja."

„Wie lange schon?"

„Seit eins." Nun überwogen pfeifende und quietschende Hintergrundlaute. „Bist du im Zoo?"

Irene kreischte auf, von einem Chor Gleichgesinnter begleitet, der in allen Tonlagen gackerte.

„Schämt euch, früh um acht, und schon beschwippst."

„Mal langsam, Herr Moralist von und zu früh um acht und noch im Bett. Wir haben schon zwei Stunden weg."

„Warum genau rufst du an?"

„Wie bitte?"

„Du wirst dich nicht wirklich dafür interessieren, wie lange ich im Bett liege."

„Nein. Mich interessiert vielmehr, wie lange du schon allein im Bett liegst, oder, besser, wie lange du noch geruhst, allein im Bett liegen zu wollen." In ihrem Zustand war es ein phonetisches Kunststück, den Satz ohne Panne zu vollenden.

„Hat Evelin dich gebeten, anzurufen?"

„Teufel eins. Ich verhalte mich - bis man Genaueres erfährt - absolut neutral und passiv." Den eingeschobenen Satz hatte sie sehr anzüglich abgesetzt.

„Dein Anruf ist nicht gerade passiv."

„Evelin wird es mir nachsehen. Und du solltest dich weniger um m e i n e Passivität sorgen."

„Irene …"

„Ich weiß nicht, warum du mir leid tust. Männer sollten von Rechts wegen von jeglichem Mitleid ausgeschlossen sein." Der Hintergrund stimmte gackernd und kreischend zu. „Aber ich will dir eine Geschichte erzählen, die sich zutragen wird, ohne dass sie zu verhindern wäre. Eine - wenn auch nicht mehr ganz junge, aber dennoch atemberaubend attraktive - Frau wird von der Schule aus direkt nach dem Dienst mit einem Kollegen in ein Restaurant gehen. - Wie klingt das?"

„Und weiter?"

„Ich hoffe für dich, nichts weiter."

„Wann spielt die Geschichte?"

„Heute."

„Ich hoffe, du schlägst mir jetzt nicht vor, ihnen an der Schule aufzulauern."

„Wie gut du mich kennst. Ich will - unter Verletzung der von mir erklärten Neutralität - eine klitzekleine Indiskretion begehen. Dafür hätte ich zu dem wunderschönen Kleid eigentlich noch ein Brillantcollier verdient." Der Chor im Hintergrund bedankte sich für diesen Scherz.

„Irene, ist es wirklich nötig, das ganze Warenhaus an unserem Gespräch teilhaben zu lassen?"

„Sei nicht ungezogen. Erstens ist es nicht das ganze Warenhaus, und zweitens haben mich die Kolleginnen sehr zu diesem Anruf ermuntert. - Hör zu. Morgen hat die nicht mehr ganz junge, aber atemberaubend attraktive Frau freigenommen. Ich hoffe, sie hat nicht vor, nach einer anstrengenden Nacht in einem fremden Bett auszuschlafen. Wenn es doch so ist, rufe ich dich an. Ansonsten werde ich alle weibliche List aufwenden, um sie ans Haus zu fesseln, bis du kommst und sie mit einem Strauß Rosen erlöst. Hast du verstanden, was du tun musst? - Nein, du musst dich nicht bedanken. Ich tu es auch für Evelin. Sei lieb, und sei morgen nicht zu spät. Auch meine weibliche List hat leider Grenzen. Rasier dich gründlich und zieh dich schick an. Ich küsse dich." Unter zustimmendem, beifallartigem Gekreisch Gleichgesinnter schied sie aus der Leitung.

Noch ehe ich mir die Restaurant- oder Bettszene recht plastisch ausmalen konnte, tobte die Eifersucht. Als schwirrten mir nicht auch ohne sie genügend Biester im Kopf.

Der nächste Morgen fand mich, wenn auch nicht ausgeschlafen, so doch aufgeweckt und kampfentschlossen. Seit Stunden wach, hatte ich mich in der Nähe des Telefons aufgehalten und endlich - gegen acht - beschlossen, sicher zu sein, dass Evelin die Nacht im eigenen Bett zugebracht hat.

Die Wohnung war für den großen Augenblick aufs Trefflichste gerichtet. Auch das Bett lockte in sauberem, duftigem Arrangement. In allem folgte ich Irenes Anweisungen, als wäre das ein Garant für den glücklichen Ausgang meiner Mission. Um nicht zu früh bei Irene zu sein, zwang ich mich zu einem ausgedehnten Frühstück. Punkt neun ging ich mit weißem Hemd und Fliege,

Anzug und Mantel auf die Straße, die mich in frühlingshafter Milde empfing.

Gerade weil alles so wunderbar zu meinem Vorhaben passte, griffen mich Zweifel an. War die Wohnung nicht eine Idee zu sorgsam geputzt, um nicht als Vorwurf zu erscheinen? War der Anzug nicht eine Spur zu festlich, um Evelin nicht das Gefühl zu geben, überrumpelt zu werden? War der Rosenstrauß nicht ein bisschen zu mondän, um nicht wie ein Totschläger zu wirken? Und bot das Wetter nicht eher den geeigneten Rahmen für eine abgrundtiefe Enttäuschung? Ich hatte mich - wider all meine Instinkte und Gefühle und Vernunftschlüsse - in Irenes Hände begeben. Wenn sie auf dem Holzweg war, folgte ich ihr in die Sackgasse.

Obwohl es eine halbe Stunde zu Fuß war, hatte ich beschlossen, zu laufen. Bald begegneten mir niedliche Rotkäppchen, verwegene Cowboys und edle Indianer, weiße Köche, rosafarbene Prinzessinnen, schwarze Schornsteinfeger, grimmige Piraten. Die Gedanken liefen in die Kinderjahre zurück. Ich war alle Jahre - wenigstens so lange ich mich erinnern kann - als Pirat unterwegs gewesen, meist in großer Meute. Wir hatten in der weiten Nachbarschaft geklingelt und um Süßes gebettelt und gesungen. Nicht selten hatten wir die Grenze zur Nötigung touchiert, nie aber waren unsere Raubzüge erfolglos geblieben.

Hinter mir wurden eilige Schritte laut, und ehe ich's mich versah, verstellten mir vier rechte Schalksnarren den Weg: ein echter Narr mit Schellenkappe, ein langer Zauberer, eine beeindruckende Zigeunerin und ein kleiner, rundlicher Kater mit buschigem Schwanz.

Ich lächelte in Anbetracht der kleinen Wegelagerer.

„Hätte der Herr eine kleine Gabe für drei arme Künstler und einen hungrigen Kater?"

Mir schoss die Schamröte ins Gesicht. Wie dumm muss man sein, Fasching ohne Kleingeld aus dem Haus zu gehen? Hätte ich wenigstens Süßkram eingesteckt. „Tut mir leid. Ich habe wirklich nichts bei mir", sagte ich kleinlaut.

„Warum lügt er?", schrie mit unglaublichem Ausdruck der Kater, der keine zehn Jahre alt war.

„Warum treibt er sein Spiel mit uns Armen?", entrüstete sich die schöne Zigeunerin wie auf großer Bühne.

Ich verfluchte die Gedankenlosigkeit, die mich in diese dämliche Situation gebracht hatte. War es schon schmerzlich, den Spielverderber spielen zu müssen, so besonders in diesem geradezu meisterlichen Spiel. „Ich könnte euch eine Rose aus diesem Strauß anbieten, damit sie euer Herz erfreut."

Die vier sahen sich eine Weile ratlos an. „Die Rose gehört Euch nicht. Ihr stehlt sie der Dame, der sie gebührt. Das ziemt keinem Ritter!" Der Zauberer unterstrich die hehren Worte mit einer ablehnenden Geste großen Stils. Die anderen drei sahen ihn begeistert an.

„Gebt uns einen Taler, Herr, und wir wollen uns begnügen", sagte die Zigeunerin in forschem, ja forderndem Ton.

„Und die Welt soll nichts vom schändlichen Handel erfahren, den Ihr uns angetragen habt", setzte der Narr mit talentierter Sprache hinzu.

„Ich habe kein Geld bei mir."

„Das ist eine Finte. Geld her, oder Tinte!" Mit diesen Worten zog der Zauberer eine Pistole unterm glitzernden Umhang hervor.

Ich war noch auf der Suche nach einer witzigen Erwiderung, als mich ein satter Strahl traf. Entsetzt folgte ich auch den drei folgenden Stößen. Der erste hatte den offenen Mantel getroffen, der zweite und dritte Jackett und Hose, der vierte traf mich - gut gezielt - unterm Kinn auf Fliege und weißem Hemd. Das satte Blau verlief zu gigantischen Flecken.

„Der, der auf Lüge sinnte, der sitzt nun in der Tinte!" Den ersten Teil des Satzes hatte die Zigeunerin mit viel Pathos begonnen, den zweiten Teil grölten - bereits auf der Flucht - alle zusammen.

Ich lief ihnen nach. Als ich die Stimme wiedergefunden hatte, schrie ich: „Das ist kein Spaß, ihr Rotzer!" Mir war klar, dass eine Verfolgung sinnlos war. Was sollte ich auch mit dieser Bande anfangen? Am Ende hätte ich nur die Rosen ruiniert. Atemlos blieb ich stehen.

Eine alte Frau wackelte mir entgegen. Beschwichtigend hob sie die Arme. „Sie wollen den süßen Kleinen doch nichts antun", sagte sie mit samtener Stimme. Alles an ihr schien aus Samt zu sein, der olivgrüne Lodenmantel, das keck sitzende Filzhütchen in gleicher Farbe mit Federstrauß, die schwarzen Wildlederstiefel mit dem Fellbesatz. Sie sah aus wie die überaus elegante Erscheinung eines lebendig gewordenen Räuchermännchens in seiner weiblichsten Form.

Die Empörung kochte auf. „Süßen Kleinen? - Sehr süß! Die sind skrupellos; ohne Maß. Die haben wahrscheinlich keine Ahnung, welchen Schaden sie anrichten mit diesem Blödsinn. Ich möchte wissen, wer ihnen das beibringt." Zornig schlug ich auf die befleckten Stellen.

„Das Leben, junger Mann", sagte sie unerwartet suggestiv. „Sie schauen es dem Leben ab. - Kinder sind die Boten Gottes. Wissen Sie das nicht?"

Ich konnte mich nicht erinnern, je ein Gesicht gesehen zu haben, in dem Güte und Wärme und Fröhlichkeit in solch friedlichem Ausdruck zusammenklangen. Um diese Alte schien jegliche Unbill des Lebens einen großen Bogen gemacht zu haben. Sie lebte auf einem anderen Stern. Wann traf diese Beschreibung besser als hier? Alle zornige Rede prallte von ihr ab, nein, sie erreichte sie gar nicht.

„Sie dürfen den Glauben an das Gute nicht verlieren, mein Lieber. Auch wenn man genau hinsehen muss, es ist da. Und noch das meiste Böse in der Welt entsteht im verzweifelten Bemühen um das Gute. Gehen Sie hin und sorgen Sie sich fortan mehr um die Befleckung der Seele, denn die wird nicht so leicht verschwinden wie die Ihres Anzugs." Bei diesen Worten legte sie mir die kleine, warme Hand auf die Brust. „Sie haben ein starkes Herz. Aber es muss ruhiger werden. Vieles ist, wie es ist, und wird auch immer so bleiben. Manches aber ist ganz anders, als man denkt. Darum sorgt man sich so oft in die falsche Richtung. Mögen Ihre Sorgen so schnell vergehen wie die Flecken auf dem Hemd." Mit kleinen, sicheren Schritten wackelte sie von dannen.

25

Ich wünschte mir die kleine Hand auf meine Brust zurück. Sie hatte eine zauberhaft beruhigende Wirkung gehabt. Jetzt tobte es umso heftiger in mir. Es war fast unmöglich, in all dem Gekreisch der Biester im Kopf einen vernünftigen Gedanken zu fassen. So, wie ich aussah, war es sinnlos, mein ursprüngliches Vorhaben weiter ins Werk setzen zu wollen. Warum hatten die Rotzer keine rote Tinte genommen? Dann hätte ich mich nur in den Rinnstein legen und warten müssen.

Je länger ich auf die Flecken starrte, je stärker wurde der Eindruck, dass sie verblassen.

Ein sich blähender Gedanke drängte sich mir auf: Die Alte hat mir keine Laune über den Weg geschickt!

Ich eilte ihr nach. Wie ein Büttel schlich ich um Hausecken, duckte ich mich in Nischen oder hinter parkende Autos. Mir war es gleich, welchen Eindruck mein Verhalten auf andere Passanten macht. Ein Rosenkavalier bei der Verfolgung einer Siebzigjährigen.

Ein paarmal drehte sich die Alte um. Rechnete sie damit, verfolgt zu werden? Sie war erstaunlich gut zu Fuß. Nachdem sie einen großen Bogen durch verwinkelte enge Gassen gelaufen war, näherte sie sich beinahe wieder jener Stelle, an der wir uns begegnet waren. Sie lief an einer langen geraden Hecke entlang. Wieder drehte sie sich um. Wieder duckte ich mich ins Strauchwerk.

„Spielt ihr Verstecken?" Eine kleine Rotznase im Mauskostüm schaute mir direkt in die Augen.

„Nein, ich habe nur grad was verloren", lenkte ich ab.

Die Rotznase blieb stehen. Also tat ich so, als wenn ich etwas suche. Da ich - hockend - zwischen den Beinen herumtastete, fiel mein Blick auf die Hose. Ich fuhr auf. Der Fleck war weg. Auch alle anderen Flecken hatten sich randlos in nichts aufgelöst. Mir wurde heiß. Das gibt es nicht! Blitzlichtartig schossen mir die Worte des kantigen Missionars in den Sinn: Wir Ungläubigen machen einen großen Fehler, wenn wir Gott verspotten, weil er uns kein Zeichen sendet, und dann lieber vor die Hunde gehen, als das Zeichen wahrhaben zu wollen.

„Was suchst du denn?" Die kleine Maus sah mich an wie den gestiefelten Kater.

Die Alte war - am anderen Ende der Hecke angelangt - in die Hauptstraße eingebogen. Ich rannte los, um den Rückstand aufzuholen. An der Straßenecke sah ich mich hektisch um. Ich hatte sie verloren, verdammt. Nach allen Seiten Ausschau haltend, lief ich weiter. Weit konnte sie unmöglich gekommen sein. Entweder wohnte sie hier, oder aber sie war in ein Geschäft gehuscht. Vorsichtig - ohne die Straße aus den Augen zu lassen - inspizierte ich die Ladenräume. Um diese Tageszeit war nicht viel los. Entsprechend schnell war ich mit der Suche zu Ende. Ich betrachtete die Gebäude und versuchte, die Erscheinung der alten Frau einem Haus, einem Eingang, einem Fenster zuzuordnen. Wie und wo wohnt ein Wesen von solch sonnigem Gemüht? Inmitten eines alten Waldes an einem stillen See in einem verspielten Häuschen mit wild blühendem Garten …

Wieder besah ich Mantel und Hemd. Eine handbreit unterm Kinn, da, wo ihre Hand gelegen hatte, war der Fleck am grässlichsten gewesen. Selbst wenn ich den Stoff ganz nah an die Augen führte, selbst im hellen Licht dieses vorfrühlingshaften Tages war nicht die geringste Spur einer Verfärbung oder auch nur eines Schattens derselben zu erkennen.

Hatte jemand vor, mich in den Wahnsinn zu treiben? Evelin, der kantige Missionar, die alte Frau - das überforderte doch selbst den blindesten Zufall.

Ich fuhr zusammen. Wie erstarrt blieb ich stehen. Fast wäre ich grübelnd am langen Schaufenster der Konditorei vorbeigelaufen. Ganz langsam ging ich einige Schritte rückwärts, um nicht doch noch entdeckt zu werden. Die dichte Blumenbank, die einen Teil des Schaufensters einnahm, bot mir Schutz.

Sie konnte noch nicht lange sitzen, denn eben rückte sie das kleine Hütchen zurecht. Nun langte sie nach der Karte. Acht Augen hingen gespannt an ihren Lippen. Ein Schalksnarr, ein Zauberer, eine Zigeunerin und ein kleiner Kater mit buschigem Schwanz. Nachdem die Alte in der Manier einer Dame bestellt hatte, legte sie los.

Auch wenn ich durch die gewaltige Scheibe nichts hören konnte, aus der Gestik war unschwer zu erkennen, worüber sie sprach. Überdies wäre es leicht zu erraten gewesen. Ich sah sogar, an welcher Stelle des Dialoges sie sich befand. Eben legte sie die Hand auf die Brust der Zigeunerin, und ihre Lippen formten in genau derselben Abfolge, in gleichem Ausdruck und gleichem Rhythmus die mir vertrauten Worte. Beifall und Gelächter der vier drangen dumpf durch die Scheibe.

Die Alte schob lächelnd ihren Hut zurecht, ohne seine Lage wirklich zu verändern. Die Zigeunerin legte ihre Hand auf die Brust des Narren und wiederholte die Worte der Meisterin, die nur einmal unterbrach, um ihr den Satz noch einmal vorzusprechen. Reihum sprach jeder die bedeutsamen Worte unter der strengen Aufsicht und Kritik der alten Dame. Auch die Geste wurde geprobt, bis die Meisterin zufrieden war. Und erst wenn es ganz gelang, nickten alle zustimmend.

In mir stieg eine Wärme auf, wie ich sie seit dem ersten Kuss nicht mehr gespürt hatte. Die Viecher schwirrten davon. Im Kopf wurde es ganz ruhig. Die Gedanken schoben sich wohltuend geordnet wie ein magisches Puzzle erst über-, zuletzt ineinander. Das Bild wurde immer deutlicher. Es waren die mit blauer Tinte geschriebenen Worte: *Manches aber ist ganz anders, als man denkt.*

Ich riss eine Rose aus dem Strauß. Die Frau hinterm Tresen war eben dabei, fünf Eisbecher mit allerlei Schnickschnack zu verzieren. Aus der entlegenen Ecke vernahm ich die um Ausdruck bemühte Stimme der Zigeunerin. Ich langte über den gläsernen Tresen und legte die Rose aufs Tablett. „Ich bitte Sie, mich nicht zu verraten", flüsterte ich geheimnisvoll. „Geben Sie die der alten Dame mit der wärmsten Empfehlung eines großen Verehrers ihrer Kunst."

Ich beeilte mich, unbemerkt aus der Konditorei zu kommen. Es war fast zehn Uhr. Sicher hielt mich Irene bereits für leichtsinnig.

26

Erst kam das Fenster, dann der wenn auch noch wankelmütige Entschluss. Zögerlich stand ich vor der alten Haustür. Vielleicht hätte die Unsicherheit Oberhand gewonnen, wenn sich nicht plötzlich die Tür geöffnet hätte und zwei Vermummte - mich in eine Wolke Konfetti hüllend - an mir vorbeigetobt wären. Ich trat in den dunklen Flur. Der Laden war leer. Wieder hatten die strittigen Parteien in mir Gelegenheit, die Entschlusskraft auf die Probe zu stellen. Die Skepsis obsiegte.

Aber just in dem Moment, da ich mich zum Gehen wandte, schlurfte der Schäfer heran. Als er mich sah, errötete er wie ein Jüngling vor oder nach dem ersten Kuss. Ich begriff meinen Leichtsinn und folgte dem Schäfer in der ungewollten Demonstration der Scham.

Ganz flüchtig sah er über den Brillenrand. „Die sind doch nicht etwa für mich?"

Jetzt einen Rückzieher zu machen, hätte ihn noch mehr beschämt, denn was ist peinigender als die Scham über eine unangebrachte oder irrtümliche Scham? „Meine Frau, also auch meine Frau hielt es für angebracht, dass wir uns auf diesem Weg für das Schaukelpferd bedanken", stotterte ich. „Wenn es schon nicht käuflich ist."

Wie nebenbei und ohne mich anzusehen nahm er die Blumen. „Es geht ihm gut?" Die Geste, mit der er den Strauß beiseite legte, hatte etwas Kränkendes. Einen Scheit Holz konnte man nicht liebloser und gleichgültiger aus dem Weg schieben.

Ich dachte an Irene und Evelin und die ermahnenden Worte des vorlauten Zauberers. Die Enttäuschung überspielend, sagte ich: „Mein Sohn ist regelrecht verliebt. Er schwärmt fast alle Tage, wie es schaukelt und lacht."

Das verlegene Lächeln des Schäfers schien wie eingefroren. Die Augen passten nicht mehr dazu, gerade so, als hätte jemand das Gesicht falsch zusammengesetzt, wie in diesen Bilderbüchern, in denen man geteilte Tiere beliebig miteinander kombinieren kann. Er nickte. Sein

Blick glitt an mir ab und auf, ohne mein Gesicht einzubeziehen. „Sie haben sich doch nicht wegen mir …"

„Es passte irgendwie besser. Wir sind Ihnen sehr dankbar." Die Worte „Es ist doch heut Fasching" hätten nicht viel blödsinniger geklungen.

„Karlchen hat schon ein eigenes Kinderzimmer?"

„Ja. Er hat das Schaukelpferd gleich in sein Reich geschleppt. Sie sind unzertrennlich. Fast möchte man eifersüchtig werden."

Das Lächeln des Schäfers folgte nun dem Ausdruck der Augen. Es löste sich auf. „Unzertrennlich", murmelte er. Nach wenigen Augenblicken gelang es ihm, das Lächeln wieder richtig zusammenzusetzen. „Irgendwann trennen sie sich noch von jedem Spielzeug. Dann landet der Kram früher oder später auf dem Müll oder bei mir." Er lachte ein unbefangenes, offenes Lachen.

„Gott sei Dank!", lachte ich zurück. „Nochmals vielen Dank!"

„Keine Ursache", murmelte er verlegen. Aber da klang noch etwas anderes mit, ohne dass ich hätte sagen können, was.

Ich fasste mir ein Herz. „Sagen Sie, so eine Art Zaubertinte, haben Sie so was?"

„Die, die man erst sieht, oder die, die erst unsichtbar ist?" Er fragte, als sprächen wir von der selbstverständlichsten Sache der Welt.

„Die, die man erst sieht", sagte ich verdutzt.

„Zwei Euro für zwanzig, zehn für hundert Milliliter. - Brauchen Sie viel?"

„Nein, warum?"

„Sie können das Zeug leicht selbst herstellen. Das ist auch viel aufregender für Karlchen. Ich schreib's Ihnen auf, wenn Sie wollen." Ohne meine Zustimmung abzuwarten, schrieb er die Rezeptur auf einen Zettel. „Weingeist, destilliertes Wasser und Soda kriegen Sie in der Drogerie. Nur Thymolphthalein müssen Sie im Chemikalienhandel besorgen." Er sah auf die Blumen. „Oder warten Sie." Schlurfend verschwand er im Nebenraum. Schlurfend kehrte er nach wenigen Minuten zurück. „Da. Das sind zehn Gramm. Kostet Sie nix." Er reichte mir eine kleine Tüte mit Gleitverschluss.

Ich betrachtete skeptisch das weiße Pulver.

„Ist völlig harmlos, das Zeug", sagte er, ohne mich anzusehen.

„Wie ist das möglich?"

Er hob den müden Blick über den Brillenrand. „Wie ist w a s möglich?"

„Wie kann Farbe einfach so verschwinden?"

„Wie der Teufel", sagte er geheimnisvoll, „auf dem gleichen Weg, wie sie aufgetaucht ist." Er lachte wie ein Gaukler nach einem gelungenen Trick. „Das ist Laien nicht leicht zu erklären", fuhr er sachlich fort. „Vielleicht kennen Sie aus dem Chemieunterricht noch die verschiedenen Mittelchen, mit denen sich der pH-Wert bestimmen lässt. - Sauer oder basisch", setzte er hinzu, um mir auf die Sprünge zu helfen.

„Ja." Mir kamen exotische Begriffe wie Lackmus und Phenolphthalein in den Sinn.

„Thymolphthalein ist so ein Zeug. Mit Weingeist vermischt ist es farblos. Das destillierte Wasser brauchen Sie nur, um Fleckränder zu vermeiden. Wenn Sie Soda dazugeben, steigt der pH-Wert auf über neun. Die Flüssigkeit wird blau. Das Kohlendioxid der Luft reagiert mit dem Wasser der Tinte zu Kohlensäure. Binnen Minuten sinkt der pH-Wert, und der Fleck löst sich in Nichts auf. So einfach."

„Aber Farbe kann doch nicht einfach so kommen und gehen."

„Das zu kapieren, müssten Sie Chemie und Physik studieren. Und selbst dann …"

„Sie könnten es erklären?"

Er atmete schwer. Nachdem er mich lange über die Brille hinweg gemustert hatte, sagte er: „Je nach Maß Ihrer Auffassungsgabe würde das eine halbe oder ganze Stunde in Anspruch nehmen. Sie würden Dutzende Fachbegriffe und ihre Erklärung über sich ergehen lassen müssen, bis Ihnen die Ohren glühen. Wenn Sie Glück haben, können Sie es dann nachvollziehen, vielleicht sogar verstehen. Aber spätestens an der Tür hätten Sie alles wieder vergessen. Mag sein, dass die Gewissheit bliebe, dass alles seine Richtigkeit hat, aber die kriegen Sie ebenso gut, wenn Sie das Zeug mischen und es selber ausprobieren. Also ersparen Sie sich und mir die Strapazen."

„Sie haben recht", sagte ich kleinlaut. „Entschuldigen Sie."

„Sie müssen sich nicht entschuldigen", murmelte er müde. „Farben entstehen - einfach gesprochen - durch Zerlegung des weißen Lichtes, also dem Spiel von Absorption und Reflexion." Mit den Händen demonstrierte er das ein- und ausfallende Licht auf der Ladentafel. „Je nachdem, welche Wellen von der Reflexionsfläche einbehalten und welche wieder fortgelassen werden, bildet sich die Farbe. In Ihrer Tinte werden - der unterschiedlichen chemischen Zusammensetzung entsprechend - die Absorptionseigenschaften verändert und damit auch die Farbe. Einfach gesprochen."

„Danke. Das haben Sie gut erklärt." Das war ganz ehrlich gemeint. Ich glaubte, ihn tatsächlich verstanden zu haben.

Er reichte mir den Zettel. „Viel Spaß. Und grüßen Sie Karlchen, und Ihre Frau natürlich auch. - Und danke für die Blumen." Noch einmal sah er mir flüchtig in die Augen.

Auf der Straße las ich den Zettel. *2 g Thymolphthalein; 20 ml Weingeist (90 %); 20 ml destilliertes Wasser; 6 g Natriumcarbonat (Soda).*

Seit zwanzig Jahren ist Tinte mein Arbeitsmittel. Ich beschreibe mit dieser Tinte die *Wege auf Gott* und habe nicht die geringste Ahnung, wie ihre Farbe zustande kommt. Und bei all dem halte ich mich für bescheiden.

Ohne Blumen hatte es keinen Sinn, bei Irene aufzukreuzen. Zudem schwirrten wieder diese Viechter im Kopf herum. Ich ging heim, um Kleingeld und Süßkram zu holen. Im Wohnzimmer stand das Schaukelpferd, so wie es Karlchen verlassen hatte.

Manches aber ist ganz anders, als man denkt. Erst jetzt, angesichts des Schaukelpferdes, wurde mir bewusst, warum mir dieser Gedanke so gut getan hatte. Was aber hieß in meinem Fall *anders, als man denkt?* Ich hatte in manche Richtung gedacht und war doch immer nur zu noch verworreneren Erklärungen gelangt. Einen Gedanken hatte ich bisher nicht zugelassen: Dass das, was Evelin gesehen haben wollte, tatsächlich geschehen ist. Der Gedanke war so absurd, dass ich mich auch jetzt gegen ihn sperrte. Gesetzt den Fall aber, dass es sich so verhält, würden sich dann nicht alle Verwirrungen mit einem Schlag lösen? Evelin wäre weder verrückt noch eine falsche Schlange noch mit dem Missionar im Bunde. Einziger Nachteil dieser Variante war, dass ich der Obertrottel wäre. Aber welche Kraft sollte dieses Ding all das tun lassen, was Evelin beschrieben und der Missionar bestätigt hatte? Selbst eines Gottes wären solche Spielchen ganz und gar unwürdig. Er konnte in allen Sprachen der Welt sein Vermächtnis an den Himmel schreiben, wenn er sich denn über fehlende Aufmerksamkeit beklagen will. Welche Rolle spielte der Schäfer? Dass er sich Karlchens Namen gemerkt hatte, konnte Zufall sein. Aber er kannte nicht nur die Zusammensetzung von Zaubertinte, er hätte mir aus dem Stand einen Vortrag über völlig abwegiges Zeug halten können. In der Manteltasche fühlte ich die Tüte mit dem weißen Pulver, dessen Namen ich - ganz wie vom Schäfer vorhergesagt - vergessen hatte; ein Zeug, mit dessen Hilfe sich eine Farbe mischen ließ, die durch die Berührung mit Luft unsichtbar wird.

Hinter dem Pferdchen gab das große Balkonfenster den Blick auf das Ärztehaus frei, das vor einer Generation Poliklinik geheißen hatte und vor zwei weiteren Generationen ein Schulgebäude gewesen war, in dem man Mädchen und Knaben bis hin zu den Eingängen strikt getrennt gehalten hatte. Das mächtige Gebäude versammelte fast alle medizinischen Fachabteilungen. Bis auf die Gynäkologie hatte ich irgendwann mit allen schon einmal Bekanntschaft gemacht.

Die Tragweite des Entschlusses bedenkend, bezichtigte ich mich, wahnwitzig zu sein. Was mich aber nicht davon abhielt, den Schieber des Reißverschlusses bis ans Ende zu ziehen. Mit vollem Portmonee in der einen, einer noch volleren Tüte Schokoladentoffees in der anderen Manteltasche, verließ ich die Wohnung. Das Schaukelpferd unterm Arm bimmelte leise bei jedem Schritt.

27

Die Aufnahme der radiologischen Abteilung hatte bereits geschlossen. Ich winkte den beiden Schwestern, die wohl gerade die letzten Vorbereitungen trafen, um in die Mittagspause zu gehen, durch die automatische Schiebetür. Sie wiesen mich - resolut kopfschüttelnd - ab. Ihr gestresster wie ungehaltener Ausdruck ließ wenig Raum für Hoffnung. Ich hob das gelb verhüllte Seepferdchen flehend gegen die Scheibe. Die junge Schwester verzog den Mund. Nach einem kurzen Wortwechsel mit der älteren, auch korpulenteren Kollegin öffnete sich die automatische Tür.

Hastig trat ich ein. Das auf dem Tresen abgestellte Spielzeug wirkte wie ein Magnet. Noch ehe ich meine Begrüßung zu Ende gestammelt hatte, standen die beiden Damen ganz nah an dem für sie rätselhaften Ding.

„Ich bin mir ganz und gar im Klaren, dass mein Anliegen ungewöhnlich ist. Ich bitte Sie trotzdem sehr, mir zuzuhören."

„Wenn Sie bitte dabei bedenken wollen, dass Sie unsere Mittagspause kürzen", unterbrach mich die korpulente Dame in Weiß.

„Nur eine Minute", beeilte ich mich.

„Was haben sie da?", fragte ungeduldig die jüngere, auch schlankere der beiden.

„Ach ja." Bedächtig zog ich den Reißverschluss auf, ohne die Gesichter der beiden aus den Augen zu lassen.

Sie schauten entzückt. „Sind Sie Vertreter?"

„Verkaufen Sie die?"

Beide Fragen waren - zumindest aus meiner Garderobe folgernd - durchaus berechtigt. „Nein", sagte ich unsicher. „Ich möchte es röntgen lassen. Ich komme selbstverständlich für alle Kosten auf."

Die junge Schwester hielt sich beide Hände vor den prustenden Mund.

„Sie wollen uns verarschen, oder?", warf die Erfahrenere der beiden ein.

„Was hat es denn?", versuchte die junge Schwester den Spaß ein wenig in die Länge zu ziehen.

„Sie, dass ist hier nicht der Ort für Faschingsgags. Wir sind eine medizinische Einrichtung." Sowohl der Humor selbst als auch die Schmerzgrenze desselben waren bei den beiden Damen offensichtlich sehr unterschiedlich ausgeprägt.

Ich hielt mich an die Humorvollere. Mit todernster Miene und einer Stimme, wie man sie gewöhnlich Butlern in den Mund legt, sagte ich, die letzte Bemerkung ignorierend: „Ich mache mir Sorgen um meinen Sohn.

156

Er behauptet, dass er Punkt Mitternacht von einem Lachen erwacht, einem Kinderlachen und einem Klingeln."

Die junge Schwester sah mich entsetzt an, die andere verzog das Gesicht zu einem Ausdruck zwischen Skepsis und Abscheu.

Ich schaukelte das Seepferdchen langsam auf, bis das Glöckchen klang. „Die Augen beginnen zu leuchten. Das Maul nebelt." Ich hob die Stimme. „Das Lachen reißt ab. Dann stürzt es nach vorn! - und weint blutige Tränen", setzte ich leise hinzu, nachdem meine Stimme ein beängstigendes Forte erreicht hatte.

Die junge Schwester starrte mich mit feuchten Augen an. Die andere schaute unverändert skeptisch. Als sie meinem Blick begegnete, sagte sie: „Und jetzt wollen Sie wissen, ob es etwas Gefährliches gefressen hat."

„Rita!"

„Der verscheißert uns nach Strich und Faden."

Ich wehrte ab. „Mein Sohn … Das hat mein Sohn erzählt."

„Darf ich fragen, wie alt er ist?", fragte sie nüchtern.

„Reichlich drei."

„Dann nehmen Sie Ihren Sohn und bringen Sie ihn zu einem Kinderpsychologen!"

„Das werde ich tun", beeilte ich mich zu sagen. „Genau das werde ich tun!" Beschwörend hob ich die Arme. „Wenn ich sicher bin, dass er phantasiert."

Die junge Schwester öffnete entgeistert ihren Mund.

Die den Jahren nach erfahrenere Kollegin atmete tief ein und aus. Dann sprach sie hastig: „Wenn Sie wollen, gebe ich es Ihnen schriftlich - mit Stempel. Vielleicht schauen Sie gelegentlich auch mal bei einem Psychiater vorbei." Sie lächelte demonstrativ.

Die Nebentür ging, und eine dritte Fee in weiß schaute herein. „Kommt ihr?" Da die Angesprochenen einen recht erstarrten Eindruck machten, nahm sie auch den

Rest des Raumes in Augenschein, zuletzt das Seepferdchen und mich. „Oh. - Hübsch." Die einsilbigen Laute
der Bewunderung galten leider beide dem Spielzeug.
Fragend schaute sie die beiden Aufnahmeschwestern an.
Die Antworten, die in den Gesichtern standen, fielen zu
unterschiedlich aus.

„Für die Kinderecke im Warteraum?", riet sie.

„Er will, dass wir eine Aufnahme davon machen",
sagte die jüngere, sich gleichsam entschuldigend.

Die Hinzugekommene trat hastig auf das Seepferdchen zu. „Die Bude ist voll. Jetzt geht es auf gar keinen
Fall." Sie betrachtete das Schaukelpferd entzückt von
allen Seiten. „Haben Sie das gebaut?"

Ich schüttelte den Kopf.

„Wollen Sie wissen, wie lang die Schrauben und Dübel sind?"

Ich nickte. Vom jähen Umschwung der Situation
einmal abgesehen, überraschten mich das technische
Verständnis und die Auffassungsgabe. „Das würde mir
schon genügen", sagte ich, halb zur korpulenten
Schwester gewandt, die nun genervt dreinschaute, aber -
warum auch immer - nicht widersprach.

„Macht zwanzig Euro. Schreiben Sie hier Ihre Telefonnummer auf. Wir rufen Sie an." Sie legte einen Zettel auf den Tresen, wartete, bis ich die Nummer geschrieben hatte, klebte den Zettel auf den Sitz des
Pferdchens und stellte es samt Bezug auf ihrer Seite
unter den Arbeitstisch. Ihr Auftritt hatte bis jetzt nur ein
paar Sekunden gedauert. Lächelnd erwartete sie den
Schein.

Auch die Aufnahmeschwestern lächelten. Vielleicht
war wenigstens bei der jüngeren ein wenig aufrichtige
Freude dabei, geholfen zu haben.

Den Schein in der Hand, deutete die geschäftstüchtige
Helferin auf die Tür, die sich noch einmal - wie von

Geisterhand bedient - auftat und hinter mir wieder schloss.

Ich hatte mir die Sache teurer vorgestellt.

In die Wohnung zurückgekehrt, stieg meine Aufregung. Irene wartete. Evelin drohte verloren zu gehen. Im Kopf schwirrte es. Ich saß ungeduldig vorm Telefon. Warum hatte ich nicht gefragt, auf welche Wartezeit ich mich etwa einstellen muss? Es konnte Abend werden. Vielleicht schafften sie es ja erst nach Schließung der Praxis.

Ständig wechselte die Herrschaft im Widerstreit der Gedanken. Sollte ich mich über den Sieg freuen, den ich über die skeptische, also durchaus vernünftige Schwester errungen hatte? Sollte ich ihrem Rat folgen? Zwanzig Euro waren ein lächerlicher Preis für die Gewissheit. Aber war nicht schon der Glaube an die Möglichkeit absurd und ein Fall für den Psychiater?

Ich legte den Mantel ab. Der Versuch, mein Verhalten von außen, also von einer neutralen Warte aus zu beurteilen, führte zu einer deprimierenden Einschätzung: Ich riskierte den Verlust des liebsten Menschen, weil ich auf einen Anruf wartete, der Auskunft darüber geben soll, ob sich ein Schaukelpferd lachend, nebelnd und weinend bewegen und - seinen Schwerpunkt überwindend - auf die Schnauze stellen kann.

Ich bin so weit. Ich habe zwar keine Ahnung, wofür, aber ich bin zweifellos so weit. Vermutlich sitzen gerade drei Frauen in einer Kantine oder Kneipe, die sich über den Blödmann scheckig lachen, der zwanzig Euro springen lässt, um ein Spielzeug röntgen zu lassen, weil der Sohn zu lange vor der Glotze sitzt. Vermutlich bezahlen sie mit dem Geld das Essen, das sie sich neben der neckischen Plauderei schmecken lassen, während drei Kilometer weiter eine Frau verzweifelt versucht, ihre Tochter davon abzuhalten, aus dem Haus zu gehen, um die Ankunft eines Idioten nicht zu verpassen.

Ich nahm den Hörer und wählte die Nummer. Irenes Stimme erklang, aber nur vom Band. Ich legte auf. Was sollte ich sagen? Ich wiederholte es wieder und wieder, immer in der Besorgnis, während dieser Versuche den Anruf aus der Radiologie zu verpassen. Warum ging Irene nicht ans Telefon? War sie mit ihrer weiblichen List schon am Ende? War Evelin gegangen, ohne die Einwände der Mutter überhaupt anzuhören? Aber dann hätte Irene anrufen müssen, um mir den sinnlosen wie frustrierenden Gang zu ersparen.

Das Trinken erfolgt in einem schnellen, geraden Gleitflug, wobei der Körper einen Winkel von etwa zwanzig bis fünfunddreißig Grad zur Wasseroberfläche bildet. Die Flügel werden dabei in v-Stellung gehalten. Der Schnabel taucht auf einer Strecke von ungefähr einem halben Meter ein und nahezu gleichzeitig mit dem Öffnen des Schnabels werden die Schwanzfedern abwärts gedrückt.

Im Polster des Sessels versunken, musste ich eingeschlafen sein. Das Telefon weckte mich aus tiefem Schlaf. Fast noch blind torkelte ich zum Apparat. „Ja?"

„Die Aufnahmen sind fertig. Sie können sie abholen." Die Stimme klang weder heiter noch genervt.

„In einer Minute bin ich da." Ich schlug mir kaltes Wasser ins Gesicht, bis ich ganz bei Sinnen war, und stürzte los. Mit rasendem Herzen sprang ich die Treppe zum Eingang hinauf, der einst nur von Knaben hatte benutzt werden dürfen. So, wie ich gekleidet war und wie ich mich bewegte, hätte ich die Passanten zur Mutmaßung verleiten können, da habe einer in der Aufregung die Geburtsklinik verfehlt.

Die Angestellte, die mir gegen Bares geholfen hatte, empfing mich vor der automatischen Tür der Aufnahme. Sie hatte ihren Kasack abgelegt und mit ihm die Bemäntelung einer beeindruckenden Figur. Kleine, feste Brüste zogen meine Blicke auf das enge T-Shirt.

„Kommen Sie." Sie öffnete eine für Besucher gesperrte Tür und führte mich - das Aufnahmezimmer umgehend - in den Hauptgang der Abteilung. Das sportliche wie anmutige Spiel des Hinterns in der Strechhose konnte einem Mann, der sich in Not befand, schon den Atem verschlagen. Entsprechend rang ich nach Luft. Sie mochte so alt sein wie Evelin. Mit schnellen Schritten ging sie auf eine Tür zu. Ich hatte gerade noch Zeit, das Schild neben der Tür zu lesen: *Monika Erkhausen, Dr. med. Radiologie.* Sie zog mich mit festem Griff in ihr Zimmer und schloss die Tür. Bei diesem Manöver war ich in ihren Dunstkreis geraten. Solche Düfte gehören sich nicht für medizinisches Personal; sie gehören sich überhaupt nicht im Dienst! Genaugenommen gehören sie sich …

Sie hatte schwungvoll einen Bogen um mich vollführt und stand nun hinter ihrem Schreibtisch. „Es war nicht so einfach, eine Aufnahme zu machen, auf der auch etwas zu erkennen ist. Ich habe zwei gemacht, eine von der Seite und eine von oben." Sie zog die Folieblätter aus einem großen Umschlag. „Die beiden Unterteile sind wohl identisch. Ich habe sie nicht einzeln röntgen können."

Der Ernst ihrer Stimme, ja, überhaupt die Umstände, die sie sich mit mir machte, ließen mich ahnen, dass auf den Folien nicht nur Schrauben und Dübel zu sehen sind.

Sie sah mir lange ins Gesicht. Ich hatte Angst, dass sie die unkeuschen Gedanken sehen könnte, die dahinter aufflackerten. Ja, sie war schön, besonders jetzt, da sie sich konzentriert, forschend, zweifelnd und zurückhaltend empört zeigte. Das fein geschnittene Gesicht unter den wild gelockten, aber kurzen, fast schwarzen Haaren hatte etwas Zerbrechliches und zugleich Spitzbübisches. „Sie wissen natürlich, was darauf zu sehen ist", sagte sie schließlich.

„Warum hätte ich Sie dann behelligen sollen?"

„Vielleicht, um sich interessant zu machen?" Als wenn sie selbst über die in dieser Unterstellung mitschwingende Selbstverliebtheit gestolpert wäre, setzte sie hinzu: „Immerhin eine spannende Geschichte."

Ich erstickte ein bitteres Lachen. „Ich habe Sie vorhin zum ersten Mal gesehen. Ich hatte keine Ahnung, dass Sie …"

„Sie wollen mich nicht - aus bloßer Dankbarkeit - zum Essen einladen oder so?"

Wenn sie es kokett oder schnippisch gesagt hätte, wäre mir wohler gewesen, aber sie sagte es unverändert ernst, wie in einem Verhör. Die letzte Frage stellte mich zudem - in der Konstellation der Umstände - vor eine schier unlösbare Aufgabe. Bejahte ich, hatte sie mich - als was auch immer - entlarvt, verneinte ich, würde ich sie kränken, außerdem würde ich undankbar erscheinen, und schließlich: Ich würde lügen. „Ich halte das für eine gute Idee, aber nur, wenn Sie mir glauben, dass es Ihre Idee ist." Ich hatte zunehmend Mühe, ihrem Blick standzuhalten, also sah ich auf ihre zarten Hände, in denen die Folien leicht zitterten.

Sie warf sie impulsiv vor mich hin. „Bitte." Mit den freigewordenen Händen wies sie ungehalten auf den Lichtkasten an der Seitenwand.

Ich nahm die obere Folie. Was ich sah, genügte mir. Kaum eine Fläche war von gleicher Tönung. Kopf und Schwanz des Schaukelpferdes durchzogen unzählige Äderchen, die sich mit Quadraten und Kreisen verschiedener Größe verbanden. Ein großer, tiefschwarzer Kreis in der Mitte des Unterteils zog meinen Blick auf sich. „Was, zum Teufel, ist das?"

„Das herauszufinden, müssten Sie sich schon in die Chirurgie bemühen. - Soll ich Sie überweisen?"

War es der gequälte Ausdruck in meinem Gesicht? War es ihre Neugier? Machte es ihr einfach Vergnügen, mich mit ihrer Kombinierfähigkeit zu verblüffen? Wie dem auch sei. Ihre recht angestrengt wirkende Gefasstheit wich einer unverhüllten Erregung; ihr Sarkasmus machte der Empörung Platz. Sie nahm die Aufnahme vom Tisch, riss mir die andere aus der Hand und schlug beide mit versierter Geste an den Lichtkasten. Bei der Schnauze beginnend erklärte sie, mit energischer Hand auf die entsprechenden Stellen deutend: „Das sind die Kanäle für den Nebel. Die Nebelanlage. Im Auge die Leuchte und die winzigen Röhren für die Tränenflüssigkeit, die vermutlich zu einer Art Tank führen. Hier, hinter den Kiemen, das können Lautsprecher sein. Das Übrige sind wahrscheinlich Bauteile. Die großen Kreise sind die Pendel, die es zum Schaukeln bringen, hier, mit diesen Motoren. Wahrscheinlich sind die Pendel aus Blei, also schwer genug, um den Schwerpunkt so zu verlagern, dass es auch auf der Schnauze stehen kann. Das hier", sie wechselte zur anderen Aufnahme, die das Innere der Sitzfläche zeigte, „sieht sehr nach einem Rechner aus. Ich nehme an, dass das eine Festplatte ist. - Richtig?"

Abgesehen davon, dass sie viele Details ausgelassen hatte, das für den von Evelin geschilderten Ablauf Wesentliche hatte sie erklärt. „Klingt plausibel."

Wieder sah sie mich durchdringend an. Unvermittelt riss sie die Folien vom Kasten, steckte sie nicht gerade behutsam ins Kuvert und dieses unter meinen Arm. Dann stand sie an der offenen Tür. „Sie müssen mir natürlich nicht verraten, was es damit auf sich hat und wofür dieser Aufwand gut sein soll. Es hätte mich nur interessiert, es in Aktion zu sehen."

„Ich hab es selbst noch nicht gesehen", versicherte ich.

„D e n Teil der Geschichte nimmt Ihnen keiner ab, auch wenn er - zugegeben - besonders abenteuerlich klingt."

Ich hob bedauernd Stirn und Schultern. „Wahrscheinlich würde ich es auch nicht glauben. Haben Sie vielen Dank. Sie haben mir mehr geholfen, als Sie sich vorstellen können. Bin ich noch was für die zweite Aufnahme schuldig?"

Sie schüttelte den Kopf, ohne mich aus den Augen zu lassen. Sie war wirklich schön, und jetzt, da sie merkwürdig erregt oder auch nur enttäuscht dreinschaute, wirkte sie beinahe mädchenhaft. Nur schwer hätte man hinter diesem Gesicht eine gestandene, resolute Medizinerin vermutet.

„Grüßen Sie bitte die beiden Kolleginnen von mir. - Auf Wiedersehen."

„Wenn Sie bereit sind, mehr zu verraten. - Vergessen Sie nicht das Original." Ihre Selbstsicherheit war faszinierend.

Mit dem sorgsam verstauten Schaukelpferd unterm Arm ging ich auf die große für Besucher gesperrte Tür zu.

„Gehen Sie immer in dieser Aufmachung zum Arzt, oder nur zu Fasching?", rief sie mir nach.

Es war mehr als ein Wermutstropfen, diese in allem beeindruckende Frau so unzufrieden zurücklassen zu müssen. Wünschte sie sich ein solch romantisches Märchen? einen Mann, der wie ein Bräutigam gekleidet mit aberwitzigen Geschichten und komplizierten Geräten um ihre Aufmerksamkeit buhlt? In der Distanz wirkte sie engelhaft. Mir kamen so alberne Attribute wie 'rein' und 'unberührt', 'makellos' und 'unbefleckt' in den Sinn. Sie treffen alle nicht, was ich bei ihrem Anblick empfand. Sie hätte nackt durch diese Gänge wandeln können, ohne etwas von ihrem Nimbus zu verlieren oder sich etwas zu vergeben.

„Sie wären all das, was Sie mir unterstellen, wert gewesen." Ich wartete, bis die aufsteigende Röte ihr Gesicht zu vollendeter Schönheit geglüht hatte. Dann riss ich mich los.

28

Evelin war ganz und gar im Recht gewesen, ich im Unrecht. Das war das bittere Resümee dieses Tages. Es wurde nicht weniger bitter durch die Erkenntnis, dass ich einer unvorstellbaren Niederträchtigkeit zum Opfer gefallen war.

Ich spielte mit dem Gedanken, zum Schäfer zu gehen und ihm die Röntgenbilder auf den Ladentisch oder gleich um die Ohren zu hauen. Doch je länger ich mich in die beiden Aufnahmen vertiefte, je unwahrscheinlicher schien es mir, dass der kauzige Alte Urheber des schaukelnden Unheilstifters war. Auch wenn ich kaum eine Vorstellung, geschweige denn Ahnung von den technischen Raffinessen hatte, die sich hier in nur zwei Zentimeter dicken zudem mit Holz verkleideten Teilen zusammendrängten, sah ich sehr wohl, dass sich dieses Machwerk nicht in einem beliebigen Hinterzimmer fertigen ließ.

In mir wuchs der Drang, Evelin zu sehen, mich ihr vor die Füße zu werfen, Abbitte zu tun, zu erklären, was ich herausgefunden hatte. Wenigstens auf letzteres, auf die Idee und die beherzte Art, sie umzusetzen, konnte ich einigermaßen stolz sein.

Unter der Dusche keimte die Angst auf, den rechten Zeitpunkt zu verpassen. Ich zog mich salopp an und machte mich - das Kuvert unterm Arm - auf den Weg.

Der halbstündige straffe Fußmarsch durch die beginnende Dämmerung zehrte an den Kräften. Atemlos bog ich in die von der Hauptstraße weit eingerückte Siedlung ein und sah genau das, was ich befürchtet hatte. Evelin stieg eben in einen Wagen. Der Herr schlug behutsam die Tür zu, ging auf die andere Seite, stieg ein, startete. Ich trat zurück. Die Nobelkarosse glitt an mir vorüber, ohne dass einer der Insassen Notiz von mir genommen hätte. Zu spät. Noch lange pulste dieses „Zu spät" im Rhythmus meines Herzens durch die Adern.

Es war ein für die Jahreszeit milder Abend. Evelin hatte eines jener Kleider angezogen, die besonderen Anlässen vorbehalten waren. Ich stand da und verhechelte die emotionalen Wehen, die was auch immer aus mir austreiben wollten.

Sie hatte mir keine Chance gegeben, geschweige denn um unsere Beziehung gekämpft. Sie hatte einen Brief geschrieben und war ausgezogen, und damit war sie mit allem auch schon fertig gewesen. Das Aufblühen unserer Beziehung kann nur Selbsttäuschung gewesen sein. Selten erleben zwei Menschen - auch wenn sie schon ein Jahrzehnt miteinander leben - eine Situation gleich. Was für mich ein Aufblühen war, war für sie möglicherweise ein Abgesang, ein letztes Zuwenden und Genießen, bevor die Rose verblüht und ihren letzten Reiz verliert. War die Katastrophe mit dem Schaukelpferd hereingebrochen, oder setzte es nur den Endpunkt der sich für Evelin schon lang hinziehenden Katastrophe einer unter Alltäglichkeit und Langeweile und versumpften Gefühlen erstickenden Leidenschaft? Je länger ich nachdachte, je mehr Bitterkeit kam in die Gedanken.

Niedergeschlagen und müde und mit der Aussicht, auch die nächsten Tage und Wochen, vielleicht auch Monate allein einschlafen zu müssen, lief ich nach Haus. Aber was hieß schon 'nach Haus'?

Liebespaare, die die Milde des Abends auf die Straße getrieben hatte, kamen mir entgegen. Und selbst die Einzelgänger schnatterten vergnügt oder aufgeregt ins Telefon. Es war eine Viecherei.

Hundert Meter vor mir wackelte ein kleiner Räuchermann. Ich lief schneller, ohne zu wissen, was ich tun werde. Kurz bevor ich sie erreichte, bog sie in eine dunkle Gasse, die zwei helle Straßen miteinander verband. Man konnte sie nur zu Fuß passieren, entsprechend still und einsam war es hier.

Ohne im Geringsten die Folgen zu bedenken, drückte ich der kleinen Alten drei Finger in den Rücken und sagte ernst wie nachdrücklich: „Gehen Sie weiter. Drehen Sie sich nicht um. Machen Sie, was ich sage, dann passiert Ihnen nichts. Ich will nur das Geld, nichts weiter."

„Ich habe kein Geld", sagte sie ängstlich, den Gang leicht verzögernd. „Jedenfalls nicht soviel, dass es Sie zufriedenstellen könnte."

„Dann werden sich Ihre Kinder freuen, Ihnen aus der Patsche helfen zu können."

„Ich habe keine Kinder."

„Dann Ihre Enkel", schnarrte ich sie an.

„Ich hatte auch nie Kinder." Sie ging weiter. An der hellen Straße angekommen, blieb sie stehen. „Wohin nun?"

„Über die Straße und dann rechts", sagte ich rau.

Sie machte keine Anstalten, zu entkommen oder andere Passanten auf ihre Lage aufmerksam zu machen. Sie wackelte brav vor mir her. Linker Hand glitzerte die Elbe. Schräg hinter uns leuchtete die auch aus der Ferne beeindruckende Silhouette des historischen Stadtkerns. Wir liefen auf das schmale Eckhaus zu, das ein altes Wohn- und Geschäftsensemble eröffnete. In Dresden gibt es nicht viele Häuser, die so dicht am Ufer stehen wie diese hier. Die Wirtsleute des im Erdgeschoss des Eckhauses untergebrachten Restaurants wechselten oft. Derzeit bot es russische Küche in leicht verkitschter russischer Atmosphäre.

„Dort rein!", raunzte ich sie an.

Ohne zu zögern, betrat sie das Restaurant. Es waren kaum Gäste im Raum.

„Weiter." Ich schob sie in eine vom restlichen Raum abgewinkelte Ecke an der Flussseite. „Setzen Sie sich. Sehen Sie auf den Tisch und lassen Sie sich nicht einfallen, woanders hinzuschauen."

Gehorsam folgte sie meinen Anweisungen. Ich setzte mich ihr gegenüber und schwieg. Sie schaute vor sich auf das Tischtuch und schwieg ebenfalls. Ich sah sie lange an.

Der Kellner kam an unseren Tisch.

„Legen Sie die Karten hin. Wir bestellen, wenn wir etwas gefunden haben", sagte ich barsch.

Der Kellner tat, wie befohlen, und zog sich wortlos zurück.

Die Alte lächelte.

„Was lachen Sie?", zischte ich ungehalten.

„Sie können ja doch keiner Fliege etwas zuleide tun, und wenn Sie sich noch so grimmig geben."

„Seien Sie da nicht so sicher."

„Danke für die Rose und das Kompliment, auch wenn ich nicht glaube, dass Sie je Gelegenheit hatten, mein Spiel schätzen zu lernen. - Darf ich Sie jetzt ansehen?" Ohne meine Antwort abzuwarten, schaute sie auf. „Wenn man so in das gesprochene Wort verliebt ist wie ich, dann vergisst man so leicht keine Stimme."

Ich war augenblicklich in ihrem Bann. Diese Frau hatte trotz ihres recht fortgeschrittenen Alters etwas Anziehendes. „Wer waren die Banausen?"

„Wir teilen die gleiche Leidenschaft. Sie wollen werden, was mir nicht vergönnt gewesen war. Da helfe ich ihnen ein bissel, und sie helfen mir über die Einsamkeit."

Ich stützte den Kopf in die Hände. „Warum haben Sie keine Kinder?"

„Oh. - Das ist eine lange Geschichte, ein halbes Leben, gewissermaßen." Das 'Oh' klang so verlegen, als fühlte sie sich bei einer Ungehörigkeit ertappt. Das Mädchenhafte ihrer Art überzeichnete die körperlichen Ansätze des Greisenhaften.

„Meine Frau amüsiert sich gerade mit einem anderen. Ich habe auch Zeit für ein g a n z e s Leben", sagte ich noch immer zerknirscht.

29

Der Kellner näherte sich zaghaft unserem Tisch.

„Ich würde Sie gern bitten, mein Gast zu sein."

Sie nickte schüchtern. Von mir gedrängt, bestellte auch sie ein üppiges Mahl in mehreren Gängen. Wir einigten uns schnell auf einen Gewürztraminer aus der Pfalz.

„Eiskalt", sagte ich streng.

„Wie die Herrschaften wünschen."

Sie lächelte wieder. „E r hat Ihnen ja gar nichts getan", sagte sie beinahe kokett. „Ein schöner Ausblick." Sie schien mit den Gedanken sehr weit weg zu sein, örtlich oder zeitlich. „Ich habe sie brennen sehen ...", sagte sie dann unvermittelt.

Ich schwieg, nicht nur, weil ich diesen Einstieg nicht erwartet hatte. Ich wusste aus Erfahrung, dass man die Kunst des Schweigens beherrschen muss, wenn man Schicksale erfahren will.

„... von Klotzsche aus. Ich habe da eine behütete Kindheit und Jugend verbracht. Auch den Krieg hatten wir ganz gut und ohne besondere Drangsal überstanden, - bis zu jener Nacht. Es war wie ein Jahrmarktsspektakel, nur gigantischer - und verheerender. Ich lief - obwohl mein Vater versuchte, mich zurückzuhalten - durch die Heide zum Diakonissenkrankenhaus. Ich war siebzehn. Meine zwei Jahre ältere Schwester arbeitete dort als Krankenschwester. Ich wollte einfach da sein, falls sie Hilfe braucht. Der Wald war unwirklich hell, wie durch Zauberei erleuchtet. Ich kannte jeden Weg. Das Krankenhaus brannte. Menschen rannten umher. Ich suchte meine Schwester und fand sie im Keller, wo die Patienten dicht beieinanderlagen. Sie schrie mich an, ich solle mich heimscheren, da ich nicht helfen könne, es reiche, wenn sie stirbt. Ich rannte zurück. Nach wenigen Schritten hievten mich Soldaten auf ein Militärfahrzeug. Auch sie schrien mich an, was ich auf der Straße wolle. Sie rasten in die Heide. Hier musste ich abspringen. Ohne Schaden kam ich an. Ich hatte furchtbare Angst um meine Schwester. Tage blieb sie weg. Ich habe nie wieder im Leben so gelitten. Und ich habe mir in der ersten Nacht des Grauens geschworen, nie wieder mein Schicksal zu beklagen, wenn meine Schwester nur gesund nach Hause kommt. - Ihr ist nichts geschehen. Keiner aus dem Krankenhaus, das überwiegend zerstört wurde, ist umgekommen. Die Keller haben bis zuletzt gehalten. Meine Schwester hatte bis zur Ohnmacht gearbeitet. Es war ja auch außerhalb des Krankenhauses genug zu tun.

Wir Jungen wurden aus der zerstörten Stadt gebracht. Ich kam in ein Dorf im Anhaltinischen zwischen Köthen und Bernburg. Hier war vom Krieg nichts zu spüren. Wir schliefen in einer Schule und arbeiteten in der Landwirtschaft. Nach der Kapitulation kamen erst die Amerikaner wie aus dem Ei gepellt, dann die Russen. Als sie kamen, verbarrikadierten wir uns in der Schule. Sie haben lange geklopft. Am Morgen lagen sie - nur in Decken gehüllt im kalten Schulhof. Sie sahen so erbärmlich und müde aus und waren lammfromm. Da schämten wir uns. Ich weiß, andere haben anderes erlebt.“

Der Kellner brachte den Wein. Ich nahm ihm die Flasche ab und schenkte ein, um die alberne Zeremonie abzukürzen. Leicht pikiert verharrte er einen Augenblick.

Sie lächelte ihm versöhnlich zu. Dann erhob sie das Glas mit ruhiger Hand. „Auf das Leben", sagte sie, ehe sie das Glas behutsam an die Lippen führte. Sie muss einmal sehr schön gewesen sein.

Wieder sah sie aus dem Fenster auf die ferne Silhouette. „Als sich Dresden vom Todesschock erholt hatte und ein Leben in der Trümmerwüste wieder möglich schien, gingen wir zurück. Wir enttrümmerten. Es war nicht nur eine Knochenarbeit, es war die widersinnigste Arbeit, die sich denken lässt. Wie Ameisen bewegten wir uns in der Trümmerwüste, die einst eine Stadt gewesen war, in Jahrhunderten von Menschen erbaut, in Stunden von Menschen niedergeworfen. Ich versuchte es als Sühne zu fassen für die Schuld, das Grässliche zugelassen und geduldet zu haben, und mehr noch für die Schuld, lebend davongekommen zu sein. Wir schaufelten, schleppten, klopften Ziegel ab, rissen Fassadenreste nieder. Dreck, Staub, Kalk, der Gestank nach Rauch und Verwesung und immer die Angst, auf Keller zu stoßen, die Gräuliches verbergen. Ich habe ein paar solche Keller ausgegraben. Selten fand sich zum Trost ein kleiner Schatz. Es war aber nicht nur Mühsal und Grauen. Wir lachten und blödelten auch. - Wir küssten und liebten uns sogar in den Ruinen, auch in Kellern, aus denen sie gerade die verkohlten Reste einer Familie getragen hatten. Wir empfanden es nicht als taktlos. Wir waren jung. Wir wollten leben. Schließlich war es der einzige Lohn, den wir in diesen Wochen und Monaten empfingen. Was ging uns in Wahrheit der Krieg an? Was kümmerten uns die, die er unter sich begraben hatte? Schlimm genug, dass es kaum Männer gab."

Der Kellner brachte die Suppe. Sie bedankte sich lächelnd. „Guten Appetit."

Nachdem sie ein paar Löffel genommen und den Borschtsch für köstlich befunden hatte, fuhr sie fort. „Ich war, wie wohl fast alle Mädchen damals, sehr ungeduldig und ängstlich, bei der starken Konkurrenz nicht bestehen zu können und zuletzt in diesem erbarmungslosen Spiel, das man Leben nennt, nicht abzugehen; übrig zu bleiben. Also heiratete ich kurz vor meinem zwanzigsten Geburtstag einen schmucken Kerl, der, wie ich bald erfahren sollte, den Männermangel sehr zu seinem Vorteil auszunutzen verstand. Er machte regelrecht Jagd auf die unerfahrenen, liebeshungrigen Dinger. Nach zwei Jahren warf ich das Handtuch.

Ende Vierzig kam Siegmund, meine Jugendliebe, aus der Gefangenschaft zurück. Er hatte sich verändert. Aus seiner Heiterkeit war eine kaum zu bezwingende Schwermut geworden. Wir liebten uns wie besessen, nicht zärtlich, sondern eher rabiat, als wollte ein jeder für sich erraffen, worauf er Jahre hatte verzichten müssen. Siegmund hatte vier Einschüsse im Rücken. Woher sie kamen, hat er nie erzählt. Wir heirateten. Ein paar Monate ging es gut. Dann fing er an zu zittern und zu schwitzen. Er schrie im Schlaf. Bald hatte er Angst vor der Nacht, vor dem Schlaf, vor dem, was er schrie, und dem, was ihn schreien ließ. Keinem vertraute er sich an, auch mir nicht. Nur bruchstückhaft erfuhr ich, dass er in einer Sondereinheit in Italien eingesetzt gewesen war, um Partisanen zu jagen, und dass sie mit den Gefangenen nicht gerade zimperlich umgegangen sind. Ich nehme an, dass das eine grausam verharmlosende Beschreibung war. Es hat mich nicht überrascht. Dennoch war es furchtbar, als ich den Zettel auf dem Küchentisch fand. *Es hat keinen Sinn mehr. Ich geh in den Wald. Such mich nicht.* Natürlich habe ich ihn gesucht, vier Tage lang, an allen Plätzen, die uns teuer gewesen waren, später auch anderswo. Zwei Wochen später haben sie ihn oder das, was noch von ihm übrig war, abgeschnitten.

Da hatte ich von der Ehe erst mal die Nase voll. Ich hatte Fotolaborantin gelernt und arbeitete später bei der Deutschen Werbeagentur als Koloristin. Wir haben bisweilen riesige Fotos eingefärbt, vor allem für die Messe. Der Beruf ist ja mittlerweile fast ausgestorben.

In der Straßenbahn lernte ich Jochen kennen, einen jungen Heißsporn. Er hatte als Kommunist Ende des Krieges noch ein paar Monate im Zuchthaus gesessen und war im neuen, besseren Deutschland schnell aufgestiegen. Er war kein schlechter Kerl, immer geschäftig und immer guter Laune. Wir lebten ohne Trauschein wie Mann und Frau. Er wollte noch keine Kinder, weil er noch so viel vorhatte. Sie hatten ihn als Reiseleiter in die Tschechoslowakei geschickt. Das war ganz nach seinem Geschmack. Er lebte wie in Rage, rastlos, immer ganz intensiv. Nach drei Jahren stand die Polizei vor der Tür. Er hatte krumme Geschäfte gemacht, vor allem geschoben. Drei Jahre haben sie ihm aufgebrummt. Ich hatte Glück, nicht auch noch in die Sache reingezogen zu werden. Ja, aller guten Dinge sind drei."

Der Kellner brachte die Vorspeise: Lachspiroggen. Sie nippte am Weinglas und bedankte sich lächelnd.

„Ich beschloss, auch gut allein leben zu können. Das war nicht etwa meine schlechteste Zeit. Nur kann man vom Alleinsein nicht schwanger werden. Die Kollegen mochten mich, einige sogar sehr. Selbst mein Abteilungsleiter machte mir den Hof. Er hatte vieles, wovon eine Frau träumt, aber er hatte auch eine Frau und fünf Kinder. Ich ließ ihn machen, genoss, was zu genießen war, nörgelte nicht, wenn er Weihnachten bei der Familie und ich einsam in meinen vier Wänden saß. Er war lieb, aber ohne Kern. Unzählige Male versprach er, sich von Frau und Kindern zu trennen und ganz für mich da zu sein. Aber dann war die Frau oder eines der Kinder krank, stand eine Schuleinführung oder Jugendweihe ins Haus, oder er erwartete eine Beförderung, die sich nicht gut mit einer Scheidung vertrug. Dabei wusste er genau, dass er sich gar nicht scheiden lassen konnte. Die Partei hätte ihn wegen unmoralischen Verhaltens rausgeschmissen, und er wäre seinen Abteilungsleiter losgewesen. Natürlich hätte ich nicht nein gesagt, wenn er zu mir gekommen wäre, aber Kinder hätte er mit mir auch nicht mehr gewollt. Von denen hatte er genug.

Und so bin ich eben eine kinderlose alte Schachtel geworden, die sich auf ihre letzten Tage noch als Schauspielerin probiert. Unsere Truppe ist nicht schlecht, aber wir brauchen ewig, ehe wir ein Stück halbwegs zustande bringen. Im Alter gehen die Texte nicht mehr so einfach rein. Aber Spaß macht es trotzdem. Und dann sind da ja auch noch die Kinder …"

„Sie haben ihn verlassen?"

„Wo denken Sie hin. Sie hat ihn rausgeschmissen, als sie von unserer Beziehung erfuhr. Da ist er wunderlich geworden. Wir haben uns immer seltener gesehen. Heute pflege ich sein Grab. Das ist mir eine Art Genugtuung. Bei der Beerdigung habe ich lange mit seiner Frau gesprochen. Sie hatte es auch nicht leicht.

Jetzt habe ich aber genug geschwätzt. Erzählen Sie mir, wen Sie heut Morgen mit den Rosen beglückt haben?" Sie legte die Gabel auf den Tellerrand, nahm das Weinglas in beide Hände und sah mich erwartungsvoll an.

Ich erzählte ihr die Geschichte meiner Liebe zu Evelin und jene vom Kauf des Schaukelpferdes bis zur Abfahrt einer Nobelkarosse. Ich verriet ihr die Rezeptur für Zaubertinte und zeigte ihr die Röntgenaufnahmen.

Sie schwieg lange, den Blick aus dem Fenster auf die ferne Silhouette gerichtet. Dann sah sie mich mit feuchten Augen an. „Wenn Sie glauben, dass das jemand gebaut hat, um anderen Unheil oder Schmerz zuzufügen, dann irren Sie sich. Es wurde vielmehr gebaut, weil es geholfen hat, einen Schmerz zu ertragen."

Mit ausgebreiteten Armen empfing sie das Filetragout Stroganow. Bewundernd betrachtete sie das sorgsame und üppige Arrangement. Sie lächelte dem Kellner dankbar zu, ehe sie sich auf das Essen warf.

Ich hatte keinen Blick für den armen Kerl. Ich war ganz und gar im Bann dieser kleinen Frau mit dem schicken grünen Filzhütchen. „Es gibt wohl nichts, was Ihren Appetit beschädigen kann?"

„Oh. - Essen, Vögeln und Schlafen sind die einzigen Tätigkeiten, über deren Sinn sich nicht streiten lässt. Alles andere kann zu Recht verdächtigt werden, vollkommener Blödsinn zu sein. Der Schlaf vollzieht sich in unserer Ohnmacht. Zum Vögeln findet sich zu schwer ein geeigneter Partner für mich. Bleibt mir das Essen."

Es war köstlich. Das Essen, die Frau, der Wein, der Abend. Obwohl ich dieser Frau erst eine reichliche Stunde gegenübersaß, war sie mir auf unbegreifliche Weise vertraut. Aber nicht das war es, was mich verzauberte, es war das Gefühl der Heimischkeit. Mir war, als könnte ich den Kopf in den Schoß dieser Frau legen, ohne dass es mir auch nur einen Hauch peinlich wäre und ohne fürchten zu mussen, dass sie es verweigert.

Sie erzählte unbefangen und offen wie ein Schulmädchen, das über die Erlebnisse eines gewöhnlichen Tages berichtet. In ihren Worten lag weder Schmerz noch Zorn noch Hass noch Belehrung noch Verbitterung. Sie sprach über ihr Leben mit dem Schmunzeln eines fremden Beobachters und der Selbstironie eines Weisen. Und was mir erst bei wenigen Menschen begegnet war, sie konnte ebenso gut zuhören wie erzählen. Bisher hatte ich vor allem Leuten gegenübergesessen, die bestrebt waren, die in ihnen angestauten Worte loszuwerden. Erwiderungen oder gar Schilderungen anderer empfanden sie als lästige Unterbrechung. Daher spitzten sie nur darauf, möglichst schnell eine Zäsur zu erhaschen, in der sich ihr Gesprächsfaden wieder anknüpfen ließ. Ganz anders diese Alte. Sie folgte meinen Worten und nutzte die Pausen, in denen ich nach Worten suchte, um dem Sinn der vorangegangenen nachzuspüren.

Der Kellner brachte den Nachtisch, eine sehr sahnige wie fruchtige Eiskreation, für die sie sich wie immer lächelnd bedankte. Es war ein Vergnügen, zu beobachten, wie sie die Leckerei genoss.

Ich wühlte derweil in immer abwegigeren Gefilden, um ihr meine Verzweiflung, Enttäuschung und Verbitterung zu erklären.

Sie ließ mir Zeit. Und sie schwieg lange, als ich mit allen Worten am Ende war. „Das Leben ist so kurz", sagte sie dann merkwürdig befangen. „Meistens quält man sich mit Unsinnigkeiten. Wie viele Tage ähneln sich auf trübsinnige Weise? Oft gehen selbst Jahre unbemerkt dahin. Warum sind wir dennoch von der Dummheit geradezu besessen, dass uns der andere um all die Liebe und Zuwendung betrügt, die er anderen schenkt oder bei anderen findet, selbst wenn wir uns nichts sehnlicher wünschen, als auch einmal andere mit unserer Liebe und Zärtlichkeit zu beschenken und von anderen begehrt und geliebt zu werden? Erst wenn wir mit diesem Unsinn aufhören, sind wir würdig, uns von den Tieren zu unterscheiden. - Lassen Sie Evelin den Spaß, und schenken Sie Ihrer süßen Ärztin einen noch schöneren Abend als mir. Und erblöden Sie sich nicht, diesen Abend als einen Racheakt zu verstehen. Liebe richtet sich nie gegen andere, auch wenn wir im Augenblick unserer Zuneigung und Leidenschaft blind und gefühlskalt gegen den Rest der Welt werden. - Kennen Sie *Die 13 Monate* von Kästner? - Hier heißt es im August: *Nichts bleibt, mein Herz. Bald sagt der Tag Gutnacht. Sternschnuppen fallen dann, silbern und sacht, ins Irgendwo, wie*

Tränen ohne Trauer. Dann wünsche deinen Wunsch, doch gib gut acht! Nichts bleibt, mein Herz. Und alles ist von Dauer. - Ich habe es nie schöner gehört oder gelesen." Sie hatte die Zeilen in beeindruckender Zurückhaltung gesprochen.

Unvermittelt reichte ich ihr die Hand. „Ich heiße Siegfried Meissner."

„Oh. - Legen Sie Wert darauf, dass ich mir den Namen merke?"

„Ich würde Sie gern wiedersehen."

Sie sah mich verwundert an. „Ich könnte Ihre Großmutter sein", sagte sie, als wenn ich ihr gerade einen Heiratsantrag gemacht hätte.

„Als Mutter würden Sie mir schon genügen." Ich erschrak selbst vor diesem Vorstoß. Aber er kam aus einer Region des Selbst, in der alle Worte selbstverständlich sind.

„Oh. - Haben Sie keine Mutter?"

„Doch. Sie ist irgendwo."

„Ich hoffe, der Vorschlag entspringt nicht einer Laune des Augenblicks", sagte sie errötend.

„Eine Mutter sucht man sich nicht so kopflos aus wie eine Geliebte."

Sie ließ sich in den Mantel helfen wie eine Dame. „Es war ein wunderschöner Abend, Siegfried. Ich danke - dir." Mit unsicherer Hand gab sie mir ein kleines Kärtchen.

„Darf ich dich nach Hause bringen?"

„Nein, danke. Das kleine Stück Einsamkeit brauche ich, um wieder etwas ruhiger zu werden." Festen Schrittes wackelte sie von dannen.

Ich betrachtete die Karte. *Elvira Förster.* Die Adresse war mit Hand überschrieben. Die Postleitzahl der gedruckten Anschrift verriet, dass die Karte wenigstens zwanzig Jahre alt war.

30

Es geschieht sicher nicht oft, dass jemand an einem Tag eine Frau verliert und eine Mutter findet. Ich lag noch lange wach in dem Bett, das - für zwei gebaut und gekauft - so einladend war. Die Hände unterm Kopf verschränkt, um nicht einzuschlafen, stierte ich die Decke an, auf der die Lichter vorbeifahrender Autos diffuse Bewegungen vollführten. *Nichts bleibt, mein Herz. Und alles ist von Dauer.* Nur diese eine Zeile hatte ich mir gemerkt. Zweifellos hatte sie recht, was den Vorwurf unserer Engherzigkeit betrifft. Aber wer kann diesem Widerstreit zwischen dem, was wir fühlen, und dem, was uns die Vernunft diktiert, entfliehen? Ich weiß, dass es vernünftig ist, Evelin die Romanze zu gönnen, trotzdem rumort der Gedanke schmerzhaft in den Eingeweiden. Ich weiß, dass es vernünftig ist, die Romanze mit der bezaubernden Radiologin zuzulassen, dennoch ist mir nicht wohl dabei.

Mauersegler werden frühestens am Ende des zweiten Lebensjahres geschlechtsreif. Die einjährigen Vögel verbringen also nach der Rückkehr aus Afrika die erste Saison im Brutgebiet noch ohne Reproduktion. Teilweise werden aber schon Bruthöhlen inspiziert und auch besetzt. Adulte Mauersegler führen eine monogame Ehe zumindest für eine Saison, in der Regel aber über viele Jahre. Die partnerschaftliche Treue basiert auf einer ausgeprägten Nistplatzbindung. Die Partner treffen nicht gemeinsam, sondern meist im Abstand von etwa zehn Tagen im Brutgebiet ein.

Neben all dem Kummer mit Evelin beherrschte mich noch ein anderer Gedanke. Wer hat mit welcher Absicht die Situation herbeigeführt, die letztlich zu Evelins Auszug führte? Welches Geheimnis verbirgt sich hinter dem Schaukelpferd?

Wieder und wieder blätterte ich das Stammbuch durch. Wo war der Bruch? - Wer hatte das harmlose

Spielzeug in ein Monster verwandelt? Ich berechnete die Besitzdauer der einzelnen Nutznießer. Sie lag zwischen wenigen Tagen und mehreren Jahren. Ein Schnittpunkt ließ sich daraus nicht ableiten, nicht einmal eine Tendenz. Denkbare Gründe, das Spielzeug längere Zeit zu behalten, gab es viele.

Nach Mitternacht kam mir die Idee, Steffen anzurufen. Ich hatte im Stillen gehofft, dass er von sich aus aufkreuzen würde. Wozu hat man Freunde, wenn nicht für Situationen, wie jene, in der ich mich befand? Wahre Freunde zeigen sich in der Not. Mir war klar, dass der Vorwurf absurd war. Zum einen hatten wir uns gerade Ende des Jahres oft gesehen, zum anderen war die Zeit nach dem Jahreswechsel immer eine Saueregurkenzeit. Ich habe keine Ahnung, warum das so ist. Drittens endlich konnte er von meiner Not nur wissen, wenn Jule gegen ihr Versprechen geplaudert hätte.

„Schön, du schläfst nicht", begrüßte ich ihn unternehmungslustig.

„Dass heißt nicht unbedingt, dass ich noch nicht geschlafen habe, Alter", antwortete er schläfrig, aber nicht unwirsch.

„Ich hoffe, es geht euch noch gut?"

„Danke. Jule ist schon ein tolles Weib."

„Liegt sie neben dir?"

„Ja."

„Dann hör auf zu schwärmen. Erzähl weiter, wenn du frei reden kannst."

„Hör mal. Sie schläft."

„Glaubst du. Es gibt vieles, das anders ist, als man denkt."

„Eh, nun gönne mir auch mal was. Du musst nicht stänkern, nur weil es gerade bei euch nicht so gut läuft."

„Das weißt du also. Aber auf die Idee, mal bei einem leidenden Freund vorbeizuschauen, kommst du nicht."

Er antwortete nicht gleich. „Gut. - Bis jetzt wusste ich nicht, dass du leidest, Alter. Jule hat nur über den Fakt selbst gesprochen."

„Du meinst, jemand könnte sich von Evelin trennen, ohne zu leiden?"

„Es hätte ja auch sein können, dass du eine andere …"

„Sag mal, in deinem Institut", unterbrach ich seine Spekulationen, „gibt es da eine Abteilung, die sich mit Automaten beschäftigt? Ich meine, keine Spielautomaten, sondern …"

„Roboter?"

„Ja."

„Rufst du etwa deswegen an?"

„Vor allem."

„Und das hätte nicht Zeit bis morgen Früh gehabt? - Ich muss um sechs raus. Derzeit kann ich nicht besonders schlafen, weil der Alte mal wieder alle Abteilungen tyrannisiert. Mich scheint er ganz besonders im Visier zu haben."

„Ich kann auch nicht schlafen. - Habt ihr was mit Robotern zu tun oder nicht?"

„Bei uns hat alles mit Robotern zu tun. Der Alte leitet die Königsdisziplin. Die anderen, also wir, sind nur der schäbige Rest der Erfüllungsgehilfen."

„Hast du nicht erzählt, du testest Material auf seine Eigenschaften und so?"

„Na und? Auch Roboter bestehen leider aus Material."

„Wann musst du morgen im Institut sein?"

„Um sieben, Alter. Aber …"

„Dann leg dich ganz rasch wieder hin. Du hast mir sehr geholfen. Bist eben doch ein guter Freund. Schlaf schön!" Ich ließ ihn nicht mehr zu Wort kommen. Es gab eine Antwort, die ich mir nicht leisten konnte.

Punkt sieben klopfte ich an seine Tür.

Steffen sah mich an, wie einer, dem kaum Schlimmeres widerfahren kann.

Er gehört zu den Männern, die ich im Grunde beneide, ohne es sie natürlich wissen zu lassen. Er ist groß und schlank, ohne sich um das eine wie das andere bemühen zu müssen. Er ist jungenhaft, also von einnehmendem Wesen, hat wilde Locken und blaue Augen, und er hatte sich bis heute seine Freiheit bewahrt, um die ich ihn besonders beneide. Vielleicht ist er in der Jugend und in den wilden Mannesjahren ein bisschen zu schnell von Knospe zu Knospe gesprungen. Vielleicht hatte ihn auch nur noch keine gelehrt, mit einem Nein fertig zu werden. Jedenfalls schien es so, als wenn er sich sexuell überhoben hat, will sagen, es gab keine Frau, die ihm genügen konnte. Früher hatte er dieses Manko durch Menge auszugleichen versucht; neuerdings hatte er wohl selbst daran den Geschmack und also auch die Lust verloren.

Die grauen Locken und die Falten im Gesicht standen ihm gut. Leider ließen sich neuerdings unter den blauen Augen Ansätze von Tränensäcken erahnen, die sein exzessives Triebleben ebenso verrieten, wie sein Alter. Der melancholische Gesichtsausdruck, der beinahe allen Frauen weiche Knie bescherte, war zwar noch immer sehr wirkungsvoll und - wenn man seinen Erzählungen Glauben schenkt - auch erregend. Auf mich wirkte er jedoch zunehmend wie der bettelnde Blick eines geprügelten Hundes.

Noch immer starrte er mich mit seinen müden, blauen Augen an. Es war - der verschärften Situation geschuldet - nun eher der flehende Blick eines gequälten Straßenköters.

Seine Reaktion traf mich nicht ganz unvorbereitet. „Hallo, ich bin Siegfried, dein Freund, erinnerst du dich nicht?"

„Mach keine blöden Witze. Bist du wahnsinnig, hier so einfach aufzukreuzen? - Wer hat dich reingelassen?"

„Na hör mal … Die mächtige Dame unten war so nett, nachdem ich ihr gesagt habe, wohin ich will. Sie scheint dich zu mögen. - Eh, nun tu nicht so, als wenn ich euch bei illegalen Forschungen erwischen könnte."

Er starrte auf den Gegenstand in meiner Hand. Langsam schien er sich zu erinnern. „Du hast doch nicht etwa …"

Ich stellte das Schaukelpferd auf den Tisch und öffnete den Reißverschluss.

„Nein. Um Gottes Willen, lass das Vieh im Sack und mach, dass du rauskommst, Alter", zischte er gequält.

„Wo arbeitest du hier eigentlich?"

Die Tür ging, und herein trat ein Mann, der die sechzig sicher schon ein Weilchen überschritten hatte. Die Figur war wenig ausgeufert. Das dünne, weiße Haar wies noch keine kahle Stelle auf. Der dicke Pullover gab ihm das Aussehen eines Seemanns. Offen und freundlich, wie er dreinschaute, nahm er mich sofort für sich ein. So hätte ich mir meinen Vater gewünscht.

Steffen verlor jede Farbe aus dem Gesicht. „Guten Morgen", sagte er freundlich, sich rasch aus dem Sessel erhebend.

„Guten Morgen, mein Lieber", gab der Alte zurück, ohne den Blick vom Seepferdchen zu lassen. „Interessante Probleme, mit denen Sie sich beschäftigen."

Steffens Gesicht glänzte von einem Augenblick auf den anderen schweißnass in tiefem Rot. Ich hätte nie für möglich gehalten, dass dieses Gesicht die Fähigkeit besitzt zu erröten. „Das ist …", stammelte er.

„Schöne Arbeit." Der Alte wendete sich lächelnd an mich. „Ich nehme an, Sie wollen es in einem Ritt aus Kunststoff pressen; wenn es geht, schon farbig."

Ich nickte. „Wir sind noch nicht sicher …"

„Eigentlich schade. Holz bleibt Holz. Na ja." Damit schien er mit mir fertig zu sein. „Hatten Sie Erfolg?"

„Ich bin drüber. Ich tu, was ich kann."

„Davon bin ich überzeugt. Sagen Sie mir Bescheid, wenn Sie fündig geworden sind. Wir warten drauf." Grußlos verließ er das Zimmer.

Steffen wischte sich das Gesicht trocken, das sich sogleich mit neuem Glanz bedeckte. „Bingo, Alter", hauchte er dabei.

Er tat mir leid. Was nichts Besonderes ist. Er tut mir beinahe immer leid. Ich darf nicht unerwähnt lassen, dass Steffen mich nicht weniger beneidet, daraus aber, anders als ich, kein Geheimnis macht. Ich habe schon darüber nachgedacht, ob sich unsere Freundschaft am Ende nur auf wechselseitigen Neid gründet. Er beneidet mich vor allem um meine festen Beziehungen und mehr noch um die Frauen, die es aus seiner Sicht unbedingt wert sind, dauerhaft begehrt zu werden. Als guter Freund hatte er nie versucht, meine - wie er sich ausdrückt - Superweiber auf seine Seite zu ziehen.

Seit Karlchens Geburt, spielt er sehr überzeugend die Rolle des tragischen Verlierers, dem vom Leben alles geschenkt worden ist, der aber alles durch seine Wankelmütigkeit verpeilt hat und nun - als alter einsamer Wolf - auf die Almosen anderer angewiesen sein wird.

„Macht doch einen ganz menschlichen Eindruck, der Mann. Ich vermute mal …"

„Sei still, verdammt. - Ich kann nicht einmal sagen, dass dein Eindruck täuscht. Es ist nur so, dass er sich selbst für einen der wenigen Menschen überhaupt hält. Weißt du, was einer seiner Lieblingssätze ist?" Er tippte sich an die Stirn. „Das hier ist das Organ, das uns vom Affen unterscheidet, vielleicht nutzen Sie es ab und an mal."

„Ist doch witzig."

„Sehr witzig. Die Leute in seiner Abteilung lässt er unter Vorbehalt gerade noch als mutierte Schimpansen durchgehen, alle anderen hält er für eine nur morphologisch veränderte Variante der Makaken."

„Und die, die nicht in seinem Institut arbeiten?"

„Keine Ahnung, wo er die ansiedelt, vielleicht zwischen Mistkäfer und Ohrenqualle."

„Das deckt sich ja annähernd mit meinen Erfahrungen", spottete ich.

„Weil man dir nicht täglich unter die Nase reibt, zu welcher Unterart du gehörst."

„Ich hab auch einen Chef, mein Lieber."

„Das Ärgerliche ist, dass er alle Nase lang Gelegenheiten findet, es zu beweisen."

„Stellt ihr euch so blöd an?"

„Nein. Er ist so genial", sagte er gequält. „Ich wette, er kreuzt noch heute auf, um mir das Material aufzutischen, nach dem ich seit Tagen suche. Ich weiß nicht, was er in seiner Rübe hat. In seinem Alter könnte die graue Masse doch mal ein bisschen behäbiger werden. Es muss ja nicht gleich Alzheimer sein", flüsterte er.

„Aber wenn du dich mal in seine Lage versetzt", sagte ich nachdenklich. „Solche Typen haben es auch nicht gerade leicht, oder?"

Steffen sah mich entgeistert an. „Wir Makaken im Institut haben den Spaß am Wetten entdeckt. Gewettet wird auf die Zeit, die der Professor braucht, um ein Problem zu knacken. Meist schafft er es in wenigen Stunden. Natürlich kriegen wir nur von den Problemen Wind, die wir ihm bereiten."

„Wie lange habt ihr ihm gegeben, dein Material zu finden?"

Steffen atmete tief. „Mit der Sache bin ich doch nicht klingeln gegangen, Alter", sagte er entrüstet. „Ist schließlich mein Spezialgebiet. - Dachte ich zumindest. -

So, und jetzt scher dich raus, damit ich wenigstens eine winzige Chance behalte, ihm zuvorzukommen."

Ich nahm das Pferdchen unter den Arm.

„Was wolltest du eigentlich mit dem Ding bei mir?"

„Ach, das war wohl keine so gute Idee", sagte ich in gespielter Selbstzerknirschung.

31

Vor der Tür von *Professor Dr. Dr. Helmut Kottner* sank mir der Mut auf ein beängstigendes Niveau. Entsprechend zaghaft klopfte ich an.

„Ja!", schallte es beherzt. Der Professor sah mich etwa so angewidert an, als hätte sich eine Schabe durch den offenen Türspalt gezwängt, nein, ein Mistkäfer.

Der Raum, besser, der Saal, war nicht weniger beeindruckend als die Basilika in Trier. Was ihm an Größe fehlte, ersetzte die Ausstattung. An allen Wänden hingen oder standen Geräte komplizierter Bauart; Gliedmaßen mit Gelenken, Schläuchen und Drähten, wie von Fabelwesen abgetrennt; Apparaturen, deren Zweck sich nicht erraten ließ. Der Professor saß hinter einem Schreibtisch, der sich der Größe des Raumes würdig erwies. Aber auch die ungewöhnlichen Ausmaße schützten die Platte nicht davor, unter Papier und Gerätschaften unterzugehen. Auf einem anderen Tisch häuften sich Steckteile, die mich an Legobausteine erinnerten. Auch hier sah es aus, als hätte Karlchen eben darauf gewütet.

„Haben Sie ihn mit Ihren Wünschen überfordert?"

Der Blick, in dem sich der Ekel vor Mistkäfern spiegelte, hatte also nicht mir, sondern Steffen gegolten. Nie zuvor habe ich bei der Betrachtung eines Gesichtes so deutlich verspürt, dass die graue Masse dahinter nicht wirklich mit mir beschäftigt war. Dieses Gehirn arbeitete mehrgleisig, wobei die Schiene, auf der ich mich befand, nur ein belangloses, rostiges, unkrautüberwuchertes Nebengleis einer bereits außer Betrieb gestellten Kleinbahn war.

„Soweit sind wir nicht gekommen. Der Kollege arbeitet - wenn ich ihn richtig verstanden habe - gerade mit Hochdruck an einer komplizierten Sache."

„Ich hoffe, alle in diesem Haus arbeiten mit Hochdruck an komplizierten Sachen. - Was kann ich für Sie tun?"

Da der riesige Schreibtisch keine freie Stelle bot, enthüllte ich das Schaukelpferd auf dem Fußboden.

Er knetete ungeduldig und nervös die etwas nach unten gekrümmte Nase. „Wenn Sie einen Fräs- oder Lackierautomaten brauchen, wenden Sie sich an Dr. Schröder, Abteilung IV. Stoffanalysen macht Dr. Merzbach, Abteilung VI. Die stellen Ihnen auch alle nötigen Zertifikate aus."

„Ich habe ein Problem, das - wenn überhaupt - nur von Ihnen gelöst werden kann."

„Solche Probleme gibt es nicht. Aber danke für die Blumen", sagte er wie nebenbei. Dennoch hatte ich das Gefühl, auf ein weniger rostiges und schmales Gleis rangiert zu werden.

Diesmal erzählte ich die Geschichte so, wie sie sich tatsächlich zugetragen hatte, also mit Evelin als Zeugin.

Der Professor hörte aufmerksam zu. Sein Blick pendelte währenddessen unablässig zwischen mir und dem Schaukelpferd. Als ich fertig war, schüttelte er den Kopf. Es machte ihm wohl allein Mühe, die richtigen Worte zu finden. „Es steht mir nicht zu, über den geistigen Zustand Ihrer Frau zu befinden. Ich bin kein Psychiater, obwohl derartige Kenntnisse für die Leitung dieses Instituts nicht von Nachteil wären. Ebenso wenig will ich den Umstand bewerten, dass Sie für möglich halten, was Ihre Frau erlebt haben will. Eines aber kann ich Ihnen mit Sicherheit sagen, dass dieses Ding da unmöglich die Fähigkeiten besitzen kann, die Sie beschrieben haben, jedenfalls wenn man berücksichtigt, was in natürlichen Kräften steht. Die Existenz anderer Kräfte hat mir bisher noch niemand plausibel erklären, geschweige denn nachweisen können. - Ich kann also nichts für Sie tun. Sie finden allein zurück?" Immerhin hatte er sich bis zuletzt befleißigt, nicht ungeduldig oder gar genervt zu wirken.

„Ist es eigentlich schon mal vorgekommen, dass Sie sich geirrt haben?", fragte auch ich bemüht sachlich.

„Nicht, wenn ich mir so sicher war, wie in diesem Fall. Ich kann verstehen, dass Sie enttäuscht sind, weil ich Ihre Erwartungen nicht erfülle. Ich mag mich mitunter irren in dem, was geht, nicht aber in dem, was nicht geht. Wenn da nur ein Hauch des Zweifels wäre, hätte ich es wenigstens röntgen lassen, um Sie von der fixen Idee zu befreien."

Ich zog das zusammengerollte Kuvert aus der Manteltasche und legte es entrollt vorsichtig auf den Tisch.

Er zog die Aufnahmen heraus und hielt sie gegen das Licht. Geradeso, als wären die Folien noch immer mit dieser rätselhaften Strahlung erfüllt, erglühte das Gesicht des Professors. Beide Hände fielen - samt dem, was sie hielten - schwer auf den Tisch. „Was wollen Sie?", fragte er geradezu feindselig. Ich war auf dem Hauptgleis!

„Bitte entschuldigen Sie dieses - Spiel. Ich hatte nicht vor, Sie vorzuführen oder bloßzustellen. Ich versichere Ihnen, dass ich mich wochenlang in gleicher Sicherheit wiegte, was die möglichen Fähigkeiten dieses Spielzeuges betrifft. Nur hatte ich - wie Sie verstehen werden - ein größeres Interesse, eine natürliche Erklärung zu finden als Sie, Herr Professor Kottner."

„Sie müssen sich nicht entschuldigen. Ich kann durchaus mit Anstand verlieren, auch wenn ich nicht oft

Gelegenheit hatte, mich in dieser Tugend zu üben. -
Was wollen Sie?"

„Sehen, was es kann."

„Wollen Sie damit sagen, dass Sie es noch nicht gesehen haben?"

„Ja."

Der Professor erhob sich, ging wie ein Seemann um
den gewaltigen Tisch herum und kniete sich vor das
Schaukelpferd. Er klopfte daran, hob es hoch, schüttelte
es, stellte es wieder auf den Boden, schaukelte es, zog
am Zügel, drückte und drehte an den Griffen und Fußstützen. „Wo haben Sie das her?"

„Aus einem Laden für Spielsachen aus zweiter Hand."

„Es war beide Male punkt Mitternacht, sagten Sie?"

Ich hatte mich aus Höflichkeit auf die andere Seite
gekniet, um auf Augenhöhe zu bleiben. „Ja", sagte ich
leise.

„Ihr Sohn hat es aber auch zu anderen Zeiten erlebt."

„Das kann ich nicht sicher sagen. Seine Erzählung
kann auch der Phantasie entsprungen sein." Ich legte
das Stammbuch auf den Sitz. „Hierin sind die Besitzer
seit reichlich hundert Jahren lückenlos aufgeführt. Vielleicht hilft Ihnen das."

Der Professor nahm das Buch und ließ die Seiten -
erst langsam, dann immer schneller - vom Daumen
flattern. Er betrachtete mich mit gefalteter Stirn. „Ich
muss Ihnen nicht sagen, dass dieses Ding hier keine
hundert Jahre alt ist."

„Nein, Herr Prof…"

„Rufen Sie morgen, nein, Ende der Woche … Oder -
warten Sie. - Ich rufe Sie an, wenn ich weiß, wie es
funktioniert."

Ich schreckte auf. Ich hatte keine Ahnung, welches
Salär bei einem Professor dieser Güte in einer Woche
aufläuft. Ich war davon ausgegangen, dass er das Ge-

heimnis in wenigen Stunden würde lüften können. -
„Ich …"

„Hatten Sie sich schon vorgestellt?"

„Verzeihen Sie. Mein Name ist Meissner, Siegfried
Meissner."

„Verraten Sie mir noch Ihre Telefonnummer?"

Ich stotterte die Zahlen. „Ich hatte nicht gedacht, dass
Sie eine so lange Zeit …"

„Ist es eilig?"

„Nein. Es ist nur wegen …"

„Da machen Sie sich mal keine Sorgen drum. Zum
Verlieren gehört nun mal, dass es auch weh tut. Sonst
lernt man nicht daraus." Während er dies sagte, schrieb
er unablässig auf dem Blatt, auf dem er Namen und
Telefonnummer notiert hatte. „Es schaukelt sich auf,
nebelt, lacht, schweigt, kippt nach vorn und weint blutige Tränen. Ist das korrekt?"

„Die Augen leuchten schwach."

Kottner schüttelte lächelnd den Kopf. „Das dürfte die
leichteste Übung sein. - Sie hören von mir. Ist keine
uninteressante Sache. Auf Wiedersehen." Er reichte mir
das Stammbuch und das Kuvert mit den Aufnahmen.
Die Hand reichte er mir nicht.

Nicht nur um das Schaukelpferd erleichtert lief ich die
langen Gänge entlang. Ungeduldig hopste ich breite
Treppen hinab. Laut fiel ich in Steffens Zimmer ein.

Er fuhr zusammen, einmal, als die Tür krachte, das
zweite Mal, als er mich sah. „Was machst du denn immer noch hier, Alter? Haben sie dich nicht rausgelassen?
Wo hast du das Schaukelpferd?"

„Es steht vor Kottners Schreibtisch inmitten seines
gigantischen Reiches", sagte ich ruhig.

Steffen sprang auf. „Du warst beim Alten? Bist du
noch bei Trost? Du hast ihm hoffentlich nicht erzählt,
dass wir beide etwas miteinander zu tun haben."

„Sollte ich nicht?"

„Nein", sagte er gequält.

„Warum nicht?"

Steffen winkte ab. „Das verstehst du eh nicht. - Wozu hast du ihm das Ding aufgeschwatzt? Was soll er denn mit einem Schaukelpferd, zum Kuckuck?"

„Herauskriegen, was es alles kann."

„Blödmann, mach keine Witze!"

„Das ist kein Witz. Ich biete hundert Euro, dass er es bis Freitag weiß."

„Dass er was weiß?"

„Was es kann. Du hörst mir nicht zu."

„Du, ich hab meinen Kopf voll mit einem Haufen komplizierten Zeugs und keine Zeit. Also blödle nicht."

Er tat mir leid. „Gut, weil du mein Freund bist, will ich dir einen Tipp geben, der deine Wettchancen erhöht." Mit einer Geste, die mir bereits lieb geworden war, zog ich die Aufnahmen aus dem Kuvert.

Er hielt sie nicht anders vors Gesicht als der große Meister. „Was ist das, Alter?"

„Ein Schaukelpferd."

„Aber doch nie und nimmer das Ding, das vorhin hier gestanden hat", sagte er fassungslos.

„Ich hab nur eins."

„Wo hast du die Aufnahmen her?"

„Eine bezaubernde Radiologin aus dem Ärztehaus war so lieb." Ich legte ihm die Hand auf die Schulter. „Erzähl es Jule, wenn du heut Abend geschlagen heimkehrst."

„Siggi, bitte, was soll Jule damit?"

„Sie kennt das Geheimnis", flüsterte ich. „Sag ihr einen schönen Gruß von mir. Ich entbinde sie von ihrer ärztlichen und freundschaftlichen Schweigepflicht. Du kannst dich auf einen amüsanten Abend freuen. Vergiss mich bei der Wette nicht. Und wenn du Lust und Zeit hast, mal wieder mit mir zu schwätzen, dann komm einfach vorbei. - Machs gut."

32

Nun wusste ich sicher, woran ich keinen Augenblick gezweifelt hatte: Alles ging mit rechten Dingen zu. Aber was nützte mir das? Weder brachte es mir Evelin näher, noch brachte es Licht in das Geheimnis des mit so großem Aufwand vergifteten Spielzeuges.

Wieder hockte ich gespannt vorm Telefon, nur war diesmal nicht am gleichen Tag, sondern - bestenfalls - in der gleichen Woche mit dem Anruf zu rechnen. Diese Unruhe stritt zu allem Überfluss mit der Unruhe, Evelin zu lange hinzuhalten, zu lange warten zu lassen mit der Enthüllung und der Entschuldigung. Aber ich wollte nicht mit leeren Händen kommen. Ich wollte sie mit der vollständigen Entzauberung des von ihr zuletzt als 'Ding' verfluchten Spielzeuges überraschen. Zumindest war das die offizielle Variante für die Begründung meines Zögerns. In Wahrheit war natürlich viel Angst dabei, Angst vor ihrem mitleidigen Lächeln, weil alle Hoffnung längst hinfällig, weil sie bereits in einer Welt zu Hause war, die keine Brücke mehr mit der meinen verband.

Die gesellig in Kolonien brütenden Mauersegler bevorzugen Neststandorte in dunklen, größtenteils horizontalen Hohlräumen, die sich direkt anfliegen lassen. Die meist sechs bis dreißig Meter hoch gelegenen Höhleneingänge werden mittels einer sogenannten Unterfliegungslandung angeflogen, bei der ein erheblicher Teil des Schwungs durch einen kurzen Steigflug vor der Landung abgebremst wird. Das Nest befindet sich im Regelfall in der hinteren Höhlenecke möglichst weit vom Eingang entfernt. Zwischen Höhleneingang und Nest können gegebenenfalls Röhren mit mindestens zehn Zentimetern Durchmesser und einer Länge von bis zu siebzig Zentimetern kriechend bewältigt werden.

Manchmal kommt es auch zur Paarbildung am Nistplatz. Insbesondere frühere Partner finden oft in der alten Bruthöhle

zusammen. Der Eindringende wird dabei zunächst vom Höhlen-
besitzer mit lauten Schreien und heftigen Drohgesten empfangen.
Die sehr erregten Tiere richten sich mehrfach auf, was als Be-
schwichtigungsgeste zu interpretieren ist. Nur langsam entspannt
sich die Situation. Eine gegenseitige Gefiederpflege schließt sich an.
Handelt es sich beim Ankömmling um den Partner aus dem
Vorjahr, sind die Drohgesten schwächer, der Übergang zum
gegenseitigen Putzen erfolgt erheblich schneller.

Zwei Tage nach Fasching kam Irene unangemeldet mit
Karlchen. „Dein Interesse scheint sich ja doch in Gren-
zen zu halten", sagte sie in schmerzlicher Förmlichkeit.
„Kommen wir ungelegen?"

„Nein, natürlich nicht."

„Papa, warum bist du Fasching nicht gekommen?",
sprudelte Karlchen los. „Ich war ein Klasse Pirat. Omi
hatte ganz viele Pfannkuchen gekauft."

Ich sah mich zwei vorwurfsvollen Gesichtern gegenüber.

„Ich komme um sieben wieder", sagte Irene, ohne
einen Fuß in die Wohnung zu setzen.

Für Karlchen hatte ich schnell eine Geschichte erfun-
den, wie sie zu allen Zeiten und allerorten zur Beruhi-
gung und zum Trost von Kindern erlogen werden. Viel
lieber hätte ich ihm die Wahrheit erzählt. Vielleicht hätte
er es sogar verstanden. Aber ich hatte Angst, dass Evelin es nicht verstehen würde, falls sie davon erfährt, und
das konnte ich Karlchen nicht verständlich machen.

Der Tag mit dem kleinen Kerl war nicht so entspannt
und lustig wie der letzte. Zumindest für mich nicht. Ich
würgte an Irenes vorwurfsvollem Blick. Ich würgte am
Gedanken, dass diese Tage der zugemessenen Zweisamkeit mit Karlchen normal werden.

Als Irene Punkt sieben erschien, hatte sich ihr Gesicht
keinen Deut verändert. Karlchen empfing sie mit der
sensationellen Nachricht: „Omi, das Schaukelpferd ist

nicht da. Papa hat es zum Arzt gebracht, weil es so traurig war."

Mit eisigem Lächeln schüttelte sie fast unmerklich den
Kopf. Es war eine Form minimalistischen Totschlags.

„Komm bitte rein."

Ihr Kopf verharrte in der grausamen Bewegung.

„Ich würde es gern erklären", sagte ich müde.

„Euch ist eh nicht mehr zu helfen", gab sie verbittert
zurück.

„Ich würde dir alles erklären", appellierte ich an ihre
Neugier.

„Ich sag doch, ich kann dir nicht mehr helfen."

„Aber zuhören kannst du wenigstens." Mit leichter
Gewalt zog ich sie in den Flur und weiter in die Küche.

Karlchen, der das kurze Gespräch und das bemühte
Lächeln der Großmutter verstanden hatte, ging ohne
Aufforderung in die Stube. Mir krampfte das Herz.
Hatte er schon Übung im Ausweichen von Gesprächen,
bei denen es hieß, er sei zu klein?

„Ich war da", eröffnete ich trocken die Enthüllung.
„Leider zu spät. Evelin stieg gerade in einen Wagen."

Irene schwieg.

„Hätte ich das verhindern können, wenn ich eher
gekommen wäre?"

Irene schüttelte den Kopf. Auch diese Bewegung fand
einen schnellen Weg in meine Eingeweide.

„Angenommen, Frank käme eines Tags zu dir, um zu
erzählen, dass der Staubsauger allein durch die Wohnung tanzt und dabei ein Lied trällert. Was würdest du
tun?"

Nun kam Leben in das lethargische Gesicht. „Siegfried, nun bleib mal auf dem Teppich."

„Frank. Frank, bleib mal auf dem Teppich. - Würdest
du das sagen?"

„Kein normaler Mensch wird solchen Unsinn reden." Nun sah sie mich an, wie jemand, der auf Furchtbares gefasst ist.

Ich hockte mich zu ihr, kreuzte meine Arme in ihrem Schoß und sah sie wie ein treuer Hund von unten an. „Punkt Mitternacht", begann ich leise.

„Hör auf!", schrie sie mit aufgerissenen Augen.

„Du kennst die Geschichte?"

„Ich will sie nicht hören. Ich will sie nicht hören!"

„Für dich hat sie ein gutes Ende. Im Grunde hat sie für alle ein gutes Ende, nur - für mich nicht."

Sie presste die Lippen aufeinander.

„Punkt Mitternacht beginnt ein kleines, süßes Schaukelpferd - wie von Geisterhand bewegt - zu schaukeln. Es lacht ein ganz liebliches Lachen. Das kleine Schnäuzchen nebelt. Die Augen leuchten schwach. Das Lachen verstummt. Es fällt nach vorn auf das Schnäuzchen und weint blutige Tränen."

Irene konnte die Tränen nicht halten. „Du bist verrück", wimmerte sie. „Verrückt. Ist Evelin deshalb ausgezogen?"

„Ja. - Ja, deshalb."

„Warum erzählst du solche Geschichten? Warum machst du ihr Angst?"

„Irene! - Hast du unser letztes Gespräch vergessen?"

„Da hast du auch nur verworrenes Zeug geredet, das kein Mensch versteht." Sie wollte aufstehen.

Ich kam ihr zuvor. „Evelin hat diese Geschichte erzählt. Sie hat es zweimal erlebt."

„Wann?" Ich hätte nie geglaubt, dass ein Mensch so schnell so blass werden kann.

„Silvester und in der Nacht, bevor sie ausgezogen ist."

Ich sah Irene förmlich an, wie sie nach innen kroch, bis sie nur noch in ihren Gedanken war. Nur zögerlich entschloss sie sich, wieder zurückzukriechen. „Du hast gesagt, die Geschichte geht gut aus", hauchte sie mit fahlen Lippen.

„Ja. - Weil das, was Evelin gesehen hat, tatsächlich geschehen ist", sagte ich lapidar.

„Woher weißt du das?"

„Ich hab es röntgen lassen."

„Weiß Evelin …"

„Nein. - Ich erwarte dieser Tage einen Anruf aus Steffens Institut, in dem sie das Schaukelpferd untersuchen. Den wollte ich abwarten, damit ich ihr alles erzählen kann."

Sie stand auf, um mich in die Arme zu nehmen. „Ich danke dir", hauchte sie. „Der Mann, mit dem sie sich trifft, das scheint was Ernstes zu sein."

„Dachte ich mir."

„Man hat immer eine Chance."

„Ich weiß."

„Warum müsst ihr Männer immer irgendetwas abwarten?"

„Hättest du um einen Mann gekämpft, der tanzende Staubsauger sieht?"

Ihr Gesicht zog sich zusammen. „Du hättest sie fallen lassen? Du hättest sie einfach …"

„Sie hat m i c h verlassen, vergiss das nicht."

Karlchen erschien. „Warum hast du geweint, Omi?"

„Weil ich dumm war. Jetzt lach ich wieder, siehst du?"

„Warum warst du dumm?"

„Weil ich traurig darüber war, dass Mama und Papa nicht mit dir zusammenwohnen."

„Das ist nicht dumm."

„Doch, weil ich glaube, dass sie sich irgendwann wieder liebhaben werden", sagte sie an mich gewandt, während sie Karlchen ganz fest an sich drückte. Er sollte wohl die Tränen nicht sehen, die auf ihre Bluse tropften.

33

Es verging nun kein Tag, an dem ich nicht zu dem Laden pilgerte, den ich früher nicht wahrgenommen, dessen Besuch mein Leben aber ganz und gar verändert hatte. Ich schaute durch das Fenster, das nur kurze Zeit das Vergnügen gehabt hatte, Schaufenster zu sein, und hoffte, etwas zu sehen, das meinen Verdacht hätte verhärten oder entkräften können. Bei zehn Besuchen sah ich nur ein einziges Mal einen Kunden im Geschäft. Nichts, rein gar nichts an diesem Laden zeigte auch nur die Spur einer Geschäftstüchtigkeit seines Besitzers. Dieses Geschäft warf keinen Gewinn ab, von dem auch nur ein Mensch hätte leben können.

Bei diesen Gängen traf ich nicht selten den knochigen Missionar. Ich grüßte ihn höflich und ging weiter. Von meinem hilfswilligen Informanten hatte ich gegen eine unbeträchtliche Münze den vollen Namen erfahren. Der Familienname fand sich zwei Seiten vor Karlchen im Stammbuch des Seepferdchens wieder.

Leider ging der Versuch fehl, den letzten Besitzer vor Karlchen zu finden. Die Familie war nicht lange nach Rückgabe des Schaukelpferdes umgezogen. Auf der Meldestelle waren sie nicht bereit, mir die neue Anschrift zu geben. Ich suchte nun die Besitzer rückwärts der Reihe nach auf. Es fand sich nur ein einziger, aber der konnte sich nicht an das Spielzeug erinnern. Er lebte allein und behauptete, je weder Frau noch Kinder gehabt zu haben. Je weiter ich nach vorn blätterte, je unwahrscheinlicher wurde es, die Besitzer zu finden.

Fußlahm und niedergeschlagen kehrte ich von diesen Erkundungen zurück. Ich blätterte stundenlang im Stammbuch und ersann die abenteuerlichsten Geschichten. Der Professor würde mir erklären, was wie funktioniert, nicht aber, warum ein Mensch auf einen so perfiden Gedanken verfällt. Je länger ich nachdachte, je mehr rückte jener Mann ins Zentrum meiner Gedanken, der vorgab, das Spielzeug nicht zu kennen und weder Frau noch Kinder zu haben. Ich besuchte ihn ein zweites Mal.

„Kommen Sie von diesem Verrückten?"

„Er war bei Ihnen?"

„Er faselte was von Gott und einem Zeichen."

Ich zeigte ihm das 'Zeichen' im Stammbuch.

„Was wollen Sie von mir?"

„Sie haben dieses Schaukelpferd noch nie gesehen?"

„Nein, verdammt. - Warum ist das so wichtig für Sie?"

„Und Sie kennen auch nicht diese Eintragung?" Ich hatte an die entsprechende Stelle geblättert.

Er las lange die wenigen Zeilen. „Das ist reiner Zufall. Wissen Sie, wie viele *Bäcker* es gibt? Zu der Zeit habe ich noch gar nicht hier gewohnt."

„Und Sie haben auch keine Ahnung, wo diese Familie Bäcker hingezogen ist?"

„Wissen Sie, wo Ihr Vormieter hingezogen ist?"

Kaum klüger als nach meinem letzten Besuch stieg ich langsam die Treppe hinab. Es roch muffig, aber nicht unangenehm. Ich mochte diesen Geruch nach längst vergangenen Zeiten, auch wenn es ein merkwürdiges Gefühl war, von Gebäuden, von Städten überlebt zu werden.

Es konnte alles gelogen sein. Um in den Besitz dieses Schaukelpferdes zu kommen, musste man weder Frau noch Kinder haben. War es nicht sogar wahrscheinlich, dass der Kerl, der auf den Gedanken verfallen war, dieses niedliche Spielzeug in ein Monster zu verwandeln, keine Familie hat? Konnte das nicht sogar ein Motiv sein? Aber dann hätte er sich wohl kaum in das Buch eingetragen. Ich lachte über meine Naivität. Wie hatte ich glauben können, dass ein Typ, der so energisch und akribisch darauf zielt, andere zu täuschen, einen so leichtsinnigen Fehler begeht, sich in das Büchlein einzutragen? Dennoch blieb mir der Kerl verdächtig.

Ich fieberte auf Kottners Anruf. Hatte er mich vergessen? Hatten andere Probleme das Spielzeug verdrängt? Stand das Schaukelpferd nun irgendwo unter all dem anderen Gerümpel?

Nach vierzehn Tagen war meine Geduld am Ende. Ich hielt mich an Steffen. Freitagabend rief ich ihn an. „Wie steht die Wette?"

„Du bist raus, Alter." Er schien zu kauen.

„Verloren?"

„Nein. So kurzfristig war niemand zu gewinnen. Jetzt lost eine Wette die andere ab."

„Der Professor ist noch an der Sache dran?"

„An der Sache dran? Er macht nichts anderes mehr. Manche Abteilungen sorgen sich bereits um die Zukunft des Instituts."

„Jetzt übertreib nicht."

„Es kann sich keiner hier erinnern, den Alten schon mal so erlebt zu haben. Absolute Hochspannung, Alter. Eine Stimmung wie auf dem Pulverfass. - Heute ist der Druck erstmal raus. Ich bin heilfroh, noch keine Kinder zu haben."

„Kannst du das mal für das Hirn eines Mistkäfers aufbereiten?"

„Der Alte ist völlig verzweifelt, weil er das Ding nicht in Gang kriegt. Die ganze Hochbegabtenabteilung lag über zwei Wochen auf Lauer, vor allem nachts. Nichts. Es bewegt sich nicht. Nachdem sie es in den Labors mit allen Raffinessen durchleuchtet und abgehorcht haben, gibt es inzwischen einige Theorien, wie es grundsätzlich funktioniert. Keiner hat derzeit Lust, in die Abteilung zu wechseln. Das gab es noch nie. - Heute ist der Wind erst mal raus."

„Das sagtest du schon. - Hat er aufgegeben?"

„Da kennst du den Alten nicht. Eher hängt er sich auf. Er hat es einem Kollegen mitgegeben und ihn beauftragt, es ins Kinderzimmer zu stellen und nicht aus den Augen zu lassen."

„Warum?"

„Weil er hofft, dass es nun die zweijährige Tochter in Schwung bringt."

„Und wenn es einfach nur kaputt ist?"

„Darauf ist der Alte auch schon gekommen. Wärmebildkameras haben umfangreiche Aktivitäten fünf Minuten vor Mitternacht aufgezeichnet. Vierundzwanzig Uhr schalten sich dann aber alle aktivierten Teile wieder ab. Das Pferdchen scheut gewissermaßen. Der Alte ist auf Hundertachtzig. Er hat - wenn auch nicht ganz ernst - schon den Verdacht geäußert, dass das Ding von einem konkurrierenden Institut gebaut worden ist, um ihn zu kompromittieren. - Er kann sich im Grunde nicht leisten, zu scheitern. Alle Abteilungen haben davon Wind gekriegt. Einige ganz Wagehalsige wetten schon auf genau diesen undenkbaren Fall. Soll ich deinen Einsatz in diesen Wetten platzieren, Alter?"

„Nein", sagte ich abwesend. „Ich bin sicher, er kriegt es raus. - Hast du dein Material gefunden?"

„Ja. Aber es war im Grunde gar nicht nötig. Dieses Projekt liegt, wie andere auch, vorerst auf Eis. Dein Schaukelpferd hat Priorität. Stell dir das vor, Alter."

„Habt ihr keine Angst, dass es euch ruiniert?"

„Das hatte ich vorhin angedeutet."

Ich erinnerte mich. „Habt ihr nicht Lust, mal vorbeizukommen?"

„Klar. Aber jetzt sind wir gerade dabei, die Taschen zu packen. Wir fahren für ein paar Tage in den Schnee. Ich musste mal raus, sonst dreh ich durch. Aber danach bestimmt. - Jule lässt grüßen."

Wer fragt mich, ob ich mal raus müsste. Ich hatte gehofft, die süße Ärztin mit der schnellen Lösung des

Problems und später vielleicht auch mit anderem beglücken zu können. Ohne den Schlüssel brauchte ich ihr nicht unter die Augen zu treten.

Der einzige, der ab und an nach mir sah, war Karlchen. Er war auch die letzte, wenngleich sehr dünne Brücke zu Evelin.

Ein Aspekt der extremen Anpassung des Mauerseglers an den Luftraum sind auch die kleinen Füße, die für Bodenlandungen und die Fortbewegung am Boden nicht sonderlich geeignet sind. Am Boden steht er auf den Krallen und Fersengelenken. Mit leicht gesenktem Kopf und weit ausholender Bewegung der etwas gespreizten Füße vermag der Mauersegler eidechsenartig zu laufen, was einen recht unbeholfenen Eindruck macht. Mittels der vier nach vorn gerichteten Krallen vermögen erwachsene Vögel ausgezeichnet zu klettern. An Zweigen oder Stangen können Mauersegler hängen, nicht aber darauf sitzen.

Auch wenn Mauersegler nicht ohne Not auf flachem Boden landen, können gesunde Tiere - entgegen anders lautender Behauptungen - mühelos vom Boden starten, sofern eine ausreichende freie Strecke für den Start vorhanden ist. Mit den Füßen kann sich der Vogel dabei dreißig bis fünfzig Zentimeter vom Boden hochkatapultieren oder sich nach einem Sprunglauf von drei bis fünf Schritten in die Luft erheben. Obwohl die Spitzen der Handschwingen bei einem solchen Start den Boden berühren, stößt sich der Mauersegler nie mit den Flügeln vom Untergrund ab. Insbesondere geschwächte Tieren klettern auch Wände und Bäume empor, um sich von dort in den Luftraum fallen zu lassen.

34

Eine Woche später kreuzten die beiden tatsächlich ohne Vorwarnung auf. Sie setzten sich in die warme Stube, präsentierten mir per Notebook eine Fotoserie aus - gefühlt - zehntausend Fotos von Schnee, Bergen, Hütten, Sportgeräten, chicer Wintergarderobe, gemütlichen Kaminzimmern, verliebten Gesichtern und tranken allen Wein, der sich noch in der Wohnung befand.

Mir war zuvor nie aufgefallen, wie albern es wirkt, glücklich zu sein. Wenigstens Jule versuchte bei all der Schwärmerei, meinen Zustand im Auge zu behalten. Ohne ihr Einschreiten hätte ich mir wahrscheinlich noch zehntausend Fotos ansehen müssen.

Seit Erfindung der digitalen Fotografie haben die Leute jedes Maß verloren. Der einzige Vorteil dieser Massenarchivierung ist, dass sich Millionen Fotos mit einem Mausklick schreddern lassen. Was will die Nachwelt mit Bergen von Säuglingsaufnahmen? Wir wären froh, ein einziges Foto solcher Art von unseren Großeltern zu besitzen.

Steffen schwärmte derweil weiter vom Essen, der Unterkunft, den Betten …

„Was macht eigentlich der Professor?", fiel ich ihm unvermittelt ins Wort.

„Ach ja. - Es ist wieder da, seit vorgestern."

„Das Schaukelpferd?"

„Der Kollege, der es zu Hause hatte, hat sich geweigert, es länger bei sich zu behalten. Immerhin hat er gesehen, was man über das Wunderding erzählt. Kottner hat ihn vor versammelter Mannschaft Feigling geschimpft. Dabei ist er vor allem sauer, weil er nicht zuwege bringt, was einem zweijährigen Mädchen gelungen ist. Jetzt ist auch bewiesen, dass das Ding in Ordnung ist. Kottner hat behauptet, dass der Kollege ihn hätte zu den Beobachtungen hinzuziehen müssen. Weißt du, was Schmidt darauf gesagt hat? - Unsere Türen haben nur ein Schlüsselloch, Herr Professor. So was hätte sich noch vor kurzem kein Mensch getraut. Die Wetten steigen, Alter." Steffen schüttelte sich vor Lachen. Jule fiel schüchtern ein. Sie war eine Augenweide.

„Wie oft hat er es gesehen?"

„Zwei Mal."

„Und es war so, wie Evelin es erzählt hat?"

„Ja. Nur soll es sich auch ein bisschen gedreht haben."

Mir fiel ein, dass das auch Evelin schon beobachtet hatte. „Das hatte ich nur vergessen. - Ist der Professor morgen im Institut?"

„Das würde ich dir nicht empfehlen. Vergiss es, Alter! Es sei denn, du weißt, wie es funktioniert."

„Ist er da oder nicht?", fragte ich unwillig.

„Der ist eigentlich immer da. Scheint so, als ob er im Institut schläft."

Wir schwätzten noch bis nach Mitternacht über Alltägliches. Bemerkenswert war allein, wie geschickt wir alle drei um Evelin herummanövrierten. Die beiden ließen sie aus, um mich zu schonen oder die Stimmung nicht zu verderben, und ich fragte nicht, weil ich Angst vor der Antwort hatte.

Die Nächte waren mühsam. Zwar konnte man reiben, bis einem alle Lust vergeht, aber auch dann blieb ein unbefriedigter Rest. Ich dachte dabei an Evelin und die engelhafte, strenge Ärztin.

In der übernächsten Nacht schreckte ich aus einem Alptraum, wie ich ihn an anderer Stelle beschrieben habe. Aber diesmal war es nicht die Angst vor der in die Brust eindringenden Klinge oder dem tödlichen Ton der Glocke, die meinen Kreislauf aufputschte, sondern die Drehung des Monsters. Die Beobachtung, der ich bisher keine Bedeutung beigemessen hatte, verband sich noch im Halbschlaf mit einer anderen Erinnerung, nämlich einer Äußerung des Schäfers. Woher wusste er, dass Karlchen ein eigenes Zimmer hat? Warum konnte Karlchen nicht auch im Schlafzimmer schlafen? Weil er dann das Schaukelpferd so wenig schaukelnd und lachend erlebt hätte wie ich während der vergeblichen nächtlichen Sitzungen mit Evelin?

Hatte ich - der Mistkäfer - einen Gedanken, der dem Professor bis jetzt nicht gekommen war? Das Herz schlug im Hals. Es war früh um sechs. Mich überfiel eine panische Unruhe; die Angst, der Professor könne meiner Idee zuvorkommen. Diese Furcht steigerte sich mit der Annäherung an das Institut.

Nur wenige Fenster waren erleuchtet. Als ich an die Scheibe der Pforte klopfte, schreckte die alte Dame aus dem Schlaf.

Sie erkannte mich wieder. „Der Herr mit dem toten Hund. - Nein, ich dachte nur im ersten Moment, es wird doch kein toter Hund sein. Aber mit dem hätten Sie uns auch nicht mehr Ärger ins Haus bringen kön-nen. Der Herr Direktor ist unten. Raum 4.“

Ich stand lange zögernd vor der Tür. Von außen hörte ich ein wiegendes Geräusch. Auf mein Klopfen ver-nahm ich das vertraute, nur etwas atemlose: „Ja!“

Es bot sich mir ein skurriles Bild. Der Professor ritt sehr konzentriert, leicht verkrampft nach vorn gebeugt den Kopf des Seepferdchens umklammernd. „Setzen Sie sich. Ich brauche noch ein paar Minuten.“ Er beach-tete mich nicht weiter. Der Raum war, von drei Stühlen und einem Tisch abgesehen, vollkommen leer. Es sah am ehesten danach aus, als habe der Professor den Ver-stand verloren. War Steffens Wunsch in Erfüllung ge-gangen? Ich setzte mich, bemüht, mir mein Befremden nicht anmerken zu lassen.

Der Professor schaukelte aus, nahm die Füße von den Stützen und stieg recht vorsichtig ab. „Es ist gar nicht so einfach. Versuchen Sie's mal. Unser Schwerpunkt liegt viel zu weit oben. Man ist ständig in der Gefahr, nach vorn oder hinten umzukippen.“ Mit einem riesigen Taschentuch wischte er sich Stirn und Nacken.

„Warum tun Sie das?“

„Ich mache es scharf“, sagte er noch immer kurzat-mig. - „Guten Morgen.“

„Guten Morgen, Herr Professor. Es freut mich, Sie in so prächtiger Laune zu sehen", sagte ich vorsichtig.

„Im Alter, wenn die Phantasie die Sinneslust ersetzen muss, ist nichts beglückender, als ein kniffliges Problem. Sie sehen dort einen der genialsten Gegenstände, den ich je in meinen Händen gehalten habe. Was haben Sie dafür bezahlt?"

„Nichts. Der Schöpfer hat vor hundertzwanzig Jahren bestimmt, dass es nicht verkauft werden darf."

„Da wusste er noch nicht, dass ein Spaßvogel einmal daraus dieses Wunderwerk bastelt."

„Sie kennen alle Geheimnisse?"

„Nein!" Dieses Nein klang wie der auf die eigene Stirn abgefeuerte Schuss eines Revolvers. „Aber einiges wissen wir schon. - Sehen Sie, ich habe es scharf gemacht. Wenn Sie es zwanzig Mal schaukeln, wird die Sperre der großen Pendel gelöst. Sie stellen sich der Bewegung entgegen. Es schaukelt sich viel schwerer. Kindern ist das gleich. Wenn es hingegen Ihnen passiert, werden Sie erschrecken. Sie halten an oder verzögern. Sofort rasten die Pendel wieder ein, und alles ist so, als wäre nichts geschehen. Sie werden glauben, an einen Gegenstand gestoßen zu sein oder sich geirrt zu haben. Nun brauchen Sie wieder zwanzig Anläufe, bis die Pendel entriegelt werden."

„Die Pendel laden einen Akku?"

Der Professor kniff die Augen fast zu. „Sie sind im Besitz von brauchbaren Hirnarealen."

„Danke."

„Können Sie mir auch sagen, warum ich alter Zausel mich höchstselbst auf das Monstrum setze und dabei riskiere, den Hals zu brechen?"

„Weil kein anderer besessen genug ist, der Neugier ein solches Opfer zu bringen."

„Sie. - Das meine ich nicht. Ich brauche nur mit dem Ohr zu wackeln, da stehen sie Schlange, um an meiner Stelle zu schaukeln."

„Dann verstehe ich nicht, was Sie meinen."

„Warum schaukele ich es nicht einfach mit der Hand? - So." Er stellte das Spielzeug auf den Tisch und demonstrierte mir die viel bequemere und ungefährlichere Handhabung.

„Ich vermute mal, dass sich die Entriegelung nur hält, wenn das Pferd entsprechend schaukelt."

„Sie sind nicht zufällig der Kerl, der es gebaut hat?"

Das tat gut. „Nein."

„Ich werde Ihnen etwas antun, wenn Sie gelogen haben", sagte er nüchtern und ernst. Er sprach fortan nicht mehr wie zu einer Horde begriffsstutziger Studenten, die sich mehr für den Studienort als das Fach interessieren. „Sie können die Kurve, die die Schwerkraft erheischt, nicht mit den Händen imitieren. - Schon hier, beim allerersten Schritt, zeigt sich die Genialität des Schöpfers, aber sie zeigt sich nicht in erster Linie in dem, was dieser Gegenstand kann. Ein Schaukelpferd zum Schaukeln, Lachen und Weinen zu bringen, gelänge vermutlich schon einem begnadeten Fünftklässler. Es ist leicht zu erklären, wie es von den beiden Pendeln bewegt wird, wie die Augen leuchten, wie es nebelt oder weint. Die Genialität des Meisters zeigt sich in der Verweigerung, der Sturheit, der Täuschung dieses Dings." Seine Worte bekamen einen scharfen, beinahe martialischen, sehr leidenschaftlichen Klang. „Ich war die letzten Wochen unwillig, weil ich nicht sicher war, ob der Mechanismus noch fehlerfrei funktioniert. Die Blödiane ringsum glaubten, ich wäre verstimmt, weil es mich überfordert. Unsinn! Jetzt, da ich sicher weiß, dass es funktioniert, beginnt der Kampf um die Entzauberung."

„Was wissen Sie?"

„Im Grunde alles - und nichts."

Ich sah ihn skeptisch an.

„Sehen Sie sich dieses unschuldige Ding an. Es besteht aus fünf Aluminiumkassetten, die nur mit millimeterstarkem Furnier getarnt sind. Der Kassettencharakter wird darüber hinaus optisch ideal durch die Seile vertuscht, die nur scheinbar durch die Holzteile geflochten sind. Damit es beim Abklopfen nicht hohl klingt, gibt es in den beiden unteren Teilen einen Schaumstoffvorhang, der vor Bewegung der Pendel zur Seite geschoben wird. Eisen gibt es kaum, so dass die Schrauben die einzigen von Laien identifizierbaren Metallteile sind. Das kleine Monster wiegt reichlich achttausendvierhundert Gramm. Bei einem Volumen von reichlich zwölftausend Kubikzentimetern ergibt das eine Dichte von fast null Komma sieben, also haargenau die Dichte von Birkensperrholz. Eine Meisterleistung! Aber das nur nebenbei. Herzstück der Maschine ist ein im Sitz verborgener Computer mit einem extrem dünnen dreieinhalb Zoll Laufwerk. Erste patentverdächtige Raffinesse. Über Funk ist das Gerät immer im Besitz der genauen Zeit. Wenn der Akku die nötige Spannung geladen hat, werden fünf vor zwölf die Pumpe für die Tränenflüssigkeit und die Nebelanlage aktiviert. Erstaunlich ist hier allein die Winzigkeit der Geräte. Punkt zwölf werden die Augen beleuchtet. Sie sehen nur aus wie massive Halbkugeln, in Wahrheit sind es furnierte Glaskörper. Das Licht scheint durch das Holz, was den unheimlichen Eindruck noch verstärkt. Das Lachen kommt vom Laufwerk. Die kleinen, sehr starken Motoren, die beim Ladevorgang als Generatoren gewirkt haben, setzen die Pendel in Gang. Nach etwa einer Minute ist der Spuk vorbei. Die Pendel lassen das Ding nach vorn kippen. Sie sind aber ebenso in der Lage, das Monster in einer Sekunde in die Ausgangslage zu bringen und erstarren zu lassen. Bei entsprechender Gegenbewegung können die beiden Pendel das Ding sogar drehen. Ich nehme an, es gibt ein Mikrofon. Wird es laut in der Umgebung, schreit beispielsweise ein zartfühlender Beobachter auf oder um Hilfe, dann erstarrt das Ding fast augenblicklich. Ich kann mir vorstellen, dass das Gleiche geschieht, wenn man versucht, es in der Bewegung zu behindern. Eine weitere Raffinesse ist der Entlademechanismus. Wenn der Bluff - aus welchen Gründen auch immer - nicht stattfinden kann, dann entlädt der Akku. Ich nehme auch hier an, dass das ebenfalls geschieht, wenn die Vorstellung handgreiflich oder akustisch unterbrochen wird. Möglicherweise gibt es auch einen Lichtsensor, der nur bei Dämmerung grünes Licht gibt. Genaueres kann ich erst sagen, wenn sich das Ding mal bewegt." Die Stimme hatte sich verwandelt. Das letzte klang niedergeschlagen.

„Sie meinen, nach jedem Fehlversuch muss es immer wieder geschaukelt werden?"

„Ja. Leider haben wir nur einen Fehlversuch täglich."

„Steht das Ding schon lange hier?"

Der Professor sah mich durchdringend an. „Nein. Seit gestern Nacht. Ich hab es nach dem letzten Fehlversuch hergebracht. Ich will hier ein Kinderzimmer einrichten, um …"

„Ich denke, das wird nicht nötig sein", sagte ich leise. Mein Puls hatte die Frequenz, wie ich sie von Schachspielen her kannte, in denen ich glaubte, gegen weit überlegene Gegner eine spielentscheidende Zugfolge gefunden zu haben.

„Wollen Sie damit sagen, dass Sie das Startsignal kennen?", rief er fast beschwörend.

„Nein", wendete ich kleinlaut ein. „Ich habe nur nachgedacht, und dabei …"

„Hören Sie, Herr …"

„Meissner"

„… Meissner. Hier denkt eine ganz Reihe von Leuten nach, die hervorragende Kenntnisse sowohl in der Robotik, als auch Kybernetik haben." Er hielt plötzlich inne.

„Ich sagte, ich denke, es wird nicht nötig sein. Was nicht heißen soll, dass ich davor gefeit bin, etwas Falsches zu denken", entschuldigte ich mich schon im Voraus für die Hoffart eines Mistkäfers.

Der Professor nickte.

„Vor Jahren habe ich ein Buch über Schlangen gelesen; faszinierende Wesen. Die hochentwickelten Arten - Riesenschlangen und Grubenottern, wie die Klapperschlange - können Wärmebilder sehen. Nun hat ein Kollege erzählt, dass Sie auch Untersuchungen mit Warmebildkameras angestellt haben."

Der Professor nickte. „Worauf wollen Sie hinaus?"

„Für alles, was das Schaukelpferd Ihren Schilderungen nach kann, brauchte es keinen Rechner mit Festplatte. Ein kleiner Chip würde genügen. Anders wäre es, wenn der Rechner mit der Auswertung sehr komplexer Bilder in Anspruch genommen wäre. Ist es nicht möglich, dass das Gerät Wärmebilder empfängt und bei entsprechender Übereinstimmung mit Menschen soweit auflöst, dass es Individuen unterscheiden kann?"

„Sind Sie Physiker?"

Die Frage fand einen direkten Weg in mein Seligkeitszentrum. „Lektor, Herr Professor."

„Diese Technik läge Meter vor dem heute Möglichen; die Miniaturausführung, die für dieses Ding nötig wäre, sogar Kilometer."

„Das kann ich nicht beurteilen. Ich weiß nur, dass das Ding unsere Vorstellungskraft schon einmal überfordert hat. - Haben Sie eine andere Erklärung für die Sturheit dieses Pferdchens?"

Der Professor schien noch immer mit meinem Gedanken befasst. „Nein", sagte er schroff. „Sie meinen, es kann nicht nur sehen, wie viele Menschen sich im Raum aufhalten, sondern die auch noch unterscheiden?"

„Solange es keine oder mehr als eine Person ausmachen kann, bricht es das Programm ab, ebenso bei allen unsicheren Beobachtungen. Wenn es eine einzige Person feststellt, speichert es die individuellen Daten. Es startet das Programm und richtet das Ding mit der Längsachse zu eben jener Person."

Der Professor schob die Lippen vor. „Fortan löst es nur noch aus, wenn es diese Person allein im Raum vorfindet und eindeutig identifizieren kann?"

„Ja. - Sie sind im Besitz von brauchbaren Hirnarealen." Den längeren Satz habe ich natürlich nur gedacht. Leider habe ich keinerlei Veranlagung zu einem Helden.

„Und wie kann es dann die Tochter eines Kollegen beobachtet haben, nachdem das Spielzeug auf Ihre Frau geeicht worden war?"

„Vielleicht, weil das Schaukelpferd bei größerem Ortswechsel das bestehende Identifizierungsraster löscht. Kann doch sein, dass es über eine Art GPS verfügt."

„Meissner, Sie wollen mir erzählen, dass Sie mit dem Ding nichts zu tun haben?"

„Nicht mehr als Sie, Herr Professor."

„Lassen Sie den Professor weg! Wenn Ihre Vermutungen richtig sind, dann werde ich das Viech heute Punkt Mitternacht endlich in Aktion erleben. Ich werde es auf mich prägen wie die Graugans ihre Kücken. Das heißt, kein anderer im Institut wird es je zum Schaukeln bringen. Ist das korrekt?"

„Ja, Herr …"

„Erwarten Sie meinen Anruf fünf nach Zwölf."

Mit rasendem Herzen stieg ich aus dem Keller empor zum Licht, um Steffen einen kurzen Besuch abzustatten. Diesmal erschrak er nicht über mein Kommen.

„Wie stehen die Wetten?"

„Schlecht, Alter."

„Was heißt, schlecht?"

„Es gibt keinen mehr, der daran glaubt, dass er es schafft."

„Er schafft es. In drei Tagen weiß er Bescheid."

„Soll ich deinen Einsatz den Zweiflern entgegensetzen?"

„Und leg deinen drauf. Es ist ein todsicherer Tipp."

35

Den ganzen Tag über war ich erwartungsgemäß sehr nervös. Fieberte eine meiner inneren Stimmen dem magischen Zeitpunkt entgegen, schien die andere Stimme, namentlich die, die ich in den letzten vierzig Jahren als moralische Instanz fürchten gelernt hatte, schwer in den Magen zu rutschen. 'Warum hast du dich da eingemischt?', war ihr ständig wiederholter Vorwurf. War es Eitelkeit, dass ich mich mit dem Unvergleichlichen maß? Ging es mir hier überhaupt noch um die Entzauberung eines Gegenstandes? Wieso fasste ich den Professor als meinen Widerpart auf? Warum lag mir so viel daran, dem Ding möglichst grenzwertige Eigenschaften zuzuschreiben? Glaubte ich, von der Kompliziertheit entschuldigt zu werden? Was lag an all dem?

Aufkommendem Regenwetter begegnen Mauersegler durch sogenannte zyklonale Wetterflüge. Bei Annäherung eines Tiefdruckgebiets, auch Zyklon genannt, ziehen viele Mauersegler vor dessen Wetterfronten her. Sie starten in vielen Fällen bereits, wenn die Kaltfront noch fünfhundert bis sechshundert Kilometer entfernt ist. Die Vögel bilden rasch Trupps, die zunächst in den Warmsektor des Tiefs ziehen, wo sie selbst bei Regen noch genügend Nahrung finden. Später fliegen sie gegen den Wind durch die Kaltfront des Tiefdruckgebiets hindurch und sind so die kürzestmögliche Zeit den stärksten Regenfällen ausgesetzt. Meist umwandern die Mauersegler dabei das Zentrum des Tiefs im Uhrzeigersinn und keh-

ren oft erst nach tausend bis zweitausend Kilometern wieder zum Ausgangspunkt zurück. Regelmäßig vermischen sich durch solche Wetterfluchten aber auch die Individuen verschiedener Regionen vorübergehend.

An den Wetterflügen nehmen besonders die nicht brütenden Vögel teil, also vor allem die Einjährigen. Aber auch die Brutvögel beteiligen sich oft an den Wetterfluchten. Die Jungvögel überdauern die Abwesenheit der Eltern meist in einer Art Hungerschlaf.

Mitternacht schlug mir das Herz im Hals. Ich saß vorm Telefon und rieb mir die nassen Hände. Fast auf die Sekunde genau klingelte es. Ich ließ es klingeln, um mir die Spannung nicht anmerken zu lassen, und meldete mich endlich mit gleichgültiger Stimme. „Meissner."

„Ich weiß. Spielen Sie nicht den Abgebrühten. Auch wenn ich ein Leben lang mit Automaten beschäftigt bin, kenne ich die Menschen ein bisschen."

„Ihrer Stimmung nach zu urteilen, lag ich falsch."

„Denken Sie, ich kann mich nicht verstellen? - Sie lagen goldrichtig."

Der Druck wich von mir. „Und?"

„Was und? - Es lief, wie von Ihnen vermutet und beschrieben. Besonders beeindruckend war die Drehung. Die Achse schien sich nach meiner Nasenscheidewand auszurichten und folgte mir sogar, als ich mich zur Seite neigte. Ich muss gestehen, dass es mir nicht egal war, obwohl ich wusste, was geschieht. Immerhin konnte es ja sein, dass Ihre Frau nicht alles erlebt hat. Ich hätte dem Vieh nicht unvorbereitet begegnen wollen." Dieses Geständnis hatte etwas sehr Menschliches oder Makakliches, ja fast Mistkäferliches.

„Haben die Geräte alles aufgezeichnet?"

„Welche Geräte?", fragte er gereizt. „Ich saß ganz allein vor dem Monster; um es nicht zu verstimmen. Fehlversuche habe ich zur Genüge erlebt. Wer weiß, worauf es noch alles allergisch reagiert. - Weiteres morgen um die gleiche Zeit. Schlafen Sie gut."

Ich schlief wie ein Baby. Nach all den Wochen der Selbstanfechtung und des Zweifels kehrten Zuversicht und Ruhe ein. Kottner war nicht irgendwer. Er war eine Zierde der Spezies. Er hätte den Launen des Schaukelpferdes nicht unvorbereitet ausgesetzt sein wollen. Ihm wäre es nicht anders ergangen als mir. Das half mir zwar nicht über den Verlust Evelins, ließ ihn mich aber leichter ertragen. Es war schicksalhaft gewesen, nicht dumm.

36

Evelin verzögerte ihren Schritt, als sie mich vor der Schule stehen sah. Ich war über zwei Stunden auf- und abgegangen. Die Begegnung war kühl, wie sie kühler nicht hätte sein können.

„Ich habe nicht viel Zeit. Warum hast du nicht angerufen?"

„Weil ich dich überraschen wollte", hätte ich gesagt, wenn ich in ihrem Gesicht auch nur den Funken der Freude über das Wiedersehen hätte ausmachen können. „Ich war grad in der Nähe", sagte ich also nur.

Sie schaute sich um. „Wenn du willst, kannst du mich ein Stück begleiten."

Ohne Übergang oder Einleitung erzählte ich ihr die Geschichte der Enthüllung. Wohl ein halbes Dutzend Mal entschuldigte ich mich dafür, dass ich mich hatte täuschen lassen. Wortlos und ohne die geringste Reaktion lief sie neben mir her. Auch noch in ihrer Distanziertheit war sie auf quälende Weise anziehend. Ich war fertig. Evelin schwieg. Ohne uns anzusehen, trabten wir nebeneinanderher.

„Das meiste hatte mir schon Jule erzählt", unterbrach sie endlich das Schweigen. „Offensichtlich war es dir wichtig, dass es ein paar Leute vor mir erfahren."

„Evelin, als ich es dir erzählen wollte, warst du eben dabei, eine Spritzfahrt zu machen."

„Das geht dich nichts an!"

Ich hätte ihr gern etwas ähnlich Verletzendes erwidert. Aber es fand sich nichts. Sie war ja in einer hoffnungslos überlegenen Position. „Ich weiß. Ich wollte auch nur sagen, dass ich schon einen Anlauf genommen habe."

„Fällt dir auf, dass du die ganze Zeit von einem Schaukelpferd redest?"

Das war der zweite Brocken, der sich nicht kauen ließ. „Ich hatte geglaubt … Ich dachte, dieses Ding sei der Grund …" Ich blieb stehen. Ich konnte nicht laufen und reden. Ich hatte nicht mehr die Kraft, beides gleichzeitig zu tun.

Nach ein paar Schritten blieb Evelin stehen. „Dann hast du etwas sehr Wichtiges nicht verstanden." Sie ging weiter, ohne sich noch einmal umzudrehen.

„Ich habe es verstanden, verdammt, aber ich hatte gehofft, dass es anders ist." Leider kam mir dieser Satz erst in den Sinn, als sie schon zu weit entfernt war, um noch von meinem Schrei erreichbar zu sein. Also ließ ich ihr das letzte Wort.

Zur erwarteten Zeit klingelte das Telefon. Diesmal ließ ich ihn nicht warten. „Professor", sagte ich niedergeschlagen.

„Sie hatten auch mit der zweiten Vermutung recht, Meissner, alle Achtung. Betritt ein zweiter den Raum, wird das Programm abgebrochen. Wir haben die Aufnahmetechnik in Stellung gebracht, wärmeisoliert und getarnt. Erste Probeaufnahmen sind im Kasten. Morgen wird es ernst. Ich melde mich. Gute Nacht."

Das Telefonat anderntags war noch kürzer. „Glückwunsch, Meissner, Film-, Röntgen-, Wärmebild- und Tonaufnahmen sind top. Ich melde mich wieder. Schlafen Sie gut."

In dieser Nacht schlief ich wenig. Im Grunde dümpelte ich nur von einem Sekundenschlaf zum anderen. Als ich endlich eingeschlafen war, klingelte das Telefon. Ich hatte das Gefühl, noch zu schlafen.

„Alter, woher hast du gewusst, dass er es schafft? Top, auf den Tag genau. Heute hat er der versammelten Mannschaft den Film präsentiert. Beeindruckend. So gut gelaunt hab ich ihn noch nie erlebt. Er war stolz wie Bolle. Ist in der Tat ein kniffliges Gerät, das du ihm da angeschleppt hast, mit einem Haufen Schikanen. Schlimmste Hürde war die Wärmebildsensorik. Ist zu hoch für dich, Alter. Aber beim Wetten hast du ein glückliches Händchen. Ist einiges in unsere Tasche geflossen."

Ich war zu müde, um mich über den Ton zu beschweren, der sehr an Kottners Philosophie erinnerte. Diese Nachricht weckte in mir die Besorgnis, dass der Professor über seinen Studien vergessen haben könnte, wer der Besitzer des Schaukelpferdes ist. Da er sich auch in den nächsten Tagen nicht meldete, verstärkte sich diese Befürchtung noch.

37

Ich war wieder auf Talfahrt. Wären mir die unterschiedlichen häuslichen Verrichtungen nicht auch eine Hilfe gewesen, den Tagen eine Struktur zu geben und sie dadurch besser zu überstehen, ich wäre vermutlich in den alten Zustand der Gleichgültigkeit und Nachlässigkeit abgerutscht.

Neben Karlchen, den Irene mehrmals in der Woche vorbeibrachte, war Elvira der einzige Ruhepol in diesem ansonsten recht freudlos gewordenen Leben. Ihr kleines Reich war frei von allem modernen Schnickschnack, ohne dabei altmodisch oder verstaubt oder muffig zu wirken. Das Mobiliar, einst letzter Schrei der Hellerauer Werkstätten, verband nüchterne Strenge und funktionale Gemütlichkeit. Wir schwätzten viel, hielten es aber auch schweigend nebeneinander aus. Oft begleitete ich sie auf ausgedehnten Spaziergängen. Auch unsere architektonischen Ansichten waren fast schon zu ähnlich, um mit einem halben Jahrhundert Abstand gereift zu sein. Mit der Sprache teilten wir eine Leidenschaft, auch wenn mich mehr das geschriebene, sie eher das gesprochene Wort faszinierte. Wir lasen uns gegenseitig vor. Und Dank ihrer ungekünstelten Gestaltung entdeckte ich die Belebung von Sprache, vor allem jener, die mir vorher fast tot, zumindest aber hölzern und fremd erschienen war. Ihre besondere Hingabe gehörte dem Mittelhochdeutschen, das sie sich zu einer zweiten Muttersprache gemacht hatte. Oft beglückte sie mich mit Liedern der Minnesänger, die nicht weniger zu leiden wussten als wir. Mit Leidenschaft und beeindruckend leichter Zunge rezitierte sie lange Passagen aus dem *Nibelungenlied*, aus *Tristan* oder *Parzival*.

Wenn ich mich in ihrer kleinen Wohnung aufhielt oder mit ihr am Arm durch die Straßen schlenderte, wurde ich ruhig, schienen alle Sorgen gesucht und nichtig zu sein.

Je größer die festgestellte Seelenverwandtschaft mit Elvira war, je mehr Übereinstimmungen mit dieser Frau ich entdeckte, desto wehmütiger sah ich auf den Abstand der Jahre.

Als ich schon nicht mehr damit rechnete und mir im Grunde auch gleichgültig war, was mit dem vergifteten Spielzeug geschieht, kam Kottners Anruf. Eine halbe

Stunde später begrüßte er mich in seinem Arbeitszimmer, um stolz zu berichten, welche meiner Vermutungen sich als richtig erwiesen und was er alles darüber hinaus herausgefunden hatte. Das Seepferdchen war in den vergangenen Tagen zweimal umgeprägt worden, um die GPS-Vermutung zu bestätigen. Nachdem die Identifizierungsfähigkeit des Schaukelpferdes auf eine harte Probe gestellt worden war, hatte auch sie sich als unfehlbar erwiesen. Es gab eine Toleranzgrenze sowohl für Schall, als auch für Licht. Die Mutmaßung eines bestehenden Berührungsschutzes wurde - zu Kottners Zerknirschung - nicht bestätigt. Stattdessen hatte er herausgefunden, dass es einen Annäherungsschutz gab. Die Grenze der Unnahbarkeit lag bei etwas weniger als einem Meter.

„Kommen Sie." Mit glühendem Gesicht zog er mich vor einen großen Bildschirm. Der Raum verfinsterte sich. In gestochen scharfem Bild erschien das Schaukelpferd in düsterer Umgebung. Ich kannte das Drehbuch in allen Einzelheiten, aber es zu sehen - hier hatte der Professor vollkommen recht - war etwas ganz anderes. Nichts war aufdringlich, alles dezent; die ersten Schaukelbewegungen, kaum wahrnehmbar, dann langsam zunehmend, aber nicht weniger weich und rund; das frohsinnige Lachen in originärer Lautstärke; der Nebel, nur zu erahnen; das Leuchten der Augen, wie eine Phosphoreszenz; die leichte Drehung. Bis hierhin war es eine ganz heitere Szene. Der Umschlag war entsprechend hart und unerwartet, also unglaublich pointiert. Die rötlichen Tränen setzten den i-Punkt. Der Eindruck war schlicht schockierend, nein horribel. Der Film dauerte genau eine Minute. Die eingeblendete Zeit lief weiter. Nach zehn Sekunden kippte das Schaukelpferd in die Ruhestellung zurück und verharrte fast augenblicklich. Der Professor sagte kein Wort.

Die Uhr sprang auf Null. Der gleiche Vorgang per Röntgenfilm wurde sichtbar. Beeindruckend war das Spiel der Pendel, vor allem während der Drehung. Auch diese Darstellung war unheimlich.

Diesmal sprang die Uhr auf minus Fünf. Ich sah die Szene aus der Sicht einer Wärmebildkamera. Ein eindrückliches Farbspiel zeigte die Orte der jeweils aktivierten Zonen.

Noch einmal sprang die Uhr auf Null. „Das Schall-Oszillogramm in hoher Auflösung", kommentierte der Professor. Unter der Uhr öffnete sich ein kleines Fenster mit dem ersten Film. Über dem restlichen Bildschirm zuckten Linien, die sogleich erstarrten. In den geometrischen Gebilden fror gewissermaßen das Kinderlachen ein. Als das Lachen verstummte, rief der Professor: „Sehen Sie!" Noch immer flackerten - kaum sichtbar - Linien auf und erstarrten. „Da!"

Ich fuhr zusammen. Als die Schnauze des Seepferdchens den Boden berührte, vergrößerte sich der Ausschlag noch einmal sprunghaft. Nichts anderes hatte ich erwartet. Was fand der Professor bemerkenswert dabei?

Die Jalousien öffneten sich. Ich sah den Professor erwartungsvoll an.

Er reichte mir eine DVD ohne jegliche Beschriftung. „Ich hoffe, damit sind wir quitt", sagte er müde.

„Danke, Professor."

„Der wichtigste Tipp kam schließlich von Ihnen."

„Worauf hatten Sie mich zuletzt aufmerksam machen wollen?"

„Den Film, den Sie zum Schalldiagramm gesehen haben, war nicht der zur Tonaufnahme. Während der Aufnahme hing das Schaukelpferd an weichen Gummibändern in einem absolut schalldichten Raum."

„Ich verstehe nicht, was …"

„Schön", sagte der Professor, als sei ihm eben ein Stein vom Eingang seines Selbstbewusstseins gerollt.

217

„Es ist ziemlich wahrscheinlich, dass das lachende Kind auf eben diesem Spielzeug gesessen hat. Die Tonsequenz ist ganz sicher nicht zusammengeschnitten."

Ich nickte, um nicht doch noch das Schema eines Mistkäfers auszufüllen.

„Passen Sie gut auf das Spielzeug auf. Es enthält mindestens eine Handvoll hochkarätiger Patente."

Ich nahm das sorgsam verpackte Seepferdchen wie immer unter den Arm.

„Falls Sie den Urheber dieses Monsters finden sollten, ich würde ihn gern kennenlernen."

„Ich gebe Ihnen Bescheid", sagte ich zurückhaltend.

„Eigentlich kenne ich nur einen Menschen, der das Zeug dazu hat, so ein Ding zu bauen."

Ich sah den Professor neugierig an.

„Schabernack", sagte er in sich gekehrt.

„Ist dieser Ausdruck nicht eher verharmlosend?"

„Nein, Schabernack war sein Spitzname. Wir müssten ein Jahrgang sein. Er hat Mitte der Sechziger an der TU Mathematik und Physik studiert. War später Assistent bei Lehmann." Der Professor atmete tief. „Das war mir leider nicht vergönnt. Er schien davon besessen, andere Leute an der Nase rumzuführen. Das hätte ihn beinahe die Karriere gekostet. Lehmann hat ihn gerettet. Der hatte einen Narren an ihm gefressen."

„Und was macht er jetzt?"

„Keine Ahnung. Ich glaube, er ist bei Lehmann geblieben. Zumindest war er noch etliche Jahre in seinem Institut für Maschinelle Rechentechnik hier in Dresden, Lehmann leitete den Bereich Mathematische Kybernetik und Rechentechnik. Er konnte sich die Besten aussuchen."

„Sie waren nicht bei den Besten?", fragte ich ehrlich verwundert.

„Nicht in meinem Jahrgang. Schabernack war zweifellos der Beste. Dabei hatte er nichts von einem Streber.

Ein bisschen verrückt war er schon. Das Ding da würde zu ihm passen."

„Immerhin haben Sie die Genugtuung, das Rätsel geknackt zu haben."

„Ich bin zwar ein bisschen eitel, aber nicht dumm. Ohne Ihren Hinweis hätte ich es vermutlich nicht in Gang gebracht. - Wissen Sie, was der wissenschaftlichen Arbeit am hinderlichsten ist? Der Glaube an das Unmögliche. Er setzt unserer Phantasie ganz willkürliche Grenzen. Sie haben mich gleich zwei Mal dabei erwischt. Auch hierin war Schabernack allen anderen überlegen."

„Wie hieß er richtig?"

„Darüber grüble ich schon Tage. Der Spitzname war so präsent. Selbst die Professoren nannten ihn so. Und das nicht etwa in heiterem Ton oder neckischer Absicht. Die meisten hatten eine über den Respekt hinausgehende Angst."

„War er so gefährlich?"

„Nein, nur genial."

Der Gedanke, dass Kottner noch über sich eine Elite anerkannte, war alles andere als angenehm, verschob es doch die Grenzen der intellektuellen Unterarten. Hatte ich hochgestapelt, als ich mich dem Homo mistkäferensis zuordnete?

„Ich glaube nicht einmal, dass ich mit Ihrer Hilfe die Nuss geknackt habe", sagte Kottner abwesend, als befände er sich im Drehkreuz seiner Gedanken.

„Warum nicht?"

„Weil ich - ohne Ihrem Sohn zu nahe treten zu wollen - nicht glaube, dass er phantasiert hat."

„Aber es können nicht zwei Leute an einem Ort …"

„Und ob. Ich wette, dass es einen Trick gibt, alle Hürden mit einem Satz zu überspringen", rief er leidenschaftlich. „Ich will alle Diplome in den Müll schmeißen, wenn sich dieses Monster nicht von jedermann zu jeder x-beliebigen Zeit an jedem Ort in Gang setzen lässt."

Das beglückendste Erlebnis im Institut hatte ich beim Abschied. Der Professor gab mir die Hand.

38

In die Wohnung zurückgekehrt, beschlich mich ein eigenartiges Gefühl. War es ein veränderter Geruch? Erst bemerkte ich kleine Veränderungen, dann fielen mir eindeutige Beweise ins Auge. Es war jemand hier gewesen. Und er hatte etwas gesucht. Der Vorhang zum Zwischenboden war nachlässig zugezogen. Eine Tür vom Kleiderschrank, von der ich sicher wusste, sie am morgen nicht geschlossen zu haben, war zu. Aufmerksam gemacht, fand ich auch den Geschirrschrank und die Badkonsole verändert. Ich dachte an Evelin. Was konnte sie suchen? Es fehlte nichts, jedenfalls nichts Auffälliges. Auch nach längerem Grübeln ersann ich keinen Gegenstand, der sich alternativ in meinem Kleiderschrank, im Geschirrschrank, dem Zwischenboden oder der Badkonsole finden ließ.

Meine schwirrenden Freunde hatten genug Aufwind, um ihre Kreise zu ziehen.

Während des Übersommerns in Afrika folgt offensichtlich eine große Zahl von Mauerseglern ständig der Innertropischen Konvergenzzone, die dem Gebiet des Sonnenhöchststands mit einmonatiger Verzögerung nachfolgt. In den Trockengebieten bewirken diese saisonalen Niederschläge vorübergehend ein reichhaltiges Angebot an Insekten, das die sich während dieser Zeit vermutlich ununterbrochen in der Luft befindlichen Mauersegler konsequent nutzen.

Nachdem ich lange mit klopfendem Herzen vor dem Telefon gesessen hatte, wählte ich die Nummer, die ich von der großen Tafel vorm Gebäude abgeschrieben hatte. Ihre Stimme klang müde und ernst.

„Ich bin der Typ mit dem Schaukelpferd. Wenn Sie immer noch neugierig sind, dann kann ich es Ihnen jetzt zeigen. Allerdings … entweder kommen Sie kurz vor Mitternacht oder schon am Abend. Wir könnten …"

„Ich weiß, was Sie meinen. Sie sind vielleicht ein schräger Typ." Das klang sehr therapeutisch.

„Nein, eigentlich nicht. Ich bin eher durchschnittlich."

Sie lachte.

„Wie ich höre, sind Sie müde. Sie können ja anrufen, wenn Sie Lust und Zeit haben. Haben Sie noch meine Nummer?"

„Sie blasen ja schnell den Angriff ab." Das klang enttäuscht. Oder war auch das nur müde?

„Vielleicht, weil ich nicht sicher bin, ob es ein Angriff werden soll." Das war eher so dahingeblödelt.

Sie schwieg. „Ich bin eigentlich immer müde. Irgendwie komme ich nicht zum Schlafen. Ich habe bis um sieben zu tun. Wo wollen wir uns treffen?"

„Bei mir."

„Gleich bei Ihnen?"

„Es geht nur bei mir."

Wieder brauchte ihre Antwort Zeit. „Wo ist das?"

„Gegenüber, der Hauseingang, der Ihrem Ausgang am nächsten ist. Klingeln Sie bei Meissner." Mir fiel ein, dass am Klingelbrett noch ein zweiter Name steht.

„Ist die Nähe der Wohnung Zufall?"

Ich hatte Mühe, ihr gedanklich zu folgen. „Zumindest, was Sie angeht."

„Ich werde großen Hunger haben."

„Ich versuche, darauf vorbereitet zu sein."

Obwohl ich davon ausgegangen war, dass sie zusagt, jetzt, da sie die Einladung ohne lange Ziererei angenommen hatte, wurde mir bang vor meinem Übermut. Während die Vernunft auf die Bremse drückte, spielten die Hormone verrückt. In ein paar Stunden würde ein

Engel erscheinen, der keine Bedenken hatte, die Zeit bis nach Mitternacht mit mir allein zu verbringen. Die Phantasie schrieb mit dem Griffel der Erregung ein Szenarium nach dem anderen. Die Apotheose freilich fiel immer gleich aus.

Ich brachte die Wohnung in Schuss und bestellte im vietnamesischen Restaurant am S-Bahnhof ein Menü, das auch zehn Leute hätte sättigen können. Immer wieder strich ich besorgt über den Bauch, der sich nur mit Mühe ganz einziehen ließ. Ich hatte geduscht und dreimal die Wäsche gewechselt und mir nach langem Gezerre die Worte für die Begrüßung in den Mund gelegt.

Als ich ihr öffnete, musste ich mich arg zusammenreißen, um mein Zittern zu verbergen. Die Worte, die ich mir zurechtgelegt hatte, wichen der Atemluft, die ich nötiger hatte. Sie sah umwerfend aus, ich meine, alle moralischen Grundsätze und Barrieren umwerfend, falls da welche gewesen wären. Von der Unzulässigkeit ihres Geruchs sprach ich schon.

„Praktisch", sagte sie. „Da kann ich das Auto gleich auf meinem Parkplatz stehenlassen. - Du wohnst nicht allein hier?" Das 'Du' kam ihr ganz selbstverständlich über die Lippen.

„Seit zwei Monaten schon. - Du riechst berauschend."

„Ein bisschen sollten wir das Tempo schon rausnehmen, oder?"

Ich nickte zu diesem unmenschlichen Vorschlag. Was hat die Kultur nur aus uns gemacht? Ich betete das Wort 'Schlüsselreiz' vor mich hin, um mit dieser Versachlichung das Tier in die Schranken zu weisen.

Sie setzte sich an den Tisch, auf dem sich schwerlich eine Stelle fand, die groß genug war, um die Hände abzulegen. Der Tisch bot drei Vorteile. Er trennte mich räumlich vom Objekt der Begierde; er überschrieb mit all den würzigen Düften ihren betörenden Lockstoff;

und er schickte mit der Fresslust einen anderen animalischen Trieb ins Feld.

Sie hatte kein Wort der Bewunderung für die üppige Tafel. Sie setzte sich und aß mit einem Appetit, wie ich ihn bei der Straffheit ihres Körpers nicht für möglich gehalten hatte. Nach zwei Stunden kam mir zum ersten Mal der Gedanke, ihren Appetit unterschätzt zu haben. Sie aß langsam und genussvoll, aber stet.

In diesen zwei Stunden waren wir in rasanter Zeit miteinander vertraut geworden. Monika war von einer Art Offenheit, die mich an diesem Abend oft in Verlegenheit brachte, obgleich ich mich im Grunde für locker hielt. Wir tauschten nicht nur unsere Biografien aus, sondern auch unsere Vorlieben und Macken, Gewohnheiten und Empfindlichkeiten, beschrieben die Besonderheiten unserer Berufe und die Marotten, die wir in unserer Freizeit auslebten. Monika legte vor. Ich war gezwungen, ihr zu folgen. Niemals sonst hätte ich ohne Not soviel über mich erzählt und preisgegeben.

Die Stunden bis Mitternacht vergingen wie im Flug. In der letzten Stunde gingen meine Blicke immer öfter zur Uhr, um den großen Augenblick nicht zu verpassen. Zehn Minuten vor zwölf stand ich auf. „Ich muss dich jetzt allein lassen."

Sie sah mich ängstlich an. „Warum?"

„Weil sich das Schaukelpferd nicht vor Zeugen produziert. Es möchte ganz allein sein mit dem, der mutig genug ist, es zu beobachten."

„Nein. - Ich bin nicht mutig genug", rief sie geradezu panisch. Diese Ängstlichkeit passte so gar nicht zu ihrem so selbstsicheren Wesen.

„Du weißt doch, was passiert. Es dauert nur eine Minute", versuchte ich sie zu beruhigen.

Sie klammerte sich an mich. „Nein, tu es nicht."

„Was, verdammt, soll ich nicht tun?" Die Szene war grotesk. „Ich gehe nur hinter die Tür."

„Nein. - Nein!"

Die Minuten verstrichen. Ich war einigermaßen ratlos. „Gut, warte hier. Ich komme gleich wieder." Sie umklammerte noch immer meinen Arm. „Es startet erst um zwölf. Ich bin gleich zurück."

Nur unwillig entließ sie mich aus ihrem festen Griff. Ich lief ins Schlafzimmer und kehrte gleich darauf mit einer Matratze zurück. Sie sah mich erschrocken an. Die Angst machte sie unwiderstehlich. Ich stellte die Matratze an die Wand, rückte das Schaukelpferd zurecht und stellte einen Stuhl gut einen Meter vor das Beobachtungsobjekt. Als ich Monika in den Stuhl drückte, spürte ich sehr körperlich ihre Erregung. „Nun sei nicht albern, dir passiert ja nichts."

„Und warum versteckst du dich hinter der Matratze?"

„Weil es mich nicht sehen darf. Sonst bewegt es sich nicht. Nun schau hin." Ich hatte mich so gestellt, dass ich sie sehen konnte. Diesen Film hätte ich den drei anderen hinzufügen mögen. Das Kerzenlicht flackerte auf ihrem Gesicht. Die Augen wurden immer größer. Die Füße verkrochen sich unterm Stuhl. Die Hände verkrampften sich ineinander und verdrückten sich dann zwischen die Schenkel. Alle Muskeln schienen angespannt. Als sie aufsprang, wusste ich, dass der Spuk vorüber war. Ich warf die Matratze weg und zog sie an mich. „Es ist vorbei. Sei still, es ist doch nur eine Maschine."

Sie beruhigte sich langsam. Nachdem sie eine Weile still dagesessen hatte, sagte sie: „Zeig es noch einmal."

Ohne Erklärung brachte ich das Notebook in Stellung und startete den Film. Jetzt blieb sie ganz ruhig. Den letzten Durchgang kommentierte ich. „Es sind nur die Geräusche, die aus dem Schaukelpferd kommen. Die Sequenz ist ungeschnitten."

Monika legte den Kopf in die Hände und schloss die Augen. „Furchtbar", sagte sie nur.

Es war eine merkwürdige Zusammenfassung. „Was ist furchtbar?"

„Die Stille."

Ich erinnerte mich an Evelins Worte. Auch sie hatte die Stille als unheimlich empfunden. „Warum?"

„Hast du noch nie ein Kind lachen gehört?"

„Doch."

„Hast du je gehört, dass es so aufgehört hat zu lachen?"

„Keine Ahnung."

„Spiel das letzte noch mal."

Das Lachen riss ab. Jetzt erst verstand ich die Aufregung des Professors und seine Bemerkungen. Noch ehe sich der Gedanke ganz ausgeformt hatte, sagte sie nüchtern:

„Wenn der Ton nicht manipuliert ist, dann ist das Kind gestorben."

„Monika! Das Kind kann ebenso gut …" Nein, es konnte nicht ebenso gut ohnmächtig geworden sein, nicht aus diesem Lachen heraus. Und es konnte ihm auch keiner ohne dass leiseste Nebengeräusch den Mund zugehalten haben. „Wer, zum Teufel, kann so pervers sein, daraus einen so makabren Scherz zu machen?" Ich schlug das Notebook zu und steckte das Schaukelpferd in seinen Sack. Mir zitterten die Arme, als ich die Matratze hinaustrug.

Monika kam ins Schlafzimmer, um mir beim Einstecken des Lakens behilflich zu sein. Ihr Duft hatte sich mit dem Angstschweiß ins Unerträgliche gesteigert. Die von ihm ausgehende Anziehungskraft war unbezähmbar. Ich stürzte auf ihre Lippen und fand sie empfangsbereit. Es war Raserei. So hatte ich es noch nicht erlebt, roh und wild und erst in den Wiederholungen geduldiger. Monika kannte keine Tabus. Sie nahm, was sie wollte, und gab, was ich mir bisher nur zu träumen gewagt hatte, allein mit mir und immer schamhaft bedenkend, dass es schmutzige Träume sind. Monika belehrte mich eines Besseren. Ich hätte nie geglaubt, dass der Liebessport so anstrengend sein kann und dennoch bis in die Ohnmacht hinein befreiend.

39

Am Morgen fand ich einen Zettel auf dem halb gedeckten, besser, halb abgeräumten Frühstückstisch. *Mein starker Held, ich habe ganz wundervoll geschlafen. Darf ich wiederkommen? Ich verrate auch keinem Deine verwundbare Stelle. Ich küsse Dich! Monika.*

Hatte mir der *starke Held* geschmeichelt, der wohl nur eine Anspielung auf meinen Namen war, so grübelte ich lange über den Satz, in dem von meiner *verwundbaren Stelle* die Rede war. Immerhin hatte sie - anders als ich - *ganz wundervoll geschlafen*. Ich fragte mich, wann. Mir war die Nacht, vom allerletzten Teil einmal abgesehen, als unaufhörliche Folge leidenschaftlicher Vereinnahmungen erschienen. Mich fröstelte vor Hunger oder Erschöpfung. Ich musste essen, Bauch hin oder her.

Im Verlag begrüßte mich Krause verdächtig zuvorkommend und freundlich. Stolz präsentierte er mir die *Wege auf Gott*. Ich nickte zum schwarzen Einband. Das hauchdünne Lichtkreuz einer auf- oder untergehenden Sonne lag über dem dezenten Titel. Lässig durchblätterte ich den Text, der zuletzt doch respektabel angewachsen war. Gerade als ich es zurückgeben wollte, fiel der Textteil fast vollständig auf den Buchrücken. Ich starrte auf die Hauptseite der Titellage, dann auf Krause. Sein Lächeln hatte sich verloren. Jetzt, da ich sicher wusste, dass ich ihn im nächsten Moment zerfleischen werde, tat er mit fast leid. Noch fehlten mir die Worte für die Urteilsverkündung.

Krause kam mir zuvor. „Meissner, ich weiß, was Sie sagen wollen. Aber es ging ja nicht anders. Wie hätte das ausgesehen? Sie schreiben den Titelessay, und ich …"

„Das ganze Projekt war Ihre Idee. Und kommen Sie mir nicht mit dem Titelessay. Den haben Sie doch erst dazu gemacht, und auch das schon ohne meine Zustimmung." Ich fuchtelte mit dem Buch vor Krauses Gesicht herum.

„Gut, aber Sie haben das Projekt begrüßt und unterstützt. Die meisten Autoren oder Aufsätze haben Sie vorgeschlagen, vergessen Sie das nicht."

„Das ist mein Job, verdammt. Wenn ich bei allen Zuarbeiten riskiere, Herausgeber zu werden … Sie haben feuchte Füße, geben Sie es zu!"

„So würde ich das nicht …"

„Aber ich. Aber ich! Sie schicken mich als Prügelknaben ins Feuer. Weiter nichts." Ich drosch die Schwarte krachend auf den Schreibtisch.

„Meissner, jetzt übertreiben Sie. Noch wissen wir ja gar nicht, ob geprügelt wird."

Um einer solchen Unverschämtheit angemessen zu begegnen, ist kein Frühstück kalorienreich genug. „Sehr witzig", sagte ich geschlagen.

„Sehen Sie die Sache doch auch mal von der angenehmen Seite."

Wusste Krause, dass ihn nur wenige Augenblicke von einem grausamen Tod trennten? Ich sah ihn erwartungsvoll an.

„Das Honorar …"

„Ha, ha." Ich reichte ihm das Machwerk. „Sie sollten es mal als Komiker versuchen."

„Meissner, manchmal ist es aber auch nicht leicht, es Ihnen recht zu machen."

Ich war sprachlos. Diese Sprachlosigkeit rettete Krause das Leben.

Es gibt Tage, an denen alles gleichzeitig geschieht. Am Nachmittag rief der Professor an. Ich hatte gerade einen Großeinkauf hinter mich gebracht, um Monika nicht verhungern zu lassen. Ein Menü, wie das gestrige, kann ich mir nicht alle Tage leisten.

„Herr Professor", rief ich begeistert.

„Mein lieber Meissner, ich weiß natürlich nicht, wie sehr Sie an dem Fall interessiert sind. Ich habe jemanden gefunden, der Ihnen eine Menge über Schabernack erzählen kann. Kommen Sie, wenn Sie Zeit und Interesse haben, ins Institut."

„Wann?"

„Das ist gleich."

Da das Wetter freundlich war, fuhr ich los; mit dem Fahrrad, versteht sich, nicht nur des Bauches wegen, sondern auch für die Kondition.

Unterwegs stattete ich dem Schäfer einen Besuch ab. Wie gewohnt, fand ich den Laden leer. Er schlurfte heran und betrachtete meine leeren Hände.

„Diesmal habe ich keine Rosen dabei."

„Ich dachte mehr an das Schaukelpferd."

„Soll ich es zurückbringen?"

„Nein, ich dachte nur …"

„Karlchen hat angekündigt, es nie wieder herzugeben."

Er nickte ernst.

„War übrigens ein toller Schabernack mit der Tinte."

„Freut mich", gab er müde zurück. „Was kann ich heute für Sie tun?"

Ich sah ihn an und zählte ohne Hast bis zehn. Ich war selbst erstaunt über die Länge der Pause, die dabei entsteht. „Ich wollte eigentlich nur fragen, ob es auch rote Zaubertinte gibt."

„Sicher. Kostet genauso viel." Er schickte sich an, davonzuschlurfen.

„Danke. Ich will sie nicht kaufen. Es hat mich einfach nur interessiert."

Er nahm es gleichgültig hin.

40

Im Institut begrüßte mich wieder die alte Dame in der geräumigen, gläsernen Pforte. „Wo liegt denn der tote Hund begraben?", witzelte sie.

„Der Professor bat mich, herzukommen."

„Kommen Sie rein." Sie legte das Strickzeug beiseite und bedeutete mir, neben ihr Platz zu nehmen. Da sie aufstand, um mir die Hand zu geben, hatte ich Gelegenheit, ihren großen und kräftigen Leib in ganzer Ausformung in Augenschein zu nehmen. Ich konnte mich nicht erinnern, je so viel Frau begegnet zu sein. Dabei war ihre Erscheinung wirklich eher kräftig als fett. Das Gesicht war rund und weich, der Ausdruck aufgeweckt und verschmitzt und wie auch bei unseren bisherigen Begegnungen immer heiter.

„Sie?"

„Ich habe auch schon bessere Tage erlebt. Kriege hier gewissermaßen mein Gnadenbrot. Ich müsste schon lange nicht mehr. Aber ich komme irgendwie nicht ohne den Laden aus." Sie setzte sich und nahm das Strickzeug wieder auf.

„Sind Sie die einzige, die das Institut bewacht?"

„So gut wie. Manchmal löst mich meine Tochter ab. Meine goldenen Jahre erlebte ich auf dem Zelleschen Weg bei Professor Lehmann. War eine gute Zeit. Wenn sie uns nicht ständig von oben reingequasselt hätten, hätten wir Großes leisten können. Haben Mitte der Sechziger einen der ersten Auftischrechner gebaut. D4a. War mit zweitausend Operationen in der Sekunde gar nicht mal so schlecht, Sie. - Aber das interessiert Sie

wahrscheinlich herzlich wenig. Ist Schnee von gestern."
Sie nutzte die kleine Zäsur, um sich zu vergewissern,
dass ich noch bei ihr saß.

„Wissen Sie, auch in der Wissenschaft ist fast alles
irgendwann Schnee von gestern. Kaum etwas, das
bleibt. Professor Lehmann hat ein ganzes Leben gera-
ckert wie ein Pferd. Und was bleibt? Der Ruhm, die
Rechenmaschine vom alten Leibnitz repariert zu haben,
die Sie jetzt in den Technischen Sammlungen in Striesen
bestaunen können. Zu Leibnitz' Zeiten hat das Ding nie
richtig funktioniert, und alle haben gerätselt, ob der
Fehler bei Leibnitz liegt oder bei denen, die das Ding
gebaut haben. Der Professor war fast siebzig, als er sich
an das Ungetüm wagte. Er wies nach, dass es nicht an
Leibnitz, sondern den Mechanikern gelegen hat. Mit
dreihundertjährigem Abstand hat er den Fehler beho-
ben, und nun funktioniert das Maschinchen wie ge-
schmiert. - Aber das interessiert Sie wahrscheinlich alles
nicht.

Sie wollen was über Schabernack wissen." Sie lehnte
sich zurück und starrte auf die Tischplatte. „Eigentlich
hieß er Thomas Beil. Ich kenne ihn, seit er bei Professor
Lehmann war, so Mitte der Sechziger. War der merk-
würdigste Mensch, den ich gekannt habe. Wenn überhaupt etwas, dann haben ihn seine Narreteien überlebt,
obwohl er auch ein begnadeter Erfinder war. Konnte
stundenlang die schrägesten Spitzbubengeschichten erzählen. Aber eigentlich weiß ich nur ein bisschen was
über seine Kindheit." Sie fuhr fort, mit den Nadeln zu
klappern. Die schnellen Bewegungen der Finger faszi-
nierten mich. Sie hatten etwas geradezu Hypnotisieren-
des.

„Schon früh war sein analytischer Geist erwacht.
Kaum dass er sie halten konnte, stapfte er mit einer
Katze unterm Arm zum Fenster. Er wollte wissen, ob es
stimmt, dass Katzen immer auf die Füße fallen. Also

warf er das arme Ding mit den Füßen nach oben aus unterschiedlichen Stockwerken. Nach oben hin war die Frage schnell geklärt, kritischer war es im unteren Bereich. Unter einem halben Meter schafft sie es nicht mehr, sich zu drehen, meinte er. - Aber das interessiert Sie vermutlich nicht so sehr.

Die Eltern waren streng. Die Kinder sollten es mal besser haben. Also erzogen sie sie zu Seriosität und Rechtschaffenheit. Bei Schabernack waren da aber Hopfen und Malz verloren. Er führte eine Clique an, die auf Gerechtigkeit aus war. Überall dort, wo sie verletzt wurde, sann man auf Rache. Sie hatten eine Art Schwarzbuch, in das erst einmal alle Verfehlungen eingetragen wurden. Wenn jemandem eine angemessene und natürlich originelle Strafe einfiel, wurde auch die eingetragen und dann zum bestmöglichen Zeitpunkt vollstreckt.

Klar, dass er nicht besonders beliebt war im Dorf, erst recht nicht bei den Eltern. Ich kann das nachfühlen. Selbst die Großmutter schlug ihm bei allen sich bietenden Gelegenheiten den Schürhaken kräftig übers Kreuz. Für irgendwas hatte er es schon verdient. Er lachte, wenn er die Geschichte erzählte, auch darüber, dass all seine Geschwister mitunter mit Süßem bedacht wurden, er niemals." Sie legte das Strickzeug in den Schoß. „Wissen Sie, wo er seine Lehre gemacht hat? - Als Schlosser in der Schokoladenfabrik. Der Chef hat dann sein Talent erkannt und ihn zum Studium gedrängt." Sie klapperte weiter. „Mit der Großmutter hat er übrigens vor ihrem Tod Frieden geschlossen. War der einzige, der sich am Ende noch um sie gekümmert hat. Einmal soll sie auf dem Balkon gestanden und sehnsüchtig nach unten geschaut haben. Da hat er ihr den Arm um die Schulter gelegt und gesagt: 'Oma, das ist nicht hoch genug, da tust du dir nur weh. Wenn du willst, dann suchen wir zusammen was Ordentliches.'

Ja, er machte über alles seine Späße, und oft konnte man nur schwer den Ulk von ernsten Ansichten unterscheiden. Besonderes Vergnügen hatte er daran, irrwitzige Thesen aufzustellen und mit aller Leidenschaft zu beweisen. Er zitierte Koryphäen, deren Namen keiner kannte und die wahrscheinlich auch nie existiert haben. Hatte er die Mehrzahl schließlich überzeugt und auf seine Seite gezogen, schlug er denen die Gegenthesen einer neuen Denkart samt dazugehöriger Vertreter derselben um die Ohren. Nicht selten widerlegte er dann auch noch diese Theorie. Man wusste nicht, ob man seine Fabulierkunst oder seinen Scharfsinn höher schätzen sollte. Es war ein bestechend wie bestrickend geistvolles Geblödel.

Bisweilen war er aber auch von einer nur schwer erträglichen provokanten Art. 'Die seelische Leidensfähigkeit eines Menschen verhält sich umgekehrt proportional zu seiner Intelligenz.' Solches Zeug hat er geredet und dafür entsprechend Prügel eingesteckt. Ich erinnere mich noch an einen anderen Satz, weil er mich lange umgetrieben hat. In der Zeitung hatten wir von einem tragischen Unfall gelesen, dem ein kleines Mädchen zum Opfer gefallen war. Die Frauen jammerten natürlich entsprechend und bedauerten die Eltern des Mädchens. Er hat eine Weile zugehört und dann gesagt: 'Wer so was nicht aushalten kann, der sollte keine Kinder kriegen.' Dabei war er ein Kindernarr. 'Da habt ihr Glück gehabt', sagte er manchmal, 'den Schabernack heb ich auf für meinen Sohn.'"

„Er hatte Kinder?"

Sie hielt die Nadeln still und überlegte ein Weilchen. „Wenn, dann erst sehr spät, vielleicht kurz bevor er verschwunden ist. Es gingen damals die schrägesten Gerüchte." Sie schwieg, als wenn alles gesagt wäre.

Ich sah auf die Nadeln und die sich blitzschnell ergebenden Schlaufen. „Was heißt, bevor er verschwunden ist?"

„Nicht mehr und nicht weniger, verschwunden halt. Keiner hat ihn wieder gesehen."

„Wann war das?"

„Neunzig. Zur Wende. Er arbeitete mit seinem geistigen Vater an der alten Rechenmaschine. Plötzlich war er weg, einfach so, und ohne seine Sachen zu packen. Einige meinten, er ist nur einfach in den Westen gemacht, andere glaubten, er sei in die USA gegangen. Standen ja plötzlich alle Möglichkeiten offen damals. Einige munkelten was von sagenhafter Erbschaft, andere von Stasi. Aber egal, warum und wohin einer geht, er geht doch nicht, ohne seine Sachen zu packen."

„Wie alt war er, als er - verschwand?"

„Wie Sie vielleicht, nein, ein bisschen älter, nein, warten Sie, er war ja zehn Jahre jünger als ich, also fünfundvierzig."

„Was glauben Sie, wohin er gegangen ist?"

„Keine Ahnung. Vielleicht ist er einfach nur so in sich selbst verschwunden. Hat man gerade nach dem Krieg bei vielen Leuten erlebt. Sie fielen in sich selbst und blieben dort bis zum Ende. Führten ein normales Leben, aber die alltäglichen Verrichtungen waren eher lästig, weil sie ablenkten vom eigentlichen Leben im tiefsten Innern, das für alle anderen unsichtbar und unzugänglich blieb. - Schabernack war zu bodenständig, als dass er woanders hingegangen wäre. Ist aber nur ein Gefühl von mir. So richtig kannte ihn schließlich keiner."

„Sie hätten ihn gern besser gekannt?"

Sie erwachte aus ihren Gedanken. „Ja. - Ja, den einen oder anderen würde man schon gern besser kennen. - Schabernack war nicht etwa ein von uns erfundener Name. Den hatte er sich selbst gegeben. Allen Neuen stellte er sich vor als Dr. Schabernack. Er liebte das Wort, weil es nach dem klingt, was es bezeichnet. - Da fällt mir einer seiner Lieblingsstreiche ein. War noch in der Schokoladenfabrik. Sie hatten im Lager Ventilatoren eingebaut, aber noch nicht vergittert. Eines Morgens kam der Meister aufgeregt aus der Lagerhalle, um den anderen zu berichten, was er gesehen hat. Nachdem er Licht gemacht hatte, waren unzählige Ratten in Kolonnen aus den Haselnusssäcken gekrochen und durch die Öffnungen der Ventilatoren nach draußen geflohen. Die Frauen taten sehr empört. Schabernack riet dem Ratlosen, anderntags erst die Ventilatoren und dann das Licht einzuschalten. Der Meister war arglos genug, den Rat zu befolgen.“

Sie lachte, dass ihr die Tränen über die Wangen liefen und einige Maschen von der Nadel rutschten. „Sie hatten zwar erst einmal keine Ratten mehr, aber in der Lagerhalle sah es aus wie in einem Schlachthaus. Überall lagen zerstückelte Ratten, und die Wände trieften von Blut. Natürlich hat Schabernack hernach mit einem aufgespießten Rattenkopf noch um Sympathien bei den Frauen geworben. - Ich langweile Sie nicht?“

„Überhaupt nicht. - Ich hoffe, die Scherze, die er mit Ihnen getrieben hat, waren weniger blutig.“

„Ja, das waren sie. Weiß auch nicht, ob er das Ende der Rattengeschichte so blutig hat kommen sehen. - Eine seiner Besonderheiten war das chaotische Haar. Sonst war er ja ein schmucker Bursche. Aber die Haare waren eine absolute Anfechtung. Standen in alle Richtungen. Daher trug er meistens eine Kopfbedeckung. Einmal bin ich ihm barhäuptig begegnet. ‚Du siehst ja grauenhaft aus, mein Lieber.‘ Mehr habe ich nicht gesagt. Er sagte gar nichts. Monate später, es war Frauentag - ich hatte mich beim Friseur extra ein bisschen hübsch machen lassen - da brachte er eine Vase mit Blumen für uns drei, die wir uns ein Arbeitszimmer teilten. Er stellte sie hinter mich auf den Aktenschrank und nahm - charmant lächelnd - unseren Dank entgegen. Stunden später traf mich ein eiskalter Strahl im Nacken. Ich schrie auf. Die Kolleginnen fragten, was ist. Ich sah mich um, konnte aber keine Ursache ausmachen. Also hielt ich es für eine nervöse Täuschung. Als der Herr Direktor am Nachmittag alle Damen des Instituts zu einer kleinen Feier lud, versuchte ich vorm Spiegel der Frisur den letzten Schliff zu geben. Schliff ist das richtige Wort. Je länger ich kämmte, umso strähniger wurden die Haare. Meine Zimmergenossinnen drängten zum Aufbruch. Ich kämmte verzweifelt, was alles noch schlimmer machte. Wie eine Scheuche schritt ich zum Empfang. Auf dem Gang begegnete mir Schabernack. 'Edith, du siehst heute irgendwie scheiße aus', sagte er mitleidig. Da schwante mir was. Als ich dann wie ein geprügelter Hund vom Empfang zurückkehrte, standen die Blumen in einer anderen Vase. Da war mir klar, woher das kalte Wasser und das Öl in meinen Haaren kam."

Ich verkniff mir das Lachen.

„Sie können ruhig lachen, junger Mann, nur keine Scheu. Er wollte ja im Grunde nichts anderes, als dass wir lachen, vor allem über uns selbst; dass wir uns nicht gar so wichtig nehmen; dass wir auf dem Teppich bleiben. So ein Mann kann gerade in einem Team, in dem sich alle für Götter halten, ein Segen sein."

„Was hatte er auf dem Kopf?"

„Was gerade zur Hand war, ein Tuch, eine gestrickte Kappe, eine Schirmmütze, natürlich mit Schirm nach hinten, eben irgendwas. Die gestrickte Kappe hatte ich ihm zum nächsten Geburtstag geschenkt mit der herzlichen Bitte, mich aus dem Schwarzbuch zu streichen."

„Hat er sich erweichen lassen?"

„Ja. War ein guter Junge. Meine Kappe hat er getragen, bis er verschwand. Sah drollig aus. Haben noch manches Bier miteinander gezischt. Und er hat erzählt … Würde mich schon interessieren, was aus ihm geworden ist."

„Wissen Sie, wo er gewohnt hat?"

„Gegenüber vom Sachsenbad, glaube ich. Aber Sie müssen sich keine Hoffnungen machen. Gesucht haben ihn viele, damals. Manche begriffen erst, als er weg war, was sie an ihm hatten. Ich gehöre auch dazu."

41

Das Sachsenbad - Ende der Zwanziger von Paul Wolf entworfen, seit Mitte der Neunziger geschlossen - lag keine hundert Meter von unserer … meiner Wohnung entfernt. 'Gegenüber' konnte viel bedeuten. Im weiten Sinn lag sogar meine Wohnung gegenüber. Im engen Sinn konnte nur der nüchterne Gebäudekomplex gemeint sein, der sich gegenüber dem Haupteingang des verwahrlosten Hallenbades befand, eine von Hans Richter entworfene, ganz dem Stil der *Neuen Sachlichkeit* verpflichtete Wohnanlage aus den späten Zwanzigern mit nüchternen Fassaden und flachen Dächern.

Ich begann die Suche bei den Wohnungen, die einen Ausblick auf das runtergekommene Bad hatten. Ich bin weder ein Abenteurer, noch bin ich besonders locker im Umgang mit fremden Leuten. Es kostete mich also einige Überwindung, wie ein Zeuge Jehovas von Haustür zu Haustür, von Wohnung zu Wohnung zu gehen. Mir begegnete vor allem Argwohn. Da ich mich als kein offizieller oder behördlicher Fragensteller ausweisen konnte, und also nicht damit zu rechnen war, dass mir jemand ohne Weiteres Auskunft gibt, dachte ich mir eine rührselige Geschichte aus, die geeignet war, wenigstens ein paar Herzen zu öffnen. Um nicht Opfer meiner Wankelmütigkeit zu werden, begann ich die Klingeltour stets ganz oben. Ich kam schnell voran, denn die meisten wohnten noch nicht lange genug hier, um mir helfen zu können. Zwanzig Jahre waren seit der Wende vergangen, eine lange Zeit für die Treue zu einer Wohnung, zumal sich damals die Mieten verzehnfacht haben.

Im dritten und letzten Haus bekam ich einen Hinweis. „Im ersten Stock wohnt die alte Gebberten. Die wohnt schon seit Urzeiten hier. Aber ob Sie von der krötigen Alten was erfahren?"

Ich klingelte, einigermaßen aufgeregt. Es war der Strohhalm. Erst nach einigen Widerholungen hörte ich von innen den Schlüssel rasseln. Dann öffnete sich zögerlich die Tür. Aus dem Spalt strömte beißender Altweibergeruch. Vor mir stand eine Bilderbuchhexe. Die kleine, krumme Gestalt zwängte sich nur eine Handbreit zwischen Tür und Angel. Das ocker gegerbte, eng zusammengefaltete Gesicht mit den aschefarbenen Augen, dem schrumpeligen, zahnlosen Mund und einer runzligen Nase, die sich beinahe bis zur Unterlippe bog, schob sich vor wie der Kopf einer Schildkröte.

Nur sehr konzentriert gelang es mir, ernst zu bleiben. „Guten Tag, Frau Gebbert, ich suche …"

„Sind Sie von der Polizei?" Ihre Stimme erinnerte an die späte Billie Holiday.

Ich improvisierte. „Ich arbeite als Detektiv."

Abschätzig sah sie mich von oben bis unten an. „Na, da haben Sie hier eine Menge zu tun. Ein Haus voller Ganoven. Alles Ganoven. Die da drüben zum Beispiel …" Das Spiel ihrer Lippen war abenteuerlich. Jeden Augenblick war ich darauf gefasst, dass sie sich die eigene Nase abbeißt.

„Ich suche einen Thomas Beil."

Sie kniff die Augen zusammen. „Diesen Erzganoven?"

„Sie kennen ihn?", fragte ich erstaunt.

„Leider. Der Kerl hatte nur Kacke im Kopf."

„Das kann man wohl sagen." Ich hatte schnell geantwortet, um das Lachen über dieses lakonisch derbe Führungszeugnis im Zaum zu halten. „Er ist vor fast zwanzig Jahren ganz plötzlich verschwunden. Wissen Sie, wohin?"

„Wohin verschwinden Leute wohl plötzlich? - In den Knast natürlich. Der hat es übertrieben. Plötzlich ist der Kleine tot. Die zarte Frau landet in der Klapsmühle. Das hat man doch kommen sehen. Aber wenn unsereiner was sagt, gleich heißt es, man sei intrigant. Besonders die da drüben reißen das Maul auf." Sie wies mit angewidertem Gesicht zur Nachbartür.

„Ja, es gibt solche und solche", pflichtete ich ihr bei. „Der Kleine ist gestorben?"

„Ja, ganz plötzlich. Am Abend war er noch mopsfidel, in der Nacht haben sie ihn abgeholt. Dachten vielleicht, es sieht keiner. Die Mutter hat noch bis zum Morgen gejammert. Dann haben sie die auch geholt. Mir entgeht nichts. Ich halte die Augen offen."

„Solche Leute sind unschätzbar. - Wissen Sie noch, wie der Kleine hieß?"

„Na klar weiß ich das. Hagen. Wie kann man ein Kind Hagen nennen? nach diesem scheußlichen Kerl, der den Siegfried erschlagen hat, meuchlings, von hinten? Was soll denn aus solchen Kindern werden?"

In ihrer Verbitterung und Giftigkeit war die Alte schon wieder amüsant. Es fiel mir schwer, mich zu beherrschen. Einen kurzen Moment dachte ich daran, ihr zu offenbaren, dass ich Siegfried heiße. „Es gibt Namen, die gehörten verboten", sagte ich vorsichtig. „Wissen Sie vielleicht auch noch, wie alt Hagen war?"

„Als man den armen Kerl runtertrug, meinen Sie?" Ihre Stimme hatte einen weicheren Klang angenommen. „Zwei oder ... drei." Die letzte Zahl klang bestimmt.

„Drei?"

„Er ist an seinem Geburtstag gestorben", sagte sie nachdenklich.

„Den Tag können Sie …"

„Nein, den Tag weiß ich nicht mehr. Ich führe schließlich nicht Buch", fauchte sie grantig. „Es war März oder April, irgendwann im Frühjahr."

Die Nachbartür ging. Eine junge Frau mit zwei Kindern an der Hand trat in den Flur. „Guten Tag, Frau Gebbert", sagte sie freundlich, und an mich gewandt: „Glauben Sie ihr kein Wort. Die alte Hexe lügt, wenn sie den Mund aufmacht."

„Aber sonst ist sie ganz ungefährlich", fügte der ältere der Knaben hinzu.

Die Alte schlug pikiert die Tür zu. Ich kam nicht einmal mehr dazu, mich bei ihr zu bedanken. Kurz überlegte ich, ob ich noch einmal klingeln sollte.

„Der Onkel sah aber böse aus", hörte ich den anderen Knaben sagen, als die Mutter die Haustür öffnete. Betroffen sah ich ihnen nach. Die Kinder schauten in den Keller wie in ein Gruselkabinett. Die Mutter zog sie energisch hinter sich her.

Mir sträubten sich die Nackenhaare, noch ehe mich die Ahnung beschlich, wer dort unten steht. Unhörbar nahm ich Stufe für Stufe.

Er erschrak nicht einmal, als ich plötzlich vor ihm stand. „Seltsam, nicht?", fragte er ruhig.

„Was ist seltsam? Dass wir uns hier begegnen?"

„Die Dame ist über Nacht geblieben. Sie sind ja schnell fertig mit der alten Beziehung."

„Was wissen Sie schon. Sie sehen, wer ein- und ausgeht. Von allem anderen haben Sie keinen Dunst."

„Vielleicht sehe ich mehr, als Sie denken. Sie machen noch immer die gleichen Fehler wie ich. Ich kenne diese Häuser gut. Wieso fragen Sie nach einem Thomas Beil? Er hieß Bellmann."

„Wer hieß Bellmann?"

Er sah mich durchdringend an. „Immerhin hatten Sie mehr Glück. Einen Bellmann hat hier keiner gekannt, auch die Alte nicht."

„Wer war Bellmann?"

„Wer war Beil?" Er wartete geduldig auf die Antwort. „Der Junge tot; die Frau in der - Klapsmühle; er verschwunden; seltsam, nicht?"

„Hören Sie, Sie sind verrückt, wenn Sie glauben, dass das Spielzeug ein Zeichen ist!"

Er zuckte zusammen, als wenn ich ihm körperlich wehgetan hätte. „Ich hoffe, Ihr Sohn lebt und Ihre … seine Mutter ist nicht in der Anstalt. Passen Sie auf sich auf." Er drängte sich an mir vorbei, hastete die Treppe empor und schlüpfte lautlos durch die Tür.

Ich lief, von einer merkwürdigen Befürchtung getrieben, heim. Die Befürchtung erfüllte sich. Wieder war jemand da gewesen, wenn er sich diesmal auch mehr Mühe gegeben hatte, unentdeckt zu bleiben. Allein meine ausgelegten Fallen verrieten ihn.

Da mir so war, als wenn ich den Namen Bellmann schon einmal gelesen habe, suchte ich das Stammbuch des Schaukelpferdes. Es fand sich nicht. Eine Beklommenheit griff nach mir. Ich hatte Evelin für die heimliche Besucherin gehalten. Aber was wollte sie mit dem Stammbuch? Diese Frage war noch schwieriger zu beantworten als die, die sich mir nach dem ersten mysteriösen Besuch gestellt hatte. Evelin schied aus. Wer hatte aber dann so leichten Zutritt zur Wohnung? Und was suchte er? Das Stammbuch hatte offen auf dem Nachtschrank gelegen. Entweder hatte er beim ersten oder beim zweiten Mal nach etwas anderem gesucht.

Es schwirrte.

Mauersegler weisen eine hohe Lebenserwartung und eine unter Vögeln ungewöhnliche Altersstruktur auf, in der höhere Lebens-

alter noch gut vertreten sind. Die jährliche Sterberate adulter Vögel wird im Mittel auf zwanzig Prozent geschätzt. Die mittlere Lebenserwartung erwachsener Vögel liegt zwischen vier Komma drei und sechs Komma zwei Jahren, für flügge Jungvögel liegt sie bei ungefähr zwei Komma vier Jahren. Ein Alter von zehn und mehr Jahren ist keine Seltenheit, einige Male konnte durch Beringung schon ein Alter von mehr als zwanzig Jahren nachgewiesen werden.

Der direkte oder indirekte Einfluss des Wetters auf die Lebenserwartung ist erheblich. Bei anhaltend nasskaltem Wetter mit Temperaturen tagsüber unter zehn bis zwölf Grad ist die Existenz ganzer Populationen bedroht, mehr noch, wenn eine solche Wetterlage großräumig ist oder eine weitere Wetterflucht durch Barrieren verhindert wird. Ein so verursachtes Massensterben adulter Tiere kann eine Population nachhaltig dezimieren, wohingegen ein einjähriger Brutausfall in Folgejahren normalerweise kompensiert wird.

Monika kam Punkt sieben; aß wie ausgehungert; liebte wie ausgehungert. Wenigstens letzteres führte mich an Grenzen. Ich sorgte mich etwas um die Zukunft. So ein Weib war mir noch nicht untergekommen. So befreiend diese zügellose Begierde auch war, immerhin forderte sie Saft und Kraft, und über beides verfügte ich nicht unbegrenzt. Am schönsten war es, hernach ihren leidenschaftslosen Körper zu liebkosen. Da ich aber nie genau wissen konnte, wann dieses Hernach erreicht war, war es auch ziemlich verfänglich. Verglichen mit der Öde der Einsamkeit vergangener Wochen war die Zweisamkeit mit Monika jedoch allemal paradiesisch.

42

Elvira war betrübt über mein Gespräch mit Evelin und erfreut über mein amouröses Abenteuer mit Monika.

Beides passte nicht recht zusammen, jedenfalls aus meiner Sicht. Ich erzählte ihr natürlich alles, was sich im Zusammenhang mit dem Schaukelpferd weiter zugetragen hatte. Sie war nicht nur geduldig, sie schien von meiner Erzählung gefangen.

Als ich die Bemerkungen der alten Gebberten wiedergab, schmunzelte sie. „Es sieht so aus, als wenn mich meine Ahnung nicht getäuscht hat. Diese Edith vermutet etwas Ähnliches."

„Du meinst, dass dieser Schabernack in sich selbst verschwunden ist?"

„Ein sehr treffendes Bild. Mein zweiter Mann war ein sehr typisches Exemplar dieser Gattung. Nur bot die innere Welt, die ihn gefangen hielt, auch keinen Ort, an dem er leben konnte." Sie atmete schwer und gedankenabwesend. „Schabernack." Genüsslich formte sie das Wort. „Er hat recht, es klingt nach dem, was es beschreibt. Ich mag dieses Wort auch sehr."

„Das kann ich mir vorstellen. Du bist nicht zufällig mit ihm verwandt?"

„Der Schabernack hat viele Verwandte, mein Lieber."

„Wo kommt es her? Aus dem Hebräischen?"

„Du meinst wie mauscheln und meschugge, Schlamassel, Techtelmechtel oder Tohuwabohu?"

Ich war überrascht. „Klingt doch so, oder?"

Sie nickte. „Aber es ist deutsch, mittelhochdeutsch. Was genau es bedeutet, weiß man nicht. Naheliegend ist es, das Wort einfach umzudrehen."

„Nackschaber?"

„Nackenschaber. Eine Kopfbedeckung, wie sie bisweilen noch heute die Schäfer tragen, mit dieser Nackenblende gegen schlechtes Wetter."

Ich fühlte eine geradezu atemberaubende Beklemmung.

„Es klingt auch ein bisschen nach der harmlosesten Neckerei, wenn man jemanden mit einem Grashalm im Nacken kitzelt. - Was hast du?"

„Der, der mir dieses Schaukelpferd angedreht hat, trägt ein Schäferkostüm mit eben einer solchen Mütze."

„Aber es war doch klar, dass er es ist."

„Dir vielleicht."

„Fragt sich nicht vielmehr, wie wir ihm helfen können?"

Ich war bestürzt. „Helfen? - Der ist entweder chronisch bösartig oder verrückt."

Sie sah mich erstaunt an. „Was das Gleiche ist. 'Krank' wäre der richtige Ausdruck. Du hast ihn doch nicht etwa gesucht, um ihm etwas anzutun?"

Der Satz erinnerte mich an unsere erste Begegnung, da sie sich schützend vor die fliehenden Rabauken gestellt hatte. Sie war nicht von dieser Welt. Natürlich hatte ich ihn gesucht, um - was genau, kann ich gar nicht sagen - um ihm irgendwas um die Ohren zu hauen, und sei es nur die Erklärung, wie leicht das alberne Spielzeug zu durchschauen war. „Doch, genau deshalb", sagte ich trotzig.

„Bei all dem, was du jetzt schon weißt? Er hat seinen Jungen verloren", rief sie aufbrausend.

Ich würgte. „Vielleicht war er selbst schuld daran."

„Bist du bei Trost? Du glaubst doch wohl nicht dieser alten Kuh?"

„Von dieser alten Kuh wissen wir schließlich auch nur, dass der Junge überhaupt gestorben ist", sagte ich verwundert.

„Bahre oder Leichenwagen hat sie gesehen, nicht, wie er gestorben ist." Leidenschaftlich war Elvira fast attraktiv.

Ich hatte noch immer damit zu tun, meinen inneren Antrieb von Vergeltung auf Hilfe auszurichten. Das lag vielleicht auch daran, dass ich einer Hilfe noch ratloser, also hilfloser, gegenüberstand. „Kannst du dir vorstellen, zwanzig Jahre in einem inneren Exil zuzubringen aus Trauer um ein Kind? Wenn, dann trifft es kaum auf diesen Typ im Laden zu. Der ist viel zu ausgeglichen."

„Wollen wir sagen, beherrscht. Vielleicht ist es gar nicht die Trauer, die ihm so stark zugesetzt hat und bis heute umtreibt."

Ich bemühte mich, der Antwort zuvorzukommen. Sie ließ mir Zeit. Was konnte schwerer wiegen als die Trauer? Und schon die war mir als Erklärung für ein so extremes Verhalten nicht überzeugend genug. Ich sah sie missmutig an. „Doch die Schuld?"

„Die Scham", sagte sie mit gesenktem Blick.

„Die Scham?"

„Wenn du zurückdenkst - an die Schulzeit, das Studium, die Zeit im Verlag, an deine Freunde oder Frauen - welche Szenen sind am lebendigsten und stärksten haften geblieben und peinigen dich noch heute, wenn sie aus dem Gedächtnis auftauchen?"

Ich sah lange in dieses leidenschaftliche, faltige und dennoch niedliche Gesicht. „Keiner deiner Männer hatte dich verdient", sagte ich wehmütig.

„Oh, - danke. - Und?"

„Es sind Situationen, da ich glaubte, im Recht zu sein …"

„… und man dir sehr anschaulich vor Augen geführt hat, dass du Unrecht hast?" Sie nickte lange. „Was treibt uns mehr um als die Scham?"

„Ja, aber …"

„Ich denke, Edith ist nicht die Einzige, die die provokanten Weisheiten Schabernacks bewahrt hat. Und es ist wohl auch kein Zufall, dass sie sich gerade an diese beiden erinnert. - Dabei will ich noch nicht einmal behaupten, dass sie falsch sind."

„Das macht für ihn keinen Unterschied. Hat ihn das Leid gelehrt, dass er Unrecht hat, peinigt ihn die Scham nicht weniger, als wenn er noch immer glaubt, recht zu haben, und trotzdem leidet."

„Ich hoffe, unter deinen Frauen gibt es eine, die dich verdient."

Ich schenkte ihr mein verlegenstes Lächeln. „Wie willst du einem Mann helfen, der fast zwanzig Jahre untergetaucht ist; der alle Kontakte abgebrochen hat?"

„Vielleicht sollten wir ihm erst einmal zeigen, dass es uns gibt; eine Welt außerhalb seiner Scham und seines Schmerzes. Einen schüchternen Anfang hast du ja schon gemacht."

„Mit meiner Frage nach der roten Tinte?"

„Ja."

„Aber läuft das nicht darauf hinaus, ihn zu beschämen?"

„Selbst wenn. Vielleicht lässt sich ja eine Scham durch eine andere verdrängen. - Begleitest du mich?"

„Jetzt gleich?"

„Wenn wir dem zwanzigjährigen Jubiläum seiner Flucht zuvorkommen wollen." Sie war bereits dabei, sich in ein Räuchermännchen zu verwandeln.

„Was willst du denn tun?", fragte ich besorgt.

„Ich weiß noch nicht. Irgendetwas wird mir schon einfallen. - Zeigst du mir den Laden?"

„Elvira, sollten wir die Sache nicht vorher besprechen?"

„Darunter leidet nur die Spontaneität und also auch die Glaubwürdigkeit."

So unbedarft und schwach sie sonst auch wirkte, in solchen Augenblicken war sie von unglaublicher Willensstärke und Energie.

Vorm Laden bat sie mich, derweil in der Konditorei auf sie zu warten. Ich nickte und war ungehorsam. Kaum hatte sie den Laden betreten, schlich ich ihr nach.

Im Flur war es unheimlich still. Mein Herz raste in den Kehlkopf und machte sich da breit.

Ich hörte ihn schlurfen. „Sie wünschen?", fragte er müde.

„Guten Tag, Herr Schabernack", hörte ich sie lachend sagen.

Ich hörte auf zu atmen.

„Ihren lustigen Hut nennt man so, wussten Sie das?"

„Ja", sagte er trocken. Das klang weder verwundert noch misstrauisch.

„Ich hätte gern eine Kleinigkeit für meinen Enkel … Urenkel, genau genommen. Für etwas Großes reicht leider die Rente nicht."

„Wie alt ist er denn?"

„Zweiundzwanzig. - Nein, nein, so alt wird die Mutter. Hagen wird drei", gurrte sie heiter.

Ich empörte mich über ihre Leichtsinnigkeit. Die Pause wurde unerträglich lang. Eben wollte ich hinzutreten, als ich den Schäfer nach tiefem Räuspern sagen hörte: „Woran dachten Sie denn? Etwas Mechanisches oder Elektrisches oder etwas zum Bauen, ein Geschicklichkeitsspiel?"

„Haben Sie kein Schaukelpferd?"

Sie muss verrückt sein, wenn sie annimmt, dass er nicht merkt, woher der Wind weht.

„Nein. Aber fragen Sie immer mal nach. Ich stell es Ihnen zurück, wenn eins reinkommt."

„Das ist sehr freundlich von Ihnen, Herr Schabernack. Sie sind doch nicht böse, wenn ich Sie so nenne?"

„Nein", sagte er körperlos.

„Leben Sie wohl."

Ich sprang nach draußen. Nur wenige Augenblicke später trat sie aus der alten Haustür. Sie sah Richtung Sonne und atmete tief ein und aus.

Ich passte sie ab. „Elvira, würdest du bitte ein klein wenig vorsichtiger agieren. Immerhin könnte es sein, dass er nicht allzu viel Spaß versteht, Schabernack hin oder her."

„Du meinst, ich sei zu forsch gewesen?", fragte sie mit belegter Stimme.

„Allerdings."

„Und sonst?"

„Sonst warst du fabelhaft", sagte ich kleinlaut.

„Oh, - danke. - Du musst keine Angst haben. Er tut mir nichts. Der tut keinem was. Du hättest ihn sehen sollen. Es hat ihn wohl gehörige Anstrengung gekostet, seinen Kopf aus der Versenkung zu heben. Ich hoffe, die Reizworte wirken noch ein bissel nach."

„Waren es nicht gleich ein paar zuviel?"

„Das glaube ich nicht", sagte sie bestimmt, als hätte sie ihr Lebtag nichts anderes gemacht, als das rechte Maß von Reizworten abzuwägen.

„Und jetzt?"

„Ein Anfang ist gemacht. Ich werde ihn nun regelmäßig besuchen. Mal sehen, wann er ganz rauskommt."

„Elvira, das ist mir zu gefährlich, auch wenn du meinst ... Warum kann ich nicht weitermachen?"

„Na hör mal. Denkst du, es sei so leicht, diese Rolle zu spielen? Außerdem wollen wir helfen, nicht erschrecken."

„Danke", maulte ich. „Ich will nicht, dass du allein gehst."

Sie schwieg trotzig.

„Hörst du?"

„Ja", sagte sie folgsam wie ein kleines Mädchen.

43

In den nächsten Tagen wurde ich ganz von Monika eingenommen. Die Schlüsselreize hatten sich kein bisschen verändert, aber mein Hormonhaushalt. Ich war dieser Frau auf Dauer nicht gewachsen. Sie war nicht hart in ihren Forderungen, nein, sie war sogar sehr verständnisvoll. Aber das löste nicht das Problem, sondern verschärfte es nur. Ich kannte durchaus diese Anfangsphasen der Verliebtheit aus Dauerbegehren und anhaltenden, intensiven Liebesspielen. Aber es muss doch mal nachlassen, verdammt. Kein Mann vermag es, einer Frau auf Dauer halbe Nächte zur Verfügung zu stehen, erst recht nicht, wenn sie so unersättlich und ungestüm ist wie Monika. Ich hatte den Eindruck, dass sie das über einen Tag versäumte Leben glaubte in den Stunden der Leidenschaft aufholen zu müssen, ja, als lebte sie allein in diesen Stunden, die mir von Tag zu Tag grausam länger wurden. Meine Libido ist sicher nicht überdurchschnittlich ausgeprägt. Jedenfalls reicht mir ohne Beihilfe einer Frau eine Befriedigung pro Tag, an anstrengenden Tagen komme ich auch ganz ohne aus. Aber Monika forderte mich über meine Grenzen hinaus. Da ich keine Gelegenheit hatte, aufzutanken, ging meine Bereitschaft allmählich gegen Null. Das ergötzlichste Liebesspiel verkam zur Schinderei. Monika war sensibel genug, meinen Rückzug zu spüren, und sie war verliebt genug, ihre Bedürfnisse meinen Möglichkeiten anzupassen. Damit wurden mir die leidenschaftlichen Stunden zwar nicht zum Verdruss, aber ihre Rücknahme oder Selbstbeherrschung führte zu einer Ernüchterung, ja bisweilen Ermüdung der wilden Spiele, was wiederum lustschwächend auf mich wirkte. Es war ein Teufelskreis; ein Strudel, der nach unten zog.

Mit Ungeduld erwartete ich Karlchens Besuche. Er hatte die Rückkehr des Seepferdchens nicht so begeistert gefeiert, wie ich mir das vorgestellt hatte. Er hatte gelächelt und dem Freund zärtlich über die Schnauze gestrichen. Dann war er aufgestiegen, um mit geschlossenen Augen zu schaukeln. Ich hoffte, dass der Professor alle Funktionen des mysteriösen Spielzeugs entdeckt hatte. Wohl war mir nicht dabei, als ich den kleinen Kerl so weltvergessen schaukeln sah.

Da sich Monika vorerst wohl nicht zu machtvoll in mein Leben drängen wollte, verschob sie die erste Begegnung mit Karlchen von Gelegenheit zu Gelegenheit. Das ersparte mir zumindest einige Erklärungen und peinliche Irritationen. Karlchen blieb nun öfter auch über Nacht. Das half mir sehr - und Evelin vermutlich auch, wenn auch auf andere Weise.

Irene hatte natürlich sofort gemerkt, dass eine andere Frau in der Wohnung aus- und eingeht. Ich hatte ihr die Geschichte kurz umschrieben, ohne daraus ein Heldenepos zu machen. Sie hatte es traurig zur Kenntnis genommen und mich an Evelins Bitte erinnert, Vorschläge für die Teilung des Hausrats zu machen. Als ich mit Karlchen in der Küche zu Gange war, sah sie sich in der Wohnung um, wohl um den Status der neuen Frau näher zu erkunden. Irgendwann wirkte die Länge ihrer Abwesenheit bedrohlich. Ich suchte sie und fand sie im Schlafzimmer lesend über das Stammbuch gebeugt.

„Wo hast du das her?", fragte ich ungehalten.

„Es hat hier gelegen." Sie war eine miserable Lügnerin. „Hast du d a s hier gesehen?" Sie zielte mit dem Finger auf eine Seite.

„Was?"

„Hier hat jemand manipuliert. Wenn man die Seite gegen das Licht hält, sieht man, dass gekratzt wurde."

„Ganz unten ein Todesdatum?", erriet ich unschwer.

Sie sah mich entgeistert an.

„Der Junge hieß Hagen."

„Mit dem Familiennamen stimmt aber etwas nicht. Hier ist nur ganz wenig gekratzt worden."

„Ein i-Punkt vielleicht?"

„Ja", sagte sie überrascht.

„Der Junge hieß nicht Bellmann, sondern Beil. Ist noch in anderen Zeilen gekratzt worden?"

„Nein." Sie sah mich immer wieder verwundert an.

„Jahrgang siebenundachtzig?"

„Ja. - Siebter April."

„Gestorben ist er am gleichen Tag drei Jahre später."

„Woher weißt du das?", fragte sie fast ängstlich. „Wieso kennst du diese Eintragung so genau?"

„Das sage ich dir, wenn du mir verrätst, woher du das Buch hast."

Sie stierte lange auf die aufgeschlagene Seite. „Ich hab es geholt."

„Du warst die geheimnisvolle Besucherin? Was hast du an den anderen Tagen gewollt?"

„Ich war nur ein einziges Mal hier. Das schwöre ich."

„Und du hast auch keine Ahnung, wer noch hier war?"

„Eine Ahnung schon", sagte sie unsicher. Sie wirkte bedrückt.

Ich stellte das Notebook vor sie hin und startete den Film. „Das ist wahrscheinlich das letzte Lachen dieses Jungen." Während sie auf den Bildschirm starrte, nahm ich das Büchlein zur Hand. Sowie ich das Foto sah, lief mir das Wasser aus den Augen. Es waren unverkennbar die Züge des Schäfers in einem wachen, neugierigen, offenen, heiteren Gesicht. Sah ich die Ähnlichkeit nur, weil ich sie sehen wollte? Früher war sie mir nicht aufgefallen. Die Wiederholungen des Lachens, nein, die der ihm folgenden Stille wurden zur Qual. Endlich war alles vorbei.

Irene war blass geworden, noch blasser, als sie eh schon war. Unschwer konnte sie meinen Kampf um die Beherrschung der Gefühle erkennen. „Was du weißt, weißt du nicht aus dem Buch."

Ich wendete mich zur Tür aus Angst, Karlchen könnte unvermutet zu uns stoßen. „Was spielt das für eine Rolle?"

„Für Evelin vermutlich eine große", stammelte sie, nun ihrerseits bemüht, die Tränen zu unterdrücken.

Karlchen öffnete die Tür und schloss sie gleich wieder, nachdem er uns gesehen hatte.

„Ich vermute, sie war hier", sagte Irene leise.

„Warum?"

„Sie glaubt uns nicht."

„Sie glaubt w a s nicht?"

„Die Sache mit dem technischen Wunderwerk."

Ich suchte nicht nur nach Gründen des Zweifels, sondern mehr noch nach den Folgen.

„Sie denkt, dass wir sie alle belügen", fuhr Irene fort.

„Warum, verdammt?"

„Um ihr einen Weg zurück in die Wirklichkeit zu bahnen."

„Aber wer oder was sonst, glaubt sie, hat es bewegt?"

„Sie denkt, dass sie unter Drogen stand."

„Was denn für Drogen?" Ich sah Irenes prüfenden Blick. „Warum nimmt sie Drogen? Seit wann?"

„Sie nimmt keine."

Jetzt dämmerte es mir ganz langsam. Ich war sehr gespannt zu erfahren, ob Irene den Mut fand, mir das Ungeheuerliche ins Gesicht zu sagen. Wie ein sprungbereites Raubtier erwartete ich ihren Spruch.

„Sie denkt, dass du sie ihr gegeben hast."

„Sag mal, ist euch nichts zu dämlich?!" Mir lagen noch ganz andere Worte auf der Zunge. Aber noch ehe ich sie geordnet und vor allem kultiviert hatte, wurde ich von Irene gebremst.

„Findest du nicht, dass du dich ein bisschen zu sehr aufregst?"

„Irene, bitte! - Jetzt stellt mich nicht hin wie einen Psychopathen, den man auf jeden Fall für verrückt erklärt, einerlei, was er sagt und wie er es sagt."

„Du nimmst nichts?" Sie sah mich an wie bei einem Verhör.

Ich war sprachlos.

„Und wenn sie was gefunden hat?"

„Wo? Hier?"

Irene nickte.

„Dann hat das Zeug einer vorher hier hergelegt." Ich dachte an Monika; an ihre Schlafstörungen, bevor sie mich kannte; ihren Hunger; ihre Unersättlichkeit.

„Genau diese Antwort hat Evelin erwartet."

„Irene, wenn ihr mir wegen Karlchen was anhängen wollt, dann nicht solchen Blödsinn. Das lässt sich im Labor zweifelsfrei klären. Du hast den Film gesehen, der in einem Institut von einem der führenden Kybernetiker dieses Landes mit allerhand Mühe gedreht worden ist." Eben wollte mir Monika als mögliche Besitzerin dessen, was hier angeblich gefunden wurde, über die Lippen huschen, als mir klar wurde, wie verhängnisvoll dieses Geständnis für mich werden kann.

„W i r wollen gar nichts. Mir vertraut Evelin so wenig wie dir. - Kann ich den Film haben?"

„Nein." Ich war selbst überrascht über die prompte Ablehnung. Erst danach kamen mir die Gründe in den Sinn. „Evelin hat mich verlassen, weil sie ihr - wie ich jetzt weiß, grundlos - nicht vertraut habe. Wenn es einen anderen Grund gibt, braucht sie den Film erst recht nicht. Ich habe versucht, hinter das Geheimnis zu kommen, auch wenn ich dadurch vor allem herausgefunden habe, dass ich im Unrecht war. Du kannst nicht verlangen, dass ich auch noch gegen ihr Misstrauen kämpfe, das nicht weniger unbegründet ist. Genaugenommen ist es absurd."

Irene lächelte einseitig. „Ich verstehe dich." Sie sah auf das Büchlein in meinen Händen. „Eine unheimliche Geschichte."

„Wir sind noch nicht ganz fertig mit ihr."

Schüchtern deutete sie mit dem Kopf auf das andere Bett. „Sie hilft dir dabei?"

„Ich habe noch eine andere Frau kennengelernt."

„Siegfried."

Ich machte keine Anstalten, ihre Bestürzung zu zerstreuen.

Irene stand auf. „Denk nicht schlecht von Evelin. Sie versucht halt auf ihre Art, mit der Sache fertig zu werden."

Ich hätte sie an diesem Frühlingsanfang gern heiterer entlassen.

Karlchen war ein einziges Fragezeichen. Ich erklärte ihm die Situation, soweit man das einem kleinen Kerl erklären kann. Aber auch hernach war ich mit den Gedanken nie ganz bei der Sache. Immer wieder zog ich das Stammbuch aus der Tasche. Ich betrachtete das Foto und las die kümmerlichen Zeilen. Ich sah Karlchen an und versuchte mir vorzustellen … Es war nicht vorstellbar. Als sich die alte Edith aus dem Institut an Schabernacks provozierende Sätze erinnerte, hatte ich ihm innerlich grundsätzlich zugestimmt. Wer aber besitzt genügend Phantasie, um sich in derartige Situationen zu denken und einzufühlen? Aber genau das tut doch Not, wenn man zuvor alles bedenken und von diesen Bedenken eine Entscheidung für oder gegen die Elternschaft abhängig machen will.

Der müde Ordner meiner diffusen Gedanken sehnte sich nach Elvira. Ich war so froh, sie zu haben. Ich wusste, dass sie wieder Ruhe in das aberwitzige Schwirren der im Kopf kreisenden dunklen Schwärme bringen wird. Entsprechend ungeduldig erwartete ich den Augenblick, da Irene Karlchen abholen wird.

Ich begleitete sie ein Stück. „Wenn ihr ein paar Minuten Zeit habt, würde ich euch gern Elvira vorstellen, eine ganz, ganz liebe Freundin von mir."

Karlchen schüttelte reflexartig den Kopf. Irene sah mich gequält an. „Ich muss sie doch nicht kennenlernen, oder?"

„Ich auch nicht", sagt Karlchen trotzig.

„Doch, du schon", lenkte Irene ein.

Mich amüsierte das Missverständnis und schon jetzt die Aussicht, es aufzulösen.

„Willst du sie nicht lieber mal einladen, wenn du mit Karlchen allein bist?"

„Ich will euch ihre Wohnung zeigen. Sie ist wunderschön", sagte ich lächelnd.

Beide zogen ein Gesicht, als wenn es zur Hinrichtung ginge. Als Elvira öffnete, hellte sich Karlchens Gesicht so plötzlich auf, dass ich lachen musste. Er sah mich an und lachte ebenfalls. Irene schüttelte den Kopf. Nachdem ich alle vorgestellt hatte, bat uns Elvira in ihr Reich. Sie war auch auf dieses völlig unvorhersehbare Treffen vorzüglich vorbereitet. Sie kochte Kaffee und Kakao, bewirtete uns mit Kuchen und leckeren Keksen. Karlchen rutschte bald unruhig auf dem Sofa hin und her. Seine aufgeregten Blicke wollten zugleich in alle Richtungen fliegen. Erst jetzt fiel mir auf, dass die Wohnung Dutzende Schätze für einen kleinen Kerl bereithielt. Elvira nahm ihn bei der Hand und erzählte zu jedem von Karlchen ins Auge gefassten Kleinod eine Geschichte. Sie gewann sein Herz im Handumdrehen.

„Da kann man ja eifersüchtig werden", flüsterte Irene. „Wo hast du denn dieses goldige Ding kennengelernt?"

„Bei einem Faschingsulk, als Ulknudel gewissermaßen."

Während Elvira Karlchen ihre sich auch in andere Räume erstreckende Welt erklärte, schilderte ich Irene die genauen Umstände meiner Begegnung mit Elvira. Als ich ihr andeutete, Elvira sozusagen an Mutter statt angenommen zu haben, schüttelte sie wieder den Kopf.

„Auch darüber könnte man neidisch werden."

„Für meine Mutter wärst du doch viel zu jung. Eher könntest du meine Geliebte sein." Ich sah sie nicht an. Vor manchen Reaktionen muss man auf der Hut sein.

Karlchen kam strahlend angelaufen. „Papa, Elvira hat mir ihr Lieblingsmärchenbuch geschenkt. Sieh mal." Er hielt einen Folianten, den er mit den kleinen Armen kaum emporheben konnte. Der tief geprägte Einband dieser *Märchen aus aller Welt* war prächtig verziert. Auch im Textteil gab es viele farbige Illustrationen in der weichen Verspieltheit des Jugendstils.

„Das ist ja ein Schatz. Da musst du dich aber vor Räubern in Acht nehmen."

Elvira trat herzu. „Lass dir nicht Bange machen, Karl. Räuber stehlen keine Märchenbücher."

„Wenn sie so wertvoll sind, schon. Sieh mal hier, das sieht doch aus wie echtes Gold."

Karlchens Augen glänzten. Er nahm das Buch und presste es an seine Brust. Irene lächelte. So konnte ich die beiden doch noch heiter entlassen.

44

Elvira setzte sich aufs Sofa und nippte am Kaffee. Ich setzte mich zu ihr, legte ihr einen Arm um die Schulter und strich ihr über das seidenweiche, weiße Haar.

„Ich glaube, mit dir kann man nie in eine Situation geraten, die unangenehm ist. - Du hast die beiden schwer beeindruckt."

„Oh. - Danke. Eine imposante Frau, deine Schwiegermutter."

„Ja", sagte ich und hätte damit so vieles sagen mögen.

„Na, erzähl schon, was dich bedrückt."

Ich schilderte ihr immer aufgebrachter Evelins Verdacht.

Sie legte ihre Hand auf meine Hand und sagte: „So absurd finde ich den Verdacht nun wieder nicht. - Denk daran, wie du dich vor Weihnachten auch in den Augen anderer verändert hast. Hatte Evelin nicht sogar gemutmaßt, dass du verliebt bist? Nimm an, du hättest was genommen. Nimm an, du hättest sie in deine Welt ziehen wollen, mit welchem Zeug auch immer. Sie hätte hernach aber ein bissel zu heftig reagiert. Beim Versuch, gegenzusteuern, sei dir das Ruder dann ganz aus den Händen geglitten. Oder - die böse Variante - stell dir vor, du hättest eine Frau kennengelernt. Um Karlchen zu kriegen, gibst du ihr das Zeug."

„Elvira, bitte, ich habe Evelin solche Niedertracht nicht zugetraut, jetzt tut nicht so, als sei ich einer solchen Schweinerei fähig. Wenn ich sie kompromittieren will, dann gebe ich ihr das Zeug doch nicht nur einmal."

„Evelin wird glauben, es wenigstens zweimal genommen zu haben. Am Ende ist sie ausgezogen, weil …"

„Hör auf! - Sie hatte zuerst einen anderen in der Kiste."

„Mal davon abgesehen, dass es sich hierbei um eine Mutmaßung handelt. Weder wird s i e durch den Fakt belastet, noch entlastet er dich, mein Lieber."

„Sollte man nach zehn Jahren den anderen nicht wenigstens so gut kennen, dass man gegen so geschmacklose Gedankenspielereien gewappnet ist?"

Elvira atmete tief ein und aus. „Mir war leider nie vergönnt, so lange mit einem Mann zusammenzuleben. - Vergiss nicht, dass Evelin glaubt, etwas gefunden zu haben."

„Wenn, dann ist das Zeug von Monika."

„Das solltest du schnell herausfinden."

Ich schüttelte den Kopf. „Sie hätte es nie und nimmer so herumliegen lassen, dass es jemand finden kann."

„Wenn eine Frau erst einmal etwas sucht …"

Ich sah ihr an, dass sie schon oft im Leben nach Beweisen gesucht und sie auch gefunden hat. „Nun spioniert mir auch noch meine Schwiegermutter nach. Zum Glück hat sie nicht auch noch irgendwelches Zeug gefunden."

„Sie versucht eben auch nur …"

„Ich weiß. Ich weiß!", sagte ich gereizt und dann ruhiger: „Heut hat sie das hier wiedergebracht."

Elvira blätterte geduldig Seite für Seite. Bei jenen mit den Todesdaten verharrte sie etwas länger. Ich ließ ihr Zeit. Den Kopf auf die Sofalehne gelegt, genoss ich die sich ausbreitende nüchterne und friedliche Atmosphäre. Im Kopf wurde es ruhig und still. Ich sollte zu ihr ziehen, bei ihr leben. Der Gedanke machte alles leicht und hell. Als Elvira nicht mehr blätterte, schaute ich auf.

Sie war angekommen. „Der Junge wirkt nicht weniger aufgeweckt als deiner", sagte sie leise.

„Der Vater war beinahe genauso alt wie ich, als der Junge geboren wurde."

„Er hat den Namen verändert."

„Und das Sterbedatum weggekratzt", fügte ich hinzu.

Elvira sah mich unternehmungslustig an. „Das wird unser zweiter Vorstoß. Den wird er nicht so leicht parieren."

Die Ruhe war dahin. „Was willst du machen?"

Sie nickte mit glühendem Gesicht. „Ich habe die ganze Zeit überlegt, womit wir ihn weiter aus seinem Bau locken. Mir fiel nur plattes Zeug ein. Aber das hier … Du bringst da eine wundervolle Vorlage."

„Was hast du vor?"

„Wir stecken ihm die rausgerissene Seite zu."

„Elvira. - Das machen wir nicht. Du würdest es fertigbringen, diese Seite …"

„Doch nicht diese Seite, du Schaf. Die brächte ja nur die halbe Wirkung. Wir reißen die letzte Seite raus und kopieren die hier; korrigieren aber alle Fehler. Das geht doch mit dem Computer?"

„Ja", maulte ich, leicht verstimmt. „Das Todesdatum ist ja gleich dem des Geschenkanlasses. Fehlt nur das Kreuz."

„Na, das Kreuzchen werden wir wohl noch zustande bringen. Daran wird er sich schwerlich erinnern."

„Und wenn gar nicht er das Datum eingetragen hat?"

Elvira stutzte. „Das Todesdatum hat er ganz sicher eingetragen. Aber ob d e r Text hier von ihm ist …"

„Der ist von ihm. Es gibt nicht viele Leute, die die Null so schreiben, mit diesem Häkchen oben. Auch die Schrift ist die gleiche wie die auf dem Rezept für Zaubertinte. Aber woher willst du wissen, dass er das Datum unten geschrieben hat?"

Sie blickte traurig auf den Text. Dann wischte sie mit dem Daumen fast zärtlich über die radierte Stelle am Seitenrand. „Hast du vergessen, dass man sie abgeholt hat?"

„Ja, aber …"

„Sie wird nicht wiedergekommen sein."

„Elvira."

„Ich würde mich gern täuschen. Am Ende war es gar nicht der Tod des Jungen, den er nicht verkraftet hat."

Mir strichen Schauer über den Rücken.

Elvira sprach leise in Gedanken: „Er schreibt das Datum und kratzt es wieder weg. - Warum?"

Sie ließ mir Zeit. Ich brauchte sie auch. „Weil dazwischen noch etwas passiert ist? Etwas, das ihm den Rest gegeben hat?"

„Erst nachdem das geschehen ist, verfällt er auf den Gedanken, das Schaukelpferd umzubauen." Sie nickte eifrig. Ihre Augen glänzten. „Evelins Freundin, wie hieß sie gleich?"

„Juliane."

„Die arbeitet doch in der Psychiatrie. Frag sie. Immerhin kennen wir doch den Namen und den Tag der Einweisung."

„Aber es gibt nicht nur eine psychiatrische Klinik."

„Andere Kliniken werden ihr kaum die Auskunft verweigern. - Und mach den Zettel zurecht. Er muss aussehen wie unachtsam rausgerissen." Sie stand auf und lief aufgeregt im Zimmer umher. „Ich will mir derweil eine Geschichte ausdenken und den dazu passenden Text. Diesmal kriegen wir ihn. Beeil dich. Geh."

„Wieso hat das solche Eile?"

„Hast du dir mal das Datum angeschaut?"

„Das ist in drei Wochen."

„Nicht ganz."

Woher nahm sie diese Energie? Es war ja absolut unsicher, ob unsere Bemühungen auch erfolgreich sein werden. Und selbst wenn, woran wollten wir den Erfolg festmachen? Daran, dass er die Kappe absetzt? oder die Kostümierung beendet? oder den Laden schließt? Wie oder woran sollte die Rückkehr ins Leben ablesbar werden? Was, wenn ihm die Rückkehr das Genick bricht? Elvira schien diese Skrupel oder Zweifel nicht zu kennen. Sie tigerte noch immer energiegeladen durch den Raum. Was hatte sie vor? Probierte sie schon den Text? Ich kann nicht sagen, warum, aber ich schlich wie ein geprügelter Hund nach Hause.

Juliane wunderte sich nicht einmal über meinen Anruf. „Da hast du uns ja eine schöne Sache eingebrockt", sagte sie zum Glück nicht gar zu ernst.

„Bist du auch ins Feindlager verschoben worden?", fragte ich vorsichtig. „Ich habe ihr weder was gegeben, noch nehme ich …"

„Mir musst du das nicht erklären. Steffen hat nicht das Zeug dazu, sich über Wochen eine solche Geschichte auszudenken, auch nicht das Stehvermögen."

„Ich hoffe, das mit dem Stehvermögen bezieht sich nur auf Geschichten."

„Warum rufst du an?"

Mein Anliegen war schnell erklärt.

„Kann ich", sagte sie, nachdem sie eine Weile geschwiegen hatte. „Wenn die Unterlagen noch da sind. - In der Regel werden sie nach zwanzig Jahren geschreddert. Das ist gerade der Fall."

„Noch nicht ganz", wendete ich eilig ein, als wenn es plötzlich auf Sekunden ankommen könnte.

„Erzählst du mir noch den Zwischenteil?"

„Gern, aber nicht jetzt, Jule, später, wenn du fündig geworden bist. Komm doch einfach mal rum, auf ein Gläschen Wein."

„Steffen hat so wahnsinnig viel zu tun. Daran bist auch du schuld."

„Steffen? Was hat Steffen damit zu tun? Der soll derweil auf die Kinder aufpassen."

„Habt ihr euch gestritten?"

„Nein. Aber zurzeit ertrage ich glückliche Männer nicht so gut."

„Ach ja?", spitzelte sie auf unüberhörbare Weise anzüglich.

„Sagt mal, hat hier jeder einen Schüssel? Wer spaziert noch alles in der Wohnung ein und aus, wenn ich nicht da bin?"

„Ich nicht. Irene hat es mir erzählt. - Scheint nicht der große Wurf zu sein."

„Nach Evelin brauche ich keinen großen Wurf mehr", hätte ich sagen müssen, wenn ich meiner seelischen Verfassung hätte Ausdruck geben wollen. Aber die war mir im Moment selbst nicht klar. Monika war ein tolles Weib. Warum war ich unzufrieden? Warum rammelte noch immer etwas im Magen rum, wenn der Name Evelin fiel? Ich war fertig mit ihr, verdammt. Ich war fertig mit ihr! „Das erzähle ich dir, wenn du morgen Abend kommst", sagte ich trotzig.

Sie widersprach nicht.

Ich hatte gerade das Notebook mit dem Scanner verbunden und das Stammbuch soweit malträtiert, dass sich die begehrten Seiten wenigstens halbwegs auf die Scheibe pressen ließen, als Jule zurückrief.

„Mit Mädchennamen hieß sie Annette Schubert", sagte sie mit belegter Stimme, „geboren am vierten Januar fünfundfünfzig. Das Einweisungsdatum ist richtig. Der Befund hieß *Schweres seelisches Trauma mit akuter Suizidgefahr.* Am elften, also drei Tage später ist sie aus dem Fenster gesprungen. Die Sache hatte natürlich ein sehr unangenehmes Nachspiel. In der Patientenakte steht leider nicht mehr, als du bereits weißt. Das heißt, hier ist von einer *akuten Belastungsreaktion nach tödlichem Unfall des Sohnes* die Rede."

„Danke, Jule. Dass es ein Unfall war, haben wir bisher nur angenommen."

„Heißt 'wir', ihr seid schon ein gutes Team?"

Ich wusste natürlich, was sie meint, daher sagte ich: „Ja."

Die Arbeit am Rechner ging schnell voran. Ich hatte einige Übung im Besäubern alter Dokumente. Etliche Urkunden hatte ich so saubergepixelt, dass sie hernach aussahen wie frisch ausgestellt. Da ich das Sterbedatum verkleinert einfügte, war die Täuschung perfekt. Kompliziert war allein der passgenaue Druck auf das formatlose starre Pergament. Ich probierte es mehrmals auf kopierten Vorlagen, ehe ich das Original in den Drucker legte. Die Fälschung war vollkommen.

Während ich die Kante der Seite ungleichmäßig abriss, dachte ich an Elvira. Woher rührte ihr unglaublicher Instinkt? Ich war - zugegeben - neidisch auf ihren Auftritt. Überhaupt hatte sie den Unternehmungsgeist ganz an sich gerissen. Für mich gab es im Grunde nichts mehr zu tun. Also lauschte ich dem ruhigen Kreisen.

Das Nest bauen beide Partner gemeinsam. Mitunter beginnen sie schon einen Tag nach der Verpaarung mit dem Bau. Nistmaterial sammeln sie in Abhängigkeit von den Windverhältnissen im Flug. Die Objekte, die aerodynamisch keinen allzu großen Widerstand leisten dürfen, werden meist im Schnabel transportiert, seltener im Kehlsack oder mit den Füßen. Je nach Angebot werden so Halme, Blätter, Knospenschuppen, Samen, Fasern, Haare,

Federn, Textil- und Papierfetzen verbaut. Das Nest bildet eine unordentliche, flache Schale mit einer zentralen Vertiefung, die mit klebrigem, rasch erhärtendem Speichel überzogen wird. Häufig wird ein Nest viele Brutperioden nacheinander benutzt und alljährlich nur ergänzt und neu eingespeichelt, wobei der Durchmesser von neun Zentimetern bei Neuanlage auf fünfzehn Zentimeter anwachsen kann. Vorgefundene Bauten anderer Höhlenbrüter wie Star, Haussperling oder Hausrotschwanz werden gelegentlich gewaltsam übernommen und überbaut, manchmal samt Eiern oder Jungvögeln. Überbaute Nester verursachen so mitunter erheblichen Gestank, was die Mauersegler offensichtlich nicht stört.

45

Jule hatte sich beeindruckend zurechtgemacht. Die Verlegenheit machte sie unwiderstehlich. Jule gehört zu den Frauen, die ein wenig zu kritisch sind, und die es daher schwer haben, einen geeigneten Partner zu finden, ich meine, zum Leben. Ich kann nicht sagen, ob diese Einschätzung wirklich zutrifft, ich zumindest hätte Skrupel, mich in ein Abenteuer mit ihr einzulassen. Sie ist mir zu ehrlich. Im Umgang mit Menschen - vor allem des anderen Geschlechts - muss man gelegentlich lügen, damit sie uns gewogen bleiben. Das hat nichts mit Heuchelei zu tun, sondern … Gut, auch wenn es heuchlerisch ist, es lässt sich nicht umgehen. Da es vollkommene Persönlichkeiten nicht gibt, ist grenzenlose Offenheit immer verletzend, oder, anders gesagt, bei jedem Menschen gibt es eine Grenze, von der ab die Wahrheit weh tut. Ich habe jedenfalls noch keinen getroffen, der ganz über seiner Fehlbarkeit steht. Elvira vielleicht. Oder bin ich bei ihr nur noch nicht an diese Grenze gestoßen?

Jule küsste mich unerwartet herzlich.

„Ich freu mich. Komm rein."

Sie schritt geradewegs ins Wohnzimmer, wo ich ein paar Schnittchen und verschiedene Getränke zurechtgemacht hatte, ließ sich wie ein kleines Mädchen ins Sofa fallen, nahm ein Käsebrot und ein warmes Würstchen, zog die bestrickten wie bestrickenden Beine unter die lange Strickjacke und sagte erwartungsvoll: „Na dann, erzähl."

„Du siehst verführerisch aus", sagte ich, um Ehrlichkeit bemüht.

„Ich weiß."

Wäre es wirklich heuchlerisch gewesen, wenn sie einfach 'Danke' gesagt hätte? Zugegeben, mein Kompliment war nur halb aufrichtig, weil es nur ihren Zustand beschrieb. Meinen Zustand beschreibend, hätte ich sagen müssen, Jule, ich würde dich gern … Aber wir können nicht allen, mit denen wir gern in die Kiste steigen würden, diese Wahrheit anvertrauen. Genau das meine ich.

„Siggi, komm, küss mich!" Das sagte sie natürlich nicht. Aber auf eben diese Sätze musste man im Umgang mit Jule gefasst sein. Zum Glück kannte ich sie lange genug, um vor solchen Angriffen gefeit zu sein. Das heißt, jetzt, da sich mein Status geändert hatte, wo ich nicht mehr der Mann ihrer besten Freundin war …

„Liebst du Evelin noch?" Das fragte sie tatsächlich. Fällt man so mit der Tür ins Haus?

„Ich fürchte, ja", sagte ich, um die Sache schnell hinter mich zu bringen.

Ich schien Jule mit der richtigen Antwort beglückt zu haben. Sie lächelte so lieb und glücklich, als sei sie selbst der ausgelobte Preis für diese Antwort. „Dann erzähl mir die Geschichte."

„Das meiste kennst du ja schon. Steffen wird dir erzählt haben …"

„Erzähl es aus deiner Sicht, dann hab ich doppelt Spaß."

Ich hatte ein wenig Mühe, die Teile so zusammenzubauen, dass daraus auch ein verständliches Bild entsteht. Dabei beschlich mich mitunter das Gefühl, therapiert zu werden. Natürlich kam ich nicht drum herum, Jule zu skizzieren, was wir mit Schabernack vorhaben. Sie hörte zu, ohne dass sich der Ausdruck in ihrem Gesicht auch nur um einen Deut veränderte. Sie lächelte lieb, weiter nichts. Wo lernt man das? Und wie verträgt sich das mit der bedingungslosen Ehrlichkeit? Ist ein so starres Gesicht, einerlei, welchen Ausdruck es zeigt, nicht die pure Heuchelei? Ich hatte das Gefühl, in ein Messer zu laufen oder in der Eiger-Nordwand zu hängen und jeden Moment danebenzutreten.

Ohne ihr Lächeln aufzulösen, sagte sie: „Ich muss euch nicht sagen, dass dieses Spiel nicht ganz ungefährlich ist."

„Elvira ist ja nicht zu halten. - Was kann denn passieren?"

„Er kann spontan und extrem reagieren, wenn ihr ihm einen Flashback beschert oder ihn aus seiner Identität reißt. Vermutlich hat er ein Trauma infolge der beiden - Unfälle. Nicht immer führt das zu einer krankhaften Persönlichkeitsveränderung. Die klassischen Formen treffen auf euren Schabernack auch nicht zu. Für eine akute Belastungsreaktion liegt der Anlass zu lange zurück. Eine posttraumatische Belastungsstörung, die oft chronische Formen annimmt, tritt erst mit größerem zeitlichen Abstand ein. Sein Ausstieg damals war aber ganz spontan. Ich nehme an, dass er sich seither in dem Laden verkrochen hat. Du beschreibst ihn auch als viel zu gefasst. Möglicherweise können Schlüsselreize die Erinnerung an das zurückliegende Trauma wachrufen. Dass sollte aber schon lange passiert sein, so wie ihr den armen Kerl traktiert habt. Was er erlebt hat, ist typisch für ein Trauma. Solche Leute werden oft beziehungsunfähig, weil sie Angst haben, das Erlebte noch einmal erleben zu müssen, also den geliebten Menschen wieder zu verlieren."

„Und woran erkennt man das?"

„Manche gehen uns auf die Nerven, weil sie immer das Schlimmste kommen sehen, andere sind absolut kontrolliert, weil sie nicht wieder in den hilflosen Zustand des Traumas fallen wollen. Andere reagieren unverhältnismäßig; ängstlich, panisch, zwanghaft, anhänglich, selbstverletzend. Sie können Alpträume haben oder dissoziative Zustände."

„Darüber hast du schon mal was erzählt."

„Ja, als es um die Bewegung starrer Gegenstände ging. Dazu gehören aber vor allem ganz unterschiedliche Störungen des Erinnerungsvermögens, der Bewegungskoordination, der Persönlichkeitsstruktur. Aber auch Krampfanfälle können symptomatisch sein oder eine Pseudodebilität."

„Das trifft nicht zu."

„Das kann man von außen nur schwer beurteilen. Manche fühlen sich fremd im eigenen Körper oder fremd in der einst vertrauten Umwelt; manche glauben zu wachsen oder zu schrumpfen. Aber das sind alles Eigenarten, die man erst recht nicht beobachten kann. Auffällig hingegen ist die dissoziative Flucht. Die Betroffenen verlassen unerwartet ihr Zuhause oder ihren Arbeitsplatz und gehen weg. Manche finden eine neue Identität bei einer mehr oder weniger gestörten Beziehung zu sich selbst."

„Das ist es doch, oder?"

„Sieht so aus. Aber leider verhält es sich nur selten so, wie es scheint."

„Am Ende machen wir alles nur noch schlimmer", sagte ich niedergeschlagen. „Als ich den Spieß umdrehen wollte, war mir das egal, aber jetzt, wo es eine Art Hilfe werden soll."

Sie sah mich schelmisch an. „Steht dir gut."

„Ich weiß." Nein, ich sagte nicht „Ich weiß". Ich sah an mir herab. „Was steht mir gut?"

„Die Unsicherheit. Solltest du dir öfter leisten."

„Danke." Ich sagte wirklich nur „Danke".

Jule hatte den Dreh raus, sich immer so anzuziehen, dass man ständig versucht war, sie anzufassen. Jedenfalls mir ging es so. Die wollenen Strumpfhosen zogen die Hände geradezu an, nicht weniger die lange Strickjacke mit der endlosen Knopfleiste, die sich eng an den schlangenhaften Leib schmiegte. Dabei kann ich noch nicht einmal sagen, ob mich mehr die Wolle anzieht oder die Haut gleich darunter. Welche war die Schlangenhaut?

Jule war die Verführung selbst, und sie wusste es. Das wollene Zeug gab ihr etwas Weiches, Zartes. Dabei hatte man immer das Gefühl, dass man es nur ganz ausnahmsweise ausziehen durfte, nämlich dann, wenn man bereit war, den empfindsamen Leib auf andere Art zu umschmeicheln und zu wärmen. Zudem verleitet mich Wolle seit jeher zum Wahn, ich meine, zur Vorstellung, sie würde an allen Stellen gleichsam den süßesten weiblichen Duft bewahren.

Wenn Jule ihre Hockstellung verließ und sich vorbeugte, um sich ein Brot zu nehmen oder einen Schluck Wein zu trinken, musste ich mich zusammenreißen, um nicht handgreiflich zu werden.

Warum kann man nicht einfach so übereinander herfallen, sich genießen, sich aneinander reiben, bis das Begehren ein Ende hat; und hernach ist alles, wie es war, nein, schöner, weil vertrauter, ehrlicher?

Elvira hat recht. Sie hat tausendmal recht! Der Mensch ist ein blödes Vieh!

„Du musst nicht soviel grübeln", sagte Jule tröstend, als hätte sie meine Gedanken zugehört. „Schlimmer kann es kaum werden. Und da euer Schabernack einen

Mediziner sowieso nicht an sich ranlassen würde, seid ihr seine einzige Chance."

Wir schwätzten noch lange über Steffen und Evelin, über Monika und Elvira, Karlchen und Jules beiden Süßen.

Beim Abschied küsste sie mich noch einmal herzlich.

Ich hielt die Zunge im Zaum. Die Hände genossen die kurze Berührung der Wolle und des Fleisches, das darunter einen erregenden Widerstand gab. Allein die Nase war im Paradies.

„Bei aller Hilfe solltet ihr nicht vergessen, ihm den Unsinn mit dem Schaukelpferd auszutreiben. - Hier ist eine Nummer, für den Fall, dass es ganz schlimm kommt."

Ich nahm die Karte.

„Egal, wie das mit Evelin und dir ausgeht, ich würde gern Verbindung zu dir halten."

Scham überflutete mich. Hatte ich mich wie ein Esel benommen? Hätte ich wenigstens eine einzige Berührung riskieren sollen? „Ich auch", stammelte ich.

„Gibt es wieder ein Schweigegebot?"

„Evelin wird sich eh herzlich wenig dafür interessieren."

„Dann will ich ihr nur deinen ersten Satz verraten."

Ich uberlegte und war auf Schlimmes gefasst.

„Dass du mich verführen wolltest und es nur aus Rücksicht auf sie nicht getan hast."

Ich nickte. „Hatte ich nicht gesagt, aus Rücksicht auf Steffen?"

„Nein, mein Lieber." Mit dem verführerischsten Lächeln verließ sie mich. Das war Jule, wie ich sie fürchtete. Sie hatte meine Offenheit mit einer Lüge überflügelt und war damit der Wahrheit viel näher gekommen. Ja, mitunter ist man mit einer Lüge der Wahrheit noch am nächsten. Steffen, der arme Kerl, hat es nicht leicht.

An eine schnelle Auflösung meiner körperlichen Bedrückung war nicht zu denken. Mir selbst untersagte ich streng, Hand anzulegen. Umso mehr freute ich mich auf die nächste Nacht mit Monika.

46

Im Verlag kam mir Krause schon an der Pforte entgegen. Die *Wege auf Gott* hatten ihren Weg zu den Herzen und Hirnen der Menschen gefunden und - wie Krause aussah - auch schon wieder zurück.

„Guten Morgen, mein Lieber, es ist einige Post für Sie gekommen.“

„Guten Morgen. Verkauft es sich gut?“

„Das Interesse ist groß. Ich hatte gerade eben wieder einen von der Presse da.“

„Sagen Sie mal, mein lieber Krause …“ Es war das erste Mal, dass ich mir erlaubte, ihn so zu nennen, also kostete es mich ein wenig Überwindung. „… die Post, nehmen wir mal an, sie ist mir nicht freundlich gesinnt, und nehmen wir mal weiter an, ich komme nicht umhin, auf die Unflätigkeiten zu antworten. Ist das meine Privatangelegenheit, oder steht mir dafür meine Arbeitszeit zur Verfügung?“

„Machen Sie da etwa einen Unterschied?“, stutzte er mit dümmlicher Miene.

„Ab heute schon.“

Ich musste kein Prophet sein, um den Charakter der Briefe zu erraten. Befürworter einer Sache nehmen sich selten die Zeit, ihren Gefühlen Ausdruck zu geben. Ich überflog die Schmähpost und teilte sie in drei Gruppen: die unflätige, die eifernde und die ernsthafte. Die erste, bei weitem umfangreichste, wanderte direkt in den Papierkorb; die zweite bekam eine Standartantwort, die bereits geschrieben war; allein die dritte, zum Glück nur bescheidene Gruppe konnte mit einer eingehenden Erwiderung rechnen. Aber selbst hier konnte ich Formulierungen, bisweilen ganze Absätze übernehmen. Die meisten widersprachen und kommentierten Behauptungen, die ich so nicht aufgestellt habe, oder so nicht hätte aufstellen wollen. Manches Missverständnis ging auf das aggressive Lesen zurück, andere auf meine ungenaue Ausdrucksweise, wieder andere waren der Mehrdeutigkeit der Sprache geschuldet. Nachdem sich der erste Groll über die unangenehme Arbeit gelegt hatte, erkannte ich den Wert dieses Widerhalls. Es war zuweilen hochinteressant, mit detektivischem Eifer der Entstehung von Missverständnissen nachzuspüren. Natürlich gab es - zumindest aus Sicht der Schreiber - auch sachliche Argumente gegen den gedanklichen Aufbau des Essays. Hier war ich am härtesten gefordert.

Am späten Nachmittag führte mich der erste Weg zu Elvira, die mich mit einem besonders schamhaften „Oh" empfing.

„Komme ich ungelegen?"

„Ja, um ehrlich zu sein."

Ich muss ein sehr tragisches Gesicht gezogen haben. Vielleicht sah auch nur meine Verblüffung danach aus. Ich hatte mir irgendwie eingebildet, der einzige, wenigstens aber der wichtigste Bezugspunkt in ihrem Leben geworden zu sein.

„Na, komm rein."

„Du hast Besuch?"

„Ja. - Genaugenommen, einen Arbeitsbesuch."

Ich war auf alles gefasst, aber nicht auf Edith. Sie stand in ihrer ganzen Fülle mit einem Blatt Papier in der Hand am Fenster; eine imposante Erscheinung. Ihr weiches, fleischiges Gesicht war gerötet, auf der Stirn glitzerten unzählige feine Tröpfchen. Sie schien sich unbehaglich in ihrer Rolle zu fühlen.

„Guten Tag", sagte sie mit belegter, fast heiserer Stimme. „Schön, Sie zu sehen. Geht mal wieder um den toten Hund. Die Gute quält mich ganz furchtbar. Gut, dass Sie der Tortur ein Ende machen." Sie gab mir die Hand. „Jablonski, aber Sie können auch Edith sagen."

Elvira hatte meinen fragenden Blick erwartet. „Siegfried, bitte schau nicht so. Sie ist einfach die bessere Besetzung. Wir müssen gut sein. Es ist hart für mich, die Rolle abzugeben, das gebe ich zu. Aber um der Sache willen muss man zurücktreten können. Zumal es hier um mehr als nur die Kunst geht."

„Damit macht sie mich erst recht wahnsinnig", stöhnte Edith, die schon genug an ihrem walkürenhaften Leib zu tragen hatte. „Ich kann das nicht. Ich hab so was noch nie gemacht."

„Ach, hätte ich dich bloß nicht reingelassen. Wegen dir fällt sie wieder weit zurück. - Hast du den Zettel? - Mit Zettel wird alles viel leichter", sagte sie, wieder an Edith gewandt.

Ich langte ihn aus der Aktentasche. „Aber ich habe nur den einen. Verlumpert ihn nicht."

Elvira besah sich das Kunstwerk. „Unglaublich, was heut alles geht. Das ist phantastisch!"

Auch Edith trat vorsichtig näher. „D e r Zettel soll ihn aus der Reserve locken?"

„Der Zettel und dein wundervolles Spiel."

„Hör auf!", stöhnte Edith gequält.

„Komm, noch mal, mit Originalrequisite."

„Wann kommt ihr raus mit dem Stück?", fragte ich hastig dazwischen.

„Wenn sie so weit ist. Wir lassen uns nicht drängeln."

„Wie hast du sie gefunden?"

„Na, hör mal, es gibt nicht so viele Institute, in denen Roboter entworfen werden. - Machst du inzwischen Abendbrot?"

„So lange kann ich nicht bleiben. Monika kommt heut Abend."

„Dann scher dich heim. Wir rufen an, wenn wir soweit sind."

Als ich die beiden alten Barden zurückließ, beschlich mich eine Empfindung, die sich wie Lampenfieber anfühlte.

Ich freute mich auf Monika wie schon lange nicht mehr. Sie kam pünktlich wie immer. Gut, bei dem Abstand zwischen Arbeitszimmer und Liebesnest war das auch nicht so schwer. Sie war noch anziehender als sonst. Schon in der Tür bei der Begrüßung bemerkte ich eine Unruhe, die sie verletzbar erscheinen ließ. Ich hätte sie mögen gleich …

Sie aß, aber nicht mit dem gewohnten Heißhunger, geradeso, als wäre der Magen bereits mit dem berühmten Kloß in Anspruch genommen. Sie sah mich an. Sicher war in diesem Blick noch immer die Leidenschaft, aber da war eben auch noch etwas anderes, fast Wehleidiges. Ich aß fortwährend, um die Appetitlosigkeit nicht hochkommen zu lassen; und ich redete ununterbrochen, um ihr den Einstig mit dem ersten Wort unmöglich zu machen. Seltsamerweise fiel mir all das erst viel später auf, in dem Augenblick nämlich, als ich den Mut fand, der Angst einen Namen zu geben.

Abrupt - mitten im Satz - hörte ich auf zu reden. Ihr Atem war nun das Lauteste in dieser plötzlichen Stille. Ich sah in ihre glänzenden Augen. „Na, sag's schon", flüsterte ich, ohne sie anzusehen.

Sie legte die Hände vor sich ab. „Ich werde weggehen", sagte sie endlich. „Schimpf nicht, weil ich es erst jetzt sage. Ich weiß es selbst noch nicht so lange. Das heißt, ich weiß es schon Jahre, aber plötzlich war ich so unsicher, ob ich es tun soll oder nicht."

„Wohin willst du denn?" Vom Ton meiner Stimme war nur ein Hauch geblieben.

„Ich habe die Chance, an einem sehr exponierten Forschungsprojekt in den Staaten mitzuarbeiten. Ich kämpfe schon Jahre dafür, diesen Traum zu … Aber dann kamst du. So was hatte ich noch nicht, ich meine, nicht nur im Bett. Die Entscheidung war nicht leicht, und ich werde mir wohl nie ganz sicher sein, ob sie richtig ist."

„Wie lange gehst du fort?", fragte ich, als hätte ich nicht sofort verstanden, dass die Zeit keine Rolle spielt.

„Erst mal drei Jahre."

„Ich komm mit!", hätte ich rufen wollen. Aber das wäre der unüberlegte Ruf eines Zwanzigjährigen gewesen. „Wann fliegst du?", fragte ich also nur.

„In vierzehn Tagen."

„In zwei Wochen schon", sagte ich niedergeschlagen.

„Ich hatte schon Angst, dass du gar nicht traurig bist." Ihre Stimme hatte einen beinahe mädchenhaften Klang angenommen. „Wenn du ganz ehrlich bist, dann bist du auch noch nicht ganz fertig mit der alten Geschichte, oder?"

„Mit alten Geschichten ist man nie ganz fertig", sagte ich bitter. „Gehört jetzt auch unsere dazu?"

Sie stand auf, lief auf mich zu, riss mich hoch und an sich. Nachdem sie mich in Leidenschaft geküsst hatte, sagte sie zärtlich: „Noch nicht ganz. Ein Rest bleibt uns noch. Ich hab Urlaub genommen. Wenn du dich auch freimachen kannst, dann können wir irgendwohin fahren."

„Dann wird es doch eine noch größere Viecherei."

„Nein. Lass uns diese Zeit genießen. Kann man nicht viel aufopferungsvoller lieben, wenn man weiß, dass das Gefühl nicht bis zum Tod reichen muss?"

Tragik und Komik liegen oft so nah. Ich verstand natürlich, was sie sagen wollte, aber 'viel aufopferungsvoller lieben' schlug mir spontan auf den Bauch. Über dieses Missverständnis der Gefühle musste ich lachen.

„Viel aufopferungsvoller kann ich nicht. Sonst vernarbt noch meine verwundbarste Stelle."

Monika liebte rückhaltlos. Ich auch. Auch wenn das nicht das Gleiche war. Ich verfluchte mein Alter. Ich verfluchte meinen sicheren Job. Ich verfluchte alle Bindungen, die mich im Hier festhielten. Den kurzen Zeitraum vor Augen, ärgerte ich mich über jeden Augenblick, da ich zugelassen hatte, dass Überdruss oder Sättigung die Leidenschaft vergiften.

Bedrückend an der Wandlung meiner Gefühle für Monika war, dass mir diese bezaubernde Frau vom Zeitpunkt ihrer angekündigten Unerreichbarkeit an immer teurer wurde. Hätte ich bei größerem, entschiedenerem Einsatz ihren Weggang verhindern können? Immerhin hatte sie mit sich gerungen. Auch diese Gedanken standen im Widerspruch zu denen, die mir bis zur Enthüllung ihrer Reisepläne vertraut gewesen waren. Ich hatte neu beginnen, mich aber nicht ganz auf die neue Beziehung einlassen wollen. Ich war fertig mit Evelin und war es doch nicht ganz. Ich war auf eine mir selbst nicht eingestandene Weise unentschieden gewesen. Hatte sie das gespürt? Hatte sie empfunden, was ich mir selbst gegenüber nie eingestanden hätte?

47

Der Vorlesungssaal war mir vertraut, obgleich er gigantisch in seinen Ausmaßen schien. Ich fand mich zu aller Bedrückung allein auf der ersten Reihe. Die leeren Reihen hinter mir stiegen steil nach oben an und verloren sich irgendwo im Wolkendunst. Schabernack lehnte - halb sitzend, halb stehend - am aufgeräumten Pult. „Das ist Laien nicht leicht zu erklären", sagte er sachlich. „Das zu kapieren, müssten Sie Gott und die Welt studieren. Und selbst dann ..."

„Sie können es erklären?"

Er atmete schwer. Nachdem er mich lange über die Brille hinweg gemustert hatte, sagte er: „Je nach Maß Ihrer Auffassungsgabe würde das ein halbes oder ganzes Leben in Anspruch nehmen. Wenn Sie Glück haben, können Sie es hernach vielleicht verstehen. Aber spätestens der Tod würde Sie alles wieder vergessen machen. Denn er ist der Schnitter der Zeit alles Lebendigen." Schabernack lächelte. Er nahm den Nackenschaber in die Hände und strich über die einzelnen Flicken, als wollte er darauf hinweisen, dass alles Wissen Flickwerk sei. „1934 stellte Svengard Sørønsøn *die Zeit* erstmals in einem einfachen Schema dar. Alle bisherigen theoretischen Ansätze beiseite schiebend, sprach er nur noch vom *Künftigen*, dem *Jetzt* und dem *Vergangenen*, wobei er das *Künftige* zweidimensional, also als Fläche, beschrieb, da es immer nur als Summe von Hypothesen verstanden werden kann, es ihm zum Räumlichen also an Realität mangelt. Das *Jetzt* ist nach Sørønsøn das Ventil, in dem das *Künftige* real wird, einem Blitz gleich oder wie von einem Blitz aus den finsteren Weiten unendlicher Möglichkeiten gerissen, um augenblicklich in der unendlichen Welt des *Vergangenen* verkörperlicht zu werden; aus einer unendlichen Fläche hat sich ein unendlicher realer Raum manifestiert. Beide Welten treffen sich im *Jetzt*, ohne sich zu berühren. Obgleich das *Jetzt* - zeitlich gesehen - der Kategorie Null angehört, da es von unendlich kurzer Dauer ist, hat es genug Ausdehnung, um die beiden so unterschiedlichen Welten auseinanderhalten zu können. Sørønsøns Theorie ist einfach, aus heutiger Sich vielleicht sogar simpel, aber von fundamentaler Bedeutung. Er war der erste, der wagte, die Gegenwart als eine Aneinanderreihung von unendlich kurzen Augenblicken, also als eine Art Blitzlichtgewitter zu determinieren, wobei der Ausdruck Gewitter eher irreführend ist, da er nicht hinreichend assoziiert, dass die Gegenwart nur immer im letzten Lichtblitz aufleuchtet."

Ich nickte. „Klingt plausibel."

„Boktanko Wlasselowitsch, seinerzeit Hauptvertreter des *chrononistischen Realismus*, nahm in den fünfziger Jahren Sørønsøns These auf, kritisierte aber den Flächencharakter des *Künftigen*, der schon deshalb unwissenschaftlich sei, da nach den Gesetzen der Geometrie auch aus einer unendlichen Fläche nie ein Raum entstehen kann. Sein Sanduhrmodell war lange Zeit die gültige Grundlage unseres Zeitverständnisses. Für Wlasselowitsch begann die Substantialisierung nicht erst im *Jetzt*, sondern bereits unendlich lange Zeit davor. *Künftiges* und *Vergangenes* halten sich nach seiner Auffassung die Waage und sind für uns umso weiter von der Realität entfernt, je größer ihr Abstand vom *Jetzt* ist. Sørønsøns Fehler sei es gewesen, das *Künftige* nur unter anthropozentrischem Blickwinkel zu betrachten, einer Gefahr, der alle Wissenschaftler ausgesetzt sind. Das *Künftige* ist nicht an unsere Hypothesen, an unsere Vorausschau gebunden, was schon die Tatsache erhellt, dass sich aus einem unendlichen Wust von gedachten Möglichkeiten nur immer eine - von allem Denken unabhängige - Wirklichkeit ergibt. Wlasselowitsch akzeptiert zwar Sørønsøns Zuordnung des *Jetzt* zur Kategorie Null, er bietet aber für das praktische Zeitverständnis eine dehnbare Beschreibung dieses als Trennlinie verstandenen Ventils an. So, wie bei der Sanduhr für die einzelnen Körnchen der Zeitpunkt immer fassbarer wird, wann sie - selbstredend, einzeln - in den Trichter fallen, je mehr sie sich diesem nähern, so zählt für Wlasselowitsch - je nach Situation - der Krümmungsbereich, jener Sektor also, in dem sich das *Künftige* zum *Jetzt* neigt, mehr oder weniger zum *Jetzt*. Um die Symmetrie zu erhalten, gesteht er auch dem unmittelbar *Vergangenen* eine wenigstens hypothetische Nähe zum

Jetzt zu. Für jemanden, den man in einen engen Zwinger geworfen hat, um ihn da verfaulen zu lassen, wird sich das von Wlasselowitsch determinierte praktische *Jetzt* weit mehr blähen, als bei jemanden, der sich, aus einem Flugzeug geworfen, der Erde nähert. Nicht die Enge des Raumes, sondern die der Lebensverhältnisse, nicht die Geschwindigkeit, sondern die kausale Stringenz macht Wlasselowitsch für die praktische Ausdehnung des *Jetzt* verantwortlich."

Ich nickte, von Schabernacks Nicken ermutigt.

„Ernest Kim, von Haus aus Professor für Psychiatrie, also ein Seiteneinsteiger, kritisierte seinerseits Wlasselowitschs Modell. Mit seinem in allem nur siebzehn Seiten umfassenden Essay wird er pünktlich zur Jahrtausendwende zum Begründer des *modernen Desillusionismus*. Ausgehend von den Erfahrungen aus seinem Arbeitsbereich, weist er nach, dass sich so gut wie alle Thesen - er nennt die Zahl von sechsundneunzig Komma vier Prozent - auf Illusionen gründen. Mit dem Skalpell seiner messerscharfen Analyse beschneidet er Wlasselowitschs Zeittheorie dramatisch. Den Begriff des *Künftigen* entlarvt Kim als einen illusionistischen. Das *Künftige* ist nach ihm weder Fläche noch Raum, sondern schlicht nicht existent. Spätestens seit Diskussion der Kontraktionstheorie, nach der das Weltall zwischen Ausdehnung und Zusammenfall pendelt, sind alle Annahmen, die sich auf das *Künftige* beziehen, Wunsch- oder Alpträume, auch wenn sie von Erfahrungen getragen werden, die uns vorgaukeln, der kommende Augenblick könne dem vorangegangenen ähnlich sehn. Die Geschichte der Menschheit kennt leider genügend Augenblicke, wo ein einziger Handgriff zur Zerstörung nicht nur von vielen Menschenleben geführt hat, sondern zur Entlarvung ebenso vieler eben beschriebener Illusionen. Spätestens der jederzeit mögliche Kollaps des Weltalls - so Kim - wird uns allesamt eines Besseren belehren. Kim beschneidet das traditionelle Zeitmodell nicht nur um das *Künftige*, er nimmt ihm auch seinen räumlichen Charakter, der nach Kim ein Widerspruch in sich ist. Die Zeitdimension lässt sich weder räumlich noch flächig darstellen oder begreifen. Im geometrischen Modell ist die Zeit ein Strahl, der im *Jetzt* beginnt und unendlich in eine Richtung zielt. Unter Berücksichtigung der Erkenntnisse der modernen Physik ist es möglich, diesen Strahl - ähnlich einem Lichtstrahl in der Nähe riesiger Gravitationsfelder - unendlich gekrümmt zu denken, so dass er sich in Form einer unendlichen Kreisbahn oder einer mehr oder weniger gedehnten Spirale bewegt. Gerade in seiner Kritik der Zeittheorie weist Kim schlüssig nach, dass die Illusion eine Lebensvoraussetzung ist. Wie verhaltenswissenschaftliche Untersuchungen bestätigen, finden sich in allen höher organisierten Lebensformen Bestrebungen zu stereotypen Verhaltensabläufen. Keine Spezies hat es in der Kunst der Ritualisierung aber so weit gebracht wie der Mensch, der im hohen Lebensalter nicht selten von Panikattacken heimgesucht wird, wenn er die Butter einer ungewohnten Marke verzehren soll, nur weil die Verpackung anders gefaltet ist. Viele Menschen verändern ihre Lebensverhältnisse anscheinend nur deshalb nicht oder viel zu zögerlich, weil die Furcht vor dem Ungewohnten größer ist als die Frustration über die alltäglich wiederkehrende aber vertraute Bedrückung."

Mein Kopf war heißgelaufen. Schabernack sprach, als könne er diesen Vortrag beliebig lange fortsetzen.

Noch ehe ich sprachlich oder gestisch zustimmen konnte, sagte Schabernack lächelnd: „Kims eigentliche Größe aber besteht darin, dass er all seine Theorien zu jenen sechsundneunzig Komma vier Prozent der Illusionen zählt."

Ich erwachte. Alles um mich her war vertraut. Monika schlief tief und fest. Ich eilte ins Arbeitszimmer, um drei Namen auf einen Zettel zu schreiben, bevor ich sie vergesse. Ich startete den Rechner, um im Internet nach Sørønsøn, Wlasselowitsch und Kim zu suchen. Ich brauchte Dutzende Versuche, um den ersten Namen fehlerfrei laut aussprechen zu können.

Je länger ich suchte, umso ruhiger wurde ich. Hatte ich wirklich geglaubt, per Traum von Schabernack belehrt werden zu können? Woher aber sonst stammten die abstrusen Gedanken? Von mir? Ich hatte mich bisher nur oberflächlich mit der Zeitproblematik beschäftigt. Wahrscheinlich waren die geträumten Thesen auch mehr unsinnig als vernünftig. Aber um einer Laune des diffus vor sich hindümpelnden Gehirns entsprungen zu sein, waren sie zu geordnet und aufeinander abgestimmt. Am Zustandekommen unserer Träume müssen also auch kreative Hirnregionen beteiligt sein. Warum verunsicherte mich diese Einsicht?

Ich rief Krause an. Er klang müde, irgendwie erschöpft. Ich riss mich zusammen, um nicht ebenso zu klingen. „Nur zwei Wochen."

„Nur? - Meissner, sind Sie von allen guten Geistern verlassen? Ich hab Sie ein bisschen zu hart in die Spur geschickt, zugegeben. Aber gleich … Langt nicht auch eine Woche?"

„Nein, ich brauche …"

„Das heißt, einschließlich Ostern. Ist Ihnen klar, dass das an mir hängen bleibt? Ich arbeite jetzt schon fast vierundzwanzig Stunden am Tag."

„Dann bleibt Ihnen ja immer noch die ganze Nacht."

„Wieso?" Ich sah das verdutzte Gesicht vor mir. „Hören Sie, Meissner, mir ist absolut nicht nach Witzen zumute. - Aber …"

„Die Post hole ich selbstverständlich ab, Chef."

„Können Sie mir auch noch einen Tipp geben, wie ich das den anderen verklickern soll?"

„Sagen Sie: Behandlung einer posttraumatischen Belastungsstörung mit dissoziativen Zuständen, vor allem der Gefahr einer Pseudodebilität." Das letzte Wort buchstabierte ich fast. Manchmal könnte ich mein Gedächtnis knutschen.

„Ich hoffe, das ist auch ein Witz. Erholen Sie sich gut. Wir sehen uns dann am Dienstag."

„Mittwoch."

„Darauf kommt es nun auch nicht mehr an", sagte er geschlagen. „Machen Sie's gut." Er legte auf, ohne meinen Dank abzuwarten.

Monika kam vom Duschen. Nach diesem Urlaub würde ich eine noch längere Erholung nötig haben.

48

Nach dem bisher Erzählten könnte der Eindruck entstehen, dass mein Verhältnis zu Monika ein ausschließlich körperliches war. Dieser Eindruck ist falsch. Zu den besonders schmerzlichen Erfahrungen dieser zwei Wochen gehörte, dass ich etwas verlor, was ich noch gar nicht schätzen gelernt hatte. War die Zweisamkeit bisher kaum über den Status des Körperlichen hinausgekommen, so war das allein meine Schuld, denn ich hatte Monika gar nicht näher an mich herankommen lassen. Aus Sicht der Vernunft wäre ich jetzt, da ich um das baldige Ende dieser Zweisamkeit wusste, erst recht klug beraten gewesen, die Distanz beizubehalten. Ungeachtet des zu erwartenden Trennungsschmerzes aber, also nicht anders als grobfahrlässig, ließ ich mich nun tief auf Monika ein. Und jetzt erst wurde mir bewusst, was für eine Frau sich da für eine kaum zu überbrückende Zeit auf eine kaum zu überbrückende Entfernung von mir trennen wird.

Da ich mich dem Verlag nicht ganz entziehen konnte, blieben wir in der Stadt. Aber auch die mehrtägigen Ausflüge in die Umgebung waren wundervoll. Ich wohne, seit ich denken kann, hier. Ich kenne all die Orte im Umkreis. Monika lehrte mich, sie noch einmal und ganz neu zu entdecken. Oft beschämte sie mich mit ihrer kindlichen Neugier, und mehr noch mit dem, was ihr in die Fänge ging. Gibt es eine schönere, aufregendere Art, neue Welten zu entdecken, als mit den Augen jener, die wir lieben? Es war nicht der einzige Satz fürs Poesiealbum, der mir dieser Tage aufstieß.

Die Zeit war schön, wenn auch ein ständiges Hin und Her von Beglückung und Bedrückung. Mir soll keiner erzählen, dass eine Trennung leichter wird, wenn man Zeit hat, sich auf sie vorzubereiten. Es gibt nur einen Seelentröster, der etwas taugt: die Gewissheit, mit der Beziehung fertig zu sein. Das traf leider ganz und gar nicht auf Monika zu. Mit ihr stand ich ja noch ganz am Anfang. Oft bereute ich den Augenblick, in dem mich die Laune ergriffen hatte, sie anzurufen. Mir wäre viel Zerknirschung erspart geblieben. Und was wäre mit all den seligen Momenten? Man muss sich selbst gegenüber gerecht bleiben, auch oder gerade, wenn es weh tut.

Zugegeben, ich hatte Schabernack ganz in den Hintergrund gedrängt, um nicht zu sagen, vergessen. Auch wenn es mich wurmte, nun, da mich Elvira in diesem Spiel zum stummen Eleven abqualifiziert hatte, blieb mir nicht viel mehr, als bis zum nächsten Akt zu warten. Ich war also relativ überrascht, als die beiden alten Damen vor der Tür standen. Ein Blick zu Monika verriet mir, dass sie in das Komplott eingeweiht war.

„Kommst du?", fragte Elvira charmant.

Sie sah vertraut aus. Edith hingegen war in ihrer Erscheinung - nun ja, wie soll ich mich ausdrücken - auffällig. Sie trug eine gestrickte, blaue Kappe über sehr streng gekämmten, um nicht zu sagen, strähnigen Haaren, eine fellgefütterte schwarze Manchesterweste, ein gefüttertes, kariertes Hemd und weite schwarze Hosen. Kurz und salopp beschrieben sah sie aus, wie eine vom Bau, die nicht alle Tassen im Schrank hat. Ihr gefasstes und entschlossenes Auftreten stand in kuriosem Widerspruch zu ihrem äußeren Habitus. Ich musterte die beiden, die ungleicher nicht hätten sein können, mit argwöhnischem Blick.

Elvira kam meinem Kommentar zuvor. „Keinen Defätismus, bitte. Jedes Detail ist auf Wirkung bedacht."

Da jeder Widerstand oder auch nur Einwand zwecklos schien, zog ich mich an. Im Magen machten sich derweil Aufregung und Beklemmung breit.

Monika lächelte, den letzten Zweifel zerstörend, dass sie in die Verschwörung gegen mich eingeweiht war.

Mich beherrschte zunehmend ein lausiges Gefühl. Was tat ich da? Ich überließ zwei alten Frauen ein vollkommen unsicheres, unberechenbares, möglicherweise unbeherrschbares Spiel. Mir kam in diesem Spiel nur die Aufgabe zu, größeren Schaden von den Akteuren abzuwenden.

„Du hältst dich zurück, was auch geschieht", sagte Elvira streng, als wir uns dem Laden näherten. „Wir haben etliche Varianten durchgespielt. Dein Stichwort ist 'Thomas'. Nur wenn du das hörst, kommst du dazu. Aber nicht etwa wie jemand, der nur darauf gewartet hat, sondern ganz zufällig, wie ein Kunde. - Wie heißt das Stichwort?"

„Thomas", maulte ich finster. „Und was, wenn sie nicht mehr dazu kommt, es zu sagen?"

„Das müsste schon arg zugehen", sagte Edith ruhig. „Dann käme vermutlich auch jede Hilfe zu spät."

„Ich stehe am Fenster", ergänzte Elvira. „Wenn etwas Furchtbares passieren sollte, schlage ich an die Scheibe."

„Du reichst doch gar nicht bis hoch", sagte ich aufgebracht.

Sie schwenkte einen Beutel. „Wenn du uns für so blöd hältst, solltest du uns den Auftritt verbieten."

„Wenn es die geringste Aussicht auf Erfolg gäbe, würde ich es auch tun", sagte ich beherrscht. Die Vorstellung, den kleinen Räuchermann vor einem Fenster auf einer Klappkiste stehen zu sehen, hatte keineswegs etwas Beruhigendes. Ich hoffte, den Laden geschlossen zu finden.

Edith schaute durchs Fenster und nickte. Elvira hielt ihr strahlend zwei gedrückte Daumen entgegen.

Ich schloss mich Edith an. Wie beim Besuch mit Elvira blieb ich im türlosen Flur vorm Verkaufsraum zurück. Nun war ich dankbar, keinen aktiveren Part spielen zu müssen. Der hier reichte mir vollkommen.

Schabernack brauchte geraume Zeit - mir kam es unanständig lange vor - um Guten Tag zu sagen.

„Guten Tag", sagte Edith, die offenbar mit der Pause gerechnet hatte. „Ihr Geschäft ist mir empfohlen worden. - Sagen Sie, heißen Sie wirklich Schabernack?"

Nach einigen tiefen Atemzügen hörte ich ihn sagen: „Was wünschen Sie?"

„Annette, was meine Enkelin ist, sucht für ihre Kleine ein Schaukelpferd. Eigentlich wünscht sie sich ein richtiges Pferd. Sie wissen ja, wie Kinder heutzutage sind. Da es also kein richtiges sein kann, will sie ihr ein Schaukelpferd schenken, ein ganz kuscheliges, wissen Sie."

„Ich hab kein Schaukelpferd, das Ihnen gefallen könnte", sagte er leise. Eine Spur zu leise, wie mir schien.

„Das habe ich auch gar nicht erwartet, Herr Schabernack. Wir haben ja Zeit damit. Wissen Sie, ich bin kein Freund von hektischen Einkäufen. Ich lasse alles ruhig angehen. Die Kleine hatte ja erst Geburtstag, im Januar, am vierten, genaugenommen, ich kenne die Geburtstage alle auswendig, wissen Sie. - Und nun denke ich, dass Sie mir vielleicht eins zurücklegen können. - Natürlich nur, wenn eins reinkommt, ist klar." Die Pausen zwischen den Sätzen wurden immer länger.

„Das kann ich machen", sagte er nach einer Pause, die mir endlos schien. Seine Stimme hatte sich verändert.

„Das ist nett von Ihnen, Herr Schabernack. Vielleicht können Sie mich ja auch anrufen. Ich gebe Ihnen die Nummer."

Ich hörte sie in ihrer Tasche kramen. Papier zerriss. Mein Puls ging nach oben. Ich bin nie ein Schlägertyp gewesen, auch keine Kämpfernatur im körperlichen Sinn. Ich habe keine Ahnung, was im Notfall zu tun ist, um einen kräftigen Mann zu überwinden.

„Wenn Sie so lieb wären, diese Nummer anzurufen. Heben Sie sie gut auf. - Ich wäre glücklich, wenn wir uns wiedersehen, Herr Schabernack."

Noch ehe sie es bis zu mir geschafft hatte, hörte ich ihn rufen. „Warten Sie! Warten Sie!" Mit einigen Schritten war er bei ihr. „Woher haben Sie das Buch?"

„Welches Buch?"

„Aus dem Sie diese Seite gerissen haben? Wieso reißen Sie einfach Seiten aus diesem Buch?" So erregt hatte ich die Stimme noch nie gehört. Sie klang nicht nur laut, sondern auch merkwürdig fremd.

„Ich habe kein Buch", sagte Edith mit bewundernswerter Ruhe.

„Sie lügen!", schrie er außer sich. „Alle lügt ihr! - Geben Sie die Tasche her!"

Ich lauschte auf ein Klopfen vom Fenster. Alles blieb still. Die Tasche krachte auf die Ladentafel. Ich hörte ihn wühlen. Dann wurde es beklemmend still.

„Wo ist das Buch?", fragte er mit körperloser Stimme. „Diese Seite haben Sie aus einem Buch gerissen. Ich hab es doch gehört!" Das letzte klang fast weinerlich.

„Es gibt viele Bücher mit vielen Seiten", sagte sie ruhig und suggestiv. „Aber diese Seite stammt aus keinem Buch. - Das sollten Sie am besten wissen." Sie war grandios. Wenn es nicht die Angst war, die ihr diese Stimme lieh, dann war sie ein großes Talent.

Wieder verstrichen spannungsvolle Sekunden.

„Woher haben sie die Fotos?", fragte er ruhig.

„Ach, das sind Erinnerungsfotos mit ehemaligen Kollegen. Die werden Sie nicht kennen. - Ich war auch mal jung, Sie."

„Aber das nicht!", schrie er unvermittelt mit einer fast gurgelnden Stimme. „Aber das doch nicht! - Das nicht!!"

Ich war auf dem Sprung. Was hatten sie ihm für ein Foto untergeschoben, verdammt?

„Nein", sagte Edith bestimmt. „Das Foto war schon in der Handtasche. Es ist die Frau eines Kollegen."

Die müssen wahnsinnig sein!

„Nein", zischte er in einer Mischung aus Hass und Trotz, „der hatte keine Frau. Der hatte ja gar keine Frau! Der hatte … der hatte niemanden … der …" Die Stimme erstarb in einem jämmerlichen Schluchzen.

Ich erwartete Edith. Stattdessen hörte ich sie sehr gefasst sagen: „Ob er eine Frau hatte, weiß ich nicht genau, aber dass er niemanden hatte, das ist nicht wahr. - Leb wohl. Verlier meine Nummer nicht. Und mach dir keine Sorgen um das Buch."

Papier knisterte. Endlich hörte ich ihre Schritte. Als ich sie kommen sah, sprang ich zur Tür. Ich hatte das Gefühl, eine ganz Große ihres Fachs zu geleiten. Sie sah mich nicht an. Im Moment, als sie auf die Straße trat, flossen Tränen. Um einer Verfolgung durch Schabernack nicht im Wege zu stehen, lief ich rasch um die Hausecke. Elvira steckte eben die Klappkiste in den Stoffbeutel. Auch ihre Augen waren feucht.

Ich fasste sie unterm Arm und zog sie weiter. „Sie war überwältigend. - Den Arsch müsste ich euch versohlen. - Wo habt ihr denn ihr Foto her?"

„Den ersten Satz solltest du wiederholen, wenn Edith da ist. Leider hast du sie nur hören können. So hast du das grandiose Finale verpasst, wie sie das Schokoladenstückchen ausgepackt und in seine Hand gelegt hat. - Mit dem zweiten Satz würde ich vorsichtig sein. Möglich, dass sich bei ihr einige Spannung aufgebaut hat, die nur darauf wartet, sich spontan entladen zu können. - Das Foto hat Juliane aus Annettes Nachlass."

„Nachlass?"

„Es war auch ihre Handtasche, mit fast allem, was sie enthielt. Keiner hatte ihre Sachen damals abgeholt. Die meisten Fotos hat Edith beigesteuert."

Ich drehte mich um. Edith lief hinter uns. Sie machte keine Anstalten, aufzuschließen.

„Willst du damit sagen, es hat sich auch keiner um ihre Beerdigung gekümmert?"

„Doch. Die Klinik. Sie liegt in einem anonymen Grab. Eine Art Wiedergutmachung."

„Wo?"

„Das weiß man nicht."

„Wieso weiß man das nicht? Das muss doch irgendwo verzeichnet sein." Ich atmete tief. Aus dem Schwarm, der im Hirnschädel kreiste, fiel eine Idee. Hatte ich mit ihr die Initiative zurückgewonnen?

49

Im Grunde kamen nur zwei Friedhöfe in Betracht. Der, auf dem die Klinik auch die Asche jener bestattet, die sich im Dienst der Wissenschaft für eine Sektion zur Verfügung stellen, und jener, der dem letzten Wohnort der Verstorbenen am nächsten liegt. Ich beschloss, die Suche bei letzterem, weil nähergelegenem, zu beginnen.

Im ersten Dämmer des Morgens, Monika schlief noch wie ein Murmeltier, schälte ich mich aus dem Bett, um so früh wie möglich in der Kanzlei zu sein. Zum einen wollte ich dem Beamten so aufgeräumt und munter wie möglich begegnen, zum anderen wollte ich vermeiden, dass Kundschaft in die knifflige Audienz platzt.

Die eingefahrene Mauer lag noch immer in Trümmern. Der Maschenzaun schloss das Loch mittlerweile ganz dicht. Ich hatte eh vor, den Friedhof durchs Haupttor zu betreten.

Am Tag wirkte das kleine eben erst renovierte Ensemble aus Kapelle, Aufbahrungshalle und Wohnhaus weniger düster. Die Kanzlei lag gleich rechts im Erdgeschoss des Wohnhauses. Wie manche Leute arbeiten und wohnen? War sicher nicht gut bezahlt, aber dennoch ein Traumjob.

„Womit kann ich dienen?“ Der Beamte war - erwartungsgemäß - die Ausgeglichenheit selber. Der gesunden Gesichtsfarbe nach hätte man ihn auch für einen Winzer oder Mönch halten können. Die kleinen Augen im ein wenig zum Feisten tendierenden Gesicht blinzelten mich an.

„Ich suche ein Grab.“

„Kein Problem, wenn Sie den Namen oder den genauen Zeitpunkt der Bestattung kennen.“

„Annette Beil.“

Der Beamte stutzte. „Beil? - Gerade wurde das Nutzungsrecht für die Wahlgrabstätte eines Hagen Beil verlängert. Haben die beiden etwas miteinander zu tun?“

„Sie ist die Mutter.“

Der Beamte atmete tief. Die Stirn wurde feucht. Er zog ein Taschentuch, um die Aufregung nicht sichtbar werden zu lassen.

„Sie liegt nicht hier?"

„Sollte sie eigentlich. Wenn auch der Sohn hier liegt", sagte er unsicher. „Wann ist sie gestorben?"

„Drei Tage nach dem Sohn. Sie ist aus dem Fenster einer psychiatrischen Klinik gesprungen."

Der Beamte gab sich nun keine Mühe mehr, den Schweiß zu bändigen. Er trat zu einer Ordnerwand.

„Sie starb am elften April neunzig", versuchte ich zu helfen.

Er zog einen Ordner heraus und schlug ihn auf. „Das war vor meiner Zeit. Sie müssen entschuldigen." Die nasse Hand zitterte. „Hier. Eine anonyme Wiesenbestattung. W-34. Das war am vierzehnten April. Ich kann Ihnen die Stelle zeigen. - Wenn Sie wollen." Schweiß war ihm in die Augen gelaufen.

„Das Nutzungsrecht dieses Grabes ist nicht verlängert worden?"

„Nein, dann hätte ich Bescheid gewusst." Er blinzelte fortwährend. „Das ist bei anonymen Gräbern auch nicht möglich. Wozu auch? Was sollte da verlängert werden?"

„Wo liegt der Junge?"

„Im Heckenfeld, H-II-21", sagte er, ohne einen Ordner bemühen zu müssen.

„Kennen Sie alle Gräber so gut?"

„Nein."

„Warum gerade das?"

„Ich sagte doch, dass es eben erst verlängert wurde." Unauffällig wischte er sich Augen und Stirn.

„Ist es leicht zu finden?"

„Ja, sehr leicht, sehr leicht", schnaufte er seltsam bedrückt. „Es trägt den einzigen Grabstein ohne Inschrift. Sie finden es am Ende der zweiten Reihe in den Lebensbaumhecken am Bahndamm."

Nun wurde auch mir heiß. War das möglich? Hatte ich schon einmal an diesem Grab gestanden? Meinte er wirklich das Grab, das in jener Nacht als einziges aus der Anonymität getaucht war; die einzige Stelle des Friedhofs, an die sich eine Erinnerung knüpfte? „War er selbst hier, oder hat er es schriftlich verlängert.“

„Schriftlich“, sagte er hastig, als wenn es eilte. „Es bedarf ja der Schriftform.“

„Aber Sie kennen ihn.“

Nun ließ sich der offene Gebrauch des Taschentuches nicht mehr umgehen. „Nein. Doch. Ich hab ihn ein paarmal gesehen.“

Eine vage Vermutung stieß in mir auf. „Außerhalb der Öffnungszeiten?“

„Kommen Sie von der Aufsichtsbehörde? Ich habe immer gewusst, dass die Sache mal rauskommt. Ich hatte keine Ahnung. Das hat ja alles lange vor meiner Zeit begonnen. Der Stein stand schon. Eigentlich kann man es ja gar nicht von hier aus sehen. Aber als sie das Dach der Kapelle neu gedeckt haben, da … Ich dachte erst, es sei eine Täuschung, als ich ihn sah. Aber es war keine Einbildung, denn die Gestalt bewegte sich. Nun beobachtete ich ihn jede Nacht. Als das neue Dach die Sicht versperrte, schlich ich mich an. Kurz vor Mitternacht trat er aus dem Dunkel. Erst verharrte er vor dem Stein, irgendwann setzte er sich auf die Bank. Manchmal saß er da Stunden; in lauen Sommernächten oft bis der Morgen dämmerte.“

„Weshalb bedrückt Sie das so?“

„Es ist doch verboten“, keuchte er aufgeregt. „Ich ließ es gehen, weil ich glaubte, dass es nur vorübergehend sei. Manche Leute haben halt ihre besondere Art zu trauern. Aber als ich das Todesdatum nachschlug, sah ich, dass es schon über zehn Jahre zurücklag. Da kam mir die Sache ganz und gar unheimlich vor. Vor drei Jahren fasste ich den Mut, ihn anzusprechen. Er wunderte sich nicht einmal. ‘Wer gibt Ihnen das Recht, mich auszusperren oder mir vorzuschreiben, wie ich zu trauern habe?’, fragte er nur. Er kam über die ungeschützte Halde auf den Friedhof. Was sollte ich denn tun? Ich habe daran gedacht, ein Tor an der Halde anzubringen. Aber das hätte ihn nicht abgehalten. Den hält nichts ab. So was hat man noch nicht erlebt. Ich hatte keine Lust, mir so einen zum Feind zu machen."

„Damit waren Sie vermutlich gut beraten", sagte ich still.

„Sie sind nicht von der Behörde?"

„Nein."

„Sind Sie ein Verwandter?"

„Nein. Anscheinend hat er keine Angehörigen."

„Dann sind Sie von der Polizei", schnaufte er schwer. Wieder standen ihm dicke Schweißperlen auf der Stirn.

„Warum setzen Sie sich nicht vor Mitternacht auf die Bank. So wenig Sie ihm vorschreiben können, wann er trauert, so wenig kann er Ihnen vorschreiben, wo Sie sitzen. Er wird wenig Lust haben, in Ihrer Gegenwart …"

„Sie sagen es. Es mag eine hübsche Schlagzeile abgeben, wenn der Friedhofskanzlist des Morgens tot auf seinem Friedhof gefunden wird. Für mich ist das nicht lustig."

„Sie haben Angst?"

„Ja", gab er unumwunden zu. „Ich mache keinen Hehl daraus. Es gibt nicht viel, was mir Angst macht. Ich habe nicht die geringsten Skrupel, auf einem Friedhof inmitten von Toten zu wohnen und nur daran zu arbeiten, Leichen und Asche derselben unter die Erde zu bringen." Er sprach kurzatmig. „Viele haben mir abgeraten von diesem Job, aber ich mag ihn, die Ruhe, den Frieden, die ausgesperrte Hektik. Ich habe hinten vor der Halde einen Teich angelegt unter alten Bäumen mit Holzfiguren und einer großen Wiese herum. Dorthin wollte ich mich nach Feierabend zurückziehen, die Augen schließen, den Kröten lauschen. Aber ich geh nicht mehr hin. Ich will ihm nicht begegnen, wissen Sie."

„Warum nicht?"

„Er ist verrückt. Ja. Jemand, der zwanzig Jahre jede Nacht Stunden trauert, muss verrückt sein." Er schien froh zu sein, jemanden gefunden zu haben, dem er endlich einmal all das erzählen kann.

„Wenn Sie dereinst in die Erde gelegt werden, wünschen Sie sich nicht auch im Stillen, dass es da einen gibt, der noch lange trauert?"

„Nein. Nicht so lange. Nicht so lange. Das ist nicht gesund."

„Und warum schließen Sie dann Verträge über zwanzig Jahre?"

„Weil die sterblichen Überreste so lange brauchen, um sich - aufzulösen", sagte er erstaunt.

„Auch die Aschen der Urnengräber?"

„Mein Gott, ich mache ja die Bestimmungen nicht. Ich hab keine Ahnung, was sie sich dabei denken. - Sind zwanzig Jahre zu lang?"

„Sie sagten, dass es nicht gesund sei."

„Zwanzig Jahre, gut, aber doch nicht jeden Tag, nicht jeden Tag, nein, jede Nacht." Er starrte Richtung Grab.

„Vielleicht will er ja nur die Gebühren ordentlich auskosten", sagte ich unernst.

„Sie können gut Witze machen. Sie kriegen nicht jede Nacht Besuch von einem Verrückten."

„Wenn er schon zwanzig Jahre kommt, können Sie sich doch langsam darauf verlassen, dass er harmlos ist."

„Glauben Sie?" Er schniefte laut, aber kaum befreiend. „Der Mann da unten, ist das ein Kollege von Ihnen?"

Ich schüttelte den Kopf. „Wenig Haare auf einem kantigen Kopf mit diabolischem Gesichtsausdruck?"

„So könnte man sagen. Ja."

„Das ist ein ehemaliger Kollege von Ihnen. Er war Kantor Ihrer Kirche. Sie sollten ihn kennen."

Der Kanzlist lachte verlegen. „Ich bezahle meine Steuern und lass es damit gut sein. Auf meinem Friedhof bin ich Gott näher als irgendwo sonst. - Soll ich Ihnen die Stelle auf der Wiese zeigen?" Eben als er sich anschickte, die Kanzlei zu verlassen, klingelte das Telefon. Er ging zurück, nahm ab und erstarrte. „Herr Beil?", kam es nur schwer über seine Lippen.

Ich sprang zu ihm, drückte die Mithörtaste und bewehrte mich mit Stift und Schreibblock.

„Meine Frau", hörte ich stockend, „die liegt doch bei Ihnen, ich meine …"

„Auf der Wiese, ja", beeilte sich der Kanzlist zu sagen.

Ich verwies ihn mit Gesten darauf, den Mund zu halten und erst zu lesen, was ich schreibe.

„Ist es möglich, die Urne auszugraben und dem Grab meines Sohnes beizugeben?" Die Stimme klang müde.

Ich nickte. Der Kanzlist schüttelte den Kopf. Ich nickte heftiger. Der Kanzlist sagte unsicher und mehr zu mir: „Ja, aber …"

Ich schrieb hektisch: *Kein aber!!! - Ich werde noch heute die Umbettung veranlassen. Wenn Sie Glück haben, schaffen wir das noch vor Ostern.* Der Kanzlist sah mich gequält an. Ich schaute nicht weniger gequält zurück.

„Die Kosten spielen keine Rolle", sagte die müde Stimme. „Schreiben Sie es zur noch offenen Rechnung."

Ich hielt dem Kanzlisten den Zettel mit ausgestreckten Armen vors Gesicht.

„Ich werde noch heute die Umbettung veranlassen", las er stockend, und dann flüssiger: „Wenn Sie Glück haben, schaffen wir das noch vor Ostern." Der Schweiß brannte ihm wieder in den Augen.

„Ich danke Ihnen sehr", erklang noch einmal die körperlose Stimme. „Auf Wiederhören."

„Auf Wiederhören." Der Kanzlist legte den Hörer zurück. „Ich hoffe, Sie haben eine Erklärung", sagte er schnaufend. „Wir können nicht umbetten, weil es nichts umzubetten gibt."

„Die Urne werden wir doch noch finden, oder?"

„Nein", sagte er gequält. „Es gibt doch gar keine Urne. Die Asche wird in einem verrottbaren Behälter beigesetzt. Da ist schon lange nichts mehr zu finden."

„Um so besser. Da haben Sie auch keine Arbeit. Sie graben ein Loch auf der Wiese und eins schräg unter die Grabplatte, und fertig."

„Aber das ist Betrug."

„Na wenn schon, ganz ohne Betrug kommt man im Leben nicht aus, wenn man Gutes tun will."

„Und wenn er darauf besteht, bei der Umbettung anwesend zu sein?"

„Davon hat er nichts gesagt. Beeilen Sie sich, damit alles fertig ist, bevor er auf den Gedanken kommt. Wenn Sie mir einen Spaten geben, grabe ich Ihnen die Löcher gleich. Kommen Sie."

Unterwegs erzählte ich ihm in zumutbarer Kürze die Geschichte, oder, besser, das, was ich von ihr wusste.

Ohne Spaten gelangten wir zur Wiese, die ich schwerlich für einen Teil des Friedhofes gehalten hätte. Sie wirkte wie eine Oase des Lebendigen in dieser von Tod, Abschied, Schmerz und Erinnerung gezeichneten Welt. Über und über blühten Krokusse, Narzissen und Tulpen, vereinzelt auch Hyazinthen. Man hätte noch eher hoppelnde Hasen und bunte Eier a u f dem Rasen vermutet, als Urnen darunter. Allein die breite Steinkante zum Friedhof hin erinnerte an die düstere Bestimmung. Hier standen Vasen mit Blumen unterschiedlicher Frischegrade.

„Dieser Anruf muss ihn große Überwindung gekostet haben", sagte der Kanzlist nach langem Schweigen. Ich sah, dass er mich verstanden hatte. Er schritt das Feld ab und deutete schließlich auf eine Stelle. „Etwa hier müsste es sein."

Ich prägte mir die Stelle ein. „Könnte man da eine Steckvase …"

„Nein", fiel er mir energisch ins Wort, als sei sein Limit an Unkorrektheiten für diesen Tag schon ungehörig überzogen. „Das ist alles verboten. Es ist ein anonymer Raum."

„Auch nicht mal kurz, über Nacht?"

Er rang nach Luft. „Über Nacht?"

„War nur ein Scherz. - Ich danke Ihnen."

Eine S-Bahn donnerte vorbei.

„Eigentlich schade", sagte ich, nachdem es wieder still geworden war. „Unter der Wiese hätte es mir besser gefallen als unter einer marmornen Platte."

„Friedhöfe sind nicht für die Toten da", sagte der Kanzlist aus tiefem Nachdenken. Der Frühlingswind hatte ihm die Stirn getrocknet. Am Tor gab er mir die Hand. „Wenn Sie vorhaben, ihm des Nachts hier zu begegnen, dann schleichen Sie nicht über die schlammige Halde. Klingeln Sie bei mir. Ich lass Sie rein. Es reicht, wenn Sie kurz vor Mitternacht kommen." Sein Gesicht hatte wieder den ruhigen, friedlichen Ausdruck angenommen, und dennoch schien der Kanzlist ein anderer zu sein, als ich ihn verließ.

50

Obwohl Monika mit dem Frühstück wartete, machte ich einen kleinen Umweg. Ich konnte nicht umhin, Elvira mit der freudigen Nachricht zu beglücken. Sie erschrak ein bisschen, mich zu so früher Stunde zu sehen. Es war eine geradezu österliche Botschaft. Natürlich erzählte ich die Geschichte ein bisschen anders, nämlich so, als hätte ich die Neuigkeit von Schabernack persönlich erfahren.

„Du warst noch mal bei ihm?", fragte sie ungläubig.

„Ja, wie sonst wollen wir erfahren, ob das Spiel auch Erfolg hatte?"

„Und er hat dir frei und frank erzählt, dass er …"

„Ja, verdammt. Warum nicht?"

„Wie sieht er aus? Ich meine, was macht er für einen Eindruck?"

„Ein bisschen müde sah er aus. Aber sonst …" Es fiel mir nicht leicht, gegen einen so skeptischen Blick anzulügen.

„Da bleibt uns ja kaum noch was zu tun", sagte Elvira beinahe enttäuscht.

„Was wollt ihr denn noch tun? Sollten wir es nicht gut sein lassen? Am Ende überspannt ihr den Bogen noch."

„Wir. - Wir, mein Lieber. Wenn, dann überspannen wir den Bogen. Hast du das Schaukelpferd vergessen?"

„Nein", sagte ich kleinlaut.

„Du hast es doch nicht etwa zurückgebracht?"

Ich überlegte, ob das nicht der beste Weg wäre, den beiden unternehmungslustigen Damen den Wind aus den Segeln zu nehmen. Aber dann hätte ich sagen müssen, dass er ganz einsichtig war und versprochen hat, das Ding zu entschärfen oder ins Patentamt zu tragen. Die Kröte hätte Elvira nie und nimmer geschluckt.

„Siegfried!"

„Nein, ich hab es noch."

„Bring es her."

Elvira hatte einen Befehlston im Repertoire, dem ich nicht viel entgegenzusetzen hatte. „Nein", sagte ich also mit großer Überwindung. „Ich habe es entliehen, also muss ich es auch wiederbringen." Mir war selbst klar, dass hier jeglicher zwingende Zusammenhang fehlte.

„Aber das will gut überlegt sein", sagte sie streng.

„Darf ich nicht auch mal das Drehbuch schreiben?", fragte ich trotzig.

„Sei nicht ungezogen. Ich bin deine Mutter, vergiss das nicht." Sie gab mir einen Kuss, vermutlich, um mich auch die schönen Seiten meiner jungen Kindschaft spüren zu lassen. „Wir haben nur noch ein paar Tage. Was machst du zu Ostern?"

„Ich fahre mit Monika nach Moritzburg."

„Bis Montag?"

„Ja. Dienstag früh fliegt sie ja", sagte ich niedergeschlagen.

„Ich hoffe, dir ist klar, dass Dienstag der siebente ist", schnatterte sie aufgeregt.

„Ja doch, ist ja mein letzter Urlaubstag."

„Es ist auch Hagens Geburtstag."

Mein dummes Gesicht war nicht gespielt. Sie sah mich an, als wenn ich den Termin meiner Hochzeit vergessen hätte.

„Der Tag wird ihn vermutlich dazu verleiten, sich wieder ganz einzuigeln", sagte sie.

Ich hätte mir gewünscht, dass sie von sich aus gefragt hätte. Da sie es nicht tat, sagte ich: „Monika fliegt für immer."

„Oh. - Entschuldige."

„Macht nichts", log ich.

„Doch, es macht was. Tut mir leid …"

Ich stand auf. „Sie wartet mit dem Frühstück."

„Sei nicht böse, Siegfried."

„Bin ich nicht." Ich drückte sie an meine Brust. Sie tat mir nicht weniger leid als ich. Aber gibt es einen Gleichstand der Gefühle, wenn das Ich in einer der Waagschalen liegt?

Ich lief langsam. Ein Gedanke machte sich breit und ließ mich nicht recht von der Stelle kommen. Achten wir zu wenig aufeinander? Elvira war eine Seele von Mensch, aber sie war solchermaßen von einer Idee in

Anspruch genommen, dass sie nicht einmal bemerkt hat, wie es mir geht. Dabei ist mein Problem vergleichsweise lächerlich.

Ich versuchte mich in Schabernack hineinzufühlen. Meine eigene Situation half mir dabei. Er hat sich verkrochen, hat alle Brücken abgebrochen, und er hat sich offensichtlich jeden Neuanfang versagt. Oder war das alles nur Ausdruck einer Angst; der Angst vor dem Oberflächlichen; den oberflächlichen Begegnungen des Schmerzes? Gibt es einen Schmerz, der sich nicht verdrängen oder vergessen lässt; der ein Weiterleben nur mit tiefer Scham erträgt? Wenn der Mensch wirklich zu oberflächlich oder zu phantasielos ist, um sich in einen fremden Schmerz hineinzufühlen, dann ist Einsamkeit zwangsläufig ein Äquivalent des Schmerzes, einerlei, ob wir in den Dschungel fliehen, in die körperliche oder geistige Ermattung, in die Arbeit oder in uns selbst. Oder aber es bedarf eines dicken Fells, dessen Stärke dem Schmerz entspricht. Wer vermag es, nachdem ihm Ähnliches wie Schabernack widerfahren ist, den lächerlich erscheinenden Problemchen anderer zu lauschen, ohne den Verstand zu verlieren? Und selbst wenn sie schweigen, wer ertrüge ihre unbekümmerte Art, die umso schmerzlicher wird, je unbekümmerter sie daherkommt? Wer sich schämt zu leben, weil denen, die ihm am teuersten waren, das Leben verwehrt ist, muss der nicht alles Leben um sich herum als schamlos empfinden? Natürlich ist es vermessen zu behaupten, dass es allen so geht. Aber bei wem erstreckt sich das Mitleid tatsächlich auf Tote? Wenn wir von den Toten eines Krieges oder einer Katastrophe oder eines schrecklichen Unfalls hören, dann verhalten wir kurz. Wir schütteln den Kopf und sagen „Furchtbar", aber dann sind wir doch schon fertig damit. Vielleicht schlafen wir die erste Nacht unruhig, weil wir Strategien entwickeln, wie wir solchen Situationen entgehen können. Aber wann gehen wir so weit, uns unter die Toten zu denken; das Schicksal der Toten nachzuempfinden? Auch Opferzahlen machen keinen Eindruck auf uns. Ob zehn, hundert, tausend, Millionen, das ist nicht wirklich wichtig. Wenn uns heute die Nachricht träfe, dass die Phlegräischen Felder westlich des Vesuv ausgebrochen sind und die fünfhundert Grad heißen pyroklastischen Ströme die Bevölkerung in ganz Südeuropa ausgelöscht haben, wir würden vermutlich nicht einmal das Frühstück unterbrechen, es sei denn, auch für uns bestünde Gefahr. Wenn wir aktiv werden, dann höchstens, um in die entvölkerten Länder zu reisen und Besitz von ihnen zu ergreifen, kurz gesagt, um zu fleddern.

Vielleicht verschließen wir Augen, Hirne und Herzen vor den Eskapaden des Todes, um nicht verrückt zu werden. Warum sollten wir, die wir gelernt haben, das alltägliche Elend auszublenden, uns dann aber bemühen, mit all unserer Phantasie in die seelische Lage eines Mannes einzutauchen, der Frau und Sohn verloren hat? Ein noch so gefräßiger, noch so grausamer Tod bringt das Leben nicht dazu, auch nur einen Augenblick innezuhalten.

Monika wartete geduldig. Mit wenigen Küssen hatte sie mich von den düsteren Gedanken befreit. Nein, nicht befreit, sie hatte sie nur benebelt, mit dem süßesten Nebel, den ich mir denken kann. Was aber wird kommen, wenn diese Nebel steigen?

In den letzten Tagen hatte Monika bisweilen viel Zeit damit zugebracht, ihre Wohnungseinrichtung aufzulösen und die Sachen zu packen, die - in drei Seesäcke verstaut - schon die Reise nach Übersee angetreten hatten. Sie hatte die Koffer bei mir untergestellt und zuletzt das Auto verkauft. Sie hatte all die Sandsäcke abgeworfen, die sie an diesem Boden hielten. Mit jedem Schritt wurde mir klarer, wie unumkehrbar ihr Entschluss war.

Mit dem bereits verkauften Auto und nur kleinen Taschen fuhren wir nach Moritzburg. Wir hatten noch fünf Tage. Um es gleich zu sagen, das Reiseziel konnte nicht schlechter und unüberlegter gewählt sein. Es war Ostern, und alle Menschen, nein, alle Verliebten - schien es - zog es hier her. Es war - in einem Wort - grausam. Wirklich Trost hätte ich nur in der Vorstellung finden können, dass es bei all den turtelnden Paaren jeweils einen gibt, der Dienstagmorgen aus dem Leben des anderen fliegt. Aber für solche Illusionen mangelte es mir an Selbsttäuschung oder autosuggestiver Energie.

Also litt ich, ohne es mir anmerken zu lassen. Monika sah mich verliebt an, und manchmal ruhte ihr Blick so lange, so fragend, so rätselhaft auf mir, dass ich nicht umhin kam zu glauben, dass die Ankündigung ihrer Reise nur eine Täuschung war, eine Prüfung, die ich zu bestehen hatte. Wie kann ein Mensch so schauen und küssen und lieben, wenn er weiß, dass er in wenigen Tagen aus dem Leben des anderen fliegt? Glaubte sie so wenig an eine Trennung wie ich. Dachte auch sie, ich würde sie nur so lange mit der Nachricht hinhalten, ihr zu folgen, bei ihr zu bleiben, um sie zu prüfen?

Wer ging hier eigentlich fort? Sie, die sich treu blieb, oder ich, der ich nicht bereit war, mich aus all den Verbindungen zu lösen, die sich in zwei Jahrzehnten aufgebaut hatten und nun zu Fesseln geworden waren, zu unlösbaren Fesseln?

Wir genossen trotz allem die Zweisamkeit in vollen Zügen. Wir genossen die Seelenverwandtschaft, unseren sich auf gleicher Ebene begegnenden Humor, die tabulosen körperlichen Spiele, unsere sich ähnelnde Art, die Welt zu sehen. Der Alltag mit Monika fühlte sich an wie die Gemälde von Renoir oder die Aquarelle von Menzel, die Zeichnungen von Toulouse-Lautrec oder die plastischen Miniaturen einer Camille Claudel.

51

Ostermontag fuhren wir zurück. Der Frühling hatte sich in den letzten Tagen so gewaltig Bahn gebrochen, dass es schien, als wolle er helfen, ihr den Abschied recht schwer zu machen. Die Ausfahrtstraße von Moritzburg säumten blühende Streifen, die wahrscheinlich längsten Gärten der Welt.

Die Wohnung empfing uns unverändert. Mir war es auch gleich, ob in unserer Abwesenheit jemand hier gewesen war oder nicht. Beim Abendbrot erlebte ich Monika das erste Mal appetitlos. Sie stocherte nur ab und an in den Leckereien, die ich aufgetischt hatte. In der Nacht lagen wir beieinander, ohne in Leidenschaft zu entbrennen. Wir haben wohl beide nur ein paar Minuten geschlafen. Auch das Frühstück brachten wir schweigend zu. Sie war unwiderstehlich in ihrer Melancholie. Ich trug den schweren Koffer die Treppen hinab zum Auto. Wir schwiegen auch auf der Fahrt. Wir hatten uns ja alles gesagt, immer wieder, aber ohne uns gegen die Trennung zu entscheiden.

Am Flughafen wartete Sybille - Monikas einzige Freundin - um sich zu verabschieden und das Auto zu übernehmen. Es war die junge Aufnahmeschwester, die ich in der Radiologie kennengelernt hatte. Auch sie machte einen recht unausgeschlafenen Eindruck.

Bedächtig hob ich den Koffer aus dem Kofferraum. „Soll ich dich nicht noch bis …"

„Nein, wir wollen hier Lebwohl sagen. Sybille fährt dich zurück." Sie drückte die Freundin, die sich schnell löste und im Auto verschwand.

Dann standen wir uns gegenüber. Es musste schon ein Wunder geschehen, wenn wir uns noch einmal begegnen sollten. Monika lächelte. „Sag nichts, sonst muss ich sofort heulen. - Wenn ich wiederkommen sollte, vielleicht sind wir dann klüger." Sie verschwand - den großen Koffer hinter sich herziehend - ohne sich noch einmal umzudrehen, im Eingang des Flughafens.

Ich stieg ins Auto. Ich wusste, dass sie nicht noch einmal an einem der Fenster erscheinen wird. Sybille fuhr nicht los. War die Zeit noch nicht reif? Als ich mich zu ihr drehte, sah ich die Tränen, die in gleichen Abständen auf die Bluse tropften. Ich reichte ihr mein Tränentuch, das ich auf Rat meiner Mutter seit früher Jugend bei mir trug und heute zum ersten Mal benutzen konnte.

„Brauchen Sie es denn nicht selber?", fragte sie fast vorwurfsvoll.

„Es ist zu traurig, als dass es Tränen erleichtern könnten."

Sie trocknete sich die Augen, schnäuzte sich und fuhr los. Ohne dass wir noch ein Wort gewechselt hätten, endete die Fahrt vor meiner Haustür.

Die Wohnung war öde. Monika hatte mir nicht einmal ihre amerikanische Anschrift gegeben. „Das würde dich nur zu Dummheiten verleiten", hatte sie gesagt. Wie recht sie hatte. Ich hätte mich augenblicklich hingesetzt, um ihr einen langen Brief zu schreiben. So konnte ich mich nur hinsetzen und grübeln, bis sich alle Gedanken miteinander zu Endlosschleifen verbanden.

Während des Winters auf der Nordhalbkugel übersommert der Mauersegler zwischen Äquatorial- und Südafrika, von der Nordgrenze der tropischen Tiefland-Regenwälder und dem Äquator in Ostafrika bis zum Südrand des Orange-River-Beckens in Südafrika.

Mauersegler verbringen sowohl im Brutgebiet als auch im südafrikanischen Winterquartier nicht mehr als drei bis dreieinhalb Monate. Die restliche Zeit des Jahres beansprucht der Weg- und Heimzug. Der Wegzug erfolgt kurz nach dem Ausfliegen der Jungvögel, in Mitteleuropa meist in der zweiten Julihälfte oder Anfang August. Erfolglose Brutvögel, Jungvögel und die noch

nicht geschlechtsreifen Einjährigen wandern gewöhnlich zuerst ab,
danach verpaarte Männchen und zuletzt die Brutpartnerinnen.
Der längere Aufenthalt der Weibchen am Brutplatz dient dem
Wiederaufbau der Fettreserven. Der Zeitpunkt des Aufbruchs ist
offenbar photoperiodisch determiniert und beginnt bei Unterschrei-
tung einer Tageslänge von ungefähr siebzehn Stunden. Deshalb
brechen weiter nördlich brütende Vögel später auf, in Finnland
beispielsweise erst in der zweiten Augusthälfte. Diese Nachzügler
werden dann durch die rapide sinkende Tageslänge förmlich durch
Mitteleuropa „gehetzt" und deshalb feldornithologisch kaum
wahrgenommen.

Ich musste eingeschlafen sein. Am späten Nachmittag
weckte mich ein Klingeln an der Wohnungstür. War
Monika doch nicht geflogen? Hatte sie im allerletzten
Moment kehrt gemacht? Ich sprang zur Tür.

Irene musste mir die Enttäuschung angesehen haben.
„Du erwartest jemand anderen?", fragte sie vorsichtig.

„Nein", sagte ich, ohne zu lügen. Meine Erwartung
war ja ganz und gar töricht gewesen.

„Karlchen war traurig, dass er dich zu Ostern nicht
gesehen hat. Wir waren Sonntag hier, aber ..."

„Tut mir leid. Ich war übers Wochenende verreist."
Ich machte keine Anstalten, Irene in die Küche oder
Stube zu bitten. Ich hatte keine Lust auf sie; auf ihre
Fragen ebenso wenig wie auf meine Antworten.

„Auch wenn es mich nichts angeht, es gibt in deinem
Leben anscheinend Wichtigeres als die Begegnung mit
deinem Sohn zu den Feiertagen?"

Ja, genau diese Fragen waren es. „Manchmal gibt es
schon Wichtigeres. - Ich hab sie heut morgen zum Flugzeug gebracht. Sie ist vermutlich für immer gereist",
sagte ich müde, in der Hoffnung, dass Irene taktvoll
genug sein würde, mich auf diese Vertraulichkeit hin
wieder allein zu lassen.

„Soll ich dir einen Kaffee machen?", fragte sie stattdessen fast zärtlich.

Ich hatte nicht die Kraft, sie rauszuschmeißen. „Mach, was du willst", sagte ich abweisend. Vollkommen gleichgültig gegen die Situation ging ich in die Stube, um mich aufs Sofa zu legen.

Zehn Minuten später kam sie nach. Sie stellte zwei Pötte Kaffee auf den Tisch und setzte sich zu mir. „Habt ihr euch gestritten?", fragte sie nach langem Schweigen.

Ich schüttelte den Kopf.

Sie legte ihre Hand auf meine Brust.

Die Tränen liefen mir augenblicklich durch die geschlossenen Lider und weiter bis in die Ohren.

„Du hattest Angst, alle Verbindlichkeiten zu lösen", sagte sie, ohne auf eine Antwort aus zu sein. „Ich kenne das. - Hättest du mich um Rat gefragt, dann hätte ich dir geraten, mitzufliegen, einerlei, was du hier zurücklässt. Aber meine Schwiegermutter wäre vermutlich auch die Letzte gewesen, auf deren Rat ich was gegeben hätte." Sie nippte am heißen Kaffee.

Meine Gedanken steuerten - die eigene Situation und das ihr entspringende Selbstmitleid hinter sich lassend - in eine andere Richtung. Menschen sind immer für Überraschungen gut, aber die Eröffnung meiner einstigen Quasischwiegermutter lag jenseits meiner bisherigen Vorstellungskraft.

„Man bereut es den Rest seines Lebens", fuhr sie fort. „Und mitunter ist so ein Rest verdammt lang. Manche meinen, es kann ein Trost sein zu glauben, dass das erträumte Leben auch einen anderen Verlauf hätte nehmen können. Aber das ist kein Trost. Es ist ein Jammer, auch wenn der Traum am Ende nur eine Illusion ist, weil die Beziehung, der man hinterhertrauert, schon nach kurzer Zeit unter furchtbarem Gezeter und Gejammer zerbrochen wäre. Das bleibt immer nur

Mutmaßung. Und finstere Mutmaßungen haben keinen Platz in unseren Träumen", sagte sie, auf merkwürdige Weise erregt. „Flieg ihr nach, wenn du kannst." Sie trank den Rest vom Kaffee, stand auf und ging hinaus. Sacht schlug die Tür.

Ich hatte oft darüber nachgedacht, warum sich Irene mir gegenüber so unparteiisch, ja beinahe zu anständig verhält. Erst hatte ich angenommen, sie hätte meine Versöhnung mit Evelin im Auge; später glaubte ich, sie würde es für Karlchen tun. Wahrscheinlich waren beide Vermutungen falsch.

52

Als es dämmerte, begab ich mich auf den Friedhof.

Der Kanzlist war überrascht, mich schon so zeitig zu sehen. „Sie hätten nicht klingeln müssen. Das Tor ist doch noch offen", sagte er beflissen. „Sie sind ja viel zu zeitig. Er kommt erst in Stunden."

„Ich werde noch ein bisschen spazieren gehen. Und dann will ich die Bank auf jeden Fall vor ihm besetzen."

Der Kanzlist schaute skeptisch auf das gelbe Futteral. „Darf ich fragen, was Sie da haben? - Sie machen mir doch keinen Ärger." Seine Stimme hatte den kurzatmigen Charakter angenommen, den ich bereits kannte.

„Nein", sagte ich schnell. „Es ist das Schaukelpferd, das dem Jungen zum Verhängnis wurde. Ich will es dem Besitzer zurückgeben."

Der Kanzlist nickte. Er war wohl nicht ganz zufrieden mit der Antwort. „Ich lasse das Tor offen. Auch das Fenster, oben. Wenn was ist, rufen Sie einfach. Ich werde noch nicht schlafen."

„Danke. Ich glaube, das wird nicht nötig sein."

Ich schlenderte durch die Reihen der unterschiedlich gestalteten und verschiedenen Trauerritualen entsprechenden Gräberfelder. Kurz verweilte ich vor dem angelegten Teich, der sich zu einem wundervollen Biotop für Amphibien aller Art ausgewachsen hatte. Aber noch stärker zog der Hintereingang meine Aufmerksamkeit auf sich, hinter dem sich die Halde, ein trostloses Terrain unterschiedlicher nackter Erdhügel, erstreckte. Hier wurden die Aushübe der frischen Gräber gelagert. Von hier wurde das Füllmaterial für die eingesunkenen Grabstellen geholt. Hier wurden die biologischen Abfälle kompostiert, die Blumen und Kränze und Abdeckungen, das ausgezupfte Unkraut, die welken oder allzu üppig wuchernden Pflanzenteile. Nein, auch auf Friedhöfen macht das Leben nicht halt.

Das größte Grab, eine geradezu mondäne Anlage aus weißem Marmor, war dem letzten Friedhofswart errichtet worden. Hatte e r sich damit einen Wunsch erfüllt, oder glaubten die Hinterbliebenen, ihm diesen Dienst schuldig zu sein? Oder hatte er schon zu Lebzeiten mit dem Steinmetz, dem er die meisten Aufträge zugeschanzt hatte, einen Kontrakt geschlossen?

Das Geschäft mit dem Tod, nein, mit der Trauer muss gigantisch sein. In welcher Situation handeln Menschen noch so maßlos, ja kopflos wie bei der Besorgung der letzten Dinge? Am Schmerz, an der Zuneigung und besonders am schlechten Gewissen lässt sich viel Geld verdienen. Darum ist das Geschäft mit der Trauer immer ein schmutziges Geschäft.

Auf der Wiese, an jener Stelle, die mir der Kanzlist gezeigt hatte, war tatsächlich ein rundes Loch gestochen und wieder verschlossen worden. Der Rasenpropfen lag etwas erhaben obenauf. Am Ende hatte der Kanzlist wirklich Erde entnommen, um dem Gefühl zu entgehen, ein Betrüger zu sein.

Hagens Grab war schnell gefunden. Auch hier erkannte ich die Spuren des Spatens. Der Kanzlist hatte

304

viel Sorgfalt darauf verwandt, die unmögliche Umbettung sichtbar zu machen.

Ich setzte mich auf die Bank und stierte auf den polierten, schwarzen, gravurlosen Stein. Warum hatte er den Stein gesetzt, wenn er ihn hatte nackt belassen wollen? Wollte er mit der Schrift warten, bis er selbst reif genug sein würde, die eigenen Daten neben die des Sohnes einhauen zu lassen? Oder hatte er einfach nur anders sein, sich vom Normalen abgrenzen, den anderen zeigen wollen, wie nichtssagend all die Steine waren, so nichtssagend, dass sie sich getrost durch einen schriftlosen Stein ersetzen ließen? Der Stein war ohne allen Zweifel rätselhaft. Hatte er nur das bezweckt?

In Erwartung der nächtlichen Kühle hatte ich mich warm angezogen. Der Abend war lau. Eine Amsel sang unermüdlich. Immer wieder nickte ich ein, um nach wenigen Augenblicken aus dem Schlaf zu schrecken.

Irgendwann muss ich doch fester eingeschlafen sein. Als ich schlaftrunken erwachte, war es Nacht geworden. Die Amsel schwieg. Alles war still. Dichte Nebelschwaden zogen über die Gräber hin. Im Licht, das sie fingen, bekamen sie Gestalt und Stofflichkeit. Die Uhr vom Kirchturm schlug. Die Augen dösten vor sich hin.

Vor mir flackerte ein Licht auf. Augenblicklich war ich hellwach. Der Stein. Ich rieb mir das Gesicht, um sicher zu sein, nicht mehr zu schlafen. Nicht nur die Kühle der Nacht machte mich frösteln. Der Stein. Was war mit dem Stein? Auf weinrotem Grund erschienen gelbe Zahlen und Buchstaben, wie sie auf Grabsteinen üblich sind. Dann folgten Bilder, Fotografien. Ich starrte gebannt auf den Stein. Ein Säugling lachte mich an. Gesichter ein und desselben Jungen folgten, staunende, weinende, lachende, blödelnde, schimpfende. Dann erschien ein Foto, wie ich es nicht erwartet hätte. Zum ersten Mal sah ich Annette; Hagens Mutter; Schabernacks Frau; alle drei, lachend, eng aneinandergeschmiegt. Auch dieses Foto zerging wie im Nebel. Nun erschien ein Schaukelpferd. Der Junge, der es mit einer Hand ritt, lachte. Er trug einen Hut mit breiter Krempe und in der freien Hand eine Bockwurst, die er immer wieder in den Mund steckte, um daran wie an einer Zigarre zu ziehen. Ich kannte den Film, nur ohne den Jungen. Ich stand auf, nahm das Schaukelpferd, das neben mir auf der Bank gestanden hatte, und ging auf den Grabstein zu. Der Junge lachte und winkte mit der Wurstzigarre in die Kamera. Wieder steckte er sie in den Mund, um nun mit beiden Händen noch wilder zu reiten. Er stellte sich auf die Fußstützen. Das Schaukelpferd fiel nach vorn. Einen Augenblick später schaukelte es wieder. Der Junge sah entsetzt in die Kamera und rutschte ganz weich vom Schaukelpferd. Der Film zerstob. Zurück blieb die schwarze Fläche des Grabsteins, dem man diese Verwandlung nicht zugetraut hätte.

Mein Herz raste. Ich hatte den Kerl, den wir Schabernack nannten, ein weiteres Mal unterschätzt. „Beeindruckend", sagte ich mit schläfriger Stimme. Ich war mir sicher, dass der Erfinder hinter mir steht. „Es fehlt nur der Ton." Ich stellte das Seepferdchen auf die marmorne Grabplatte und befreite es aus dem Futteral. Dann stand ich auf und vergrub die Hände in den Taschen, gleichgültig gegen das, was geschehen wird.

Es geschah nichts.

„Woran ist er gestorben?"

„An der Bockwurst", klang die Antwort endlich aus sicherer Entfernung.

„Erstickt?", fragte ich ungläubig, ohne mich umzudrehen.

„Nein. - Man nennt es Bolustod, von Bolus, der Klumpen", sagte er, als hätte er die Geschichte schon unzählige Male erzählt. „Eine seltene Geschichte. Aber statistische Werte haben für den, den es betrifft, keinerlei Bedeutung. Für ihn sind es immer hundert Prozent."

„Woran stirbt man, wenn man nicht erstickt?"

„Beim Bolustod stirbt man nach einem plötzlichen reflektorischen Herz-Kreislauf-Stillstand durch Reizung der empfindlichen Kehlkopfnervengeflechte." Es klang wie der Teil einer Vorlesung. Nur die Bitterkeit der Stimme passte nicht dazu.

„Sie haben es nicht verhindern können?" Ich war mir im Klaren darüber, wie gefährlich diese Frage ist.

Langsam schlurfte er näher. Unmittelbar hinter mir blieb er stehen. „Wir haben lange versucht, ihn wiederzubeleben. Aber der Tod hatte es ernst gemeint. Die Ärzte sagen, es gibt Umstände, da keine Hilfe möglich ist. Diese Umstände seien einfach nur tragisch."

Ich versuchte mir vorzustellen, was sich für ihn mit dem Wort 'tragisch' verbindet. Er war als Wissenschaftler gewöhnt, Probleme zu lösen. Probleme waren für ihn im Grunde nur da, um gelöst zu werden. Und in fast allen Fällen gab es auch eine Lösung. Wo es sie nicht gab, konnte man davon ausgehen, dass der Wissenschaftler oder das Team dem Problem nicht gewachsen war. Und dann stirbt das Kind in einer fast harmlosen Situation, weil es da Punkte im Körper gibt, die - warum auch immer - nicht gedrückt oder gereizt werden dürfen.

„Das von Ihnen nachgetragene Todesdatum war falsch", sagte Schabernack mit gedämpfter Stimme. „Er starb nach Mitternacht, also am achten. Er hatte sich gewünscht, den ganzen Tag wach bleiben zu dürfen, um zu sehen, wie lang so ein Tag ist, und um seinen Geburtstag so lange wie möglich genießen zu können. Am Ende war er einfach nur zu müde gewesen. Vielleicht hat ihn dieser Wunsch das Leben gekostet oder unsere Bereitschaft, dem Wunsch nachzugeben. - Sie fragen, ob wir den Tod nicht hätten verhindern können. Hätten wir ihn wie jeden Tag um acht ins Bett gelegt …"

Ich fuhr herum. „Das ist Unsinn. Das ist Unsinn!"

Schabernack sah mich müde an. Er trug die aus grünen und ockerfarbenen Lederflicken zusammengesetzte Mütze mit dem Nackenschutz. Die Nebel um uns her verwirbelten sich zu geisterhaften Gebilden. So schnell, wie ich mich umgedreht hatte, war eine Gestalt hinter einen großen Grabstein gehuscht. Der Sekundenbruchteil hatte ausgereicht, ihn wiederzuerkennen.

„Ihre Frau hat gewusst, dass sie damit nicht hätte leben können. Sie haben sie erst verflucht und dann aus dem Gedächtnis gestrichen. Dabei haben Sie zwanzig Jahre lang nichts anderes getan, als ihr Recht zu geben."

Wie auf Stichwort tauchte ein Bild aus dem Dunkel. Dort, wo die eingefahrene Mauer durch ein Stück Maschenzaun provisorisch ersetzt worden war, und ebenso groß erschien das Foto einer glücklichen Familie; drei lachende Gesichter; Annette, Hagen, Schabernack. Ein friedlicher Moment - vor zwei Jahrzehnten festgehalten - brannte hell an der nächtlich schwarzen Friedhofsmauer; das gleiche Foto, das als letztes vor dem makabren Film auf dem Grabstein erschienen war.

Schabernack zog den Mund zu einem bitteren Lächeln. „Nun lasst es gut sein. Ich habe ja meinen Frieden mit ihr gemacht", sagte er müde. „Ihre Asche liegt hier, und das Foto ist schon auf dem Stein." Er stierte auf das ferne Bild. „Die gute Edith. Ich hab ihr damals einen bösen Streich gespielt. - Warum tut ihr das?"

Noch immer schauten wir zu dem fernen Lichtbild, das einen ganzen Winkel des Friedhofes aus der Dunkelheit löste. Nebelschwaden tanzten an den drei lachenden Gesichtern vorbei, dass es schien, als würden sie sich noch einmal beleben.

„Warum tut ihr das?", fragte Schabernack mit zerfurchter Stirn.

„Wissen Sie, was das Wesen eines Schabernacks ist?" Ich ließ ihm Zeit. Aber er antwortete nicht. „Dass er - aufs Ganze gesehen - harmlos ist. Wer den Nervenkitzel

braucht, mag mit dem Feuer spielen. Aber der Schabernack hört da auf, wo mit Feuern gespielt wird, in denen
am Ende andere verbrennen.“

„Wovon reden Sie?“

„Vermutlich und glücklicherweise werden Sie nicht
alle Opfer Ihres Ulks kennenlernen. Eines steht vor
Ihnen, ein zweites schleicht in Ihrem Rücken.“

Schabernack drehte sich hastig um. Dann sah er mich
irritiert an. Langsam folgte er meinem Blick.

„Nehmen Sie das Ding und beglücken Sie die
Menschheit mit den darin verborgenen Erfindungen.
Gönnen Sie sich und dem Jungen endlich den Frieden.
Löschen Sie die letzte Minute seines Lebens aus Ihrem
und unserem Gedächtnis.“

Schabernack sah mich an mit einem Gesicht, wie ich
es schmerzgezeichneter nie zuvor gesehen hatte. Er
kämpfte einen bejammernswerten Kampf, und er ließ
mich Zeuge seiner Niederlage werden. Das Kinn zitterte, und Tränen liefen über das alte, lausbubenhafte Gesicht. Ich sah ihm unablässig in die wässrigen Augen. Er
nickte und zog den Rotz hoch. Unvermittelt sank er vor
dem Seepferdchen in die Knie, mit seinen Händen die
großen, staunenden Kulleraugen bedeckend.

Eben wollte ich mich abwenden, als das unverwech-
selbare fröhliche Kinderlachen erklang. Der Nebel aus
der langen Schnauze mischte sich mit dem der Nacht.
Das Schaukelpferd zuckte, aber Schabernack hielt es
fest. Als das Lachen verstummte, fiel er mit der Stirn
auf den Scheitel des Seepferdchens, auf etwa jene Stelle,
die dem Sohn vor zwanzig Jahren zum Verhängnis geworden war. Der Professor hatte recht gehabt. So einfach war es, den Automaten in Gang zu setzen. Als
Schabernack die Hände von den Augen des Seepferdchens nahm, hatten sie sich rosa gefärbt.

Der Missionar war herangekommen. Entsetzt sah er
auf das Schaukelpferd, das er für ein Zeichen gehalten

hatte. Er war tatsächlich ein armes Schwein. Ich nickte ihm zu und ging davon.

Nach einigen Schritten überfiel mich die Einsamkeit. Jetzt, da auch dieses Kapitel abgeschlossen war, würde mich eine Leere empfangen, vor der mir graute.

Bevor ich hinter der Kapelle verschwand, drehte ich mich noch einmal um. Schabernack und der genarrte Missionar saßen schweigend auf der Bank.

„Es ist alles ganz ruhig gegangen. Sie können getrost schlafen gehen!", rief ich mit belegter Stimme zum offenen Fenster empor. „Danke. Und leben Sie wohl."

Mein Blick streifte die Eingangstür. Eine Gestalt trat hastig aus dem Dunkel auf mich zu. Ich erschrak. „Evelin? - Was machst du denn hier?"

Sie stellte sich so dicht vor mich, dass ich den leichten Druck ihrer Brust spüren konnte. „Ich hatte Angst", sagte sie erleichtert. Ihr Atem ging schnell.

„Um mich?"

Sie nickte.

Ich nahm ihren Kopf und drückte ihn sanft an mich. Ihr Haar roch wundervoll nach Weib und Frieden und Heim ... „Woher wusstest du, dass ich hier bin?"

„Ich musste ja nur dem Verrückten folgen. - Er muss immer noch auf dem Friedhof sein."

„Ja. - Er sitzt bei Schabernack. Sie haben sich vermutlich viel zu erzählen, wenn Sie denn ihre Sprache wiederfinden sollten."

Warum band mir Evelin diesen Bären auf? Nie im Leben war sie dem Missionar gefolgt. Sie hätten sich ja ganz zufällig im rechten Moment über den Weg laufen müssen. Und selbst wenn dies geschehen wäre, woher wollte sie wissen, dass ich gerade da sein werde, wohin er geht?

Evelin lehnte sich schüchtern an mich, ohne ihre Hände aus den Taschen zu nehmen. „Hast du noch ein bisschen Platz für mich?", fragte sie unsicher.

Ich zählte bis zehn, obwohl sie bis zwanzig verdient gehabt hätte. „Ja", sagte ich leise, bemüht, der Stimme einen festen Klang zu geben.

Unvermittelt - wie aus dem Nichts geboren - hielt sie mir eine kleine Folietüte vors Gesicht. „Was ist das?"

Ich hatte ein beglückendes Gefühl, als wenn ich eben alle Antworten auf die letzten Fragen des Lebens gefunden hätte. „Thymolphthalein", sagte ich ohne Zögern, zugleich begeistert und verwundert darüber, was das Gedächtnis vermag.

Als wir das große offene Tor passierten, sah ich am Ende der Friedhofsmauer einen kleinen Räuchermann, der wackelnd im Nebel verschwand.

In den Beschreibungen des *Mauerseglers* werden - sprachlich bisweilen leicht verändert - zitiert:

Urs Noel Glutz von Blotzheim, Kurt M. Bauer: *Handbuch der Vögel Mitteleuropas*; Band 9; AULA-Verlag 1994

Sven Baumung: *Der Mauersegler - Vogel des Jahres 2003*; NABU Deutschland (Hrsg.); Bonn 2002

Stefan Bosch: *Segler am Sommerhimmel - Bemerkungen über Mauersegler*; Niebühl 2003

Phil Chantler, Gerald Driessens: *A Guide to the Swifts and Tree Swifts of the World*; Pica Press; Mountfield 2000

Gérard Gory: *Mauersegler - Leben im Flug*; Spektrum der Wissenschaft; April 2005

Erich Kaiser: *Faszinierende Forschung an einem Hausvogel*; Falke 50; 2003

David Lentink et al.: *How swifts control their glide performance with morphing wings*; In: *Nature*; April 2007

Klaus Offenburg: *Mauersegler, Vogel des Jahres 2003*; In: *Landesforstverwaltung NRW*; Ausgabe 1/2003

Der Autor:

Jost Bonner wurde 1958 als drittes von sechs Kindern geboren. Er lebt in Dresden. Hier lernte er Koch, studierte er
Musik. Aus zwei langjährigen Beziehungen erwuchsen fünf
Kinder.
In der Jugend näherte er sich mit lyrischen Versuchen und
aphoristischen Texten schüchtern der Literatur, die sprach-
liche, philosophische, pädagogische, kulturtheoretische und
ästhetische Ambitionen vereinte und sich schon bald zur
Leidenschaft auswuchs. Mittlerweile entstanden Arbeiten in
beinahe allen Genres.

Bei BoD erschien bisher
Das Waldhaus (Erzählung) ISBN: 978-3-7543-7303-3.